COLLECTION
FOLIO CLASSIQUE

Louis-Antoine de Bougainville

Voyage
autour du monde

par la frégate du Roi
La Boudeuse
et la flûte *L'Étoile*

Édition présentée,
établie et annotée
par Jacques Proust
Professeur à l'Université de Montpellier

Gallimard

© *Éditions Gallimard, 1982, pour l'établissement du texte,
la modernisation de la graphie, la préface et le dossier.*

ISBN 2-07-037385-1

PRÉFACE

Vaincue par l'Angleterre, la France avait perdu au Traité de Paris (1763) la plus grande partie de ses possessions d'outre-mer. Choiseul voulait réparer cette perte. Bougainville avait servi au Canada; il s'était dès l'adolescence passionné pour les récits des voyageurs partis à la recherche des terres australes. Il avait lu notamment le Voyage autour du monde *de l'amiral Anson, traduit en français en 1749, et compris bien avant 1763 que l'Angleterre ne tarderait pas à étendre au Pacifique une politique de conquête que l'Espagne même ne semblait plus pouvoir endiguer. Il fit le projet d'installer aux îles Malouines, aujourd'hui les Falkland, une base pour les vaisseaux français qui après avoir traversé l'Atlantique du nord au sud iraient à travers le Pacifique à la découverte de terres nouvelles. Ce projet fut agréé par Choiseul, alors ministre de la Marine.*

Breveté capitaine de vaisseau le 15 juin 1763, Bougainville effectua successivement deux missions aux Malouines, entre le mois de septembre 1763 et le mois d'août 1765. La première devait faire l'objet d'une relation publiée en 1769 par un de ses compagnons, dom Pernetty. C'est celle où Bougainville prit officiellement possession du territoire au nom du roi de France. Les Espagnols, cependant, s'inquiétaient pour leurs possessions d'Amérique du Sud, et Louis XV craignait que ces expéditions lointaines ne fussent bien coûteuses. Les Anglais, déjà, couraient sur nos traces. Entre 1764 et 1766, le capitaine Byron fit un voyage autour du monde au cours duquel il prit lui aussi possession des îles Malouines au nom de Sa Majesté britannique. De toute façon, la pression de l'Espagne fut si forte que Choiseul, passé en 1766 au ministère des Affaires étrangères, persuada Bougainville d'aller négocier à Madrid la remise de son établissement à la couronne espagnole. Bougainville y consentit et forma chemin faisant un autre projet. Il pouvait partir pour les îles Malouines avec une frégate, faire sur place les actes nécessités par le transfert de souveraineté, se faire rejoindre par une corvette venue de France, et partir de là d'est en ouest avec deux vaisseaux, à la recherche de la terre australe du Saint-Esprit, que Fernand de Queiros prétendait avoir découverte dans le Pacifique sud au début du XVIIe siècle.

Bougainville pensait avoir eu treize prédécesseurs; il les énumère dans le Discours préliminaire *de son* Voyage : *un Espagnol, cinq Hollandais, six Anglais; un seul était français, parti « sur un vaisseau particulier » pour faire la contrebande sur les côtes du Chili et du Pérou. Il en avait en fait bien davantage. On connaît aujourd'hui les noms de seize navigateurs qui au début du* XVIIIe *siècle osèrent franchir le détroit de Magellan et traverser le Pacifique pour revenir à l'ouest par l'océan Indien et l'Atlantique.*

Bien avant que l'acte de cession des îles Malouines à l'Espagne ne fût signé à Madrid (4 octobre 1766), une nouvelle expédition anglaise partit pour l'établissement fondé là-bas par Byron. Elle avait à sa tête Wallis, commandant le Dolphin, *et Carteret, commandant le* Swallow. *Elle quitta l'Angleterre le 22 août 1766. Cependant Bougainville, revenu d'Espagne, pressait les préparatifs de son expédition. Son projet fut agréé sans difficulté, et il put partir en novembre sur la frégate* La Boudeuse. *La flûte* L'Étoile *devait le suivre de peu.*

La Boudeuse *était un beau navire. Elle avait 40,60 mètres de long, 10,61 mètres de large, une capacité de 960 tonneaux, et vingt-six canons. Elle avait été lancée le 25 mars 1766. L'Étoile, un ancien navire marchand, avait 33,80 mètres de long, 9,01 mètres de large, et une capacité de 480 tonneaux. Elle était moins rapide que* La Boudeuse, *qui pouvait filer jusqu'à dix nœuds, et Bougainville eut souvent à s'en plaindre. Mais l'une et l'autre résistèrent fort bien aux épreuves qu'elles eurent à subir pendant plus de deux ans.*

Les deux cent dix hommes embarqués sur La Boudeuse *et les cent vingt hommes transportés par* L'Étoile *avaient d'autant moins de place pour se mouvoir qu'ils devaient transporter avec eux une cargaison impressionnante : des bœufs, des moutons, des porcs vivants, qui occupaient l'entrepont avec les matelots, des poules dans leurs cages juchées sur le gaillard d'arrière, des salaisons, des biscuits, de l'eau douce, du vin, une pacotille de couteaux, de haches, de clous, de verroterie, des boulets, de la poudre à canon, et une sorte d'alambic pour distiller l'eau de mer, sans parler de l'attirail nécessaire aux manœuvres des navires et à leur réparation. Il n'y avait d'ailleurs rien là d'extraordinaire. Ce qui l'était, en revanche, c'est que pour la première fois dans l'histoire des voyages Bougainville emmenait avec lui deux savants authentiques : le naturaliste Commerson, un ami de Jussieu et de Lalande dont les travaux sur la faune et la flore du Languedoc, des Alpes, du Dauphiné et de l'Auvergne étaient connus, et l'astronome Véron, élève de Lalande, qui devait au cours du voyage améliorer la méthode des distances lunaires pour le calcul de la longitude.*

La remise des îles Malouines à l'Espagne se fit le 1er avril 1767. La Boudeuse remonta ensuite sur Rio et Montevideo, d'où rejointe par L'Étoile elle redescendit vers la Terre de Feu.

Bougainville renoua, en décembre 1767, avec les populations de Patagons dont il avait éprouvé l'hospitalité à son premier voyage, franchit le détroit, remonta le long de la côte chilienne mais en s'en écartant de plus en plus, jusqu'à la latitude de l'île de Juan Fernandez. De là il se dirigea franchement vers l'ouest, suivant à peu près jusqu'aux Mascareignes un parallèle compris entre l'Equateur et le tropique du Capricorne.

La Boudeuse et L'Étoile regagnèrent l'Europe au début de l'année 1769. L'expédition n'avait perdu que neuf hommes en vingt-huit mois de navigation. Le bilan aurait pu être plus lourd. C'était une erreur, en effet, d'avoir combiné deux opérations dont la seconde

*seule, le voyage autour du monde à partir des îles
Malouines, eût voulu des hommes bien reposés, et des
cales bourrées de provisions fraîches. Le scorbut, fléau
habituel des voyages au long cours, la mauvaise
qualité de la nourriture embarquée, l'impossibilité de
la conserver si longtemps auraient pu produire des
effets catastrophiques.*

*Bougainville ramenait avec lui une fleur de l'Améri-
que du Sud que son ami Commerson lui avait dédiée
sous le nom de bougainvillée, et un jeune Tahitien du
nom d'Aotourou, alias Poutavery, selon la prononcia-
tion tahitienne du nom de Bougainville. Cet Aotourou
fut pendant quelques mois la coqueluche du Tout-
Paris. On admira surtout son ardeur à courtiser les
dames, et son incapacité à émettre tous les sons de
notre langue. Au reste, on le prenait indifféremment
pour un « Indien » ou pour un « Patagon »... Bougainville sacrifia le tiers de sa fortune pour lui
permettre de retourner dans sa patrie. Il alla jusqu'à
l'île de France, où il mourut.*

*Comme toutes les expéditions de ce genre, le voyage
de Bougainville eut des résultats à la fois positifs et
négatifs. Du point de vue politique le bilan était
mince. Les Espagnols ne nous surent même pas gré de
leur avoir cédé un établissement qu'ils jugèrent misérable ; ils se persuadèrent que le relevé des frais
exposés par Bougainville et qu'ils avaient dû lui
rembourser était outrageusement gonflé. Les terres
dont Bougainville avait pris possession en cours de
route, l'archipel Dangereux, l'archipel de Bourbon, les
îles des Navigateurs, les Grandes Cyclades, la Louisiade, l'île Bouca, les Cinq Iles, étaient finalement
peu de chose ; il ne les avait d'ailleurs pas vraiment*

*explorées. Enfin et surtout, il n'avait pas eu le temps
d'ouvrir une nouvelle voie d'accès à la Chine, comme
il en avait aussi reçu mission.*

*Sur le plan scientifique, il faut inscrire au crédit de
Véron la mise au point du calcul de la longitude par les
distances lunaires. Mais par la faute de Commerson,
resté d'ailleurs à l'escale de l'île de France, il ne nous
est pratiquement rien parvenu des herbiers et des
animaux naturalisés qu'il avait réunis pendant le
voyage. Bougainville ne rapportait pas non plus les
plants d'épices qu'on pensait introduire grâce à lui
dans l'île de France.*

*Tout compte fait, l'intérêt principal du voyage était
d'ordre ethnographique.*

*Parallèlement à la polémique engagée dès 1764 entre
la France et l'Angleterre sur le point de savoir qui
avait réellement découvert les îles Malouines (ou
Falkland), un débat passionné s'était ouvert entre les
marins et les savants des deux nations sur la taille des
Indiens patagons. Le capitaine Byron, puis Carteret et
Wallis prétendaient avoir vu, comme plusieurs de
leurs prédécesseurs, des géants de huit ou neuf pieds
de haut. Le docteur Maty, secrétaire de la Société
royale de Londres, ne manqua pas de fonder en raison
leur témoignage. Bougainville et ses compagnons
n'ayant rencontré dans leur première mission que des
hommes ordinaires, ils le dirent, et le firent savoir.
Les journalistes s'en mêlèrent et celui de* L'Avant-
coureur *(8 septembre 1766) n'était peut-être pas loin de
la vérité lorsqu'il soupçonna les Anglais d'avoir enflé
la légende des géants patagons à seule fin de « couvrir » leurs desseins intéressés dans cette partie du
globe.*

Les journaux et les notes rapportés par Bougainville et ses compagnons (Fesche, Vivez, Caro, Nassau-Siegen, Commerson, Duclos-Guyot), et le Voyage *lui-même, publié pour la première fois en 1771, firent définitivement justice de cette légende. On y trouve toutes sortes de renseignements non seulement sur les Patagons, mais sur les Pêcherais, et surtout sur les Tahitiens, leurs mœurs, leur manière de se nourrir, leur artisanat. L'interrogatoire d'Aotourou pendant son séjour en France permit à Bougainville d'enrichir son enquête sur les mœurs, les croyances et la langue des Tahitiens. Il y fut aidé par La Condamine, un savant qui avait longtemps séjourné en Amérique du Sud, et par Pereire, un autre savant, spécialisé dans l'observation et la rééducation des sourds-muets.*

Mais le succès de la relation publiée par Bougainville en 1771 vint surtout de sa description des mœurs idylliques des Tahitiens. Les gens du monde y trouvèrent à bon compte l'illustration de ce qu'il faut bien appeler le « rousseauisme » à la mode, quoique le mythe du « bon sauvage » n'ait aucun rapport avec la pensée de Rousseau. Ils y trouvèrent surtout l'occasion de donner corps aux désirs d'une société profondément corrompue sous ses airs policés. On le voit bien dans les Mémoires secrets *de Bachaumont, parlant d'Aotourou : « M. de Bougainville prétend que dans le pays où il a pris ce sauvage, un des principaux chefs du lieu, hommes et femmes se livrent sans pudeur au péché de la chair; qu'à la face du ciel et de la terre, ils se copulent sur la première natte offerte, d'où lui est venue l'idée d'appeler cette île, l'île de Cythère. »*

Ce succès douteux explique peut-être la réserve observée en revanche par les savants et par les gens de lettres. Le Journal des Savants, *l'Académie des sciences, l'Académie de marine ne s'intéressèrent pas, semble-t-il, aux résultats du voyage. Voltaire, Rousseau n'en disent mot. La* correspondance littéraire de Grimm *ne diffusa pas la recension préparée par Diderot, alors qu'elle rendit compte de la relation d'Hawkesworth publiée en français en 1774 et consacrée aux voyages de Byron, Carteret, Wallis et Cook. Seule L'Année littéraire de Fréron fit exception à la règle. Elle rendit compte tour à tour des deux éditions du* Voyage, *en 1771 et en 1772.*

L'expédition anglaise de Wallis, partie d'Europe avant celle de Bougainville, était revenue dix mois avant elle. Elle avait aussi visité au passage Tahiti, avait trouvé l'île enchanteresse et en avait pris possession au nom de George III. On en fit même une complainte, The Dolphin Return, *qui se chantait curieusement sur l'air des* Lys de France.

*Les Anglais, toujours pragmatiques, décidèrent alors de passer aux choses sérieuses. Le 26 août 1768 (Bougainville était encore à ce moment-là dans les parages de la Nouvelle-Guinée), le capitaine Cook partit sur l'*Endeavour *pour aller observer le passage de la planète Vénus dans une île de la mer du Sud. Il emmenait avec lui deux naturalistes chevronnés, Banks et Solander. Ils revinrent en Angleterre en juin 1771, un mois après la sortie de presse, en France, du* Voyage de Bougainville. *Ils avaient passé notamment trois mois à Tahiti (les Français neuf jours seulement), et ils rapportaient avec eux une prodigieuse quantité d'informations. On leur doit la description de mille espèces de plantes, de cinq cents espèces de poissons et d'autant d'espèces d'oiseaux,*

*sans parler d'innombrables insectes ou crustacés. L'ère
des grandes explorations* scientifiques *venait de commencer. Celle de l'aventure rêveuse s'achevait avec
Bougainville.*

L'auteur du Voyage autour du monde *ne fut peut-
être pas un grand savant, mais il était sans conteste un
bon écrivain. Le lecteur ne doit pas s'en laisser imposer
par la modestie des propos tenus par Bougainville dans
le* Discours préliminaire *de son* Voyage. *Ce soldat, ce
marin, avait reçu une solide éducation humaniste, et
si son style n'a pas les grâces que l'on prisait dans les
cercles littéraires de son temps, il maniait fort bien la
plume. Diderot caractérise parfaitement son ouvrage
quand il dit : « Il est écrit sans emphase, avec le seul
intérêt de la chose, de la vérité et de la simplicité. »*
*A cet égard, Bougainville paraît très en retard sur le
goût de ses contemporains. Rien chez lui qui ressemble
à ce qu'on appelle le « préromantisme » et que l'on
trouve représenté indifféremment dans les* Contes
moraux *de Marmontel, les drames de Beaumarchais,
de Sedaine ou de Lessing,* Les Saisons *de Saint-
Lambert, la traduction des* Nuits *de Young par Le
Tourneur, les opéras de Gluck et la mode des jardins
anglais. On comparera par exemple la description qu'il
fait d'une « cascade merveilleuse », vue le 22 juillet
1768 dans l'île de la Nouvelle-Bretagne, avec les
paysages et les marines que Joseph Vernet peignait à la
même époque. C'est peut-être, paradoxalement, la
raison pour laquelle il a moins vieilli que d'autres,
Bernardin de Saint-Pierre, notamment, dont les* Étu-

des de la nature *sont postérieures de treize ans au*
Voyage.

   *Bougainville est d'abord un admirable conteur, et
c'est ce qui plaisait tant à Diderot. Le récit du
mouillage à Tahiti, à la date du 6 avril 1768, est un
modèle du genre : phrases courtes, juxtaposées dans
l'ordre même des actions décrites, peu de subordina-
tion, des verbes et des substantifs plutôt que des
adjectifs, une ponctuation discrète pour rendre la
lecture à haute voix aisée, toutes les qualités de la
bonne prose classique du XVIIIᵉ siècle sont réunies là.
Mais ce conteur n'est pas sec. Il n'a pas le cœur moins
sensible que ses contemporains et il sait à l'occasion le
laisser parler. Par exemple lorsqu'il décrit à la date du
9 janvier 1768 l'agonie d'un enfant sauvage qui avait
avalé par ignorance des morceaux de verre :* « La
douleur du père et de la mère, leurs larmes, l'intérêt vif
de toute la bande, intérêt manifesté par des signes non
équivoques, la patience de l'enfant nous donnèrent le
spectacle le plus attendrissant. Les sauvages s'aperçurent que nous partagions leur peine. »
   *Mais cette sensibilité se cache le plus souvent sous le
voile de la pudeur, et l'humour est de loin la note
dominante. Cet humour n'a rien à voir avec l'esprit
que l'on cultivait pour briller dans les salons. Il ne doit
pas non plus être confondu avec l'ironie dont les
philosophes avaient fait leur arme de prédilection.
L'humour de Bougainville est pourtant et d'abord une
philosophie. Celle d'un homme qui connaît le monde et
se connaît lui-même, assez pour se juger et priser
l'autre ce qu'il vaut, mais avec l'indulgence raisonnée
qui sied au sage. Bougainville ose exercer sa philosophie sur lui-même et c'est pourquoi il peut l'exercer sur*

les autres sans acrimonie. On le voit bien dans l'épisode déjà cité de l'accueil à Tahiti : « *La jeune fille laissa tomber négligemment un pagne qui la couvrait et parut aux yeux de tous, telle que Vénus se fit voir au berger phrygien. Matelots et soldats s'empressaient pour parvenir à l'écoutille, et jamais cabestan ne fut viré avec une pareille activité. Nos soins réussirent cependant à contenir ces hommes ensorcelés, le moins difficile n'avait pas été de parvenir à se contenir soi-même.* »

*S'il y a quelque apprêt, chez Bougainville, ce n'est pas quand il fait comme ici référence à l'Antiquité classique — j'y reviendrai —, c'est lorsqu'il se met à égrener comme à plaisir les termes du vocabulaire nautique. Cela tient peut-être au fait qu'il est venu à la mer assez tard : il avait trente-quatre ans lorsqu'il fut nommé capitaine de vaisseau, après douze ans de service dans l'armée de terre. Mais ce qui mettait à la gêne les lecteurs mondains de 1771 (Galiani, dans une lettre à M*ᵐᵉ *d'Épinay, regrette le « patois marin » de l'auteur) n'est pas aujourd'hui le moindre charme de son livre. Nous avons appris à goûter, à humer, dirai-je, ces mots sonores, souvent imagés, venus de loin et évocateurs de choses lointaines, et si Bougainville y trouvait moins prétexte à rêver que nous — il en appréciait avant tout la précision technique —, il est probable qu'il trouvait plus de plaisir à les utiliser que s'il avait été marin de profession, natif de Brest ou de Saint-Malo. Le départ de Brest est justement un bon exemple de l'espèce de poésie tout intérieure, à la Cendrars, qu'ils recèlent encore aujourd'hui :* « *Le 4 décembre, notre mâture étant réparée, l'artillerie changée, la frégate entièrement recalfatée dans ses* hauts, je sortis du port et vint mouiller en rade, où nous passâmes la journée à embarquer les poudres et rider les haubans. Le 5 à midi nous appareillâmes. Je fus obligé de couper mon câble, le vent d'est très frais et le jussant empêchant de virer à pic, et me faisant appréhender d'abattre trop près de la côte. A quatre heures après midi, le milieu de l'île d'Ouessant me restait au nord-quart-nord-est du compas, et ce fut d'où je pris mon point de départ. »

Au reste, le Voyage autour du monde, dans la forme où il fut publié en 1771, n'est pas la simple transcription du Journal tenu par Bougainville au cours de son périple, comme il y était obligé par les règlements en vigueur dans la marine. Il y eut de l'un à l'autre tout un travail de réécriture qui échappa nécessairement aux contemporains et dont nous pouvons prendre la mesure, depuis la belle édition qu'Etienne Taillemite a faite du Journal, en 1977, sur les presses de l'Imprimerie nationale.

Dans certaines de ses parties, le Journal est naturellement plus libre. Les attaques contre Rousseau y sont plus vives, la critique des établissements des jésuites au Paraguay y est plus incisive, les références à l'Antiquité y sont plus nombreuses, l'idéalisation de Tahiti y est plus poussée. Le Voyage, en revanche, comporte des morceaux que le Journal ne contient pas : le retour de Buenos Aires à Montevideo par voie de terre (février 1767), la description des établissements espagnols de la Plata (chap. II de la première partie), les détails sur l'histoire naturelle des îles Malouines (chap. IV de la première partie), la « disgression sur les instruments propres à observer

en mer la longitude » (chap. VIII *de la première
partie*).

La misère des Pêcherais, déjà bien sensible dans le
Journal, *est mieux marquée dans le* Voyage. *Les
chapitres consacrés à Tahiti, surtout, ont été rema-
niés. On voit apparaître au début du chapitre III de la
seconde partie la noble figure d'un vieillard philosophe
que le* Journal *ignore :* « Fort éloigné de prendre part à
l'espèce d'extase que notre vue causait à tout ce peuple,
son air rêveur et soucieux semblait annoncer qu'il
craignait que ces jours heureux, écoulés pour lui dans
le sein du repos, ne fussent troublés par l'arrivée d'une
nouvelle race. » *Du* Journal *disparaît en revanche le
morceau lyrique qui terminait la relation du séjour à
Tahiti, juste après l'épisode des trois perles données
par Aotourou à sa maîtresse (« Je ne saurais quitter
cette île fortunée sans renouveler ici les éloges que j'en
ai déjà faits. Pour bien décrire ce que nous avons vu, il
faudrait la plume de Fénelon, pour le peindre, le
pinceau charmant de l'Albane ou de Boucher. Adieu
peuple heureux et sage. Je ne me rappellerai jamais
sans délices le peu d'instants que j'ai passés au milieu
de vous, et, tant que je vivrai, je célébrerai l'heureuse
île de Cythère. C'est la véritable Eutopie. »). Il est,
dans le* Voyage, *remplacé par le chapitre III de la
seconde partie (« Description de la nouvelle île ») sans
doute écrit après un temps de réflexion, à la lumière
des entretiens avec Aotourou. Ce qu'on peut y lire sur
la religion des Tahitiens, sur leurs mœurs sanguinai-
res et l'inégalité de leur société vient sensiblement
corriger ce que le chapitre II a encore d'idyllique.*

Autre correctif, à la date du 26 mai 1768. *Ce jour-là
le* Journal *relève un engagement assez peu élégant entre*

un canot monté par des marins de L'Étoile et un groupe de pirogues occupées par des nègres. L'un d'eux ayant tiré une flèche, les marins ont riposté par un feu nourri. L'épisode est dramatisé dans le Voyage mais les Européens sauvent la face grâce à la magnanimité de leur chef : « Je pris des mesures pour que nous ne fussions plus déshonorés par un pareil abus de la supériorité de nos forces. »

La question la plus délicate que pose le Voyage est celle de l'utopie tahitienne, et de l'usage qu'on en a fait depuis le XVIIIᵉ siècle.

Bougainville n'était pas un admirateur de Rousseau, bien au contraire. C'est à lui qu'il en a lorsqu'il écrit dans le Discours préliminaire : « Je suis voyageur et marin ; c'est-à-dire, un menteur, et un imbécile aux yeux de cette classe d'écrivains paresseux et superbes qui, dans les ombres de leur cabinet, philosophent à perte de vue sur le monde et ses habitants, et soumettent impérieusement la nature à leurs imaginations. Procédé bien singulier, bien inconcevable de la part de gens qui, n'ayant rien observé par eux-mêmes, n'écrivent, ne dogmatisent que d'après des observations empruntées dans ces mêmes voyageurs auxquels ils refusent la faculté de voir et de penser. » Il avait pu lire en effet, dans la note X du Discours sur l'origine de l'inégalité : « Les particuliers ont beau aller et venir, il semble que la philosophie ne voyage point. La cause de ceci est manifeste, au moins pour les contrées éloignées : il n'y a guère que quatre sortes d'hommes qui fassent des voyages de long cours, les marins, les marchands, les soldats, et les missionnaires ; or on ne doit guère s'attendre que les trois premières classes fournissent de bons observateurs. »

Aussi bien le Voyage autour du monde, *surtout après les modifications apportées après coup au* Journal, *est-il d'une certaine manière l'antidote de Rousseau, ou plus exactement du « rousseauisme », tel qu'il s'était constitué au milieu du XVIIIe siècle à partir d'une lecture hâtive et superficielle des écrits du philosophe. La description des Pêcherais ne plaide pas pour l'état de nature : « De tous les sauvages que j'ai vus de ma vie, les Pêcherais sont les plus dénués de tout : ils sont exactement dans ce qu'on peut appeler l'état de nature ; et en vérité si l'on devait plaindre le sort d'un homme libre et maître de lui-même, sans devoirs et sans affaires, content de ce qu'il a parce qu'il ne connaît pas mieux, je plaindrais ces hommes qui, avec la privation de ce qui rend la vie commode, ont encore à souffrir la dureté du plus affreux climat de l'univers. »*

Quant à l'idylle tahitienne, on a vu comment Bougainville l'avait tempérée dans la rédaction définitive du Voyage. *Son enthousiasme au premier abord, comme celui de ses hommes, s'expliquait assez par les mois de privation, de faim, de froid, de souffrance subis avant d'arriver dans ces parages. Et qu'avaient-ils réellement pu voir en neuf jours ? « J'ai dit plus haut, écrit-il dans le chapitre III de la deuxième partie du* Voyage, *que les habitants de Tahiti nous avaient paru vivre dans un bonheur digne d'envie. Nous les avions vus presque égaux entre eux, ou du moins jouissant d'une liberté qui n'était soumise qu'aux lois établies pour le bonheur de tous. Je me trompais (souligné par moi. J. P.). »*

Bougainville ne peut donc être tenu pour entièrement responsable du succès d'un mythe qu'il contribua sans doute à créer, mais dont il sut faire aussi la critique. Certains de ses compagnons y eurent sans conteste une part plus grande. Commerson, par exemple, dont le Post-scriptum *sur l'île de la Nouvelle-Cythère, publié dès novembre 1769 dans le* Mercure de France, *était absolument dithyrambique. Nul doute que ce « post-scriptum » (à une lettre écrite en réalité quelques mois plus tôt à Lalande) n'ait préparé et orienté la lecture du* Voyage *encore à paraître de la façon la plus partiale qui fût. Commerson parle d'« île heureuse », d'« Utopie », « le seul coin de la terre où habitent des hommes sans vices, sans préjugés, sans besoins, sans dissensions ». Les femmes y sont parfaites, « les rivales des Géorgiennes en beauté, et les sœurs des Grâces toutes nues ». Elles se donnent à tout venant sous les yeux ravis de leurs compatriotes, et il faudrait être un tartufe pour y voir le moindre mal. Ce serait, dit Commerson, méconnaître « l'état de l'homme naturel né essentiellement bon, exempt de tous préjugés et suivant sans défiance comme sans remords les douces impulsions d'un instinct toujours sûr, parce qu'il n'a pas encore dégénéré en raison ». Certes, les Tahitiens sont un peu filous. Mais quoi, « le droit de propriété est-il dans la nature » ? Non, dit Commerson, « il est de pure convention ». Tout le texte, qui est court, est de même farine. Au reste, les lecteurs du* Mercure *pouvaient le mettre en parallèle avec ce que Byron (1767, voyage de 1764-1765) et Pernetty (1769, voyage de 1763-1764) avaient écrit des Patagons. Ils avaient pu lire aussi en 1767 la* Lettre au docteur Maty sur les géants patagons, *de l'abbé Coyer. Le Patagon est sain, il vit dans l'harmonie la plus totale avec son milieu, la société patagonne est des mieux organisées, elle ne connaît pas de distinction de classes :* « *De tous les hommes qui vivent en société, disait Coyer, c'est lui (le Patagon) qui se rapproche de l'homme de la nature.* » *Comment les lecteurs du* Voyage *pouvaient-ils ne pas voir dans les Tahitiens et les Patagons de Bougainville des hommes de la nature ? Ces hommes existaient, puisque Byron, dom Pernetty et Commerson les avaient rencontrés, et puisque les* « *philosophes* » *dogmatisaient déjà sur eux.*

Bougainville n'était pas rousseauiste, et si son premier mouvement le porta à idéaliser l'escale tahitienne, il eut assez d'esprit critique pour corriger dans le Voyage *la représentation qu'il voulait en donner à ses lecteurs. Est-ce à dire qu'à la Terre de Feu ou à Tahiti il ait bien vu ce qu'il croyait voir ? Doit-on opposer sa conception des choses à celle des utopistes de son temps comme on opposerait le regard de l'ethnologue, le regard* scientifique, *à ce que d'aucuns appelleraient une vision* « *idéologique* » *du monde ?*

Lorsqu'il partit pour l'Amérique du Sud en 1763, Bougainville avait derrière lui plusieurs années de campagne au Canada, et il avait eu l'occasion d'y observer la condition des sauvages. Il avait recueilli ces observations dans un journal dont des extraits furent publiés en mai et juin 1762 dans le Journal étranger. *Elles concernaient le langage des Iroquois, leurs mœurs, leurs rites mortuaires. Mais surtout il avait fait d'amples lectures. Parmi les livres qu'il avait lus, l'*Histoire des navigations aux terres australes *du président de Brosses, et l'*Histoire générale des voyages *de l'abbé Prévost, eurent sur sa vocation et sur ses plans une influence décisive. Ils eurent pourtant moins*

*d'importance dans la composition de son paysage
mental que les auteurs latins qu'il avait lus, enfant, au
collège, lus et relus plus tard avec son frère aîné, Jean-
Pierre, membre de l'Académie des Inscriptions, garde
des antiques du Cabinet du roi, auteur d'un mémoire
sur les voyages de Pythéas de Marseille et d'un autre
sur Hannon, amiral des Carthaginois. Le* Voyage
autour du monde *et plus encore le* Journal *qui en fut la
première version sont littéralement imprégnés de
culture gréco-latine, et c'est dans Virgile et Tacite
plutôt que dans le « rousseauisme » qu'il faut chercher
les ressorts de la sensibilité et de la pensée de
Bougainville. Lorsqu'il entend les sauvages de la Terre
de Feu pousser des cris inarticulés, lorsqu'il les voit
manger de la viande crue ou gober des coquillages
brûlants « quoique à moitié crus », lorsque l'un d'eux
vient montrer au chevalier du Bouchage « un œil
auquel il avait un mal fort apparent », il pense sans le
dire aux Cyclopes de la légende, et il cite tout
naturellement un vers de Virgile (*Satis est gentem
effugisse nefandam : c'est assez d'avoir fui une ven-
geance innommable*) pour saluer la fuite des Pêcherais.
Mais il inverse ironiquement le rapport : ce sont les
Énéades qui dans Virgile échappent par la fuite aux
Cyclopes. Dans le* Voyage *les sauvages sont les Énéades et les Cyclopes sont les Européens...*

*L'ensemble du chapitre III de la seconde partie,
consacré à l'idylle tahitienne, serait à lire avec la
même grille. Dès la fin du chapitre I, la fille qui vient
spontanément se dévêtir sur le pont de* La Boudeuse
*est comparée à Vénus se dénudant pour le berger
phrygien. La chanson entendue le 6 avril 1768, dans
un cadre « digne du pinceau de Boucher », est « sans*

doute *anacréontique* » (*c'est moi qui souligne. J. P.*).
Plus loin des musiciens chantent « *aux accords de la
flûte une hymne de jouissance* » *et c'est encore le nom
de Vénus qui vient sous la plume du narrateur pour
évoquer la divinité inconnue à qui ce chant s'adresse.
Il compare au jardin d'Éden la plaine de gazon qu'il
parcourt après le concert, mais l'ordre même de la
description, ces groupes assis à l'ombre des vergers,
cette joie douce rappellent bien plutôt la description
du pays des Ombres heureuses, au livre VI de
l'Énéide :* « *L'air y est plus large et revêt ces lieux
d'une lumière de pourpre. Parmi ces ombres, les unes
sur le gazon s'exercent à la palestre, les autres,
frappant la terre, forment des chœurs mêlés de chants.
Et voici qu'à sa droite et à sa gauche (Énée) en
aperçoit d'autres qui prenaient leur repas sur l'herbe et
chantaient en chœur un joyeux Péan.* » *C'est bien
d'ailleurs à ce passage qu'est empruntée l'épigraphe du
chapitre III (*Lucis habitamus opacis...*) :* « *Nous
habitons des bois ombreux ; nous nous couchons sur le
gazon de ces rives, et nous vivons dans de fraîches
prairies que des ruisseaux arrosent.* » *C'est parler en
poète, plutôt qu'en ethnologue.*

Cette rêverie porte-t-elle un message « *philosophique* » *? Sans doute, s'il est vrai que rêver d'un âge d'or
implique si peu que ce soit condamnation du siècle où
l'on vit. Mais cette* « *philosophie* » *est totalement
décalée par rapport aux idées dominantes du temps de
Bougainville. C'est celle d'un contemporain de Fénelon, qu'il cite d'ailleurs dans le* Journal, *plutôt que
celle d'un émule de Diderot ou de l'abbé Raynal.*

*Comme Bougainville n'avait vu dans les mers du
Sud que ce qu'il croyait y voir, ses lecteurs, préalable-*

ment mis en appétit par Coyer, Pernetty et Commerson, ne lurent dans le Voyage que ce qu'ils s'attendaient à y trouver : une apologie du primitivisme et de l'amour libre, la condamnation de la propriété privée, et un exotisme discret qui ne les dépaysât point trop des chinoiseries de Boucher et des fêtes de Fragonard. Les mêmes, ou d'autres, eurent plaisir à retrouver ces thèmes rassurants dans des récits postérieurs à celui de Bougainville. Ce n'est pas un hasard si Fréville, le traducteur français du voyage de Banks et Solander publié à Paris en 1772, lui donna le titre de Supplément au Voyage de M. de Bougainville. Le passage consacré aux femmes de Tahiti, à leur beauté, à leur lascivité, est conforme à un poncif déjà bien ancré, avec le ragoût supplémentaire d'une polémique sur l'origine « certainement » française du mal vénérien dont plusieurs sont atteintes. Même son de cloche dans les relations de Byron, Carteret, Wallis et Cook rassemblées par Hawkesworth en 1773 et traduites en français par Suard en 1774 : « Il n'y a, à ce qu'il paraît, dans l'île, aucun bien permanent dont la fraude ou la violence puissent s'emparer. Nous devons ajouter que partout où les lois ne mettent point de restrictions au commerce des femmes, les hommes sont rarement tentés de devenir adultères. »

Nous connaissons naturellement un autre Supplément au Voyage de Bougainville. C'est celui que Diderot écrivit après la lecture du Voyage autour du monde et donna en feuilleton dans la Correspondance littéraire de Grimm entre septembre 1773 et avril 1774. Ce Supplément fut imprimé pour la première fois en 1796. L'éditeur, un bigot, voulait par là démontrer la nocivité de certains écrits philosophi-

*ques, sans se priver du bénéfice d'une bonne affaire
commerciale. Grâce à lui Diderot n'a cessé depuis
tantôt deux siècles de passer pour l'apologiste le plus
débridé des « principes » naïvement illustrés par les
Tahitiens de Bougainville. Il faut lire ou relire le*
Supplément *aussitôt après avoir lu le* Voyage *pour
mesurer à quel point les idées reçues ont peu de chose à
voir avec la réalité des textes...*

Jacques Proust

Le texte reproduit ci-après est celui de la première
édition du *Voyage autour du monde,* publiée à Paris en
1771. On a laissé de côté le « Vocabulaire de l'île
Taiti » et les « Observations sur l'articulation de
l'insulaire de la mer du Sud... par M. Peirere », qui
l'accompagnent mais sont extérieurs au récit du
voyage lui-même.

En général, l'orthographe a été actualisée pour la
commodité du lecteur moderne, mais plusieurs particularités de l'orthographe originelle ont été respectées.

Rien n'a été changé, en particulier, à l'orthographe
des noms propres de personnes et de lieux, parce que
celle-ci était souvent flottante. Celle des noms étrangers change encore continuellement sous nos yeux, si
bien que toute modification à un moment donné risque
d'empêcher définitivement l'identification du nom
d'origine. Au reste, il n'est pas indifférent de savoir
que Bougainville s'obstinait à appeler *Wallas* son
principal rival anglais Wallis, et disait couramment
Uraguay pour Uruguay. On a aussi laissé dans l'état
où il les donne la nouvelle Guinée, la nouvelle
Cythère, la nouvelle Bretagne, la nouvelle Hollande :

pour Bougainville et ses premiers lecteurs ces noms n'étaient pas encore lexicalisés et avaient si je peux dire tout l'attrait du neuf.

L'orthographe des verbes et des noms communs a été normalisée chaque fois que cette opération paraissait indifférente. Mais on a gardé toutes les particularités qui pouvaient témoigner d'un état différent de la langue parlée, notamment dans le vocabulaire nautique. On a donc maintenu « bas-bord » (pour bâbord) parce que Bougainville disait aussi « stribord » (et non tribord), « un éclairci » au masculin, « saumache » pour saumâtre, « bâture » pour bature, « surjauler » pour surjaler, « le gros houl » au masculin, « côté à côté » pour bord à bord, « gréier » et « dégréyer » pour gréer et dégréer, « entalingure » pour étalingure, « gissement » pour gisement, « jussant » pour jusant. Il disait aussi et écrivait « métif » et non métis, « amiable » et non aimable, « une pagne » au féminin, « grand-terre » pour grande terre, « des noix-muscades » pour des noix de muscade, « mangles » pour mangues, « un vieil vaisseau », des clous de « gérofle », une « giroffe » pour une girafe, du « sandal » pour du santal. Il écrivait encore (et pensait peut-être) « l'air du vaisseau » quand nous dirions « l'erre du vaisseau ».

Le lecteur sera surpris sans doute par certains hiatus du genre : « du ouest-sud-ouest », « à ouest-nord-ouest-5°-ouest », et tenté de rétablir : « de l'ouest-sud-ouest », « à l'ouest-nord-ouest-5°-ouest ». Ce serait une erreur, car ces indications correspondent à des points précis du compas et devraient en réalité s'écrire « du OSO », « à ONO5°O », etc. Comme l'écrit Bougainville des auteurs d'extraits : « l'ignorance des termes de l'art dont un marin est obligé de se servir leur fait prendre pour des mots vicieux des expressions nécessaires et consacrées qu'ils remplacent par des absurdités ». C'est une raison suffisante pour ne toucher à son texte qu'avec la plus grande discrétion.

VOYAGE
AUTOUR DU MONDE,
PAR LA FRÉGATE DU ROI
LA BOUDEUSE,
ET
LA FLÛTE L'ÉTOILE;
EN 1766, 1767, 1768 & 1769.

A PARIS,

Chez Saillant & Nyon, Libraires, rue S. Jean-de-Beauvais.

De l'Imprimerie de Le Breton, premier Imprimeur ordinaire du Roi.

M. DCC. LXXI.

AVEC APPROBATION ET PRIVILEGE DU ROI.

AU ROI

Sire,

Le voyage dont je vais rendre compte est le premier de cette espèce entrepris par les Français et exécuté par les vaisseaux de Votre Majesté. Le monde entier lui devait déjà la connaissance de la figure de la terre. Ceux de vos sujets à qui cette importante découverte était confiée, choisis entre les plus illustres savants français, avaient déterminé les dimensions du globe.

L'Amérique, il est vrai, découverte et conquise, la route par mer frayée aux Indes et aux Moluques, sont des prodiges de courage et de succès qui appartiennent sans contestation aux Espagnols et aux Portugais. L'intrépide Magellan, sous les auspices d'un roi qui se connaissait en hommes, échappa au malheur si ordinaire à ses pareils, de passer pour un visionnaire; il ouvrit la barrière, franchit les pas difficiles et, malgré le sort qui le priva du plaisir de ramener son vaisseau à Séville d'où il était parti, rien ne put lui dérober la gloire d'avoir le premier fait le tour du globe. Encoura-

gés par son exemple, des navigateurs anglais et hollandais trouvèrent de nouvelles terres et enrichirent
l'Europe en l'éclairant.

Mais cette espèce de primauté et d'aînesse en
matière de découvertes n'empêche pas les navigateurs
français de revendiquer avec justice une partie de la
gloire attachée à ces brillantes, mais pénibles entrepri-
ses. Plusieurs régions de l'Amérique ont été trouvées
par des sujets courageux des rois vos ancêtres; et
Gonneville, né à Dieppe, a le premier abordé aux
terres australes. Différentes causes tant intérieures
qu'extérieures ont paru depuis suspendre à cet égard le
goût et l'activité de la nation.

VOTRE MAJESTÉ a voulu profiter du loisir de la
paix pour procurer à la géographie des connaissances
utiles à l'humanité. Sous vos auspices, SIRE, nous
sommes entrés dans la carrière; des épreuves de tout
genre nous attendaient à chaque pas, la patience et le
zèle ne nous ont pas manqué. C'est l'histoire de nos
efforts que j'ose présenter à VOTRE MAJESTÉ; votre
approbation en fera le succès.

Je suis avec le plus profond respect,

DE VOTRE MAJESTÉ,
SIRE,

Le très humble et très soumis serviteur
et sujet, DE BOUGAINVILLE.

DISCOURS PRÉLIMINAIRE.

J'ai pensé qu'il serait à propos de présenter, à la tête de ce récit, l'énumération de tous les voyages exécutés autour du monde, et des différentes découvertes faites jusqu'à ce jour dans la mer du Sud ou Pacifique.

Ce fut en 1519 que Ferdinand Magellan, Portugais, commandant cinq vaisseaux espagnols, partit de Séville, trouva le détroit qui porte son nom, par lequel il entra dans la mer Pacifique, où il découvrit deux petites îles désertes dans le sud de la ligne, ensuite les *îles Larrones*, et enfin les *Philippines*. Son vaisseau, nommé *La Victoire*, revenu en Espagne, seul des cinq, par le cap de Bonne-Espérance, fut hissé à terre à Séville, comme un monument de cette expédition, la plus hardie peut-être que les hommes eussent encore faite. Ainsi fut démontrée physiquement, pour la première fois, la sphéricité et l'étendue de la circonférence de la terre.

Drack [1], Anglais, partit de Plymouth avec cinq vaisseaux, le 15 septembre 1577, y rentra avec un seul le 3 novembre 1580. Il fit, le second, le tour du globe.

La reine Elisabeth vint manger à son bord, et son vaisseau, nommé *Le Pélican,* fut soigneusement conservé à Deptfort dans un bassin avec une inscription honorable sur le grand mât. Les découvertes attribuées à Drack sont fort incertaines. On marque sur les cartes, dans la mer du Sud, une côte sous le cercle Polaire, plus quelques îles au nord de la ligne, plus aussi au nord la *nouvelle Albion.*

Le chevalier Thomas Candihs [2], Anglais, partit de Plymouth le 21 juillet 1586, avec trois vaisseaux, y rentra avec deux le 9 septembre 1588. Ce voyage, le troisième fait autour du monde, ne produisit aucune découverte.

Olivier de Nord [3], Hollandais, sortit de Rotterdam le 2 juillet 1598, avec quatre vaisseaux, passa le détroit de Magellan, cingla le long des côtes occidentales de l'Amérique, d'où il se rendit aux Larrones, aux Philippines, aux Moluques, au cap de Bonne-Espérance, et rentra à Rotterdam avec un seul vaisseau, le 26 août 1601. Il n'a fait aucune découverte dans la mer du Sud.

Georges Spilberg, Hollandais, fit voile de Zélande le 8 août 1614, avec six navires, perdit deux vaisseaux avant que d'être rendu au détroit de Magellan, le traversa, fit des courses sur les côtes du Pérou et du Mexique, d'où, sans rien découvrir dans sa route, il passa aux Larrones et aux Moluques. Deux de ses vaisseaux rentrèrent dans les ports de Hollande le 1er juillet 1617.

Presque dans le même temps, Jacques Lemaire et Shouten [4] immortalisaient leur nom. Ils sortent du Texel le 14 juin 1615, avec les vaisseaux *La Concorde* et *Le Horn,* découvrent le détroit qui porte le nom de

Lemaire, entrent les premiers dans la mer du Sud en doublant le cap de Horn ; y découvrent par quinze degrés quinze minutes de latitude sud, et environ cent quarante-deux degrés de longitude occidentale de Paris, *l'île des Chiens;* par quinze degrés de latitude sud à cent lieues dans l'ouest, *l'île sans Fond;* par quatorze degrés quarante-six minutes sud, et quinze lieues plus à l'ouest, *l'île de Water;* à vingt lieues de celle-là dans l'ouest, *l'île des Mouches;* par les seize degrés dix minutes sud, et de cent soixante-treize à cent soixante-quinze degrés de longitude occidentale de Paris, deux îles, *celle des Cocos,* et *celle des Traîtres;* cinquante lieues plus ouest, *celle d'Espérance,* puis *l'île de Horn,* par quatorze degrés cinquante-six minutes de latitude sud, environ cent soixante-dix-neuf degrés de longitude orientale de Paris. Ensuite ils cinglent le long des côtes de la Nouvelle Guinée, passent entre son extrémité occidentale et Gilolo, et arrivent à Batavia en octobre 1616. Georges Spilberg les y arrête, et on les envoie en Europe sur des vaisseaux de la Compagnie : Lemaire meurt de maladie à Maurice, Shouten revoit sa patrie. *La Concorde* et *Le Horn* rentrèrent après deux ans et dix jours.

Jacques Lhermite, Hollandais, commandant une flotte de onze vaisseaux, partit en 1623 avec le projet de faire la conquête du Pérou ; il entra dans la mer du Sud par le cap de Horn, et guerroya sur les côtes espagnoles, d'où il se rendit aux Larrones, sans faire aucune découverte dans la mer du Sud, puis à Batavia. Il mourut en sortant du détroit de la Sonde, et son vaisseau, presque seul de sa flotte, territ au Texel le 9 juillet 1626.

En 1683, Cowley[5], Anglais, partit de la Virginie ; il doubla le cap de Horn, fit diverses courses sur les côtes espagnoles, se rendit aux Larrones, et revint par le cap de Bonne Espérance en Angleterre, où il arriva le 12 octobre 1686. Ce navigateur n'a fait aucune découverte dans la mer du Sud ; il prétend avoir découvert dans celle du Nord, par quarante-sept degrés de latitude australe, et à quatre-vingts lieues de la côte des Patagons, l'*île Pepis*. Je l'ai cherchée trois fois, et les Anglais deux, sans la trouver.

Wood Roger[6], Anglais, sortit de Bristol le 2 août 1708, passa le cap de Horn, fit la guerre sur les côtes espagnoles jusqu'en Californie, d'où, par une route frayée déjà plusieurs fois, il passa aux Larrones, aux Moluques, à Batavia, et, doublant le cap de Bonne-Espérance, il territ aux Dunes le 1er octobre 1711.

Dix ans après, Rogewin[7], Hollandais, sortit du Texel avec trois vaisseaux ; il entra dans la mer du Sud par le cap de Horn, y chercha *la terre de Davis* sans la trouver ; découvrit dans le sud du tropique austral l'*île de Pâques,* dont la latitude est incertaine ; puis, entre le quinzième et le seizième parallèle austral, les *îles Pernicieuses,* où il perdit un de ses vaisseaux ; puis, à peu près dans la même latitude, les *îles Aurore, Vespres, le Labyrinthe* composé de six îles, et l'île de *la Récréation,* où il relâcha. Il découvrit ensuite, sous le douzième parallèle sud, trois îles, qu'il nomma *îles de Bauman,* et enfin, sous le onzième parallèle austral, les *îles de Tienhoven* et *Groningue ;* naviguant ensuite le long de la Nouvelle Guinée et des Terres des Papous, il vint aborder à Batavia, où ses vaisseaux furent confisqués. L'amiral Roggewin repassa en Hollande de sa personne sur les vaisseaux de la

Compagnie, et arriva au Texel le 11 juillet 1723, six cent quatre-vingts jours après son départ du même lieu.

Le goût des grandes navigations paraissait entièrement éteint, lorsqu'en 1741 l'amiral Anson fit autour du globe le voyage dont l'excellente relation est entre les mains de tout le monde, et qui n'a rien ajouté à la géographie.

Depuis ce voyage de l'amiral Anson, il ne s'en est point fait de grand pendant plus de vingt années. L'esprit de découverte a semblé récemment se ranimer. Le commodore Byron part des Dunes le 20 juin 1764, traverse le détroit de Magellan, découvre quelques îles dans la mer du Sud, faisant sa route presque au nord-ouest, arrive à Batavia le 28 novembre 1765, au Cap le 24 février 1766, et le 9 mai aux Dunes, six cent quatre-vingt-huit jours après son départ.

Deux mois après le retour du commodore Byron, le capitaine Wallas [8] part d'Angleterre avec les vaisseaux *Le Delfin* et *Le Swallow,* il traverse le détroit de Magellan, est séparé du *Swallow,* que commandait le capitaine Carteret, au débouquement dans la mer du Sud ; il y découvre une île environ par le dix-huitième parallèle à peu près en août 1767 ; il remonte vers la ligne, passe entre les terres des Papous, arrive à Batavia en janvier 1768, relâche au cap de Bonne-Espérance, et enfin rentre en Angleterre au mois de mai de la même année.

Son compagnon Carteret, après avoir essuyé beaucoup de misères dans la mer du Sud, arrive à Macassar au mois de mars 1768, avec perte de presque tout son équipage, à Batavia le 15 septembre, au cap de Bonne-Espérance à la fin de décembre. On verra que je l'ai rencontré à la mer le 18 février 1769, environ par les onze degrés de latitude septentrionale. Il n'est arrivé en Angleterre qu'au mois de juin.

On voit que de ces treize voyages* autour du monde, aucun n'appartient à la nation française, et que six seulement ont été faits avec l'esprit de découverte; savoir, ceux de Magellan, de Drack, de Lemaire, de Roggewin, de Byron et de Wallas; les autres navigateurs, qui n'avaient pour objet que de s'enrichir par les courses sur les Espagnols, ont suivi des routes connues sans étendre la connaissance du globe.

En 1714, un Français, nommé *La Barbinais Le Gentil*[9], était parti sur un vaisseau particulier, pour aller faire la contrebande sur les côtes du Chili et du Pérou. De là il se rendit en Chine où, après avoir séjourné près d'un an dans divers comptoirs, il s'embarqua sur un autre bâtiment que celui qui l'y avait amené, et revint en Europe, ayant à la vérité fait de sa personne le tour du monde, mais sans qu'on puisse dire que ce soit un voyage autour du monde fait par la nation française.

Parlons maintenant de ceux qui, partant soit d'Europe, soit des côtes occidentales de l'Amérique méridionale, soit des Indes orientales, ont fait des découvertes dans la mer du Sud, sans avoir fait le tour du monde.

Il paraît que c'est un Français, *Paulmier de Gonneville*[10], qui a fait les premières en 1503 et 1504; on

* Dom Pernetty, dans sa *Dissertation sur l'Amérique,* parle d'un voyage autour du monde, fait en 1719 par le capitaine Shelwosk; je n'ai aucune connaissance de ce voyage.

ignore où sont situées les terres auxquelles il a abordé,
et dont il a ramené un habitant, que le gouvernement
n'a point renvoyé dans sa patrie, mais auquel Gonneville, se croyant alors personnellement engagé envers
lui, a fait épouser son héritière.

Alfonse de Salazar, Espagnol, découvrit en 1525
l'*île de Saint-Barthélemi* à quatorze degrés de latitude
nord, et environ cent cinquante-huit degrés de longitude à l'est de Paris.

Alvar de Saavedra, parti d'un port du Mexique en
1526, découvrit, entre le neuvième et le onzième
parallèle nord, un amas d'îles qu'il nomma les *îles des
Rois*, à peu près par la même longitude que l'île Saint-
Barthélemi ; il se rendit ensuite aux Philippines et aux
Moluques ; et, en revenant au Mexique, il eut le
premier connaissance des îles ou terres nommées
Nouvelle Guinée et *Terre des Papous*. Il découvrit
encore par douze degrés nord, environ à quatre-vingts
lieues dans l'est des îles des Rois, une suite d'îles
basses, nommées les *îles des Barbus*.

Diego Hurtado et Fernand de Grijalva, partis du
Mexique en 1433 pour reconnaître la mer du Sud, ne
découvrirent qu'une île située par vingt degrés trente
minutes de latitude nord, environ à cent degrés de
longitude ouest de Paris. Ils la nommèrent *île Saint-
Thomas*.

Jean Gaëtan, appareillé du Mexique en 1542, fit
aussi sa route au nord de la ligne. Il y découvrit entre
le vingtième et le neuvième parallèle, à des longitudes
différentes, plusieurs îles ; savoir, *Rocca Partida*, les
îles du Corail, celles *du Jardin*, *la Matelote*, l'*île
d'Arézise*, et enfin il aborda à la Nouvelle Guinée, ou
plutôt, suivant son rapport, à la *Nouvelle Bretagne ;*

mais Dampierre n'avait pas encore découvert le passage qui porte son nom.

Le voyage suivant est plus fameux que tous les
précédents.

Alvar de Mendoce et Mindana [11], partis du Pérou en
1567, découvrirent les îles célèbres que leur richesse fit
nommer *îles de Salomon ;* mais, en supposant que les
détails rapportés sur la richesse de ces îles ne soient
pas fabuleux, on ignore où elles sont situées, et c'est
vainement qu'on les a recherchées depuis. Il paraît
seulement qu'elles sont dans la partie australe de la
ligne entre le huitième et le douzième parallèle. L'*île
Isabella* et *la terre de Guadalcanal,* dont les mêmes
voyageurs font mention, ne sont pas mieux connues.

En 1595, Alvar de Mindana, compagnon de Mendoce dans le voyage précédent, repartit du Pérou avec
quatre navires pour la recherche des îles de Salomon.
Il avait avec lui Fernand de Quiros [12], devenu depuis
célèbre par ses propres découvertes. Mindana découvrit entre le neuvième et le onzième parallèle méridio-
nal, environ par cent huit degrés à l'ouest de Paris, les
îles Saint-Pierre, Magdelaine, la Dominique et *Chris-
tine,* qu'il nomma *les Marquises de Mendoce,* du nom
de dona Isabella de Mendoce, qui était du voyage ;
environ vingt-quatre degrés plus à l'ouest, il découvrit
les *îles Saint-Bernard ;* presque à deux cents lieues
dans l'ouest de celles-ci, l'*île Solitaire,* et enfin l'*île
Sainte-Croix,* située à peu près par cent quarante
degrés de longitude orientale de Paris. La flotte
navigua de là aux Larrones, et enfin aux Philippines,
où n'arriva pas le général Mindana : on n'a pas su ce
qu'était devenu son navire.

Fernand de Quiros, compagnon de l'infortuné Mindana, avait ramené au Pérou dona Isabella. Il en repartit avec deux vaisseaux le 21 décembre 1605, et prit sa route à peu près dans l'ouest-sud-ouest. Il découvrit d'abord une petite île vers le vingt-cinquième degré de latitude sud, environ par cent vingt-quatre degrés de longitude occidentale de Paris; puis entre dix-huit et dix-neuf degrés sud, sept ou huit autres îles basses et presque noyées, qui portent son nom; et par le treizième degré de latitude sud, environ cent cinquante-sept degrés à l'ouest de Paris, l'île qu'il nomma *de la belle Nation.* En recherchant ensuite l'*île Sainte-Croix* qu'il avait vue dans son premier voyage, recherche qui fut vaine, il découvrit par treize degrés de latitude sud, et à peu près cent soixante-seize degrés de longitude orientale de Paris, l'*île de Taumaco,* puis à environ cent lieues à l'ouest de cette île, par quinze degrés de latitude sud, une grande terre qu'il nomma la *terre australe du Saint-Esprit,* terre que les divers géographes ont diversement placée. Là, il finit de courir à l'ouest, et reprit la route du Mexique, où il se rendit à la fin de l'année 1606, après avoir encore infructueusement cherché l'île *Sainte-Croix.*

Abel Tasman[13], sorti de Batavia le 14 août 1642, découvrit par quarante-deux degrés de latitude australe, et environ cent cinquante-cinq degrés à l'est de Paris, une terre qu'il nomma *Vandiemen;* il la quitta faisant route à ouest, et environ à cent soixante degrés de notre longitude orientale, il découvrit la *Nouvelle Zélande* par quarante-deux degrés dix minutes sud. Il en suivit la côte environ jusqu'au trente-quatre degré de latitude sud, d'où il cingla au nord-est, et découvrit par vingt-deux degrés trente-cinq minutes, environ cent soixante-quatorze degrés à l'est de Paris, les *îles Pylstaart, Amsterdam* et *Roter-dam*. Il ne poussa pas ses recherches plus loin, et revint à Batavia en passant entre la Nouvelle Guinée et Gilolo.

On a donné le nom général de *Nouvelle Hollande* à une vaste suite, soit de terres, soit d'îles, qui s'étend depuis le sixième jusqu'au trente-quatrième degré de latitude australe, entre le cent cinquième et le cent quarantième degré de longitude orientale du méridien de Paris. Il était juste de la nommer ainsi, puisque ce sont presque tous navigateurs hollandais qui ont reconnu les différentes parties de cette contrée. La première terre découverte en ces parages fut la terre de *Concorde,* autrement appelée d'*Endracht,* du nom de celui qui l'a trouvée en 1616, par le vingt-quatre et vingt-cinquième degré de latitude sud. En 1618, une autre partie de cette terre, située à peu près sous le quinzième parallèle, fut découverte par Zéachen, qui lui donna le nom d'*Arnhem* et de *Diemen;* et ce pays n'est pas le même que celui nommé depuis *Diemen* par Tasman. En 1619, Jean d'Edels donna son nom à une portion méridionale de la Nouvelle Hollande. Une autre portion, située entre le trentième et le trente-troisième parallèle, reçut celui de *Leuwin.* Pierre de Nuitz en 1627, imposa le sien à une côte qui paraît faire la suite de celle de Leuwin dans l'ouest. Guillaume de Witt appela de son nom une partie de la côte occidentale, voisine du tropique du Capricorne, quoiqu'elle dût porter celui du capitaine Viane, Hollandais, qui, en 1628, avait payé l'honneur de cette découverte par la perte de son navire et de toutes ses richesses.

Dans la même année 1628, entre le dixième et le

vingtième parallèle, le grand golfe de la *Carpentarie*
fut découvert par Pierre Carpenter, Hollandais, et
cette nation a souvent depuis fait reconnaître toute
cette côte.

Dampierre [14], Anglais, partant de la grande *Timor,*
avait fait en 1687 un premier voyage sur les côtes de la
Nouvelle Hollande, et était abordé entre la terre
d'*Arnhem* et celle de *Diemen;* cette course, fort courte,
n'avait produit aucune découverte. En 1699, il partit
d'Angleterre avec l'intention expresse de reconnaître
toute cette région sur laquelle les Hollandais ne
publiaient point les lumières qu'ils possédaient. Il en
parcourut la côte occidentale depuis le vingt-huitième
jusqu'au quinzième parallèle. Il eut la vue de la terre
de Concorde, de celle de Witt, et conjectura qu'il
pouvait exister un passage au sud de la Carpentarie. Il
retourna ensuite à Timor, d'où il revint visiter les îles
des Papous, longea la Nouvelle Guinée, découvrit le
passage qui porte son nom, appela *Nouvelle Bretagne*
la grande île qui forme ce détroit à l'est, et reprit sa
course pour Timor le long de la Nouvelle Guinée.
C'est ce même Dampierre qui, depuis 1683 jusqu'en
1691, tantôt flibustier, tantôt commerçant, avait fait
le tour du monde en changeant de navires.

Tel est l'exposé succinct [15] des divers voyages autour
du globe, et des découvertes différentes faites dans le
vaste océan Pacifique, jusqu'au temps de notre départ
de France. Avant que de commencer le récit de
l'expédition qui m'a été confiée, qu'il me soit permis de
prévenir qu'on ne doit pas en regarder la relation
comme un ouvrage d'amusement : c'est surtout pour
les marins qu'elle est faite. D'ailleurs cette longue
navigation autour du globe n'offre pas la ressource des

voyages de mer faits en temps de guerre, lesquels fournissent des scènes intéressantes pour les gens du monde. Encore si l'habitude d'écrire avait pu m'apprendre à sauver par la forme une partie de la sécheresse du fond ! Mais, quoique initié aux sciences dès ma plus tendre jeunesse, où les leçons que daigna me donner M. d'Alembert me mirent dans le cas de présenter à l'indulgence du public un ouvrage sur la géométrie, je suis maintenant bien loin du sanctuaire des sciences et des lettres ; mes idées et mon style n'ont que trop pris l'empreinte de la vie errante et sauvage que je mène depuis douze ans. Ce n'est ni dans les forêts du Canada, ni sur le sein des mers, que l'on se forme à l'art d'écrire, et j'ai perdu un frère dont la plume aimée du public eût aidé à la mienne.

Au reste, je ne cite ni ne contredis personne ; je prétends encore moins établir ou combattre aucune hypothèse. Quand même les différences très sensibles, que j'ai remarquées dans les diverses contrées où j'ai abordé, ne m'auraient pas empêché de me livrer à cet esprit de système, si commun aujourd'hui, et cependant si peu compatible avec la vraie philosophie, comment aurais-je pu espérer que ma chimère, quelque vraisemblance que je susse lui donner, pût jamais faire fortune ? Je suis voyageur et marin ; c'est-à-dire, un menteur, et un imbécile aux yeux de cette classe d'écrivains paresseux et superbes qui, dans les ombres de leur cabinet, philosophent à perte de vue sur le monde et ses habitants, et soumettent impérieusement la nature à leurs imaginations. Procédé bien singulier, bien inconcevable de la part de gens qui, n'ayant rien observé par eux-mêmes, n'écrivent, ne dogmatisent que d'après des observations empruntées de ces mêmes voyageurs auxquels ils refusent la faculté de voir et de penser.

Je finirai ce discours en rendant justice au courage, au zèle, à la patience invincible des officiers* et équipages de mes deux vaisseaux. Il n'a pas été nécessaire de les animer par un traitement extraordinaire, tel que celui que les Anglais ont cru devoir faire aux équipages de M. Byron. Leur constance a été à l'épreuve des positions les plus critiques, et leur bonne volonté ne s'est pas un instant ralentie. C'est que la nation française est capable de vaincre les plus grandes difficultés, et que rien n'est impossible à ses efforts, toutes les fois qu'elle voudra se croire elle-même l'égale, au moins, de telle nation que ce soit au monde.

---

* L'état-major de la frégate *La Boudeuse* était composé de MM. de Bougainville, capitaine de vaisseau, Duclos Guyot, capitaine de brûlot ; chevalier de Bournand, chevalier d'Oraison, chevalier du Bouchage, enseignes de vaisseau ; chevalier de Suzannet, chevalier de Kué, gardes de la marine, faisant fonctions d'officiers ; Le Corre, officier marchand ; Saint-Germain, écrivain ; La Veze, aumônier ; La Porte, chirurgien-major.

L'état-major de la flûte *L'Étoile* était composé de MM. Chesnard de La Giraudais, capitaine de brûlot ; Caro, lieutenant des vaisseaux de la Compagnie des Indes ; Donat, Landais, Fontaine et Lavary-le-Roi, officiers marchands ; Michaud, écrivain ; Vivès, chirurgien-major.

Il y avait de plus MM. de Commerçon, médecin ; Verron, astronome, et de Romainville, ingénieur.

PREMIÈRE PARTIE

*Contenant depuis le départ de France,
jusqu'à la sortie du détroit de Magellan.*

CHAPITRE PREMIER

*Départ de La Boudeuse de Nantes ; relâche à Brest ; route de
Brest à Montevideo ; jonction avec les frégates espagnoles
pour la remise des îles Malouines.*

Dans le mois de février 1764, la France avait
commencé un établissement aux îles Malouines. L'Espagne revendiqua ces îles, comme étant une dépendance du continent de l'Amérique méridionale ; et son
droit ayant été reconnu par le roi, je reçus ordre d'aller
remettre notre établissement aux Espagnols, et de me
rendre ensuite aux Indes orientales, en traversant la
mer du Sud entre les tropiques. On me donna pour
cette expédition le commandement de la frégate *La
Boudeuse,* de vingt-six canons de douze [1], et je devais
être joint aux îles Malouines par la flûte *L'Étoile,*
destinée à m'apporter les vivres nécessaires à notre
longue navigation, et à me suivre pendant le reste de
la campagne. Le retard, que diverses circonstances
ont mis à la jonction de cette flûte avec moi, a allongé
ma campagne de près de huit mois.

Dans les premiers jours du mois de novembre 1766,
je me rendis à Nantes où *La Boudeuse* venait d'être
construite, et où M. Duclos Guyot, capitaine de
brûlot, mon second, en faisait l'armement. Le 5 de ce

mois, nous descendîmes de Painbeuf à Mindin pour achever de l'armer ; et le 15, nous fîmes voile de cette rade, pour nous rendre à la rivière de la Plata. Je devais y trouver les deux frégates espagnoles, *La Esmeralda* et *La Liebre,* sorties du Ferrol le 17 octobre, et dont le commandant était chargé de recevoir les îles Malouines au nom de Sa Majesté Catholique.

Le 17 au matin, nous essuyâmes un coup de vent violent de la partie du ouest-sud-ouest au nord-ouest ; il renforça dans la nuit, que nous passâmes à sec de voiles et les basses vergues amenées, le point de dessous de la misaine, sous laquelle nous capeyions auparavant, ayant été emporté. Le 18, à quatre heures du matin, notre petit mât de hune rompit à la moitié environ de sa hauteur : le grand mât de hune résista jusqu'à huit heures, qu'il rompit dans le chouquet du grand mât, dont il fit consentir le ton. Ce dernier événement nous mettait dans l'impossibilité de continuer notre route, et je pris le parti de relâcher à Brest, où nous entrâmes le 21 novembre.

Ce coup de vent, et le dégréement qu'il avait occasionné, me mirent dans le cas de faire les remarques suivantes sur l'état et les qualités de la frégate que je commandais.

1° Son énorme rentrée laissant trop peu d'ouverture à l'angle que font les haubans avec les mâts majeurs, ceux-ci n'étaient pas assez appuyés.

2° Le défaut précédent devenait d'une plus grande conséquence par la nature du lest, que la grande quantité des vivres dont nous étions pourvus, nous avait contraints d'embarquer. Quarante tonneaux de lest de fer, distribués des deux côtés de la carlingue à peu de distance de celle-ci, et douze canons de douze placés au pied de l'archipompe (nous n'en avions que quatorze montés sur le pont), formaient un poids considérable, lequel, très abaissé au-dessous du centre de gravité, et presque réuni sur la carlingue, mettait la mâture en danger, pour peu qu'il y eût de roulis.

Ces considérations me déterminèrent à faire diminuer la hauteur excessive de nos mâts, et à changer notre artillerie de douze contre du canon de huit. Outre la diminution de près de vingt tonneaux de poids, tant à fond de cale que sur le pont, gagnée par ce changement d'artillerie, le peu de largeur de la frégate suffisait pour le rendre nécessaire. Il s'en faut d'environ deux pieds qu'elle n'ait le bau des frégates faites pour porter du douze.

Malgré ces changements qui me furent accordés, je ne pouvais me dissimuler que mon bâtiment n'était pas propre à naviguer dans les mers qui entourent le cap de Horn. J'avais éprouvé, dans le coup de vent, qu'il faisait de l'eau par tous ses hauts, et je devais m'attendre au risque d'avoir une partie de mon biscuit pourrie par l'eau qui, pendant le mauvais temps, s'introduirait infailliblement dans les soutes ; inconvénient dont les suites seraient sans ressource dans le voyage que nous entreprenions. Je demandai donc qu'il me fût permis de renvoyer *La Boudeuse* des îles Malouines en France, sous les ordres du chevalier Bournand, lieutenant de vaisseau ; et de continuer le voyage avec la seule flûte *L'Étoile,* dans le cas où les longues nuits de l'hiver m'interdiraient le passage du détroit de Magellan. J'obtins cette permission, et le 4 décembre, notre mâture étant réparée, l'artillerie changée, la frégate entièrement recalfatée dans ses hauts, je sortis du port et vins mouiller en rade, où nous passâmes la journée à embarquer les poudres et rider les haubans.

Le 5 à midi nous appareillâmes de la rade de Brest. Je fus obligé de couper mon câble, le vent d'est très frais et le jussant empêchant de virer à pic, et me faisant appréhender d'abattre trop près de la côte. Mon état-major était composé de onze officiers, trois volontaires, et l'équipage de deux cent trois matelots, officiers mariniers, soldats, mousses et domestiques. M. le prince de Nassau Sieghen avait obtenu du roi la permission de faire cette campagne. A quatre heures après midi, le milieu de l'île d'Ouessant me restait au nord-quart-nord-est du compas, et ce fut d'où je pris mon point de départ.

Pendant les premiers jours, nous eûmes assez constamment les vents d'ouest-nord-ouest au ouest-sud-ouest et sud-ouest, grand frais. Le 17 après midi, on eut connaissance des *Salvages,* le 18 de *l'île de Palme,* et le 19 de *l'île de Fer.* Ce qu'on nomme les Salvages est une petite île d'environ une lieue d'étendue de l'est à l'ouest; elle est basse au milieu, mais à chaque extrémité s'élève un petit mondram[2]; une chaîne de roches, dont quelques-unes paraissent au-dessus de l'eau, s'étendent du côté de l'ouest à deux lieues de l'île; il y a aussi du côté de l'est quelques brisants, mais qui ne s'en écartent pas beaucoup.

La vue de cet écueil nous avait avertis d'une grande erreur dans notre route; mais je ne voulus l'apprécier qu'après avoir eu connaissance des îles Canaries, dont la position est exactement déterminée. La vue de l'île de Fer me donna avec certitude cette correction que j'attendais. Le 19 à midi j'observai la latitude, et en la faisant cadrer avec le relèvement de l'île de Fer, pris à cette même heure, je trouvai une différence de quatre degrés sept minutes dont j'étais plus est que mon estime. Cette erreur est fréquente dans la traversée du cap Finistère aux Canaries, et je l'avais éprouvée en d'autres voyages : les courants, par le travers du détroit de Gibraltar, portant à l'est avec rapidité.

J'eus en même temps occasion de remarquer que les Salvages sont mal placées sur la carte de M. Bellin. En effet, lorsque nous en eûmes connaissance le 17 après-midi, la longitude que nous donnait leur relèvement différait de notre estime de trois degrés dix-sept minutes à l'est. Cependant cette même différence s'est trouvée, le 19, de quatre degrés sept minutes, en corrigeant notre point sur le relèvement de l'île de Fer, dont la longitude est déterminée par des observations astronomiques. Il est à remarquer que, pendant les deux jours écoulés entre la vue des Salvages et celle de l'île de Fer, nous avons navigué avec un vent étale, grand largue, et qu'ainsi il doit y avoir eu bien peu d'erreur dans l'estime de notre route. D'ailleurs, le 18, nous relevâmes l'île de Palme au sud-ouest quart d'ouest corrigé, et selon M. Bellin, elle devait nous rester au sud-ouest. J'ai pu conclure de ces deux observations que M. Bellin a placé l'île des Salvages trente-deux minutes environ plus à l'ouest qu'elle n'y est effectivement.

Je pris donc un nouveau point de départ le 19 décembre à midi. Notre route n'eut depuis rien de particulier jusqu'à notre atterrage à la rivière de la Plata ; elle ne fournit d'observations qui puissent intéresser les navigateurs, que les suivantes.

1° Le 6 et le 7 janvier 1767, étant entre un degré quarante minutes et 00 degré trente-huit minutes nord, et par vingt-huit degrés de longitude, nous vîmes beaucoup d'oiseaux ; ce qui me ferait croire à la vigie[3] de *Penedo San-Pedro,* quoique M. Bellin ne la marque pas sur sa carte.

2° Le 8 janvier après-midi, nous passâmes la ligne entre les vingt-sept et vingt-huit degrés de longitude.

3° Depuis le deux janvier, les observations de variation nous étaient refusées, et je l'avais estimée d'après la carte de Williams Mountain et Jacob Obson. Le 11, au coucher du soleil, nous observâmes trois degrés dix-sept minutes de variation nord-ouest, et le 14 au matin j'observai encore dix minutes de variation nord-ouest avec un compas azimutal, étant par dix degrés trente minutes ou quarante minutes de latitude australe, et environ par trente-trois degrés vingt minutes de longitude occidentale du méridien de Paris. Il est donc certain, si ma longitude estimée est exacte, et je l'ai vérifiée telle à l'atterrage, que la ligne où il n'y a pas de variation s'est encore avancée vers l'ouest depuis les observations de Mountain et d'Obson, et qu'il semble que le progrès de cette ligne vers l'ouest est assez uniforme. En effet, sur le même parallèle où William Mountain et Jacob d'Obson avaient trouvé douze à treize degrés de différence dans l'espace de quarante-quatre ans, j'en ai trouvé un peu plus de six degrés après un espace de vingt-deux ans. Cette progression mériterait d'être constatée par une suite d'observations. La découverte de la loi que suivent ces changements dans la déclinaison de l'aiguille aimantée, outre qu'elle fournirait un moyen de conclure en mer les longitudes, nous conduirait peut-être à celle des causes de cette variation, peut-être même à celle de la vertu magnétique.

4° Au nord et au sud de la ligne, nous avons presque constamment observé des différences nord assez grandes, quoiqu'il soit plus ordinaire de les y éprouver sud. Nous eûmes lieu d'en soupçonner la cause, lorsque, le 18 janvier après-midi, nous traversâmes un banc de frai de poissons, qui s'étendait à perte de vue du sud-ouest quart d'ouest au nord-est quart d'est, sur une ligne d'un blanc rougeâtre, large d'environ deux brasses. Sa rencontre nous avertissait que depuis plusieurs jours, les courants portaient au nord-est quart d'est ; car tous les poissons déposent leurs œufs sur les côtes, d'où les courants les détachent et les entraînent dans leur lit en haute mer. En observant ces différences nord, dont je viens de parler, je n'en avais point inféré qu'elles nécessitassent avec elles des différences ouest ; aussi quand, le 29 janvier au soir, on vit la terre, j'estimais à midi qu'elle me restait à douze ou quinze lieues de distance, ce qui me fit naître la réflexion suivante.

Un grand nombre de navigateurs se sont plaints, depuis longtemps, et se plaignent encore que les cartes, surtout celles de M. Bellin, marquent les côtes du Brésil beaucoup trop à l'est. Ils se fondent sur ce que, dans leurs différentes traversées, ils ont souvent aperçu ces côtes, lorsqu'ils croyaient en être encore à quatre-vingts ou cent lieues. Ils ajoutent qu'ils ont éprouvé plusieurs fois que, dans ces parages, les courants les avaient portés dans le sud-ouest : et ils aiment mieux taxer d'erreur les observations astronomiques et les cartes, que d'en croire susceptible l'estime de leur route.

Nous aurions pu, d'après un pareil raisonnement, conclure le contraire dans notre traversée à la rivière de la Plata, si un heureux hasard ne nous eût indiqué la raison des différences nord que nous éprouvions. Il était évident que le banc de frai de poissons, que nous rencontrâmes le 29, était soumis à la direction d'un courant : et son éloignement des côtes prouvait que ce courant régnait depuis plusieurs jours. Il était donc la cause des erreurs constantes de notre route ; les courants, que les navigateurs ont souvent éprouvé porter au sud-ouest dans ces parages, sont donc sujets à des variations, et prennent quelquefois une direction contraire.

Sur cette observation bien constatée, comme notre route était à peu près le sud-ouest, je fus autorisé à corriger nos erreurs sur la distance, en la faisant cadrer avec l'observation de latitude, et à ne pas corriger l'aire de vent. Je dois à cette méthode d'avoir eu connaissance de terre, presque au moment où me la montrait mon estime. Ceux d'entre nous qui ont toujours calculé leur chemin à l'ouest, d'après l'estime journalière, en se contentant de corriger la différence en latitude que leur donnait l'observation méridienne, étaient à terre, longtemps avant que nous ne l'eussions aperçue. Auraient-ils été en droit d'en conclure que la côte du Brésil est plus à l'ouest que ne le marque M. Bellin ?

En général, il paraît que, dans cette partie, les courants varient, et portent quelquefois au nord-est, plus souvent au sud-ouest. Un coup d'œil sur le gissement de la côte suffit pour prouver qu'ils ne doivent suivre que l'une ou l'autre de ces deux directions, et il est toujours facile de distinguer laquelle règne, par les différences nord ou sud que donnent les observations de latitude. C'est à ces courants qu'il faut imputer les erreurs fréquentes dont les navigateurs se plaignent, et je pense que M. Bellin place exactement les côtes du Brésil. Je le crois d'autant plus volontiers, que la longitude de Rio-Janéiro a été déterminée par MM. Godin et l'Abbé de La Caille [4], qui s'y rencontrèrent en 1751, et qu'il y a aussi eu des observations de longitude faites à Fernambuc et à Buénos-Aires. Ces trois points déterminés, il ne saurait y avoir d'erreur considérable sur la position en longitude des côtes orientales de l'Amérique, depuis le huitième jusqu'au trente-cinquième parallèle de latitude australe; et c'est ce que l'expérience nous a confirmé.

Depuis le 27 janvier nous avions le fond, et le 29 au soir, nous vîmes la terre, sans qu'il nous fût permis de la bien reconnaître, parce que le jour était sur son déclin, et que les terres de cette côte sont fort basses. La nuit fut obscure, avec de la pluie et du tonnerre. Nous la passâmes en panne sous les huniers aux bas ris et le cap au large. Le 30, les premiers rayons du jour naissant nous firent apercevoir les montagnes *des Maldonades.* Alors il nous fut facile de reconnaître que la terre vue la veille était *l'île de Lobos.* Toutefois, comme notre latitude d'arrivée était trente-cinq degrés seize minutes vingt secondes, nous devions la prendre pour le *cap Sainte-Marie* [5], que M. Bellin place par trente-cinq degrés quinze minutes, tandis que sa latitude vraie est trente-quatre degrés cinquante-cinq minutes. Je relève cette fausse position, parce qu'elle est dangereuse. Un navire qui, cinglant par trente-cinq degrés quinze minutes de latitude sud, croirait aller chercher le cap Sainte-Marie, courrait le risque de rencontrer *le banc aux Anglais,* avant que d'avoir

reconnu aucune terre. Cependant la sonde l'avertirait
de l'approche du danger ; près du banc, on ne trouve
plus que six à sept brasses d'eau. *Le banc aux
Français,* qui n'est autre que le prolongement *du cap
Saint-Antoine,* serait plus dangereux : lorsqu'on est
prêt à donner sur la pointe septentrionale de ce
banc, on trouve encore douze à quatorze brasses
d'eau.

Les Maldonades sont les premières terres hautes
qu'on voit sur la côte du nord, après être entré dans la
rivière de la Plata, et les seules presque jusqu'à
Montevideo. A l'est de ces montagnes, il y a un
mouillage sur une côte très basse. C'est une anse en
partie couverte par un îlot. Les Espagnols ont un
bourg aux Maldonades, avec une garnison. On travaille depuis quelques années, dans ses environs, une
mine d'or peu riche ; l'on y trouve aussi des pierres
assez transparentes. A deux lieues dans l'intérieur, est
une ville nouvellement bâtie, peuplée entièrement de
Portugais déserteurs, et nommée *Pueblo nuevo.*

Le 31, à onze heures du matin, nous mouillâmes
dans la baie de *Montevideo,* par quatre brasses d'eau,
fond de vase molle et noire. Nous avions passé la nuit
du 30 au 31, mouillés sur une ancre, par neuf brasses
même fond, à quatre ou cinq lieues dans l'est de *l'île de
Flores.* Les deux frégates espagnoles destinées à
prendre possession des îles Malouines étaient dans
cette rade depuis un mois. Leur commandant, don
Philippe Ruis Puente, capitaine de vaisseau, en était
nommé gouverneur. Nous nous rendîmes ensemble à
Buénos-Aires, afin d'y concerter avec le gouverneur
général les mesures nécessaires pour la cession de

l'établissement que je devais livrer aux Espagnols. Nous n'y séjournâmes pas longtemps, et je fus de retour à Montevideo le 16 février.

M. le prince de Nassau avait fait avec moi ce voyage ; et comme le vent était debout pour revenir en goélette, nous débarquâmes vis-à-vis Buenos-Aires, au-dessus de la *Colonie du Saint-Sacrement,* et fîmes la route par terre. Nous traversâmes ces plaines immenses dans lesquelles on se conduit par le coup d'œil, dirigeant son chemin de manière à ne pas manquer les gués des rivières, chassant devant soi trente ou quarante chevaux, parmi lesquels il faut prendre avec un laqs[6] son relais, lorsque celui qu'on monte est fatigué, se nourrissant de viande presque crue, et passant les nuits dans des cabanes faites de cuirs, où le sommeil est à chaque instant interrompu par les hurlements des tigres qui rôdent aux environs. Je n'oublierai de ma vie la façon dont nous passâmes la rivière de Sainte-Lucie, rivière fort profonde, très rapide et beaucoup plus large que n'est la Seine vis-à-vis les Invalides. On vous fait entrer dans un canot étroit et long, et dont un des bords est de moitié plus haut que l'autre ; on force ensuite deux chevaux d'entrer dans l'eau, l'un à stribord, l'autre à bas-bord du canot, et le maître du bac tout nu, précaution fort sage assurément, mais peu propre à rassurer ceux qui ne savent pas nager, soutient de son mieux au-dessus de la rivière la tête des deux chevaux, dont la besogne alors est de vous passer à la nage de l'autre côté, s'ils en ont la force.

Don Ruis arriva à Montevideo peu de jours après nous. Il y vint en même temps deux goélettes chargées, l'une de bois et de rafraîchissements, l'autre de biscuit et de farine, que nous embarquâmes en remplacement de notre consommation depuis Brest. Les frégates espagnoles étant également prêtes, nous nous disposâmes à sortir de la rivière de la Plata.

CHAPITRE II

Détails sur les Établissements des Espagnols dans la rivière de la Plata.

Rio de la Plata, ou *la Rivière d'argent,* ne coule point sous le même nom depuis sa source. Elle sort, dit-on, du *lac des Xaragès* vers les seize degrés trente minutes sud, sous le nom de *Paraguai,* qu'elle donne à une immense étendue de pays qu'elle traverse. Elle se joint vers le vingt-septième degré avec *le Parana,* dont elle prend le nom avec les eaux. Elle coule ensuite droit au sud jusqu'au par le trente-quatrième degré ; elle y reçoit l'*Uraguai* et prend son cours à l'est sous le nom de *la Plata,* qu'elle conserve enfin jusqu'à la mer.

Les géographes jésuites, qui les premiers ont attribué l'origine de ce grand fleuve au lac des Xaragès, se sont trompés, et les autres écrivains ont suivi leur erreur à cet égard. L'existence de ce lac, qu'on a depuis cherché vainement, est aujourd'hui reconnue fabuleuse. Le marquis de Valdelirias et don Georges Menezès, ayant été nommés, l'un par l'Espagne, l'autre par le Portugal, pour régler dans ces contrées les limites des possessions respectives des deux puissances, plusieurs officiers espagnols et portugais par-

coururent, depuis 1751 jusqu'en 1755, toute cette
portion de l'Amérique. Une partie des Espagnols
remonta le fleuve du Paraguai, comptant entrer par
cette voie dans le lac des Xaragès; les Portugais de
leur côté, partant de Matagrosso, établissement de
leur nation sur la frontière intérieure du Brésil par
douze degrés de latitude sud, s'embarquèrent sur une
rivière nommée *Caourou,* que les mêmes cartes des
jésuites marquaient se jeter aussi dans le lac des
Xaragès. Ils furent fort étonnés les uns et les autres de
se rencontrer sur le Paraguai, par les quatorze degrés
de latitude sud, et sans avoir vu aucun lac. Ils
vérifièrent que ce qu'on avait pris pour un lac, est une
vaste étendue de pays très bas, lequel en certain temps
de l'année est couvert par les inondations du fleuve.
Le Paraguai ou Rio de la Plata prend sa source entre le
cinquième et le sixième degré de latitude australe, à
peu près à égale distance des deux mers et dans les
mêmes montagnes, d'où sort *la Madera,* qui va perdre
ses eaux dans celles de *l'Amazone.* Le Parana et
l'Uraguai naissent tous deux dans le Brésil; l'Uraguai
dans la capitainie de Saint-Vincent, le Parana près de
la mer Atlantique, dans les montagnes qui sont à l'est-
nord-est de Rio Janéiro, d'où il prend son cours vers
l'ouest et ensuite tourne au sud.

On trouvera dans l'abbé Prévost l'histoire de la
découverte de Rio de la Plata, des obstacles que les
Espagnols y ont rencontrés et des premiers établissements qu'ils y ont faits. On y verra Diaz de Solis entrer
le premier dans cette rivière en 1515, et lui donner son
nom qu'elle garde jusqu'en 1526, que Sébastien Cabot
lui donne celui de la Plata ou de *rivière d'argent,* en
reconnaissance de l'argent qu'il en tire des naturels.

Cabot bâtit *le fort du Saint-Esprit* sur le *Rio Tercero,* trente lieues au-dessus du confluent du Paraguai et de l'Uraguai ; mais cet établissement est détruit presque aussitôt que formé. Don Pedre de Mendoze, grand échanson de l'empereur, est ensuite envoyé dans la rivière de la Plata en 1535. Il jette sous de mauvais auspices les premiers fondements de *Buenos-Aires* à la rive droite du fleuve, quelques lieues au-dessous de son confluent avec l'Uraguai, et son expédition n'est qu'une suite de malheurs qui ne se terminent pas même à sa mort. Les habitants de Buenos-Aires, combattus sans cesse par les Indiens et par la famine, sont forcés de l'abandonner, et se retirent à *l'Assomption.* Cette ville, aujourd'hui capitale du Paraguai, bâtie par des Espagnols de la suite de Mendoze, sur la rive occidentale du fleuve et à trois cents lieues de son embouchure, s'était accrue en peu de temps. Enfin don Pedre Ortiz de Zarate, gouverneur du Paraguai, rebâtit Buenos-Aires en 1580 au même lieu ou l'infortuné Mendoze l'avait autrefois placée : il y fixe sa demeure, elle devient l'entrepôt des vaisseaux d'Europe, et successivement la capitale de toutes ces provinces, le siège d'un évêque, et la résidence du gouverneur général.

Buenos-Aires est située par trente-quatre degrés trente-cinq minutes de latitude australe ; sa longitude de soixante et un degrés cinq minutes à l'ouest de Paris a été déterminée par les observations astronomiques du P. Feuillée. Cette ville, régulièrement bâtie, est beaucoup plus grande qu'il semble qu'elle ne devrait l'être, vu le nombre de ses habitants, qui ne passe pas vingt mille, blancs, nègres et métifs. La forme des maisons est ce qui lui donne tant d'étendue.

Si l'on excepte les couvents, les édifices publics, et cinq ou six maisons particulières, toutes les autres sont très basses et n'ont absolument que le rez-de-chaussée. Elles ont d'ailleurs de vastes cours et presque toutes des jardins. La citadelle, qui renferme le gouvernement, est située sur le bord de la rivière et forme un des côtés de la place principale; celui qui lui est opposé est occupé par l'hôtel de ville. La cathédrale et l'évêché sont sur cette même place où se tient chaque jour le marché public.

Il n'y a point de port à Buenos-Aires, pas même un môle pour faciliter l'abordage des bateaux. Les vaisseaux ne peuvent s'approcher de la ville à plus de trois lieues. Ils y déchargent leurs cargaisons dans des goélettes qui entrent dans une petite rivière nommée *Rio Chuelo,* d'où les marchandises sont portées en charrois dans la ville qui en est à un quart de lieue. Les vaisseaux qui doivent caréner ou prendre un chargement à Buenos-Aires se rendent à *la Encenada de Baragan,* espèce de port situé à neuf ou dix lieues dans l'est-sud-est de cette ville.

Il y a dans Buenos-Aires un grand nombre de communautés religieuses de l'un et de l'autre sexe. L'année y est remplie de fêtes de saints qu'on célèbre par des processions et des feux d'artifice. Les cérémonies du culte tiennent lieu de spectacles. Les moines nomment les premières dames de la ville *Majordomes* de leurs fondateurs et de la Vierge. Cette charge leur donne le droit et le soin de parer l'église, d'habiller la statue et de porter l'habit de l'ordre. C'est pour un étranger un spectacle assez singulier de voir dans les églises de Saint-François ou de Saint-Dominique des dames de tout âge assister aux offices avec l'habit de ces saints instituteurs.

Les jésuites offraient à la piété des femmes un moyen de sanctification plus austère que les précédents. Ils avaient attenant à leur couvent une maison nommée *la Casa de los exercicios de las mugeres,* c'est-à-dire la maison des exercices des femmes. Les femmes et les filles, sans le consentement des maris ni des parents, venaient s'y sanctifier par une retraite de douze jours. Elles y étaient logées et nourries aux dépens de la compagnie. Nul homme ne pénétrait dans ce sanctuaire, s'il n'était revêtu de l'habit de saint Ignace ; les domestiques, même du sexe féminin, n'y pouvaient accompagner leurs maîtresses. Les exercices pratiqués dans ce lieu saint étaient la méditation, la prière, les catéchismes, la confession et la flagellation. On nous a fait remarquer les murs de la chapelle encore teints du sang que faisaient, nous a-t-on dit, rejaillir les disciplines, dont la pénitence armait les mains de ces Madeleines.

Au reste tous les hommes ici sont frères et de la même couleur aux yeux de la religion. Il y a des cérémonies sacrées pour les esclaves, et les dominicains ont établi une confrérie de nègres. Ils ont leurs chapelles, leurs messes, leurs fêtes, et un enterrement assez décent ; pour tout cela, il n'en coûte annuellement que quatre réaux par nègre agrégé. Les nègres reconnaissent pour patrons saint Benoît de Palerme et la Vierge, peut-être à cause de ces mots de l'Écriture, *nigra sum, sed formosa filiae Jerusalem*[1]. Le jour de leur fête ils élisent deux rois, dont l'un représente le roi d'Espagne, l'autre celui de Portugal, et chaque roi se choisit une reine. Deux bandes, armées et bien vêtues, forment à la suite des rois une procession, laquelle marche avec croix, bannières et instruments. On chante, on danse, on figure des combats d'un parti à l'autre, et l'on récite des litanies. La fête dure depuis le matin jusqu'au soir, et le spectacle en est assez agréable.

Les dehors de Buenos-Aires sont bien cultivés. Les habitants de la ville y ont presque tous des maisons de campagne qu'ils nomment *Quintas,* et leurs environs fournissent abondamment toutes les denrées nécessaires à la vie. J'en excepte le vin, qu'ils font venir d'Espagne ou qu'ils tirent de Mendoza, vignoble situé à deux cents lieues de Buenos-Aires. Ces environs cultivés ne s'étendent pas fort loin ; si l'on s'éloigne seulement à trois lieues de la ville, l'on ne trouve plus que des campagnes immenses, abandonnées à une multitude innombrable de chevaux et de bœufs, qui en sont les seuls habitants. A peine, en parcourant cette vaste contrée, y rencontre-t-on quelques chaumières éparses, bâties moins pour rendre le pays habitable, que pour constater aux divers particuliers la propriété du terrain, ou plutôt celle des bestiaux qui le couvrent. Les voyageurs qui le traversent n'ont aucune retraite, et sont obligés de coucher dans les mêmes charrettes qui les transportent, et qui sont les seules voitures dont on se serve ici pour les longues routes. Ceux qui voyagent à cheval, ce qu'on appelle aller à la légère, sont le plus souvent exposés à coucher au bivouac au milieu des champs.

Tout le pays est uni, sans montagnes et sans autres bois que celui des arbres fruitiers. Situé sous le climat de la plus heureuse température, il serait un des plus abondants de l'univers en toutes sortes de productions,

s'il était cultivé. Le peu de froment et de maïs qu'on y
sème y rapporte beaucoup plus que dans nos meilleures terres de France. Malgré ce cri de la nature,
presque tout est inculte, les environs des habitations
comme les terres les plus éloignées ; ou si le hasard fait
rencontrer quelques cultivateurs, ce sont des nègres
esclaves. Au reste, les chevaux et les bestiaux sont en
si grande abondance dans ces campagnes, que ceux
qui piquent les bœufs attelés aux charrettes sont à
cheval, et que les habitants ou les voyageurs, lorsqu'ils
ont faim, tuent un bœuf, en prennent ce qu'ils peuvent
en manger, et abandonnent le reste, qui devient la
proie des chiens sauvages et des tigres : ce sont les
seuls animaux dangereux de ce pays.

Les chiens ont été apportés d'Europe ; la facilité de
se nourrir en pleine campagne leur a fait quitter les
habitations, et ils se sont multipliés à l'infini. Ils se
rassemblent souvent en troupe pour attaquer un
taureau, même un homme à cheval, s'ils sont pressés
par la faim. Les tigres ne sont pas en grande quantité,
excepté dans les lieux boisés, et il n'y a que les bords
des petites rivières qui le soient. On connaît l'adresse
des habitants de ces contrées à se servir du lacs ; et il est
certain qu'il y a des Espagnols qui ne craignent pas de
lacer les tigres : il ne l'est pas moins que plusieurs
finissent par être la proie de ces redoutables animaux.
J'ai vu à Montevideo une espèce de chat-tigre, dont le
poil assez long est gris-blanc. L'animal est très bas sur
jambes et peut avoir cinq pieds de longueur : il est
dangereux, mais fort rare.

Le bois est très cher à Buenos-Aires et à Montevideo. On ne trouve dans les environs que quelques
petits bois à peine propres à brûler. Tout ce qui est

nécessaire pour la charpente des maisons, la construction et le radoub des embarcations qui naviguent dans
la rivière, vient du Paraguai en radeaux. Il serait
toutefois facile de tirer du haut pays tous les bois
propres à la construction des plus grands navires. De
Montegrande, où sont les plus beaux, on les transpor-
terait en cajeux par l'*Ybicui* dans l'Uraguai, et depuis
le *Salto Chico* de l'Uraguai, des bâtiments faits exprès
pour cet usage les amèneraient à tel endroit de la
rivière où l'on aurait établi des chantiers.

Les Indiens, qui habitent cette partie de l'Amérique
au nord et au sud de la rivière de la Plata, sont de la
race de ceux que les Espagnols nomment *Indios
bravos.* Ils sont d'une taille médiocre, fort laids et
presque tous galeux. Leur couleur est très basanée, et
la graisse dont ils se frottent continuellement les rend
encore plus noirs. Ils n'ont d'autre vêtement qu'un
grand manteau de peaux de chevreuil, qui leur
descend jusqu'aux talons, et dans lequel ils s'enveloppent. Les peaux dont il est composé sont très bien
passées ; ils mettent le poil en dedans, et le dehors est
peint de diverses couleurs. La marque distinctive des
caciques est un bandeau de cuir dont ils se ceignent le
front ; il est découpé en forme de couronne et orné de
plaques de cuivre. Leurs armes sont l'arc et la flèche ;
ils se servent aussi du lacs et de boules*. Ces Indiens
passent leur vie à cheval et n'ont pas de demeures

---

* Ces boules sont deux pierres rondes, de la grosseur d'un boulet
de deux livres, enchâssées l'une et l'autre dans une bande de cuir, et
attachées à chacune des extrémités d'un boyau cordonné long de six
à sept pieds. Ils se servent à cheval de cette arme comme d'une
fronde, et en atteignent jusqu'à trois cents pas l'animal qu'ils
poursuivent.

fixes, du moins auprès des établissements espagnols
Ils y viennent quelquefois avec leurs femmes pour y
acheter de l'eau-de-vie ; et ils ne cessent d'en boire que
quand l'ivresse les laisse absolument sans mouvement.
Pour se procurer des liqueurs fortes, ils vendent
armes, pelleteries, chevaux ; et quand ils ont épuisé
leurs moyens, ils s'emparent des premiers chevaux
qu'ils trouvent auprès des habitations et s'éloignent.
Quelquefois ils se rassemblent en troupes de deux ou
trois cents pour venir enlever des bestiaux sur les
terres des Espagnols, ou pour attaquer les caravanes
des voyageurs. Ils pillent, massacrent et emmènent en
esclavage. C'est un mal sans remède : comment domp-
ter une nation errante, dans un pays immense et
inculte, où il serait même difficile de la rencontrer ?
D'ailleurs ces Indiens sont courageux, aguerris, et le
temps n'est plus où un Espagnol faisait fuir mille
Américains.

Il s'est formé depuis quelques années dans le nord
de la rivière une tribu de brigands qui pourra devenir
plus dangereuse aux Espagnols, s'ils ne prennent des
mesures promptes pour la détruire. Quelques malfai-
teurs échappés à la justice s'étaient retirés dans le nord
des Maldonades ; des déserteurs se sont joints à eux :
insensiblement le nombre s'est accru ; ils ont pris des
femmes chez les Indiens, et commencé une race qui ne
vit que de pillage. Ils viennent enlever des bestiaux
dans les possessions espagnoles, pour les conduire sur
les frontières du Brésil, où ils les échangent avec les
Paulistes * contre des armes et des vêtements. Malheur

* Les Paulistes sont une autre race de brigands sortis du Brésil, et
qui se sont formés en république vers la fin du seizième siècle.

aux voyageurs qui tombent entre leurs mains. On
assure qu'ils sont aujourd'hui plus de six cents. Ils ont
abandonné leur première habitation et se sont retirés
plus loin de beaucoup dans le nord-ouest.

Le gouverneur général de la province de la Plata
réside, comme nous l'avons dit, à Buenos-Aires. Dans
tout ce qui ne regarde pas la mer, il est censé dépendre
du vice-roi du Pérou ; mais l'éloignement rend cette
dépendance presque nulle, et elle n'existe réellement
que pour l'argent qu'il est obligé de tirer des mines du
Potosi, argent qui ne viendra plus en pièces cornues [2],
depuis qu'on a établi cette année même dans le Potosi
une maison des monnaies. Les gouvernements particuliers du Tucuman et du Paraguai, dont les principaux établissements sont *Santa-Fé, Corrientes, Salta,
Tujus, Cordoue, Mendoze* et l'*Assomption,* dépendent, ainsi que les fameuses missions des jésuites, du
gouverneur général de la Plata. Cette vaste province
comprend en un mot toutes les possessions espagnoles
à l'est des Cordillières, depuis la rivière des Amazones
jusqu'au détroit de Magellan. Il est vrai qu'au sud de
Buenos-Aires il n'y a plus aucun établissement ; la
seule nécessité de se pourvoir de sel fait pénétrer les
Espagnols dans ces contrées. Il part à cet effet tous les
ans de Buenos-Aires un convoi de deux cents charrettes, escorté par trois cents hommes ; il va charger
environ par quarante degrés dans les lacs voisins de la
mer où le sel se forme naturellement. Autrefois les
Espagnols l'envoyaient chercher par des goélettes dans
la baie Saint-Julien.

Je remets au second voyage, que les circonstances
nous ont forcés de faire dans la rivière de la Plata, à
parler des missions du Paraguai ; ce sera le temps

d'entrer dans ce détail, en rapportant l'expulsion des jésuites, de laquelle nous avons été témoins.

Le commerce de la province de la Plata est le moins riche de l'Amérique espagnole ; cette province ne produit ni or ni argent, et ses habitants sont trop peu nombreux, pour qu'ils puissent tirer du sol tant d'autres richesses qu'il renferme dans son sein ; le commerce même de Buenos-Aires n'est pas aujour-d'hui ce qu'il était il y a dix ans : il est considérable-ment déchu depuis que ce qu'on y appelle *l'internation des marchandises* n'est plus permise, c'est-à-dire depuis qu'il est défendu de faire passer les marchandi-ses d'Europe par terre de Buenos-Aires dans le Pérou et le Chili ; de sorte que les seuls objets de son commerce avec ces deux provinces sont aujourd'hui le coton, les mules et le maté [3] ou l'herbe du Paraguai. L'argent et le crédit des négociants de Lima ont fait rendre cette ordonnance contre laquelle réclament ceux de Buenos-Aires. Le procès est pendant à Madrid, où je ne sais quand ni comment on le jugera. Cependant Buenos-Aires est riche, j'en ai vu sortir un vaisseau de registre [4] avec un million de piastres ; et si tous les habitants de ce pays avaient le débouché de leurs cuirs avec l'Europe, ce commerce seul suffirait pour les enrichir. Avant la dernière guerre il se faisait ici une contrebande énorme avec la colonie du Saint-Sacrement, place que les Portugais possèdent sur la rive gauche du fleuve, presque en face de Buenos-Aires ; mais cette place est aujourd'hui tellement resserrée par les nouveaux ouvrages dont les Espa-gnols l'ont enceinte, que la contrebande avec elle est impossible s'il n'y a connivence ; les Portugais même qui l'habitent sont obligés de tirer par mer leur subsistance du Brésil. Enfin ce poste est ici à l'Espagne, vis-à-vis des Portugais, ce que lui est en Europe Gibraltar vis-à-vis des Anglais.

La ville de Montevideo, établie depuis quarante ans, est située à la rive septentrionale du fleuve, trente lieues au-dessus de son embouchure et bâtie sur une presqu'île qui défend des vents d'est une baie d'environ deux lieues de profondeur sur une de largeur à son entrée. A la pointe occidentale de cette baie est un mont isolé, assez élevé, lequel sert de reconnaissance et a donné le nom à la ville ; les autres terres qui l'environnement sont très basses. Le côté de la plaine est défendu par une citadelle. Plusieurs batteries protègent le côté de la mer et le mouillage. Il y en a même une au fond de la baie sur une île fort petite appelée l'*Ile aux Français.* Le mouillage de Montevideo est sûr, quoiqu'on y essuie quelquefois des *pamperos,* qui sont des tourmentes de vent de sud-ouest, accompagnées d'orages affreux. Il y a peu de fond dans toute la baie ; on y mouille par trois, quatre et cinq brasses d'eau sur une vase très molle, où les plus gros navires marchands s'échouent et font leur lit sans souffrir aucun dommage ; mais les vaisseaux fins s'y arquent facilement et y dépérissent. L'heure des marées n'y est point réglée ; selon le vent qu'il fait, l'eau est haute ou basse. On doit se méfier d'une chaîne de roches qui s'étend quelques encablures au large de la pointe de l'est de cette baie ; la mer y brise, et les gens du pays l'appellent *la Pointe des charrettes.*

Montevideo a un gouverneur particulier, lequel est immédiatement sous les ordres du gouverneur général de la province. Les environs de cette ville sont presque incultes et ne fournissent ni froment ni maïs ; il faut faire venir de Buenos-Aires la farine, le biscuit et les autres provisions nécessaires aux vaisseaux. Dans les jardins, soit de la ville, soit des maisons qui en sont voisines, on ne cultive presque aucun légume; on y trouve seulement des melons, des courges, des figues, des pêches, des pommes et des coings en grande quantité. Les bestiaux y sont dans la même abondance que dans le reste de ce pays; ce qui, joint à la salubrité de l'air, rend la relâche à Montevideo excellente pour les équipages; on doit seulement y prendre ses mesures contre la désertion. Tout y invite le matelot, dans un pays où la première réflexion qui le frappe en mettant pied à terre, c'est que l'on y vit presque sans travail. En effet, comment résister à la comparaison de couler dans le sein de l'oisiveté des jours tranquilles sous un climat heureux, ou de languir affaissé sous le poids d'une vie constamment laborieuse, et d'accélérer dans les travaux de la mer les douleurs d'une vieillesse indigente?

CHAPITRE III

Départ de Montevideo ; navigation jusqu'aux îles Malouines ; leur remise aux Espagnols ; détails historiques sur ces îles.

Le 28 février 1767, nous appareillâmes de Montevideo avec les deux frégates espagnoles et une tartane chargée de bestiaux. Nous convînmes, don Ruis et moi, qu'en rivière il prendrait la tête, et qu'une fois au large je conduirais la marche. Toutefois, pour obvier au cas de séparation, j'avais donné à chacune des frégates un pilote pratique[1] des Malouines. L'après-midi il fallut mouiller, la brume ne permettant de voir ni la grande terre ni l'île de Flores. Le vent fut contraire le lendemain ; je comptais néanmoins que nous appareillerions, les courants assez forts dans cette rivière favorisant les bordées ; mais voyant le jour presque écoulé, sans que le commandant espagnol fît aucun signal, j'envoyai un officier pour lui dire que, venant de reconnaître l'île de Flores dans un éclairci, je me trouvais mouillé beaucoup trop près du banc aux Anglais, et que mon avis était d'appareiller le lendemain, vent contraire ou non. Don Ruis me fit répondre qu'il était entre les mains du pilote pratique de la rivière, qui ne voulait lever l'ancre que d'un vent favorable et fait. L'officier alors le prévint de ma part, que je mettrais à la voile dès la pointe du jour, et que je l'attendrais en louvoyant, ou mouillé plus au nord, à moins que les marées ou la force du vent ne me séparassent de lui malgré moi.

La tartane n'avait point mouillé la veille, et nous la perdîmes de vue le soir pour ne la plus revoir. Elle revint à Montevideo trois semaines après, sans avoir rempli sa mission. La nuit fut orageuse, le pamperos souffla avec furie, et nous fit chasser : une seconde ancre que nous mouillâmes nous étala. Le jour nous montra les vaisseaux espagnols, mâts de hune et basses vergues amenés, lesquels avaient beaucoup plus chassé que nous. Le vent était encore contraire et violent, la mer très grosse, et ce ne fut qu'à neuf heures que nous pûmes appareiller sous les quatre voiles majeures ; à midi nous avions perdu de vue les Espagnols demeurés à l'ancre, et le 3 mars au soir, nous étions hors de la rivière.

Nous eûmes, pendant la traversée aux Malouines, des vents variables du nord-ouest au sud-ouest, presque toujours gros temps et mauvaise mer : nous fûmes contraints de passer en cape le 15 et le 16, ayant essuyé quelques avaries. Depuis le 17 après-midi que nous commençâmes à trouver le fond, le temps fut toujours chargé d'une brume épaisse. Le 19, ne voyant pas la terre, quoique l'horizon se fût éclairci, et que par mon estime je fusse dans l'est des îles Sébaldes, je craignis d'avoir dépassé les Malouines, et je pris le parti de courir à l'ouest ; le vent, ce qui est fort rare dans ces parages, favorisait cette résolution. Je fis grand chemin à cette route pendant vingt-quatre heures, et ayant alors trouvé les sondes de la côte des Patagons, je fus assuré de ma position, et je repris avec confiance la route à l'est. En effet, le 21, à quatre heures après-midi, nous eûmes connaissance des Sébaldes qui nous restaient au nord-est quart d'est à huit ou dix lieues de distance, et bientôt après nous vîmes la terre des Malouines. Je me serais au reste épargné l'embarras où je me trouvai, si de bonne heure j'eusse tenu le vent, pour me rallier à la côte de l'Amérique et chercher les îles en latitude.

Le 23 au soir, nous entrâmes et mouillâmes dans la grande baie, où mouillèrent aussi le 24 les deux frégates espagnoles. Elles avaient beaucoup souffert dans leur traversée ; le coup de vent du 16 les ayant obligées d'arriver vent arrière, et la commandante ayant reçu un coup de mer qui avait emporté ses bouteilles, enfoncé les fenêtres de sa grand-chambre, et mis beaucoup d'eau à bord. Presque tous les bestiaux embarqués à Montevideo, pour la colonie, avaient péri par le mauvais temps. Le 25, les trois bâtiments entrèrent dans le port et s'y amarrèrent.

Le 1er avril, je livrai notre établissement aux Espagnols qui en prirent possession, en arborant l'étendard d'Espagne, que la terre et les vaisseaux saluèrent de vingt et un coups de canon au lever et au coucher du soleil. J'avais lu aux Français habitants de cette colonie naissante une lettre du roi, par laquelle Sa Majesté leur permettait d'y rester sous la domination du roi catholique. Quelques familles profitèrent de cette permission : le reste, avec l'état-major, fut embarqué sur les frégates espagnoles, lesquelles appareillèrent pour Montevideo le 27 au matin*.

---

* Lorsque j'ai livré l'établissement aux Espagnols, tous les frais, généralement quelconques, qu'il avait entraînés jusqu'au premier avril 1767, montaient à six cent trois mille livres, en y comprenant

On me pardonnera quelques remarques historiques sur ces îles.

Il me paraît qu'on en peut attribuer la première découverte au célèbre Améric Vespuce, qui, dans son troisième voyage pour la découverte de l'Amérique, en parcourut la côte du nord en 1502. Il ignorait à la vérité si elle appartenait à une île, ou si elle faisait partie du continent; mais il est facile de conclure de la route qu'il avait suivie, de la latitude à laquelle il était arrivé, de la description même qu'il donne de cette côte, que c'était celle des Malouines. J'assurerai, avec non moins de fondement que Beauchesne Goüin[2], revenant de la mer du Sud en 1700, a mouillé dans la partie orientale des Malouines, croyant être aux Sébaldes.

Sa relation dit qu'après avoir découvert l'île à laquelle il donna son nom, il vint mouiller à l'est de la plus orientale des Sébaldes. Je remarquerai d'abord que les îles Malouines étant situées entre les Sébaldes et l'île Beauchesne, et ayant une étendue considérable, il dut nécessairement rencontrer la côte des Malouines, qu'il est même impossible de ne pas apercevoir étant mouillé à l'est des Sébaldes. D'ailleurs Beau-

l'intérêt à cinq pour cent des sommes dépensées depuis le premier armement. La France ayant reconnu le droit de Sa Majesté Catholique sur les îles Malouines, le roi d'Espagne, par un principe de droit public, connu de tout le monde, ne devait aucun remboursement de ces frais. Cependant comme il prenait les vaisseaux, bateaux, marchandises, armes, provisions de guerre et de bouche qui composaient notre établissement, ce monarque, juste autant que généreux, a voulu que nous fussions remboursés de nos avances, et la somme susdite nous a été remise par les trésoriers, partie à Paris, le reste à Buenos-Aires.

chesne vit une seule île d'une immense étendue, et ce ne fut qu'après en être sorti qu'il s'en présenta à lui deux autres petites ; il parcourut un terrain humide couvert d'étangs et de lacs d'eau douce, couvert d'oies, de sarcelles, de canards et de bécassines ; il n'y vit point de bois : tout cela convient à merveille aux Malouines. Les Sébaldes au contraire sont quatre petites îles pierreuses, où Guillaume Dampierre, en 1683, chercha vainement à faire de l'eau, et où il ne put trouver un bon mouillage.

Quoi qu'il en soit, les îles Malouines jusqu'à nos jours n'étaient que très imparfaitement connues. La plupart des relations nous les dépeignent comme un pays couvert de bois. Richard Hawkins, qui en avait approché la côte septentrionale, à laquelle il donna le nom de *Virginie d'Hawkins,* et qui l'a assez bien décrite, assurait qu'elle était peuplée, et prétendait y avoir vu des feux. Au commencement du siècle, *Le Saint-Louis,* navire de Saint-Malo, mouilla à la côte du sud-est dans une mauvaise baie, à l'abri de quelques petites îles qu'on appela *îles d'Anican,* du nom de l'armateur ; mais il n'y séjourna que pour faire de l'eau, et continua sa route sans s'embarrasser de les reconnaître.

Cependant leur position heureuse pour servir de relâche aux vaisseaux qui vont dans la mer du Sud, et d'échelle pour la découverte des terres australes, avait frappé les navigateurs de toutes les nations. Au commencement de l'année 1763, la cour de France résolut de former un établissement dans ces îles. Je proposai au ministère de le commencer à mes frais, et secondé par MM. de Nerville et d'Arboulin, l'un mon cousin germain et l'autre mon oncle, je fis sur-le-champ construire et armer à Saint-Malo, par les soins de M. Duclos Guyot, aujourdhui mon second, *L'Aigle* de vingt canons, et *Le Sphinx* de douze, que je munis de tout ce qui était propre pour une pareille expédition. J'embarquai plusieurs familles acadiennes [3], espèce d'hommes laborieuse, intelligente, et qui doit être chère à la France par l'inviolable attachement que lui ont prouvé ces honnêtes et infortunés citoyens.

Le 15 septembre 1763, je fis voile de Saint-Malo : M. de Nerville s'était embarqué avec moi sur *L'Aigle*. Après deux relâches, l'une à l'île Sainte-Catherine sur la côte du Brésil, l'autre à Montevideo, où nous prîmes beaucoup de chevaux et de bêtes à cornes, nous atterrîmes sur les îles Sébaldes, le 31 janvier 1764. Je donnai dans un grand enfoncement que forme la côte des Malouines entre sa pointe du nord-ouest et les Sébaldes ; mais n'y ayant pas aperçu de bon mouillage, je rangeai la côte du nord, et étant parvenu à l'extrémité orientale des îles, j'entrai le 3 février dans une grande baie qui me parut commode pour y former un premier établissement.

La même illusion qui avait fait croire à Hawkins, à Wood Roger et aux autres, que ces îles étaient couvertes de bois, agit aussi sur mes compagnons de voyage. Nous vîmes avec surprise en débarquant que ce que nous avions pris pour du bois en cinglant le long de la côte n'était autre chose que des touffes de jonc fort élevées et fort rapprochées les unes des autres. Leur pied, en se desséchant, reçoit la couleur d'herbe morte jusqu'à une toise environ de hauteur ; et de là sort une touffe de joncs d'un beau vert qui couronne ce pied ; de sorte que dans l'éloignement, les tiges réunies présentent l'aspect d'un bois de médiocre hauteur. Ces joncs ne croissent qu'au bord de la mer et sur les petites îles ; les montagnes de la grande terre sont, dans quelques endroits, couvertes entièrement de bruyères, qu'on prend aisément de loin pour du taillis.

Les diverses courses que j'ordonnai aussitôt, et que j'entrepris moi-même dans l'île, ne nous procurèrent la découverte d'aucune espèce de bois, ni d'aucune trace que cette terre eût été jamais fréquentée par quelque navire. Je trouvai seulement, et en abondance, une excellente tourbe qui pouvait suppléer au bois, tant pour le chauffage que pour la forge ; et je parcourus des plaines immenses, coupées partout de petites rivières d'une eau parfaite. La nature d'ailleurs n'offrait pour la subsistance des hommes que la pêche et plusieurs sortes de gibiers de terre et d'eau. A la vérité ce gibier était en grande quantité, et facile à prendre. Ce fut un spectacle singulier de voir, à notre arrivée, tous les animaux, jusqu'alors seuls habitants de l'île, s'approcher de nous sans crainte et ne témoigner d'autres mouvements que ceux que la curiosité inspire à la vue d'un objet inconnu. Les oiseaux se laissaient prendre à la main, quelques-uns venaient d'eux-mêmes se poser sur les gens qui étaient arrêtés ; tant il est vrai que l'homme ne porte point empreint un caractère de férocité qui fasse reconnaître en lui, par le seul instinct, aux animaux faibles, l'être qui se nourrit de leur sang. Cette confiance ne leur a pas duré longtemps : ils eurent bientôt appris à se méfier de leur plus cruel ennemi.

Le 17 mars, je déterminai l'emplacement de la nouvelle colonie. Elle ne fut d'abord composée que de vingt-sept personnes, parmi lesquelles il y avait cinq femmes et trois enfants. Nous travaillâmes sur-le-champ à leur bâtir des cases couvertes de jonc, à construire un magasin et un petit fort, au milieu duquel fut élevé un obélisque. L'effigie du roi décorait une de ses faces, et l'on enterra sous ses fondements quelques monnaies avec une médaille, où d'un côté était gravée la date de l'entreprise, sur l'autre on voyait la figure du roi, avec ces mots pour exergue *Tibi serviat ultima Thule*[4].

Telle était l'inscription gravée sur cette médaille.

ÉTABLISSEMENT
DES ISLES MALOUINES,
SITUÉES AU 51 DEG. 30 MIN.
DE LAT. AUST. ET 60 DEG. 50. MIN.
DE LONG. OCCID. MÉRID. DE PARIS,
PAR LA FRÉGATE L'AIGLE, CAPITAINE
P. DUCLOS GUYOT, CAPITAINE DE BRULOT,
ET LA CORVETTE LE SPHINX, CAPIT. F. CHÉNARD
DE LA GIRAUDAIS, LIEUT. DE FRÉGATE, ARMÉES PAR
LOUIS-ANTOINE DE BOUGAINVILLE, COLONEL D'INFAN-
TERIE, CAPITAINE DE VAISSEAU, CHEF DE L'EXPÉDITION, G.
DE NERVILLE, CAPITAINE D'INFANTERIE, ET P. D'ARBOU-
LIN, ADMINISTRATEUR GÉNÉRAL DES POSTES DE
FRANCE : CONSTRUCTION D'UN FORT ET D'UN
OBÉLISQUE DÉCORÉ D'UN MÉDAILLON DE SA
MAJESTÉ LOUIS XV. SUR LES PLANS D'A.
L'HUILLIER, INGÉN. GÉOGR. DES CAMPS
ET ARMÉES, SERVANT DANS L'EXPÉ-
DITION ; SOUS LE MINISTÈRE
D'É. DE CHOISEUL, DUC
DE STAINVILLE, EN
FÉVRIER 1764

Avec ces mots pour exergue : *CONAMUR TENUES GRANDIA*[5].

Cependant pour encourager les colons, et augmenter leur confiance en des secours prochains que je leur promis, M. de Nerville consentit à rester à leur tête, et à partager les hasards de ce faible établissement aux extrémités de l'univers, le seul qu'il y eût alors à une latitude aussi élevée dans la partie australe de notre globe. Le 5 avril 1764, je pris solennellement possession des îles au nom du roi, et le 8 je mis à la voile pour France.

Le 5 janvier 1765, je revis mes colons, et je les revis sains et contents. Après avoir débarqué les secours que je leur apportais, j'allai dans le détroit de Magellan chercher un chargement de bois de charpente, des palissades, de jeunes plants d'arbres; et j'ouvris une navigation devenue nécessaire au maintien de la colonie. Ce fut alors que je rencontrai les vaisseaux du commodore Byron qui, après être venu reconnaître les îles Malouines pour la première fois, traversait le détroit pour entrer dans la mer du Sud. A mon départ des Malouines, le 27 avril suivant, la colonie se trouvait composée de quatre-vingts personnes, en y comprenant l'état-major.

En 1765, nous renvoyâmes *L'Aigle* aux îles Malouines, et le roi y joignit *L'Étoile,* une de ses flûtes. Ces deux bâtiments, après avoir débarqué les vivres et les nouveaux habitants, allèrent ensemble faire du bois pour la colonie dans le détroit de Magellan. L'établissement commençait dès lors à prendre une forme. Le commandant et l'ordonnateur logeaient dans des maisons commodes et bâties en pierres; le reste des habitants occupait des maisons dont les murs étaient faits de gazons. Il y avait trois magasins, tant pour les effets publics, que pour ceux des particuliers. Les bois

du détroit avaient servi à faire la charpente de ces
divers bâtiments, et à construire deux goélettes propres à reconnaître les côtes. *L'Aigle* retourna en France
de ce dernier voyage, avec un chargement d'huile et de
peaux de loups marins tannées dans le pays. L'on
avait aussi fait divers essais de culture, sans désespé-
rer du succès, la plus grande partie des graines
apportées d'Europe s'étant facilement naturalisée ; la
multiplication des bestiaux était certaine, et le nombre
des habitants montait alors environ à cent cinquante.

Cependant, comme nous venons de le dire, le
commodore Byron était venu au mois de janvier 1765
reconnaître les îles Malouines. Il y avait abordé à
l'ouest de notre établissement, dans un port nommé
déjà par nous *Port de la Croisade,* et il avait pris
possession de ces îles pour la couronne d'Angleterre,
sans y laisser aucun habitant. Ce ne fut qu'en 1766,
que les Anglais envoyèrent une colonie s'établir au
port de la Croisade, qu'ils avaient nommé *Port
d'Egmont ;* et le capitaine Macbride, commandant la
frégate *Le Jason,* vint à notre établissement au
commencement de décembre de la même année. Il
prétendit que ces terres appartenaient au roi de la
Grande-Bretagne, menaça de forcer la descente, si l'on
s'obstinait à la lui refuser, fit une visite au commandant, et remit à la voile le même jour.

Tel était l'état des îles Malouines, lorsque nous les
remîmes aux Espagnols, dont le droit primitif se
trouvait ainsi étayé encore par celui que nous donnait
incontestablement la première habitation. Les détails
sur les productions de ces îles, et les animaux qu'on y
trouve, sont la matière du chapitre suivant, et le fruit
des observations qu'un séjour de trois années a

fournies à M. de Nerville. J'ai cru qu'il était d'autant plus à propos d'entrer dans ces détails, que M. de Commerçon [6] n'a point été aux îles Malouines, et que l'histoire naturelle en est à certains égards assez importante.

* L'ouvrage que nous publions aujourd'hui était fait avant que le Journal de Don Pernetty sur les îles Malouines parût. Sans cela nous nous serions dispensés des détails suivants.

CHAPITRE IV

Détails sur l'histoire naturelle des îles Malouines.

Il n'y a point de pays nouvellement habité qui n'offre des objets intéressants aux yeux même les moins exercés dans l'étude de l'histoire naturelle ; et quand leurs remarques ne serviraient pas d'autorité, elles peuvent toujours satisfaire en partie la curiosité de ceux qui cherchent à approfondir le système de la nature.

La première fois que nous mîmes pied à terre sur ces îles, rien de séduisant ne s'offrit à nos regards ; et à l'exception de la beauté du port dans lequel nous étions entrés, nous ne savions trop ce qui pouvait nous retenir sur cette terre ingrate en apparence. Un horizon terminé par des montagnes pelées ; des terrains entrecoupés par la mer, et dont elle semblait se disputer l'empire ; des campagnes inanimées faute d'habitants ; point de bois capables de rassurer ceux qui se destinaient à être les premiers colons ; un vaste silence, quelquefois interrompu par les cris des monstres marins ; partout une triste uniformité ; que d'objets décourageants et qui paraissaient annoncer que la

nature se refuserait aux efforts de l'espèce humaine
dans des lieux si sauvages ! Cependant le temps et
l'expérience nous apprirent que le travail et la
confiance n'y seraient pas sans fruits. Des baies
immenses à l'abri des vents par ces mêmes montagnes
qui répandent de leur sein les cascades et les ruisseaux ; des prairies couvertes de gras pâturages, faits
pour alimenter des troupeaux nombreux, des lacs et
des étangs pour les abreuver ; point de contestations
pour la propriété du lieu ; point d'animaux à craindre
par leur férocité, leur venin ou leur importunité ; une
quantité innombrable d'amphibies des plus utiles,
d'oiseaux et de poissons du meilleur goût ; une matière
combustible pour suppléer au défaut du bois ; des
plantes reconnues spécifiques aux maladies des navigateurs ; un climat salubre et une température continuelle, bien plus propre à former des hommes robustes
et sains, que ces contrées enchanteresses où l'abondance même devient un poison, et la chaleur une
obligation de ne rien faire ; telles furent les ressources
que la nature nous présenta. Elles effacèrent bientôt
les traits qu'un premier aspect avait imprimés, et
justifièrent la tentative.

On pourrait ajouter que les Anglais, dans leur
relation *du Port Egmont,* n'ont pas balancé à dire
« que le pays adjacent offre tout ce qui est nécessaire
pour un bon établissement. Leur goût pour l'histoire
naturelle les engagera sans doute à faire et à publier
des recherches qui rectifieront celles-ci ».

Les îles Malouines se trouvent entre cinquante et un
et cinquante-deux degrés et demi de latitude méridionale, soixante et un et demi et soixante-cinq et demi de
longitude occidentale du méridien de Paris ; elles sont

éloignées de la côte *de l'Amérique* ou *des Patagons,* et
de l'entrée du détroit de Magellan, d'environ quatre-
vingts à quatre-vingt-dix lieues.

La carte que nous donnons de ces îles n'a pas sans
doute la précision géographique ; elle eût été l'ouvrage
d'un grand nombre d'années. Cet aperçu peut cependant indiquer à peu près l'étendue de ces îles de l'est à
l'ouest et du nord au sud, le gissement des côtes
parcourues par nos vaisseaux, la position et l'enfoncement des grandes baies, enfin la direction des principales montagnes.

Les ports que nous avons reconnus réunissent
l'étendue et l'abri ; un fond tenace et des îles heureusement situées pour opposer des obstacles à la fureur des
vagues, contribuent à les rendre sûrs et aisés à
défendre ; ils ont de petites baies pour retirer les
moindres embarcations. Les ruisseaux se rendent à la
côte, de manière que la provision d'eau douce peut se
faire avec la plus grande expédition.

Les marées assujetties à tous les mouvements d'une
mer environnante ne se sont jamais élevées dans des
temps fixes, et qu'il ait été possible de calculer. On a
seulement remarqué qu'elles avaient trois vicissitudes
déterminées avant l'instant de leur plein ; les marins
appelaient ces vicissitudes *varvodes.* La mer alors en
moins d'un quart d'heure monte et baisse trois fois
comme par secousses, surtout dans les temps des
solstices, des équinoxes et des pleines lunes.

Les vents sont généralement variables, mais
régnant beaucoup plus de la partie du nord au sud par
l'ouest, que de la partie opposée. En hiver lorsqu'ils
soufflent du nord à l'ouest, ils sont brumeux et
pluvieux ; de l'ouest au sud, chargés de frimas, de

neige et de grêle ; du sud au nord par l'est, moins
chargés de brumes, mais violents, quoiqu'ils ne le
soient pas autant que ceux qui règnent en été et se
fixent du sud-ouest au nord-ouest par l'ouest. Ces
derniers, qui nettoient l'horizon et sèchent le terrain,
ne commencent à souffler que lorsque le soleil se
montre à l'horizon, ils suivent dans leur accroissement
l'élévation de l'astre, sont au point de leur plus grande
force, lorsqu'il passe au méridien, et déclinent avec lui
quand il va se cacher derrière les montagnes. Indépendamment de la loi que le mouvement du soleil leur
impose, ils sont encore asservis au montant des
marées, qui augmente leur force et quelquefois change
leur direction. Presque toutes les nuits de l'année,
celles d'été surtout, sont calmes et étoilées, les neiges
que les vents du sud-ouest amènent en hiver ne sont
pas considérables, elles restent environ deux mois sur
le sommet des plus hautes montagnes, et un jour ou
deux tout au plus sur la surface des terrains. Les
ruisseaux ne gèlent point ; les lacs et les étangs glacés
n'ont jamais pu porter les hommes plus de vingt-
quatre heures. Les gelées blanches du printemps et de
l'automne ne brûlent point les plantes et se convertis-
sent en rosée au lever du soleil. En été il tonne
rarement ; nous n'éprouvions en général ni grands
froids ni grandes chaleurs, et les nuances nous ont
paru presque insensibles entre les saisons. Sous un tel
climat, où les révolutions sur les tempéraments sont
comme impossibles, il est naturel que tous les individus soient vigoureux et sains ; et c'est ce qu'on a
éprouvé pendant un séjour de trois années.

Le peu de matière minérale trouvée aux îles Malouí-
nes répond de la salubrité des eaux ; elles sont partout

commodément placées, aucunes plantes d'un caractère dangereux n'infectent les lieux où elles coulent, c'est ordinairement sur du gravier ou sur du sable, et quelquefois sur des lits de tourbe, qui leur laissent à la vérité une petite couleur jaunâtre, mais sans en diminuer la qualité ni la légèreté.

Il y a partout dans les plaines plus de profondeur qu'il n'en faut pour souffrir la charrue ; le sol est tellement entrelacé de racines d'herbes jusqu'à près d'un pied, qu'il était indispensable, avant que de cultiver, d'enlever cette couche et de la diviser pour la dessécher et la brûler. On sait que ce procédé est merveilleux pour améliorer les terres, et nous l'employâmes. Au-dessous de la première couche on trouve une terre noire qui n'a jamais moins de huit à dix pouces d'épaisseur, et qui le plus souvent en a beaucoup plus ; on rencontre ensuite la terre jaune ou terre franche à des profondeurs indéterminées. Elle est soutenue par des lits d'ardoise et de pierres, parmi lesquelles on n'en a jamais trouvé de calcaires, épreuve faite avec l'eau forte. Il paraît même que le pays est dépourvu de cette nature de pierre ; des voyages entrepris jusqu'au sommet des montagnes à dessein d'en chercher n'en ont fait voir que d'une nature de quartz et de grès non friable, produisant des étincelles et même une lumière phosphorique, accompagnée d'une odeur sulfureuse. Au reste il ne manque point de pierres à bâtir ; la plupart des côtes en sont formées. On y distingue des couches horizontales d'une pierre très dure et d'un grain fin, ainsi que d'autres couches plus ou moins inclinées qui sont celles des ardoises et d'une espèce de pierre contenant des particules de talc. On y voit aussi des pierres qui se divisent par feuillets, sur lesquels on remarquait des empreintes de coquilles fossiles d'une espèce inconnue dans ces mers ; on en faisait des meules pour les outils. La pierre qu'on tira des excavations était jaunâtre et n'avait pas encore acquis son degré de maturité ; on l'aurait taillée avec un couteau, mais elle durcissait à l'air. On trouve facilement la glaise, les sables et les terres propres à fabriquer la poterie et les briques.

La tourbe qui se rencontre ordinairement au-dessus de la glaise s'étend bien avant dans le terrain. On ne pouvait faire une lieue de quelque point que l'on partît sans en apercevoir des couches considérables toujours aisées à distinguer par des ruptures qui en offrent quelques faces. Elle se forme tous les jours du débris des racines et des herbes dans les lieux qui retiennent les eaux, lieux qu'annoncent des joncs fort pointus. Cette tourbe prise dans une baie voisine de notre habitation, où elle présente aux vents une surface de plus de douze pieds de hauteur, y acquérait un degré suffisant de dessication. C'était celle dont on se servait, son odeur n'était point malfaisante, son feu n'était pas triste, et ses charbons avaient une action supérieure à celle du charbon de terre, puisqu'en soufflant dessus on pouvait allumer une lumière aussi aisément qu'avec de la braise ; elle suffisait pour tous les ouvrages de la forge, à l'exception des soudures des grosses pièces.

Tous les bords de la mer et des îles de l'intérieur sont couverts d'une espèce d'herbe que l'on nomma improprement *glaïeuls* ; c'est plutôt une sorte de gramen. Elle est du plus beau vert et a plus de six pieds de hauteur. C'est la retraite des lions et des loups marins ; elle nous servait d'abri comme à eux dans nos voyages.

En un instant on était logé. Leurs tiges inclinées et réunies formaient un toit, et leur paille sèche un assez bon lit. Ce fut aussi avec cette plante que nous couvrîmes nos maisons ; le pied en est sucré, nourrissant et préféré à toute autre pâture par les bestiaux.

Les bruyères, les arbustes et le gommier sont après cette grande herbe les seuls objets qu'on distingue dans les campagnes. Tout le reste est surmonté par des herbes menues plus vertes et plus fournies dans les endroits abreuvés. Les arbustes furent d'une grande ressource pour le chauffage, on les réserva ensuite pour les fours ainsi que la bruyère ; les fruits rouges de celle-ci nous attiraient beaucoup de gibier dans la saison.

Le gommier, plante nouvelle et inconnue en Europe, mérite une description plus étendue. Elle est d'un vert de pomme et n'a en rien la figure d'une plante ; on la prendrait plutôt pour une loupe ou excroissance de terre de cette couleur ; elle ne laisse voir ni pied ni branches ni feuilles. Sa surface de forme convexe présente un tissu si serré, qu'on n'y peut rien introduire sans déchirement. Notre premier mouvement était de nous asseoir ou de monter dessus ; sa hauteur n'est guère de plus d'un pied et demi. Elle nous portait aussi sûrement qu'une pierre sans en être foulée ; sa largeur s'étend d'une manière disproportionnée à sa forme, il y en a qui ont plus de six pieds de diamètre sans en être plus hautes. Leur circonférence n'est régulière que dans les petites plantes qui représentent assez la moitié d'une sphère ; mais lorsqu'elles se sont accrues, elles sont terminées par des bosses et des creux sans aucune régularité. C'est en plusieurs endroits de leur surface que l'on voit, en gouttes de la grosseur d'un pois, une matière tenace et jaunâtre qui fut d'abord appelée *gomme*; mais comme elle ne peut se dissoudre que dans les spiritueux, elle fut décidée résine. Son odeur est forte, assez aromatique, et approche de celle de la térébenthine. Pour connaître l'intérieur de cette plante, nous la coupâmes exactement sur le terrain et la renversâmes. Nous vîmes en la brisant qu'elle part d'un pied d'où s'élèvent une infinité de jets concentriques, composés de feuilles en étoiles enchâssées les unes sur les autres et comme enfilées par un axe commun. Ces jets sont blancs jusqu'à peu de distance de la surface, où l'air les colore en vert; en les brisant il en sort un suc abondant et laiteux, plus visqueux que celui des tithymales[1]; le pied est une source abondante de ce suc, ainsi que les racines qui s'étendent horizontalement, et vont provigner à quelque distance; de sorte qu'une plante n'est jamais seule. Elle paraît se plaire sur le penchant des collines, et toutes les expositions lui sont indifférentes. Ce ne fut que la troisième année qu'on chercha à connaître sa fleur et sa graine, l'une et l'autre fort petites, parce qu'on était rebuté de n'avoir pas pu en transporter en Europe. Enfin on a apporté quelques graines pour tâcher de s'approprier cette singulière et nouvelle plante qui pourrait même être utile en médecine, plusieurs matelots s'étant servis de sa résine avec succès pour se guérir de légères blessures. Une chose digne de remarque, c'est que cette plante, ainsi retournée, perd sa résine à l'air seul, et par le lavage des pluies. Comment accorder cela avec sa dissolution dans les seuls spiritueux? En cet état elle était d'une légèreté surprenante et brûlait comme de la paille.

Après cette plante extraordinaire on en rencontrait

une d'une utilité éprouvée ; elle forme un petit arbris-
seau, et quelquefois rampe sous les herbes et le long
des côtes. Nous la goûtâmes par fantaisie, et nous lui
trouvâmes un goût de sapinette [2] ; ce qui nous donna
l'idée d'essayer d'en faire de la bière. Nous avions
apporté une certaine quantité de mélasse et de grains ;
les procédés que nous employâmes réussirent au-delà
de nos souhaits, et l'habitant une fois instruit ne
manquait jamais de cette boisson que la plante rendait
antiscorbutique ; on l'employa très spécifiquement
dans des bains que l'on faisait prendre aux malades
qui venaient de la mer. Sa feuille est petite et dentelée,
d'un vert clair. Lorsqu'on la brise entre les doigts, elle
se réduit en une espèce de farine un peu glutineuse et
d'une odeur aromatique.

Une espèce de céleri ou persil sauvage, très abondante, une quantité d'oseille, de cresson de terre et de
cétérach [3] à feuilles ondées, fournissaient avec cette
plante tout ce qu'on pouvait désirer contre le scorbut.

Deux petits fruits, dont l'un, inconnu, ressemble
assez à une mûre, l'autre, de la grosseur d'un pois et
nommé *lucet,* à cause de sa conformité avec celui que
l'on trouve dans l'Amérique septentrionale, étaient les
seuls que l'automne nous fournît. Ceux des bruyères
n'étaient mangeables que pour les enfants qui mangent les plus mauvais fruits, et pour le gibier. La
plante de celui que nous nommâmes mûre est ram-
pante : sa feuille ressemble à celle du charme, elle
prolonge ses branches et se reproduit comme les
fraisiers. Le lucet est aussi rampant, il porte ses fruits
le long de ses branches garnies de petites feuilles
parfaitement lisses, rondes et de couleur de myrte ;
ces fruits sont blancs et colorés de rouge du côté exposé

au soleil ; ils ont le goût aromatique et l'odeur de fleur d'orange, ainsi que les feuilles dont l'infusion prise avec du lait a paru très agréable. Cette plante se cache sous les herbes et se plaît dans les lieux humides ; on en trouve une quantité prodigieuse aux environs des lacs.

Parmi plusieurs autres plantes qu'aucun besoin ne nous engagea à examiner, il y avait beaucoup de fleurs, mais toutes inodores, à l'exception d'une seule qui est blanche et de l'odeur de la tubéreuse. Nous trouvâmes aussi une véritable violette d'un jaune de jonquille. Ce que l'on peut remarquer, c'est qu'on n'a jamais rencontré aucune plante bulbeuse ou à oignon. Une autre singularité, ce fut que dans la partie méridionale de l'île habitée, au-delà d'une chaîne de montagnes qui la coupe de l'est à l'ouest, on vit qu'il n'y a, pour ainsi dire, point de gommier résineux, et qu'à sa place on rencontrait en grande quantité une plante d'une même forme et d'un vert tout différent, n'ayant pas la même solidité, ne produisant aucune résine, et couverte dans sa saison de belles fleurs jaunes. Cette plante, facile à ouvrir, est composée comme l'autre de jets qui partent tous d'un même pied et vont se terminer à sa surface. En repassant les montagnes, on trouva un peu au-dessous de leur sommet une grande espèce de scolopandre ou de cétérach. Ses feuilles ne sont point ondées, mais faites comme des lames d'épée. Il se détache de la plante deux maîtresses tiges qui portent leur graine en dessous comme les capillaires. On vit aussi sur les pierres une grande quantité de plantes friables qui semblent tenir de la pierre et du végétal ; on pensa que ce pouvaient être des lichens, mais l'on remit à un

autre temps à éprouver si elles seraient de quelque
utilité pour la teinture.

Quant aux plantes marines, elles étaient plutôt un
objet incommode qu'utile. La mer est presque toute
couverte de goémon dans le port, surtout près des
côtes dont les canots avaient de la peine à approcher;
il ne rend d'autre service que de rompre la lame
lorsque la mer est grosse. On comptait en tirer un
grand parti pour fumer les terres. Les marées nous
apportaient plusieurs espèces de coralines très variées
et des plus belles couleurs; elles ont mérité une place
dans les cabinets des curieux, ainsi que les éponges et
les coquilles. Les éponges affectent toutes la figure des
plantes, elles sont ramifiées en tant de manières, qu'on
a peine à croire qu'elles soient l'ouvrage d'insectes
marins. D'ailleurs leur tissu est si serré et leurs fibres si
délicates, qu'on ne conçoit guère comment ces animaux peuvent s'y loger.

Les côtes des Malouines ont fourni aux cabinets
plusieurs coquilles nouvelles. La plus précieuse est la
poulette ou poulte. On reconnaît trois espèces de ces
bivalves, parmi lesquelles celle qui est striée n'avait
jamais été vue, à ce qu'on dit, que dans l'état de
fossiles; ce qui peut servir de preuve à cette assertion
que les coquilles fossiles trouvées à des niveaux
beaucoup au-dessus de la mer ne sont point des jeux
de la nature et du hasard, mais qu'elles ont été la
demeure d'êtres vivants dans le temps que les terres
étaient encore couvertes par les eaux. Avec cette
coquille très commune on trouvait les lépas [4] estimés
par leurs belles couleurs, les buccins feuilletés et
armés, les cames, les grandes moules unies et striées,
et de la plus belle nacre, etc.

On ne voit qu'une seule espèce de quadrupède sur ces îles ; elle tient du loup et du renard. Les oiseaux sont innombrables. Ils habitent indifféremment la terre et les eaux. Les lions et les loups marins sont les seuls amphibies. Toutes les côtes abondent en poissons, la plupart peu connus. Les baleines occupent la haute mer ; quelques-unes s'échouent quelquefois dans le fond des baies, où l'on voit leurs débris. D'autres ossements énormes, placés bien avant dans les terres, et que la fureur des flots n'a jamais été capable de porter si loin, prouvent ou que la mer a baissé, ou que les terres se sont élevées.

Le loup-renard, ainsi nommé parce qu'il se creuse un terrier et que sa queue est plus longue et plus fournie de poil que celle du loup, habite dans les dunes sur le bord de la mer. Il suit le gibier et se fait des routes avec intelligence, toujours par le plus court chemin d'une baie à l'autre ; à notre première descente à terre, nous ne doutâmes point que ce ne fussent des sentiers d'habitants. Il y a apparence que cet animal jeûne une partie de l'année, tant il est maigre et rare. Il est de la taille d'un chien ordinaire dont il a aussi l'aboiement, mais faible. Comment a-t-il été transporté sur les îles ?

Les oiseaux et les poissons ne manquent pas d'ennemis qui troublent leur tranquillité. Ces ennemis des oiseaux sont le loup, qui détruit beaucoup d'œufs et de petits ; les aigles, les éperviers, les émouchets [5] et les chouettes. Les poissons sont encore plus maltraités ; sans parler des baleines qui, comme on sait, ne se nourrissant que de fretin, en détruisent prodigieusement, ils ont à craindre les amphibies et cette quantité d'oiseaux pêcheurs, dont les uns se tiennent constamment en sentinelle sur les roches, et les autres planent sans cesse au-dessus des eaux.

Pour être en état de bien décrire les animaux qui suivent, il eût fallu beaucoup de temps et les yeux du naturaliste le plus habile. Voici les remarques les plus essentielles, étendues seulement par rapport aux animaux qui étaient de quelque utilité.

Parmi les oiseaux à pieds palmés, le cygne tient le premier rang. Il ne diffère de ceux d'Europe que par son col d'un noir velouté, qui fait une admirable opposition avec la blancheur du reste de son corps, ses pattes sont couleur de chair. Cette espèce de cygne se trouve aussi dans la rivière de la Plata et au détroit de Magellan.

Quatre espèces d'oies sauvages formaient une de nos plus grandes richesses. La première ne fait que pâturer, on lui donna improprement le nom d'*outarde*. Ses jambes élevées lui sont nécessaires pour se tirer des grandes herbes, et son long col pour observer le danger ; sa démarche est légère, ainsi que son vol ; elle n'a point le cri désagréable de son espèce. Le plumage du mâle est blanc, avec des mélanges de noir et de cendré sur le dos et les ailes. La femelle est fauve, et ses ailes sont parées de couleurs changeantes ; elle pond ordinairement six œufs. Leur chair saine, nourrissante et de bon goût, devint notre principale nourriture ; il était rare qu'on en manquât : indépendamment de celles qui naissent sur l'île, les vents d'est en automne en amènent des voliers, sans doute de quelque terre inhabitée : car les chasseurs reconnaissaient aisément ces nouvelles venues au peu de crainte que leur inspirait la vue des hommes. Les trois autres espèces d'oies n'étaient pas si recherchées, elles se nourrissent de poisson et en contractent un goût huileux. Leur forme est moins élégante que celle de la première espèce. Il y en a même une qui ne s'élève qu'avec peine au-dessus des eaux, celle-ci est criarde. Les couleurs de leur plumage ne sortent guère du blanc, du noir, du fauve et du cendré. Toutes ces espèces, ainsi que les cygnes, ont sous leurs plumes un duvet blanc ou gris très fourni.

Deux espèces de canards et deux de sarcelles embellissent les étangs et les ruisseaux. Les premiers diffèrent peu de ceux de nos climats, on en tua quelques-uns de tout noirs et d'autres tout blancs. Quant aux sarcelles, l'une, à bec bleu, est de la taille des canards ; l'autre est beaucoup plus petite. On en vit qui avaient les plumes du ventre teintes d'incarnat. Ces espèces sont de la plus grande abondance et du meilleur goût.

On voyait deux espèces de plongeons de la petite taille. L'une a le dos de couleur cendrée et le ventre blanc ; les plumes du ventre sont si soyeuses, si brillantes et d'un tissu si serré, que nous les prîmes pour le grespe [6] dont on fait des manchons précieux : cette espèce est rare. L'autre, plus commune, est toute brune, ayant le ventre un peu plus clair que le dos. Les yeux de ces animaux sont semblables à des rubis. Leur vivacité surprenante augmente encore par l'opposition du cercle de plumes blanches qui les entoure et qui leur a fait donner le nom de plongeons à lunettes. Ils font deux petits, sans doute trop délicats pour souffrir la fraîcheur de l'eau lorsqu'ils n'ont encore que le duvet ; car alors la mère les voiture sur son dos. Ces deux espèces n'ont point les pieds palmés à la façon des autres oiseaux d'eau ; leurs doigts séparés sont

garnis de chaque côté d'une membrane très forte : en
cet état chaque doigt ressemble à une feuille arrondie
du côté de l'ongle, d'autant plus qu'il part du doigt des
lignes qui vont se terminer à la circonférence des
membranes, et que le tout est d'un vert de feuille sans
avoir beaucoup plus d'épaisseur.

Deux espèces d'oiseaux que l'on nomma becs-scies,
on ne sait pas pourquoi, ne diffèrent que par la taille et
quelquefois parce qu'il s'en trouve à ventre brun
parmi tous les autres qui l'ont ordinairement blanc. Le
reste du plumage est d'un noir tirant sur le bleu, très
foncé ; leur forme et les plumes du ventre, aussi serrées
et aussi soyeuses que celles du plongeon blanc, les
rapprochent de cette espèce ; ce que l'on n'oserait
cependant pas assurer. Ils ont le bec assez long et
pointu, et les pieds palmés sans séparation, avec un
caractère remarquable, le premier doigt étant le plus
long des trois, et la membrane qui les joint se
terminant à rien au troisième. Leurs pieds sont couleur
de chair. Ces animaux sont de grands destructeurs de
poissons. Ils se placent sur les rochers, ils s'y rassemblent par nombreuses familles et y font leur ponte.
Comme leur chair est très mangeable, on en fit des
tueries de deux ou trois cents, et la grande quantité de
leurs œufs offrit encore une ressource dans le besoin.
Ils se défiaient si peu des chasseurs, qu'il suffisait
d'aller à eux avec des bâtons. Ils ont pour ennemi un
oiseau de proie à pieds palmés, ayant plus de sept
pieds d'envergure, le bec long et fort, caractérisé par
deux tuyaux de même matière que le bec, lesquels sont
percés dans toute leur longueur. Cet animal est celui
que les Espagnols appellent *quebrantahuesos* [7].

Une quantité de moves [8] de couleurs très variées et

très agréables, de caniats et d'équerrets, presque tous
gris et vivant par familles, viennent planer sur les
eaux et fondent sur le poisson avec une vitesse
extraordinaire. Ils nous servaient à reconnaître les
temps propres à la pêche de la sardine ; il suffisait de
les tenir un moment suspendus, et ils rendaient encore
dans sa forme ce poisson qu'ils ne venaient que
d'engloutir. Le reste de l'année ils se nourrissent de
gradeau [9] et autres menuailles. Ils pondent autour des
étangs sur des plantes vertes assez semblables aux
nénuphars, une grande quantité d'œufs très bons et
très sains.

On distingua trois espèces de pingouins ; la première, remarquable par sa taille et la beauté de son
plumage, ne vit point par famille comme la seconde,
qui est la même que celle décrite dans le Voyage du
Lord Anson. Ce pingouin de la première classe aime la
solitude et les endroits écartés. Son bec plus long et
plus délié que celui des pingouins de la seconde espèce,
les plumes de son dos d'un bleu plus clair, son ventre
d'une blancheur éblouissante, une palatine jonquille
qui part de la tête et va terminer les nuances du blanc
et du bleu pour se réunir ensuite sur l'estomac, son col
très long quand il chante, son allure assez légère, lui
donnent un air de noblesse et de magnificence singulière. On espéra de pouvoir en transporter un en
Europe. Il s'apprivoisa facilement jusqu'à suivre et
connaître celui qui était chargé de le nourrir, man-
geant indifféremment le pain, la viande et le poisson :
mais on s'aperçut que cette nourriture ne lui suffisait
pas et qu'il absorbait sa graisse ; aussitôt qu'il fut
maigri à un certain point, il mourut. La troisième
espèce habite par famille comme la seconde sur de

hauts rochers dont elle partage le terrain avec les becs-scies ; ils y pondent aussi. Les caractères qui les distinguent des deux autres sont leur petitesse, leur couleur fauve, un toupet de plumes de couleur d'or, plus courtes que celles des aigrettes, et qu'ils relèvent lorsqu'ils sont irrités, et enfin d'autres petites plumes de même couleur qui leur servent de sourcils ; on les nomma *pingouins sauteurs :* en effet ils ne se transportent que par sauts et par bonds. Cette espèce a dans toute sa contenance plus de vivacité que les deux autres.

Trois espèces d'alcyons, qui se montrent rarement, ne nous annonçaient pas les tempêtes comme ceux qu'on voit à la mer. Ce sont cependant les mêmes animaux, au dire des marins ; la plus petite espèce en a tous les caractères. Si c'est un véritable alcyon, on peut être assuré qu'il fait son nid à terre, d'où l'on nous en a rapporté des petits n'ayant que le duvet, et parfaitement ressemblants à père et mère. La seconde espèce ne diffère que par la grosseur ; elle est un peu moindre qu'un pigeon. Ces deux espèces sont noires avec quelques plumes blanches sous le ventre. Quant à la troisième qu'on nomma d'abord *pigeon blanc,* ayant tout le plumage de cette couleur et le bec rouge, on peut conjecturer que c'est un véritable alcyon blanc à cause de sa conformité avec les deux autres.

Trois espèces d'aigles, dont les plus forts ont le plumage d'un blanc sale, et les autres sont noirs à pattes jaunes et blanches, font la guerre aux bécassines et aux petits oiseaux ; ils n'ont ni la taille ni les serres assez fortes pour en attaquer d'autres. Une quantité d'éperviers et d'émouchets, et quelques chouettes, sont encore les persécuteurs du petit gibier.

Les variétés de leurs plumages sont riches et présentent toutes sortes de couleurs.

Les bécassines sont les mêmes que celles d'Europe. Elles ne font point le crochet en prenant leur vol et sont faciles à tirer. Dans le temps de leurs amours elles s'élèvent à perte de vue : et après avoir chanté et reconnu leur nid, qu'elles font sans précaution au milieu des champs et dans des endroits presque dégarnis d'herbes, elles s'y précipitent du plus haut des airs, alors elles sont maigres : la saison de les manger excellentes est l'automne.

En été on voyait beaucoup de corlieux[10] qui ne diffèrent en rien des nôtres.

On rencontre toute l'année au bord de la mer un oiseau assez semblable au corlieu. On le nomma *pie de mer,* à cause de son plumage noir et blanc, ses autres caractères distinctifs sont d'avoir le bec d'un rouge de corail et les pattes blanches. Il ne quitte guère les rochers qui découvrent à basse mer, et se nourrit de petites chevrettes[11]. Il a un sifflement aisé à imiter ; ce qui fut par la suite utile à nos chasseurs et pernicieux pour lui.

Les aigrettes sont assez communes ; nous les prîmes pour des hérons et nous ne connûmes pas d'abord le mérite de leurs plumes. Ces animaux commencent leur pêche au déclin du jour ; ils aboient de temps à autre, de manière à faire croire que ce sont de ces loups-renards dont nous avons parlé ci-devant.

Deux espèces d'étourneaux ou grives nous étaient amenées par l'automne ; une troisième ne nous quittait pas : on la nomma *oiseau rouge ;* son ventre est tout couvert de plumes du plus beau couleur de feu, surtout en hiver ; on en pourrait faire de riches collections pour des garnitures. Des deux autres espèces passagères, l'une est fauve et a le ventre marqueté de plumes noires ; l'autre est de la couleur des grives que nous connaissons. Nous n'entrerons pas dans le détail d'une infinité d'autres petits oiseaux assez semblables à ceux qu'on voit en France dans les provinces maritimes.

Les lions et les loups marins sont déjà connus ; ces animaux occupent tous les bords de la mer et se logent, comme on l'a dit, dans ces grandes herbes nommées *glaïeuls*. Leur troupe innombrable se transporte à plus d'une lieue sur le terrain pour y jouir de l'herbe fraîche et du soleil. Il parait que le lion décrit dans le Voyage du Lord Anson devrait être, à cause de sa trompe, regardé plutôt comme une espèce d'éléphant marin, d'autant plus qu'il n'a pas de crinière, qu'il est de la plus grande taille, ayant jusqu'à vingt-deux pieds de longueur ; et qu'il y a une autre espèce beaucoup plus petite, sans trompe et caractérisée par une crinière de plus longs poils que ceux du reste du corps, qu'on pourrait regarder comme le vrai lion. Le loup marin ordinaire n'a ni crinière ni trompe ; ainsi ce sont trois espèces bien aisées à distinguer. Le poil de tous ces animaux ne recouvre point un duvet, tel qu'on le trouve sur ceux qu'on pêche dans l'Amérique septentrionale et dans la rivière de la Plata. Leurs huiles et leurs peaux avaient déjà formé une branche de commerce.

Nous n'avons pas pu reconnaître une grande quantité d'espèces de poissons. Nous nommâmes celui que nous pêchions le plus communément *muge* ou *mulet*, auquel il ressemble assez. Il s'en trouve de trois pieds de longueur, qu'on séchait. Le gradeau est aussi très

commun ; il y en a de plus d'un pied de long. La
sardine ne monte qu'au commencement de l'hiver. Les
mulets, poursuivis par les loups marins, se creusent des
trous dans les terres vaseuses qui bordent les ruisseaux
où ils se réfugient, et nous les prenions avec facilité, en
enlevant la couche de terre tourbeuse qui couvre leurs
retraites. Indépendamment de ces espèces, on en
prenait à la ligne une infinité d'autres, mais fort petits,
parmi lesquels il s'en trouvait un qu'on nomma
brochet transparent. Il a la tête de ce poisson, le corps
sans écailles, et absolument diaphane. On trouve aussi
quelques congres sur les roches ; et le marsouin blanc
ou taupe se montre dans les baies pendant la belle
saison. Si on avait eu du temps et des hommes à
employer pour la pêche au large, on aurait trouvé
beaucoup d'autres poissons, et indubitablement des
soles, dont on a rencontré quelques-unes échouées sur
les sables. On n'a pris qu'une seule espèce de poisson
d'eau douce, sans écailles, d'une couleur verte, et de la
taille d'une truite ordinaire. On a fait, il est vrai, peu
de recherches dans cette partie ; le temps manquait, et
les autres poissons étaient en abondance.

Quant aux crustacés, on n'en a distingué que trois
espèces fort petites, l'écrevisse rouge, même avant que
d'être cuite, c'est plutôt une salicoque [12] ; le crabe à
pattes bleues qui ressemble assez au tourlourou, et une
espèce de chevrette très petite. On ne ramassait que
pour les curieux ces trois sortes de crustacés, ainsi que
les moules et autres coquillages qui n'ont pas le goût
aussi fin que ceux de France.

Le pays paraît être absolument privé d'huîtres.

Enfin pour présenter un objet de comparaison avec
une île cultivée en Europe, on peut citer ce que dit

Puffendorf en parlant de l'Irlande, située à la même latitude dans l'hémisphère boréal, que les îles Malouines dans l'autre hémisphère. Savoir, « que cette île est agréable par la bonté et la sérénité de son air, la chaleur et le froid n'y sont jamais excessifs. Le pays bien coupé de lacs et de rivières offre de grandes plaines couvertes de pâturages excellents, point de bêtes venimeuses, les lacs et les rivières poissonneuses, etc. ». Voyez l'Histoire universelle [13].

CHAPITRE V

Navigation des îles Malouines à Rio-Janéiro ; jonction de La Boudeuse *avec* L'Étoile ; *hostilités des Portugais contre les Espagnols. État des revenus que le roi de Portugal tire de Rio-Janéiro.*

Cependant j'attendais vainement *L'Étoile* aux îles Malouines : les mois de mars et d'avril s'étaient écoulés sans que cette flûte y fût venue. Je ne pouvais entreprendre de traverser l'océan Pacifique avec ma seule frégate, son peu de creux la rendant incapable de porter pour plus de six mois de vivres à son équipage. J'attendis encore la flûte pendant tout mai. Voyant alors qu'il ne me restait plus de vivres que pour deux mois, j'appareillai des îles Malouines le 2 juin, pour me rendre à Rio-Janéiro ; j'y avais indiqué à M. de La Giraudais, commandant de *L'Étoile,* un point de réunion, dans le cas où des circonstances forcées l'empêcheraient de venir me trouver aux îles Malouines.

Nous eûmes dans cette traversée un temps favorable ; le 20 juin après-midi, nous vîmes les hauts mornes [1] de la côte du Brésil, et le 21, nous reconnûmes l'entrée de Rio-Janéiro. Il y avait le long de la côte plusieurs bateaux pêcheurs. Je fis mettre pavillon portugais ferlé, et tirer un coup de canon : sur ce signal, l'un des bateaux vint à bord, et j'y pris un pilote, pour nous entrer dans la rade. Il nous fit ranger la côte à une demi-lieue des îles dont elle est bordée. Partout il y a beaucoup de fonds ; la côte est élevée, montueuse et couverte de bois ; elle est coupée en mondrains détachés et taillés à pic qui en rendent l'aspect très varié. A cinq heures et demie du soir, nous étions en dedans du fort Sainte-Croix, lequel nous héla, et en même temps il vint à bord un officier portugais nous demander les raisons de notre entrée. J'envoyai avec lui le chevalier de Bournand pour en informer le comte d'Acunha[2], vice-roi du Brésil, et traiter du salut. A sept heures et demie nous mouillâmes dans la rade par huit brasses d'eau, fond de vase noire.

Le chevalier de Bournand revint bientôt après, et me dit qu'au sujet du salut, le comte d'Acunha lui avait répondu que lorsque quelqu'un, en rencontrant un autre dans la rue, lui ôtait son chapeau, il ne s'informait pas auparavant si cette politesse serait rendue ou non ; que si nous saluions la place, il verrait ce qu'il aurait à faire. Comme cette réponse n'en était pas une, je ne saluai point. J'appris en même temps, par un canot que m'envoya M. de La Giraudais, qu'il était dans ce port, que son départ de Rochefort, lequel devait être à la fin de décembre, avait été retardé jusqu'au commencement de février, qu'après trois mois de navigation, une voie d'eau et le mauvais état de sa mâture l'avaient contraint de relâcher à Montevideo, où il avait reçu, par les frégates espagnoles, revenant des Malouines, les instructions sur ma marche ; et qu'aussitôt il avait mis à la voile pour Rio-Janéiro, où il était mouillé depuis six jours. Cette jonction me donnait le moyen de continuer ma mission ; quoique *L'Étoile,* en m'apportant pour treize mois de vivres en salaisons et boissons, eût à peine pour cinquante jours de pain et de légumes à me remettre. Le défaut de ces denrées indispensables me forçait de retourner en chercher dans la rivière de la Plata, attendu que nous ne trouvâmes à Rio-Janéiro ni biscuit, ni blé, ni farine.

Il y avait alors dans ce port deux bâtiments qui nous intéressaient, l'un français, l'autre espagnol. Le premier, nommé *L'Étoile du matin,* était un bateau du roi destiné pour l'Inde, auquel sa petitesse ne permettait pas d'entreprendre en hiver le passage du cap de Bonne-Espérance, et qui venait attendre ici le retour de la belle saison de ces parages. L'espagnol était un vaisseau de guerre, *Le Diligent,* de soixante et quatorze, commandé par don Francisco de Medina. Sorti de la rivière de la Plata, avec un chargement de cuirs et de piastres, une voie d'eau considérable fort au-dessous de sa flottaison l'avait forcé de relâcher ici, pour s'y remettre en état de continuer sa traversée en Europe ; depuis huit mois qu'il y était entré, les refus des secours nécessaires et les difficultés de toute espèce que le vice-roi lui faisait essuyer l'empêchaient d'achever son radoub : aussi don Francisco m'envoya-t-il, le soir même de mon arrivée, demander mes charpentiers et calfats, et le lendemain je fis passer à son bord tous ceux des deux navires.

Le 22, nous allâmes en corps faire une visite au vice-roi ; il nous la rendit à bord le 25, et lorsqu'il en sortit, je le fis saluer de dix-neuf coups de canon, que la terre rendit. Dans cette visite, il nous offrit tous les secours qui étaient en son pouvoir : il m'accorda même la permission que je lui demandai, d'acheter une corvette qui m'eût été de la plus grande utilité dans le cours de l'expédition : et il ajouta que s'il y en avait au roi de Portugal, il me l'offrirait. Il m'assura aussi qu'il avait ordonné les plus exactes perquisitions pour connaître ceux qui, sous les fenêtres mêmes de son palais, avaient assassiné l'aumônier de *L'Étoile* peu de jours avant notre arrivée, et qu'il en ferait la plus sévère justice. Il la promit, mais le droit des gens élevait ici une voix impuissante.

Cependant les attentions du vice-roi pour nous continuèrent plusieurs jours : il nous annonça même de petits soupers qu'il se proposait de nous donner au bord de l'eau, sous des berceaux de jasmins et d'orangers, et il nous fit préparer une loge à l'Opéra. Nous pûmes, dans une salle assez belle, y voir les chefs-d'œuvre de Métastasio représentés par une troupe de mulâtres, et entendre ces morceaux divins des grands maîtres d'Italie, exécutés par un orchestre que dirigeait alors un prêtre bossu en habit ecclésiastique.

La faveur dont nous jouissions était un grand sujet d'étonnement pour les Espagnols, et même pour les gens du pays, qui nous avertissaient que les procédés de leur gouverneur ne seraient pas longtemps les mêmes. En effet, soit que les secours que nous donnions aux Espagnols, et notre liaison avec eux lui déplussent, soit qu'il lui fût impossible de soutenir davantage des manières opposées entièrement à son humeur, il fut bientôt avec nous ce qu'il était pour tous les autres.

Le 28 juin, nous apprîmes que les Portugais avaient surpris et attaqué les Espagnols à *Rio-grande*[3], qu'ils les avaient chassés d'un poste qu'ils occupaient sur la rive gauche de cette rivière, et qu'un vaisseau espagnol, en relâche à l'île Sainte-Catherine, venait d'y être arrêté. On armait ici en grande diligence *Le Saint-Sébastien,* de soixante-quatre canons, construit dans ce port, et une frégate, de quarante canons, *La Nuestra Segnora da gracia.* Celle-ci était destinée, disait-on, à escorter un convoi de troupes et de munitions à Rio-grande et à la colonie du Saint-Sacrement. Ces hostilités et ces préparatifs nous donnaient lieu d'appréhender que le vice-roi ne voulût arrêter *Le Diligent,* lequel était en carène sur l'île de *las Cobras,* et nous accélérâmes son armement le plus qu'il nous fut possible. Effectivement il fut en état le dernier jour de juin de commencer à embarquer les cuirs de sa cargaison ; mais lorsqu'il voulut, le 6 juillet, embarquer ses canons qu'il avait, pendant son radoub, déposés sur l'île aux Couleuvres, le vice-roi défendit de les lui livrer, et déclara qu'il arrêtait le vaisseau, jusqu'à ce qu'il eût reçu des ordres de sa cour au sujet des hostilités commises à Rio-grande. Don Medina fit à ce sujet toutes les démarches convenables, ce fut en vain ; le comte d'Acunha ne voulut pas même recevoir la lettre que le commandant espagnol lui envoya par un officier de son bord.

Nous partageâmes la disgrâce de nos alliés. Lorsque, d'après la parole réitérée du vice-roi, j'eus conclu le marché pour l'achat d'un senau, son Excellence fit défendre au vendeur de me le livrer. Il fut pareillement défendu de nous laisser prendre dans le chantier royal des bois qui nous étaient nécessaires et pour lesquels nous avions arrêté un marché : il me refusa ensuite la permission de me loger avec mon état-

major, pendant le temps qu'on ferait à la frégate
quelques réparations essentielles, dans une maison
voisine de la ville que m'offrit le propriétaire, et que le
commodore Byron avait occupée, lors de sa relâche
dans ce port en 1765. Je voulus lui faire à ce sujet, et
sur le refus du senau et des bois, quelques représentations. Il ne m'en donna pas le temps ; et, aux premiers
mots que je lui dis, il se leva avec fureur, m'ordonna
de sortir ; et piqué sans doute de ce que, malgré sa
colère, je restais assis de même que deux officiers qui
m'accompagnaient, il appela sa garde ; mais sa garde,
plus sage que lui, ne vint pas et nous nous retirâmes
sans que personne parût s'être ébranlé. A peine fûmes-
nous sortis, qu'on doubla la garde de son palais, on
renforça les patrouilles et l'ordre fut donné d'arrêter
tous les Français qu'on trouverait dans les rues après
le coucher du soleil. Il envoya dire aussi au capitaine
du vaisseau français de quatre canons d'aller se
mouiller sous le fort de Villagahon, et le lendemain je
l'y fis remorquer par mes canots.

Je ne songeai dès lors qu'à me disposer au départ,
d'autant plus que les gens du pays que nous fréquen-
tions avaient tout à craindre du vice-roi. Deux officiers portugais furent la victime de leur honnêteté
pour nous ; l'un fut mis au cachot dans la citadelle ;
l'autre envoyé en exil à *Santa,* petit bourg entre
Sainte-Catherine et Rio-grande. Je me hâtai de faire
notre eau, de prendre à bord de *L'Étoile* les provisions
dont je ne pouvais me passer, et d'embarquer des
rafraîchissements. J'avais été forcé d'augmenter la
largeur de mes hunes, et le commandant espagnol me
fournit le bois nécessaire pour cette opération, et qu'on
nous avait refusé aux chantiers. Je m'étais aussi muni

de quelques planches dont nous ne pouvions nous passer, et qu'on nous vendit en contrebande.

Enfin le 12, tout étant prêt, j'envoyai un officier prévenir le vice-roi que j'appareillerais au premier vent favorable. Je conseillai aussi à M. d'Etcheveri, commandant *L'Etoile du matin,* de ne s'arrêter à Rio-Janéiro que le moins qu'il pourrait, et d'employer plutôt le temps qui restait jusqu'à la saison favorable pour le passage du cap de Bonne-Espérance, à bien reconnaître les îles de Tristan d'Acunha, où il trouverait de l'eau, du bois, du poisson en abondance, et je lui donnai quelques mémoires que j'avais sur ces îles. J'ai su depuis qu'il avait suivi ce conseil.

Nous avions joui pendant notre séjour à Rio-Janéiro du printemps des poètes, et ses habitants nous avaient témoigné de la façon la plus honnête le déplaisir que leur causaient les mauvais procédés de leur vice-roi à notre égard. Aussi regrettions-nous de ne pouvoir rester plus longtemps avec eux. Tant d'autres voyageurs ont décrit le Brésil et sa capitale, que je n'en dirais rien qui ne fût une répétition fastidieuse. Rio-Janéiro, conquis une fois par les armes de la France, lui est bien connu. Je me contenterai d'entrer ici dans quelques détails sur les richesses dont cette ville est le débouché, et sur les revenus que le roi de Portugal en tire. Je dirai auparavant que M. de Commerçon, savant naturaliste, embarqué sur *L'Etoile* pour suivre l'expédition, m'a assuré que ce pays était le plus riche en plantes qu'il eût jamais rencontré, et qu'il y avait trouvé des trésors pour la botanique.

Rio-Janéiro est l'entrepôt et le débouché principal des richesses du Brésil. Les mines, appelées *générales,* sont les plus voisines de la ville dont elles sont

distantes environ de soixante et quinze lieues. Elles
rendent au roi tous les ans, pour son droit de quint[4],
au moins cent douze arobes[5] d'or ; l'année 1762 elles en
rapportèrent cent dix-neuf. Sous la capitainie des
mines générales on comprend celles de *Rio des morts,*
de *Sabara* et de *Sero-frio.* Cette dernière, outre l'or
qu'on en retire, produit encore tous les diamants qui
proviennent du Brésil. Ils se trouvent dans le fond
d'une rivière qu'on a soin de détourner, pour séparer
ensuite, d'avec les cailloux qu'elle roule dans son lit,
les diamants, les topazes, les chrysolites et autres
pierres de qualités inférieures.

Toutes ces pierres, excepté les diamants, ne sont pas
de contrebande ; elles appartiennent aux entrepreneurs, lesquels sont obligés de donner un compte exact
des diamants trouvés et de les remettre entre les mains
de l'intendant préposé par le roi à cet effet. Cet
intendant les dépose aussitôt dans une cassette cerclée
de fer et fermée avec trois serrures. Il a une des clefs,
le vice-roi une autre et le provador de l'Hazienda
Réale la troisième. Cette cassette est renfermée dans
une seconde, où sont posés les cachets des trois
personnes mentionnées ci-dessus, et qui contient les
trois clefs de la première. Le vice-roi n'a pas le pouvoir
de visiter ce qu'elle renferme. Il consigne seulement le
tout à un troisième coffre-fort qu'il envoie à Lisbonne,
après avoir apposé son cachet sur la serrure. L'ouverture s'en fait en la présence du roi, qui choisit les
diamants qu'il veut et paie le prix aux entrepreneurs
sur le pied d'un tarif réglé par leur traité.

Les entrepreneurs paient à Sa Majesté très fidèle la
valeur d'une piastre, monnaie d'Espagne, par jour de
chaque esclave employé à la recherche des diamants ;

le nombre de ces esclaves peut monter à huit cents. De toutes les contrebandes, celle des diamants est la plus sévèrement punie. Si le contrebandier est pauvre, il lui en coûte la vie ; s'il a des biens capables de satisfaire à ce qu'exige la loi, outre la confiscation des diamants, il est condamné à payer deux fois leur valeur, à un an de prison et exilé pour sa vie à la côte d'Afrique. Malgré cette sévérité, il ne laisse pas de se faire une grande contrebande de diamants, même des plus beaux, tant leur peu de volume donne l'espérance et la facilité de les cacher.

Tout l'or qu'on retire des mines ne saurait être transporté à Rio-Janéiro, sans avoir été remis auparavant dans les *maisons de fondation* établies dans chaque district, où se perçoit le droit de la couronne. Ce qui revient aux particuliers leur est remis en barres avec leur poids, leur numéro et les armes du roi. Tout cet or a été touché par une personne préposée à cet effet, et sur chaque barre est imprimé le titre de l'or, afin qu'ensuite, dans la fabrique des monnaies, on fasse avec facilité l'opération nécessaire pour les mettre à leur valeur proportionnelle.

Ces barres appartenant aux particuliers sont enregistrées dans le comptoir de *la Praybuna*, à trente lieues de Rio-Janéiro. Dans ce poste sont un capitaine, un lieutenant et cinquante hommes : c'est là qu'on paie le droit de quint et de plus un droit de péage d'un réal et demi par tête d'hommes et de bêtes à cornes ou de somme. La moitié du produit de ce droit appartient au roi et l'autre moitié se partage entre le détachement proportionnellement au grade. Comme il est impossible de revenir des mines, sans passer par ce registre, on y est arrêté et fouillé avec la dernière rigueur.

Les particuliers sont ensuite obligés de porter tout
l'or en barre qui leur revient à la monnaie de Rio-
Janéiro, où on leur en donne la valeur en espèces
monnayées : ce sont ordinairement des demi-doublons
qui valent huit piastres d'Espagne. Sur chacun de ces
demi-doublons le roi gagne une piastre par l'alliage et
le droit de monnaie. L'hôtel des monnaies de Rio-
Janéiro est un des plus beaux qui existent ; il est muni
de toutes les commodités nécessaires pour y travailler
avec la plus grande célérité. Comme l'or descend des
mines dans le même temps où les flottes arrivent de
Portugal, il faut accélérer le travail de la monnaie, et
elle s'y frappe avec une promptitude surprenante.

L'arrivée de ces flottes rend le commerce de Rio-
Janéiro très florissant, principalement la flotte de
Lisbonne. Celle de Porto est chargée seulement de
vins, eaux-de-vie, vinaigres, denrées de bouche et de
quelques toiles grossières fabriquées dans cette ville ou
aux environs. Aussitôt après l'arrivée des flottes,
toutes les marchandises qu'elles apportent sont
conduites à la douane, où elles paient au roi dix pour
cent. Observez qu'aujourd'hui, la communication de
la colonie du Saint-Sacrement avec Buenos-Aires
étant sévèrement interceptée, ces droits doivent éprouver une diminution considérable. Presque toutes les
plus précieuses marchandises étaient envoyées de Rio-
Janéiro à la colonie, d'où elles passaient en contrebande par Buenos-Aires au Chili et au Pérou ; et ce
commerce frauduleux valait tous les ans aux Portugais
plus d'un million et demi de piastres. En un mot, les
mines du Brésil ne produisent point d'argent ; tout
celui que les Portugais possèdent provient de cette
contrebande. La traite des nègres leur était encore un

objet immense. On ne saurait évaluer à combien monte la perte que leur occasionne la suppression presque entière de cette branche de contrebande. Elle occupait seule au moins trente embarcations pour le cabotage de la côte du Brésil à la Plata.

Outre le dix pour cent d'ancien droit qui se paie à la douane royale, il y a un autre droit de deux et demi pour cent, imposé sous le titre de don gratuit depuis le désastre arrivé à Lisbonne en 1755. Il se paie immédiatement à la sortie de la douane, au lieu qu'on y accorde pour le dixième un délai de six mois, en donnant caution valable.

Les mines de *San Paolo* et *Parnagua* rendent au roi quatre arobes de quint année commune. Les mines les plus éloignées, comme celles de *Pracaton*, de *Quiaba*, dépendent de la capitainie de Matagrosso. Le quint des mines ci-dessus ne se perçoit pas à Rio-Janéiro, mais bien celui des mines de *Goyas*. Cette capitainie a aussi des mines de diamants qu'il est défendu de fouiller.

Toute la dépense que le roi de Portugal fait à Rio-Janéiro, tant pour le paiement des troupes et des officiers civils, que pour les frais des mines, l'entretien des bâtiments publics, la carène des vaisseaux, monte environ à six cent mille piastres. Je ne parle point de ce que peut lui coûter la construction des vaisseaux de ligne et frégates qu'on y a maintenant établie.

RÉCAPITULATION ET MONTANT
DES DIVERS OBJETS
DU REVENU ROYAL, ANNÉE COMMUNE.

	piastres
Cent cinquante arobes d'or que rapportent, année commune, tous les quints réduits, valent en monnaie d'Espagne	1 125 000
Le droit des diamants...............	240 000
Le droit de monnaie	400 000
Dix pour cent de la douane	350 000
Deux et demi pour cent de don gratuit............................	87 000
Droit de péage, vente des emplois, offices, et généralement tout ce qui provient des mines	225 000
Droits sur les noirs	110 000
Droit sur l'huile de poisson, le sel, le savon et le dixième sur les denrées du pays	130 000
TOTAL..	2 667 000

Sur quoi, défalquant la dépense ci-dessus mentionnée, on verra que le revenu que le roi de Portugal tire de Rio-Janéiro se monte à plus de dix millions de notre monnaie.

CHAPITRE VI

Départ de Rio-Janéiro ; second voyage à Montevideo ; ava-
ries qu'y reçoit L'Étoile.

Le 14 juillet nous appareillâmes de Rio-Janéiro et
fûmes contraints, le vent nous manquant, de remouil-
ler dans la rade. Nous sortîmes le 15 ; et, deux jours
après, l'avantage de marche que la frégate avait sur
L'Étoile me mit dans le cas de dégréer les mâts de
perroquet, nos mâts majeurs exigeant beaucoup de
ménagement. Les vents furent variables, grand frais,
et la mer très grosse ; la nuit du 19 au 20, nous
perdîmes notre grand hunier, emporté sur ses cargues.
Le 25 il y eut une éclipse de soleil [1] visible pour nous.
J'avais pris à mon bord M. Verron, jeune observateur
venu de France sur *L'Étoile,* pour s'occuper dans le
voyage des méthodes propres à calculer en mer la
longitude. Suivant le point estimé du vaisseau, le
moment de l'immersion, calculé par cet astronome,
devait être pour nous le 25 à quatre heures dix-neuf
minutes du soir. A quatre heures six minutes, un
nuage nous déroba la vue du soleil, et lorsque nous le
revîmes à quatre heures trente et une minutes, il y en
avait alors environ un doigt et demi d'éclipsé. Les

nuages qui passèrent ensuite successivement sur le soleil ne nous le laissèrent apercevoir que pendant des intervalles très courts ; de sorte que nous ne pûmes observer aucune des phases de l'éclipse, ni par conséquent en conclure notre longitude. Le soleil se couchait pour nous avant le moment de la conjonction apparente, et nous estimâmes que celui de l'immersion avait été à quatre heures vingt-trois minutes.

Le 26 nous commençâmes à trouver le fond, et le 28 au matin nous eûmes connaissance des Castilles[2]. Cette partie de la côte est d'une hauteur médiocre et s'aperçoit de dix à douze lieues. Nous crûmes reconnaître l'entrée d'une baie qui est vraisemblablement le mouillage où les Espagnols ont un fort, mouillage qu'ils m'ont dit être fort mauvais. Le 29 nous entrâmes dans la rivière de la Plata et vîmes les Maldonades. Nous avançâmes peu cette journée et la suivante. Nous passâmes en calme presque toute la nuit du 30 au 31, sondant sans cesse. Les courants paraissaient nous entraîner dans le nord-ouest, où nous restait à peu près l'île Lobos. A une heure et demie après minuit, la sonde ayant donné trente-trois brasses, je jugeai être très près de cette île, et je fis le signal de mouiller. Nous appareillâmes à trois heures et demie et vîmes l'île de Lobos dans le nord-est, environ à deux lieues et demie. Le vent de sud et de sud-est, faible d'abord, renforça dans la matinée et nous mouillâmes le 31 après-midi dans la baie de Montevideo. *L'Étoile* nous avait fait perdre beaucoup de chemin, parce que outre l'avantage de marche que nous conservions sur elle, cette flûte qui, au sortir de Rio-Janéiro, faisait quatre pouces d'eau toutes les deux heures, après quelques jours de navigation en fit sept pouces [3] dans le même intervalle de temps ; ce qui ne lui permettait pas de forcer de voiles.

A peine fûmes-nous mouillés, qu'un officier, venu à bord de la part du gouverneur de Montevideo pour nous complimenter sur notre arrivée, nous apprit qu'on avait reçu des ordres d'Espagne pour arrêter tous les jésuites [4] et se saisir de leurs biens ; que le même bâtiment porteur de ces dépêches avait amené quarante Pères de la compagnie destinés aux missions ; que l'ordre avait été exécuté déjà dans les principales maisons, sans trouble ni résistance et qu'au contraire ces religieux supportaient leur disgrâce avec sagesse et résignation. J'entrerai bientôt dans le détail de cette grande affaire, de laquelle m'ont pu mettre au fait un long séjour à Buenos-Aires et la confiance dont m'y a honoré le gouverneur général don Francisco Bukarely [5].

Comme nous devions rester dans la rivière de la Plata jusqu'après la révolution de l'équinoxe, nous prîmes des logements à Montevideo, où nous établîmes aussi nos ouvriers et un hôpital. Ces premiers soins remplis, je me rendis à Buenos-Aires le 11 août, pour y accélérer la fourniture des vivres qui nous étaient nécessaires et dont fut chargé le munitionnaire général du roi d'Espagne, aux mêmes prix que portait son traité vis-à-vis Sa Majesté Catholique. Je voulais aussi entretenir M. de Bukarely sur ce qui s'était passé à Rio-Janéiro, quoique je lui eusse déjà envoyé par un exprès les dépêches de don Francisco de Medina. Je le trouvai sagement résolu à se contenter de rendre compte en Europe des hostilités commises par le vice-roi du Brésil et à ne point user de représailles. Il lui eût été facile de s'emparer en peu de jours de la colonie du

Saint-Sacrement, d'autant plus que cette place manquait de tout et qu'elle n'avait pas encore reçu au mois de novembre le convoi de vivres et de munitions qu'on lui préparait, lorsque nous sortîmes de Rio-Janéiro.

J'éprouvai de la part du gouverneur général les plus grandes facilités pour la prompte expédition de nos besoins. A la fin d'août deux goélettes, chargées pour nous de biscuit et de farine, avaient fait voile pour Montevideo, où je m'étais aussi rendu pour y célébrer la fête de saint Louis. J'avais laissé à Buenos-Aires le chevalier du Bouchage, enseigne de vaisseau, pour y faire embarquer le reste de nos vivres, et y être chargé des affaires qui pourraient nous survenir, jusqu'à notre départ que j'espérais devoir être à la fin de septembre ; je ne prévoyais pas qu'un accident nous retiendrait six semaines de plus. Pendant une tourmente de sud-ouest, *Le Saint-Fernand,* vaisseau de registre, qui était mouillé près de *L'Étoile,* chassa sur ses ancres, vint de nuit aborder cette flûte, et du premier choc lui rompit son mât de beaupré au ras de l'étambrai. Sa poulaine et ses écharpes ou herpes furent ensuite emportées, heureux encore d'avoir pu se séparer, malgré le mauvais temps et l'obscurité, sans essuyer d'autres avaries.

Cet abordage augmenta considérablement la voie d'eau que *L'Étoile* avait dès le commencement de la campagne. Il devenait indispensable de décharger ce bâtiment, peut-être même de le virer en quille pour découvrir et fermer cette voie d'eau qui paraissait être très basse et de l'avant. Cette opération ne pouvait se faire à Montevideo, où d'ailleurs on ne trouvait point les bois nécessaires à la réparation de sa mâture. J'écrivis donc au chevalier du Bouchage d'exposer au

marquis de Bukareli notre situation, et d'obtenir son
agrément pour que *L'Étoile* remontât la rivière et vînt
à la Encenada de Baragan ; je lui mandais aussi d'y
faire passer aussitôt les bois et autres matériaux dont
nous avions besoin. Le gouverneur général consentit à
ces demandes ; et le 7 septembre, n'ayant pu trouver
aucun pilote, je m'embarquai sur *L'Étoile* avec les
charpentiers et calfats de *La Boudeuse* pour partir le
lendemain et suivre moi-même une navigation qu'on
nous disait être de la plus grande difficulté. Deux
vaisseaux de registre, *Le Saint-Fernand* et *Le Carmen,* munis d'un pratique, appareillaient le même jour
de Montevideo pour la Encenada et j'avais compté les
suivre ; mais *Le Saint-Fernand,* à bord duquel était ce
pilote nommé Philippe, appareilla la nuit du 7 au 8,
dans la seule vue de nous dérober sa marche et laissant
son camarade dans le même embarras. Nous partîmes
toutefois le 8 au matin précédés par nos canots, *Le
Carmen* étant resté pour attendre une goélette qui
dirigeât sa route. Le soir nous joignîmes *Le Saint-
Fernand,* nous le dépassâmes et le 10 après-midi nous
mouillâmes dans la rade de la Encenada, Philippe,
aussi mauvais pilote que méchant homme, ayant
toujours gouverné sur nous.

Je trouvai dans cette rade *La Vénus,* frégate de
vingt-six canons, et quelques navires marchands destinés, comme elle, à faire voile incessamment pour
l'Europe. J'y trouvai aussi *La Smeralda* et *La Liebe*[6],
qui se disposaient à retourner avec des munitions de
toute espèce aux îles Malouines, d'où elles devaient
passer dans la mer du Sud, pour y prendre les jésuites
du Chili et du Pérou. Il y avait de plus le chambekin
L'Andalous arrivé du Ferrol à la fin de juillet en

compagnie d'un autre chambekin nommé *L'Aventu-rero ;* mais celui-ci s'était perdu sur la tête du banc aux Anglais, et l'équipage avait eu le temps de se sauver. *L'Andalous* se préparait à aller porter des missionnai-res et des présents aux habitants de la Terre de Feu, le roi catholique voulant leur témoigner sa reconnais-sance des services qu'ils avaient rendus aux Espagnols du navire *La Conception,* lequel en 1765 avait péri sur leurs côtes.

Je descendis à Baragan, où le chevalier du Bou-chage avait déjà fait transporter une partie des bois qui nous étaient nécessaires. Il les avait rassemblés avec peine et à grands frais de Bueno-Aires dans l'arsenal du roi et quelques magasins particuliers, approvisionnés les uns et les autres par les débris des vaisseaux qui font naufrage dans la rivière. On ne trouvait d'ailleurs à Baragan aucune espèce de res-sources, mais bien des difficultés de plusieurs genres et tout ce qui peut forcer à n'opérer que lentement. La Encenada de Baragan n'est en effet qu'une espèce de mauvaise baie formée par l'embouchure d'une petite rivière qui peut avoir un quart de lieue de largeur ; mais il n'y a de l'eau qu'au milieu, dans un canal étroit et qui se comble tous les jours, où peuvent entrer des vaisseaux qui ne tirent que douze pieds : dans tout le reste il n'y a pas six pouces d'eau à marée basse ; or, comme les marées sont fort irrégulières dans la rivière de la Plata, qu'elles sont hautes ou basses quelquefois huit jours de suite selon les vents qui règnent, le débarquement des chaloupes y essuie les plus grandes difficultés. D'ailleurs nul magasin à terre, quelques maisons ou plutôt des chaumières construites avec des joncs, couvertes de cuir, dispersées sans ordre sur un sol brut et habitées par des hommes qui ont assez de peine à se procurer leur subsistance. Les bâtiments qui tirent trop d'eau pour pouvoir entrer dans cette anse mouillent à la pointe de Lara, à une lieue et demie dans l'ouest. Ils y sont exposés à tous les vents ; mais la tenue étant fort bonne, ils y peuvent hiverner, quoique avec beaucoup d'incommodités.

Je laissai à la pointe de Lara M. de La Giraudais chargé des soins relatifs à son vaisseau, et je me rendis à Buenos-Aires, d'où je lui expédiai une grande goélette sur laquelle il pouvait abattre, lorsqu'il serait entré à la Encenada. Il fallait pour cela qu'il déchargeât en partie les effets qu'il avait à bord, et M. de Bukarely permit de les déposer à bord de *La Smeralda* et de *La Liebe*. Le 8 octobre *L'Étoile* fut en état d'entrer dans le port, et l'on trouva que son radoub serait moins long qu'on ne l'avait appréhendé. En effet, à peine avait-elle commencé à s'alléger, que sa voie d'eau diminua sensiblement et elle cessa d'en faire, lorsqu'elle ne tira plus que huit pieds de l'avant. Après y avoir débité quelques planches de son doublage, on vit que la couture des barbes du navire était absolument sans étoupe, pendant une longueur d'environ quatre pieds et demi, depuis huit pieds et demi de tirant d'eau en remontant. On découvrit aussi deux trous de tarière dont les chevilles n'avaient pas été posées. Toutes ces avaries ayant été promptement réparées, de nouvelles herpes remises en place, le mât de beaupré fait et mâté, la flûte recalfatée en entier ; elle revint le 21 à la pointe de Lara, où elle reprit son chargement à bord des frégates espagnoles. Elle y embarqua aussi successivement le bois, les farines, le

biscuit et les différentes provisions que je lui envoyai
dans cette rade.

Il en était parti pour Cadix, à la fin de septembre,
La Vénus et quatre autres bâtiments chargés de cuirs,
et portant deux cent cinquante jésuites et les familles
françaises des Malouines, à l'exception de sept, qui
n'ayant pu y trouver place, furent forcées d'attendre
une autre occasion. Le marquis de Bukarely les fit
venir à Buenos-Aires, où il pourvut à leur subsistance
et à leur logement. On venait d'apprendre dans le
même moment l'arrivée du *Diamant,* vaisseau de
registre, expédié pour Buenos-Aires, et celle du *Saint-
Michel,* autre vaisseau de registre destiné pour Lima.
La situation de ce dernier bâtiment était triste. Après
avoir, pendant quarante-cinq jours, lutté contre les
vents sur le cap de Horn, trente-neuf hommes de son
équipage étant morts et le reste attaqué du scorbut, un
coup de mer ayant emporté son gouvernail, il avait été
forcé de faire route pour cette rivière, où il était entré
dans le port des Maldonades, sept mois après être sorti
de Cadix et n'ayant plus que trois matelots et quelques
officiers en état d'agir. Nous envoyâmes à la requête
des Espagnols un officier et un équipage pour amener
ce bâtiment à Montevideo. Il y était arrivé le 5 octobre
la frégate espagnole *L'Aigle,* sortie du Ferrol au mois
de mars. Elle avait relâché à l'île Sainte-Catherine, et
les Portugais l'y avaient arrêtée dans le même temps
où ils retenaient *Le Diligent* à Rio-Janéiro.

CHAPITRE VII

*Détails sur les missions du Paraguai, et l'expulsion des
jésuites de cette province.*

Tandis que nous hâtions nos dispositions pour sortir
de la rivière de la Plata, le marquis de Bukarely faisait
les siennes pour passer sur *l'Uraguai*. Déjà les jésuites
avaient été arrêtés dans toutes les autres provinces de
son département, et ce gouverneur général voulait
exécuter en personne dans les missions les ordres du
Roi Catholique. Il dépendait des premières mesures
qu'on y allait prendre de faire agréer à ces peuples le
changement qu'on leur préparait, ou de les replonger
dans l'état de barbarie. Mais avant que de détailler ce
que j'ai vu sur la catastrophe de ce singulier gouvernement, il faut dire un mot sur son origine, ses progrès et
sa forme. Je le dirai *sine ira et studio quorum causas
procul habeo*[1].

C'est en 1580 que l'on voit les jésuites admis pour la
première fois dans ces fertiles régions, où ils ont depuis
fondé, sous le règne de Philippe III, les missions
fameuses auxquelles on donne en Europe le nom du
Paraguai, et plus à propos en Amérique celui de
l'Uraguai, rivière sur laquelle elles sont situées. Elles

ont toujours été divisées en peuplades, faibles d'abord et en petit nombre, mais que des progrès successifs ont porté jusqu'à celui de trente-sept ; savoir, vingt-neuf sur la rive droite de l'Uraguai, et huit sur la rive gauche, régies chacune par deux jésuites en habit de l'Ordre. Deux motifs qu'il est permis aux souverains d'allier, lorsque l'un ne nuit pas à l'autre, la religion et l'intérêt, avaient fait désirer aux monarques espagnols la conversion de ces Indiens ; en les rendant catholiques on civilisait des hommes sauvages, on se rendait maîtres d'une contrée vaste et abondante : c'était ouvrir à la métropole une nouvelle source de richesses, et acquérir des adorateurs au vrai Dieu. Les jésuites se chargèrent de remplir ces vues, mais ils représentèrent que pour faciliter le succès d'une si pénible entreprise, il fallait qu'il fussent indépendants des gouverneurs de la province, et que même aucun Espagnol ne pénétrât dans le pays.

Le motif qui fondait cette demande était la crainte que les vices des Européens ne diminuassent la ferveur des néophytes, ne les éloignassent même du christianisme, et que la hauteur espagnole ne leur rendît odieux un joug trop appesanti. La cour d'Espagne approuvant ces raisons régla que les missionnaires seraient soustraits à l'autorité des gouverneurs, et que le trésor leur donnerait chaque année soixante mille piastres pour les frais des défrichements, sous la condition qu'à mesure que les peuplades seraient formées et les terres mises en valeur, les Indiens paieraient annuellement au roi une piastre par homme depuis l'âge de dix-huit ans jusqu'à celui de soixante. On exigea aussi que les missionnaires apprissent aux

Indiens la langue espagnole ; mais cette clause ne paraît pas avoir été exécutée.

Les jésuites entrèrent dans la carrière avec le courage des martyrs et une patience vraiment angélique. Il fallait l'un et l'autre pour attirer, retenir, plier à l'obéissance et au travail des hommes féroces, inconstants, attachés autant à leur paresse qu'à leur indépendance. Les obstacles furent infinis, les difficultés renaissaient à chaque pas ; le zèle triompha de tout, et la douceur des missionnaires amena enfin à leurs pieds ces farouches habitants des bois. En effet, ils les réunirent dans des habitations, leur donnèrent des lois, introduisirent chez eux les arts utiles et agréables ; enfin, d'une nation barbare, sans mœurs et sans religion, ils en firent un peuple doux, policé, exact observateur des cérémonies chrétiennes. Ces Indiens, charmés par l'éloquence persuasive de leurs apôtres, obéissaient volontiers à des hommes qu'ils voyaient se sacrifier à leur bonheur ; de telle façon que quand ils voulaient se former une idée du roi d'Espagne, ils se le représentaient sous l'habit de saint Ignace.

Cependant il y eut contre son autorité un instant de révolte dans l'année 1757. Le Roi Catholique venait d'échanger avec le Portugal les peuplades des missions situées sur la rive gauche de l'Uraguai contre la colonie du Saint-Sacrement. L'envie d'anéantir la contrebande énorme, dont nous avons parlé plusieurs fois, avait engagé la cour de Madrid à cet échange. L'Uraguai devenait ainsi la limite des possessions respectives des deux couronnes ; on faisait passer sur sa rive droite les Indiens des peuplades cédées, et on les dédommageait en argent du travail de leur déplacement. Mais ces hommes accoutumés à leurs foyers ne purent souffrir d'être obligés de quitter des terres en pleine valeur, pour en aller défricher de nouvelles. Ils prirent donc les armes : depuis longtemps on leur avait permis d'en avoir pour se défendre contre les incursions des Paulistes, brigands issus du Brésil, et qui s'étaient formés en république vers la fin du xvie siècle. La révolte éclata sans qu'aucun jésuite parût jamais à la tête des Indiens. On dit même qu'ils furent retenus par force dans les villages, pour y exercer les fonctions du sacerdoce.

Le gouverneur général de la province de la Plata, don Joseph Andonaighi, marcha contre les rebelles, suivi de don Joachim de Viana, gouverneur de Montevideo. Il les défit dans une bataille où il périt plus de deux mille Indiens. Il s'achemina ensuite à la conquête du pays ; et don Joachim, voyant la terreur qu'une première défaite y avait répandue, se chargea avec six cents hommes de le réduire en entier. En effet il attaqua la première peuplade, s'en empara sans résistance, et celle-là prise, toutes les autres se soumirent.

Sur ces entrefaites la cour d'Espagne rappela don Joseph Andonaighi et don Pedro Cevallos arriva à Buenos-Aires pour le remplacer. En même temps Viana reçut ordre d'abandonner les missions et de ramener ses troupes. Il ne fut plus question de l'échange projeté entre les deux couronnes, et les Portugais, qui avaient marché contre les Indiens avec les Espagnols, revinrent avec eux. C'est dans le temps de cette expédition que s'est répandu en Europe le bruit de l'élection du roi Nicolas, Indien dont en effet les rebelles firent un fantôme de royauté.

Don Joachim de Viana m'a dit que quand il eut reçu l'ordre de quitter les missions, une grande partie des

Indiens, mécontents de la vie qu'ils menaient, voulaient le suivre. Il s'y opposa, mais il ne put empêcher que sept familles ne l'accompagnassent, et il les établit aux Maldonades, où elles donnent aujourd'hui l'exemple de l'industrie et du travail. Je fus surpris de ce qu'il me dit au sujet de ce mécontentement des Indiens. Comment l'accorder avec tout ce que j'avais lu sur la manière dont ils étaient gouvernés ? J'aurais cité les lois des missions comme le modèle d'une administration faite pour donner aux humains le bonheur et la sagesse.

En effet, quand on se représente de loin et en général ce gouvernement magique fondé par les seules armes spirituelles, et qui n'était lié que par les chaînes de la persuasion, quelle institution plus honorable à l'humanité ! C'est une société qui habite une terre fertile sous un climat fortuné, dont tous les membres sont laborieux et où personne ne travaille pour soi ; les fruits de la culture commune sont rapportés fidèlement dans des magasins publics, d'où l'on distribue à chacun ce qui lui est nécessaire pour sa nourriture, son habillement et l'entretien de son ménage ; l'homme dans la vigueur de l'âge nourrit par son travail l'enfant qui vient de naître ; et lorsque le temps a usé ses forces, il reçoit de ses concitoyens les mêmes services dont il leur a fait l'avance ; les maisons particulières sont commodes, les édifices publics sont beaux ; le culte est uniforme et scrupuleusement suivi ; ce peuple heureux ne connaît ni rangs ni conditions, il est également à l'abri des richesses et de l'indigence. Telles ont dû paraître et telles me paraissaient les missions dans le lointain et l'illusion de la perspective. Mais en matière de gouvernement, un intervalle immense sépare la théorie de l'administration. J'en fus convaincu par les détails suivants que m'ont faits unanimement cent témoins oculaires.

L'étendue du terrain que renferment les missions peut être de deux cents lieues du nord au sud, de cent cinquante de l'est à l'ouest, et la population y est d'environ trois cent mille âmes; des forêts immenses y offrent des bois de toute espèce; de vastes pâturages y contiennent au moins deux millions de têtes de bestiaux; de be!!' s rivières vivifient l'intérieur de cette contrée, et y appellent partout la circulation et le commerce. Voilà le local², comment y vivait-on? Le pays était, comme nous l'avons dit, divisé en paroisses, et chaque paroisse régie par deux jésuites, l'un curé, l'autre son vicaire. La dépense totale pour l'entretien des peuplades entraînait peu de frais, les Indiens étant nourris, habillés, logés du travail de leurs mains, la plus forte dépense allait à l'entretien des églises construites et ornées avec magnificence. Le reste du produit de la terre et tous les bestiaux appartenaient aux jésuites, qui de leur côté faisaient venir d'Europe les outils des différents métiers, des vitres, des couteaux, des aiguilles à coudre, des images, des chapelets, de la poudre et des fusils. Leur revenu annuel consistait en coton, suifs, cuirs, miel et surtout en *maté,* plante mieux connue sous le nom d'herbe du Paraguai, dont la Compagnie faisait seule le commerce, et dont la consommation est immense dans toutes les Indes espagnoles où elle tient lieu de thé.

Les Indiens avaient pour leurs curés une soumission tellement servile, que non seulement ils se laissaient punir du fouet à la manière du collège, hommes et femmes, pour les fautes publiques, mais qu'ils

venaient eux-mêmes solliciter le châtiment des fautes
mentales. Dans chaque paroisse les Pères élisaient tous
les ans des corrégidors et des capitulaires chargés des
détails de l'administration. La cérémonie de leur
élection se faisait avec pompe le premier jour de l'an
dans le parvis de l'église, et se publiait au son des
cloches et des instruments de toute espèce. Les élus
venaient aux pieds du Père curé recevoir les marques
de leur dignité qui ne les exemptait pas d'être fouettés
comme les autres. Leur plus grande distinction était de
porter des habits, tandis qu'une chemise de toile de
coton composait seule le vêtement du reste des Indiens
de l'un et l'autre sexe. La fête de la paroisse et celle du
curé se célébraient aussi par des réjouissances publiques, même par des comédies ; elles ressemblaient sans
doute à nos anciennes pièces qu'on nommait *mystères*.

Le curé habitait une maison vaste proche l'église ;
elle avait attenant deux corps de logis, dans l'un
desquels étaient les écoles pour la musique, la peinture, la sculpture, l'architecture et les ateliers des
différents métiers ; l'Italie leur fournissait les maîtres
pour les arts, et les Indiens apprennent, dit-on, avec
facilité ; l'autre corps de logis contenait un grand
nombre de jeunes filles occupées à divers ouvrages
sous la garde et l'inspection de vieilles femmes : il se
nommait *le guatiguasu* ou le séminaire. L'appartement
du curé communiquait intérieurement avec ces deux
corps de logis.

Ce curé se levait à cinq heures du matin, prenait
une heure pour l'oraison mentale, disait sa messe à six
heures et demie, on lui baisait la main à sept heures, et
l'on faisait alors la distribution publique d'une once de
maté par famille. Après sa messe, le curé déjeunait,

disait son bréviaire, travaillait avec les corrégidors
dont les quatre premiers étaient ses ministres, visitait
le séminaire, les écoles et les ateliers ; s'il sortait, c'était
à cheval et avec un grand cortège ; il dînait à onze
heures seul avec son vicaire, restait en conversation
jusqu'à midi, et faisait la sieste jusqu'à deux heures ; il
était renfermé dans son intérieur jusqu'au rosaire,
après lequel il y avait conversation jusqu'à sept heures
du soir ; alors le curé soupait ; à huit heures il était
censé couché.

Le peuple cependant était depuis huit heures du
matin distribué au divers travaux soit de la terre, soit
des ateliers, et les corrégidors veillaient au sévère
emploi du temps ; les femmes filaient du coton ; on leur
en distribuait tous les lundis une certaine quantité
qu'il fallait rapporter filé à la fin de la semaine ; à cinq
heures et demie du soir, on se rassemblait pour réciter
le rosaire et baiser encore la main du curé ; ensuite se
faisait la distribution d'une once de maté et de quatre
livres de bœuf pour chaque ménage qu'on supposait
être composé de huit personnes ; on donnait aussi du
maïs. Le dimanche on ne travaillait point, l'office
divin prenait plus de temps ; ils pouvaient ensuite se
livrer à quelques jeux aussi tristes que le reste de leur
vie.

On voit par ce détail exact que les Indiens n'avaient
en quelque sorte aucune propriété et qu'ils étaient
assujettis à une uniformité de travail et de repos
cruellement ennuyeuse. Cet ennui, qu'avec raison on
dit mortel, suffit pour expliquer ce qu'on nous a dit,
qu'ils quittaient la vie sans la regretter et mouraient
sans avoir vécu. Quand une fois ils tombaient malades, il était rare qu'ils guérissent ; et lorsqu'on leur

demandait alors si de mourir les affligeait, ils répondaient que non, et le répondaient comme des gens qui
le pensent. On cessera maintenant d'être surpris de ce
que, quand les Espagnols pénétrèrent dans les missions, ce grand peuple, administré comme un couvent,
témoigna le plus grand désir de forcer la clôture. Au
reste les jésuites nous représentaient ces Indiens
comme une espèce d'hommes qui ne pouvait jamais
atteindre qu'à l'intelligence des enfants ; la vie qu'ils
menaient empêchait ces grands enfants d'avoir la
gaieté des petits.

La Compagnie s'occupait du soin d'étendre les
missions, lorsque le contrecoup d'événements passés
en Europe vint renverser dans le nouveau monde
l'ouvrage de tant d'années et de patience. La cour
d'Espagne, ayant pris la résolution de chasser les
jésuites, voulut que cette opération se fît en même
temps dans toute l'étendue de ses vastes domaines.
Cevallos fut rappelé de Buenos-Aires, et don Francisco Bukarely nommé pour le remplacer. Il partit
instruit de la besogne à laquelle on le destinait, et
prévenu d'en différer l'exécution jusqu'à de nouveaux
ordres qu'il ne tarderait pas à recevoir. Le confesseur
du roi, le comte d'Aranda et quelques ministres étaient
les seuls auxquels fut confié le secret de cette affaire.
Bukarely fit son entrée à Buenos-Aires au commencement de 1767.

Lorsque don Pedro Cevallos fut arrivé en Espagne,
on expédia au marquis de Bukarely un paquebot
chargé des ordres tant pour cette province que pour le
Chili, où ce général devait les faire passer par terre. Ce
bâtiment arriva dans la rivière de la Plata au mois de
juin 1767, et le gouverneur dépêcha sur-le-champ

deux officiers, l'un au vice-roi du Pérou, l'autre au président de l'audience du Chili, avec les paquets de la Cour qui les concernaient. Il songea ensuite à répartir ses ordres dans les différents lieux de sa province où il y avait des jésuites, tels que Cordoue, Mendoze, Corientes, Santa-Fé, Salta, Montevideo et le Paraguai. Comme il craignit que, parmi les commandants de ces divers endroits, quelques-uns n'agissent pas avec la promptitude, le secret et l'exactitude que la Cour désirait, il leur enjoignit, en leur adressant ses ordres, de ne les ouvrir que le *** jour qu'il fixait pour l'exécution, et de ne le faire qu'en présence de quelques personnes qu'il nommait; gens qui occupaient dans les mêmes lieux les premiers emplois ecclésiastiques et civils. Cordoue surtout l'intéressait. C'était dans ces provinces la principale maison des jésuites et la résidence habituelle du provincial. C'est là qu'ils formaient et qu'ils instruisaient dans la langue et les usages du pays les sujets destinés aux missions et à devenir chefs des peuplades; on y devait trouver leurs papiers les plus importants. M. de Bukarely se résolut à y envoyer un officier de confiance qu'il nomma lieutenant de roi de cette place, et que, sous ce prétexte, il fit accompagner d'un détachement de troupes.

Il restait à pourvoir à l'exécution des ordres du roi dans les missions, et c'était le point critique. Faire arrêter les jésuites au milieu des peuplades, on ne savait pas si les Indiens voudraient le souffrir, et il eût fallu soutenir cette exécution violente par un corps de troupes assez nombreux pour parer à tout événement. D'ailleurs n'était-il pas indispensable, avant que de songer à en retirer les jésuites, d'avoir une autre forme de gouvernement prête à substituer au leur, et d'y prévenir ainsi les désordres de l'anarchie ? Le gouverneur se détermina à temporiser, et se contenta pour le moment d'écrire dans les missions, qu'on lui envoyât sur-le-champ le corrégidor et un cacique de chaque peuplade, pour leur communiquer des lettres du roi. Il expédia cet ordre avec la plus grande célérité, afin que les Indiens fussent en chemin et hors des réductions[3], avant que la nouvelle de l'expulsion de la Société pût y parvenir. Par ce moyen il remplissait deux vues, l'une de se procurer des otages qui l'assureraient de la fidélité des peuplades, lorsqu'il en retirerait les jésuites ; l'autre, de gagner l'affection des principaux Indiens par les bons traitements qu'on leur prodiguerait à Buenos-Aires, et d'avoir le temps de les instruire du nouvel état dans lequel ils entreraient lorsque, n'étant plus tenus par la lisière, ils jouiraient des mêmes privilèges et de la même propriété que les autres sujets du roi.

Tout avait été concerté avec le plus profond secret, et quoiqu'on eût été surpris de voir arriver un bâtiment d'Espagne sans autres lettres que celles adressées au général, on était fort éloigné d'en soupçonner la cause. Le moment de l'exécution générale était combiné pour le jour où tous les courriers auraient eu le temps de se rendre à leur destination, et le gouverneur attendait cet instant avec impatience, lorsque l'arrivée des deux chambekins du roi, *L'Andalous* et *L'Aventurero,* venant de Cadix, faillit à rompre toutes ses mesures. Il avait ordonné au gouverneur de Montevideo, au cas qu'il arrivât quelques bâtiments d'Europe, de ne pas les laisser communiquer avec qui que ce fût, avant que de l'en avoir informé ; mais l'un

de ces deux chambekins s'étant perdu, comme nous
l'avons dit, en entrant dans la rivière, il fallait bien en
sauver l'équipage, et lui donner les secours que sa
situation exigeait.

Les deux chambekins étaient sortis d'Espagne
depuis que les jésuites y avaient été arrêtés : ainsi l'on
ne pouvait empêcher que cette nouvelle ne se répan-
dît. Un officier de ces bâtiments fut sur-le-champ
envoyé au marquis de Bukarely, et arriva à Buenos-
Aires le 9 juillet à dix heures du soir. Le gouverneur ne
balança pas : il expédia à l'instant à tous les commandants des places un ordre d'ouvrir leurs paquets, et
d'en exécuter le contenu avec la plus grande célérité. A
deux heures après minuit, tous les courriers étaient
partis, et les deux maisons des jésuites à Buenos-Aires
investies, au grand étonnement de ces Pères qui
croyaient rêver, lorsqu'on vint les tirer du sommeil
pour les constituer prisonniers, et se saisir de leurs
papiers. Le lendemain, on publia dans la ville un ban
qui décernait peine de mort contre ceux qui entretien-
draient commerce avec les jésuites, et on y arrêta cinq
négociants qui voulaient, dit-on, leur faire passer des
avis à Cordoue.

Les ordres du roi s'exécutèrent avec la même facilité
dans toutes les villes. Partout les jésuites furent surpris
sans avoir eu le moindre indice, et on mit la main sur
leurs papiers. On les fit aussitôt partir de leurs
différentes maisons, escortés par des détachements de
troupes qui avaient ordre de tirer sur ceux qui
chercheraient à s'échapper. Mais l'on n'eut pas besoin
d'en venir à cette extrémité. Ils témoignèrent la plus
parfaite résignation, s'humiliant sous la main qui les
frappait, et reconnaissant, disaient-ils, que leurs

péchés avaient mérité le châtiment dont Dieu les punissait. Les jésuites de Cordoue, au nombre de plus de cent, arrivèrent à la fin d'août à la Encenada, où se rendirent peu après ceux de Corrientes, de Buenos-Aires et de Montevideo. Ils furent aussitôt embarqués, et ce premier convoi appareilla, comme nous l'avons déjà dit, à la fin de septembre. Les autres pendant ce temps étaient en chemin pour venir à Buenos-Aires attendre un nouvel embarquement.

· On y vit arriver le 13 septembre tous les corrégidors et un cacique de chaque peuplade, avec quelques Indiens de leur suite. Ils étaient sortis des missions avant qu'on s'y doutât de l'objet qui les faisait mander. La nouvelle qu'ils en apprirent en chemin leur fit impression, mais ne les empêcha pas de continuer leur route. La seule instruction, dont les curés eussent muni au départ leurs chers néophytes, avait été de ne rien croire de tout ce que leur débiterait le gouverneur général. « Préparez-vous, mes enfants, leur avaient-ils dit, à entendre beaucoup de mensonges. » A leur arrivée, on les amena en droiture au gouvernement, où je fus présent à leur réception. Ils y entrèrent à cheval au nombre de cent vingt, et s'y formèrent en croissant sur deux lignes : un Espagnol instruit dans la langue *des Guaranis* leur servait d'interprète. Le gouverneur parut à un balcon ; il leur fit dire qu'ils étaient les bienvenus, qu'ils allassent se reposer, et qu'il les informerait du jour auquel il aurait résolu de leur signifier les intentions du roi. Il ajouta sommairement qu'il venait les tirer d'esclavage, et les mettre en possession de leurs biens, dont jusqu'à présent ils n'avaient pas joui. Ils répondirent par un cri général, en élevant la main droite vers le ciel, et

souhaitant mille prospérités au roi et au gouverneur.
Ils ne paraissaient pas mécontents, mais il était aisé de
démêler sur leur visage plus de surprise que de joie.
Au sortir du gouvernement, on les conduisit à une
maison des jésuites où ils furent logés, nourris et
entretenus aux dépens du roi. Le gouverneur, en les
faisant venir, avait mandé nommément le fameux
cacique Nicolas, mais on écrivit que son grand âge et
ses infirmités ne lui permettaient pas de se déplacer.

A mon départ de Buenos-Aires, les Indiens
n'avaient pas encore été appelés à l'audience du
général. Il voulait leur laisser le temps d'apprendre un
peu la langue et de connaître la façon de vivre des
Espagnols. J'ai plusieurs fois été les voir. Il m'ont paru
d'un naturel indolent, je leur trouvais cet air stupide
d'animaux pris au piège. L'on m'en fit remarquer que
l'on disait fort instruits ; mais comme ils ne parlaient
que la lanque guarani, je ne fus pas dans le cas
d'apprécier le degré de leurs connaissances ; seulement
j'entendis jouer du violon un cacique que l'on nous
assurait être grand musicien ; il joua une sonate, et je
crus entendre les sons obligés d'une serinette. Au reste
peu de temps après leur arrivée à Buenos-Aires, la
nouvelle de l'expulsion des jésuites étant parvenue
dans les missions, le marquis de Bukarely reçut une
lettre du provincial qui s'y trouvait pour lors, dans
laquelle il l'assurait de sa soumission et de celle de
toutes les peuplades aux ordres du roi.

Ces missions des *Guaranis* et des *Tapes* sur l'Uraguai n'étaient pas les seules que les jésuites eussent
fondées dans l'Amérique méridionale. Plus au nord ils
avaient rassemblé et soumis aux mêmes lois les *Mojos*,
les *Chiquitos* et les *Avipones*. Ils formaient aussi de

nouvelles réductions dans le sud du Chili du côté de l'île *du Chiloé;* et depuis quelques années ils s'étaient ouvert une route pour passer de cette province au Pérou, en traversant le pays des Chiquitos, route plus courte que celle que l'on suivait jusqu'à présent. Au reste dans les pays où ils pénétraient, ils faisaient appliquer sur des poteaux la devise de la Compagnie; et sur la carte de leurs réductions faite par eux, elles sont énoncées sous cette dénomination, *oppida christianorum*[4].

L'on s'était attendu, en saisissant les biens des jésuites dans cette province, de trouver dans leurs maisons des sommes d'argent très considérables; on en a néanmoins trouvé fort peu. Leurs magasins étaient à la vérité garnis de marchandises de tout genre, tant de ce pays que de l'Europe. Il y en avait même de beaucoup d'espèces qui ne se consomment point dans ces provinces. Le nombre de leurs esclaves était considérable, on en comptait trois mille cinq cents dans la seule maison de Cordoue.

Ma plume se refuse au détail de tout ce que le public de Buenos-Aires prétendait avoir été trouvé dans les papiers saisis aux jésuites; les haines sont encore trop récentes pour qu'on puisse discerner les fausses imputations des véritables. J'aime mieux rendre justice à la plus grande partie des membres de cette Société qui ne participaient point au secret de ses vues temporelles. S'il y avait dans ce corps quelques intrigants, le grand nombre, religieux de bonne foi, ne voyaient dans l'institut que la piété de son fondateur, et servaient en esprit et en vérité le Dieu auquel ils s'étaient consacrés. Au reste, j'ai su depuis mon retour en France que le marquis de Bukarely était parti de Buenos-Aires pour les missions le 14 mai 1768, et qu'il n'y avait rencontré aucun obstacle, aucune résistance à l'exécution des ordres du Roi Catholique. On aura une idée de la manière dont s'est terminé cet événement intéressant, en lisant les deux pièces suivantes qui contiennent le détail de la première scène. C'est ce qui s'est passé dans la réduction *Yapegu* située sur l'Uraguai et qui se trouvait la première sur le chemin du général espagnol ; toutes les autres ont suivi l'exemple donné par celle-là.

TRADUCTION d'une lettre d'un capitaine de grenadiers du régiment de Mayorque, commandant un des détachements de l'expédition aux missions du Paraguai.

D'*Yapegu le 19 Juillet 1768.*

« Hier nous arrivâmes ici très heureusement ; la réception que l'on a faite à notre général a été des plus magnifiques et telle qu'on n'aurait pu l'attendre de la part d'un peuple aussi simple et aussi peu accoutumé à de semblables fêtes. Il y a ici un collège très riche en ornements d'église qui sont en grand nombre ; on y voit aussi beaucoup d'argenterie. La peuplade est un peu moins grande que Montevideo, mais bien mieux alignée et fort peuplée. Les maisons y sont tellement uniformes, qu'à en voir une, on les a vu toutes, comme à voir un homme et une femme, on a vu tous les habitants, attendu qu'il n'y a pas la moindre différence dans la façon dont ils sont vêtus. Il y a beaucoup de musiciens, mais tous médiocres.

Dès l'instant où nous arrivâmes dans les environs de cette mission, Son Excellence donna l'ordre d'aller se saisir du Père provincial de la Compagnie de Jésus, et de six autres de ces Pères, et de les mettre aussitôt en lieu de sûreté. Ils doivent s'embarquer un de ces jours sur le fleuve Uraguai. Nous croyons cependant qu'ils resteront au Salto, où on les gardera jusqu'à ce que tous leurs confrères aient subi le même sort. Nous croyons aussi rester à Yapegu cinq ou six jours, et suivre notre chemin jusqu'à la dernière des missions. Nous sommes très contents de notre général qui nous fait procurer tous les rafraîchissements possibles. Hier nous eûmes opéra, il y en aura encore aujourd'hui une représentation. Les bonnes gens font tout ce qu'ils peuvent et tout ce qu'ils savent.

Nous vîmes aussi hier le fameux Nicolas, celui qu'on avait tant d'intérêt à tenir renfermé. Il était dans un état déplorable et presque nu. C'est un homme de soixante et dix ans qui paraît de bon sens. Son Excellence lui parla longtemps, et parut fort satisfaite de sa conversation.

Voilà tout ce que je puis vous apprendre de nouveau ».

RELATION publiée à Buenos-Aires de l'entrée de S.E. Don Francisco Bukarely y Ursua dans la mission Yapegu, l'une de celles des jésuites chez les peuples Guaranis dans le Paraguai, lorsqu'elle y arriva le 18 juillet 1768.

« A huit heures du matin Son Excellence sortit de la chapelle Saint-Martin située à une lieue d'Yapegu. Elle était accompagnée de sa garde de grenadiers et de dragons, et avait détaché deux heures auparavant les compagnies de grenadiers de Mayorque pour disposer et soutenir le passage du ruisseau *Guavirade* qu'on est obligé de traverser en balses et en canots. Ce ruisseau est à une demi-lieue environ de la peuplade.

Aussitôt que Son Excellence eut traversé, elle trouva les caciques et corrégidors des missions qui l'attendaient avec l'alferès d'Yapegu qui portait l'étendard royal. Son Excellence ayant reçu tous les honneurs et compliments usités en pareilles occasions monta à cheval pour faire son entrée publique.

Les dragons commencèrent la marche ; ils étaient suivis de deux aides de camp qui précédaient Son Excellence, après laquelle venaient les deux compagnies de grenadiers de Mayorque, suivies du cortège des caciques et corrégidors, et d'un grand nombre de cavaliers de ces cantons.

On se rendit à la grande place en face de l'église. Son Excellence ayant mis pied à terre, don Francisco Martinez, vicaire général de l'expédition, se présenta sur les degrés du portail pour la recevoir. Il l'accompagna jusqu'au presbytère et entonna le *Te Deum,* qui fut chanté et exécuté par une musique toute composée de Guaranis. Pendant cette cérémonie l'artillerie fit une triple décharge. Son Excellence se rendit ensuite au logement qu'elle s'était destiné dans le collège des Pères, autour duquel la troupe vint camper jusqu'à ce que par son ordre elle allât prendre ses quartiers dans le *Guatiguasu* ou *la Casa de las recogidas,* la maison des recluses. »

Reprenons le récit de notre voyage dont le spectacle de la révolution arrivée dans les missions n'a pas été une des circonstances les moins intéressantes.

CHAPITRE VIII

Nimborum in patriam, loca fœta furentibus austris[1].

Virg. *Æneid. Lib. I.*

Le radoub et le chargement de *L'Étoile* nous
avaient coûté tout le mois d'octobre et des frais
considérables ; ce ne fut qu'à la fin de ce mois que nous
pûmes solder avec le munitionnaire général et les
autres fournisseurs espagnols. Je pris le parti de les
payer de l'argent qui m'avait été remboursé pour la
cession des îles Malouines, plutôt que de tirer des
lettres de change sur le Trésor royal. J'ai continué de
même pour toutes les dépenses de nos différentes
relâches en pays étranger. Les achats s'y sont faits par
ce moyen à meilleur compte et avec plus d'expédition.

Le 31 octobre au point du jour, je rejoignis, à
quelques lieues de la Encenada, *L'Étoile* qui en avait
appareillé la veille pour Montevideo. Nous y mouillâmes le 3 novembre à sept heures du soir. Ce qui fait la
difficulté de cette navigation de Montevideo à la
Encenada, c'est qu'il faut chenaler entre le banc Ortiz

et un autre petit banc qui en est au sud, qu'aucun
d'eux n'est balisé et que rarement peut-on voir la terre
du Sud, laquelle est très basse. A la vérité le hasard a
placé presque à l'accore occidental du banc Ortiz une
espèce de balise. Ce sont les deux mâts d'un navire
portugais qui s'y est perdu et qui fort heureusement est
resté droit. Au reste on trouve dans le canal quatre,
quatre et demie jusqu'à cinq brasses d'eau, et le fond
est de vase noire ; il est de sable rouge sur les accores
du banc Ortiz. En allant de Montevideo à la Encenada, aussitôt qu'on a amené la balise à l'est-quart-
sud-est du compas, et que la sonde donne cinq brasses,
on a passé les bancs. Nous avons observé dans le
chenal 15 deg. 30 min. de variation nord-est.

Cette traversée nous coûta trois hommes qui furent
noyés ; la chaloupe, s'étant engagée sous le navire qui
virait de bord, coula bas : tous nos efforts ne purent
sauver que deux hommes et la chaloupe dont le cablot
n'avait pas rompu. J'eus aussi le chagrin de voir que,
malgré son radoub, *L'Étoile* faisait encore de l'eau ; ce
qui donnait lieu de craindre que le défaut ne fût
général dans tout le calfatage de sa flottaison : le
navire avait été franc d'eau jusqu'à ce qu'il eût été calé
à treize pieds.

Nous employâmes quelques jours à embarquer à
bord de *La Boudeuse* tous les vivres qu'elle pouvait
contenir, à recalfater ses hauts, opération que l'absence de ses calfats nécessaires à *L'Étoile* n'avait pas
permis de faire plus tôt ; à raccommoder la chaloupe
de *L'Étoile ;* à faire couper l'herbe pour nos bestiaux et
à déblayer tout ce que nous avions à terre. La journée
du 10 se passa à guinder nos mâts de hune, virer les
basses vergues et tenir nos agrès ; nous pouvions

appareiller le même jour si nous n'eussions pas été échoués. Le 11, la mer ayant monté, les bâtiments afflouèrent, et nous allâmes mouiller à la tête de la rade où l'on est toujours à flot. Les deux jours suivants, le gros temps ne nous permit pas de faire voile, mais ce délai ne fut pas en pure perte. Il arriva de Buenos-Aires une goélette chargée de farine, et nous y en prîmes soixante quintaux, qu'on trouva moyen de loger encore dans les navires. Nous y avions, toute compensation faite, des vivres pour dix mois : il est vrai que la plus grande partie des boissons était en eau-de-vie. Les équipages jouissaient de la meilleure santé ; le long séjour qu'ils venaient de faire dans la rivière de la Plata, pendant lequel un tiers des matelots couchait alternativement à terre, et la viande fraîche dont ils y furent toujours nourris, les avaient préparés aux fatigues et aux misères de toute espèce, dont la longue carrière allait s'ouvrir. Je fus obligé de laisser à Montevideo le maître pilote, le maître charpentier, le maître armurier et un officier marinier de ma frégate, auxquels l'âge et des infirmités incurables ne permettaient pas d'entreprendre le voyage. Il y déserta aussi, malgré tous nos soins, douze soldats ou matelots des deux navires. J'avais pris à la vérité aux îles Malouines quelques-uns des matelots qui y étaient engagés pour la pêche, ainsi qu'un ingénieur, un officier de navire marchand et un chirurgien ; en sorte que les vaisseaux avaient autant de monde qu'à notre départ d'Europe ; et il y avait déjà un an que nous étions sortis de la rivière de Nantes.

Le 14 novembre, à quatre heures et demie du matin, les vents étant au nord, joli frais, nous appareillâmes de Montevideo. A huit heures et demie, nous étions

nord et sud de l'île de Flores, et à midi à douze lieues
dans l'est et l'est-quart-sud-est de Montevideo, et c'est
de là que je pris mon point de départ par 34 deg.
54 min. 40 sec. de latitude australe, et 58 deg. 57 min.
30 sec. de longitude occidentale du méridien de Paris.
J'y ai supposé la position de Montevideo, telle que
M. Verron l'a déterminée par ses observations, lesquelles en fixent la longitude 40 min. 30 sec. plus à
l'ouest que ne la place la carte de M. Bellin. J'avais
aussi profité du séjour à terre pour vérifier mon
octant sur des distances d'étoiles connues ; cet instrument s'était trouvé donner les hauteurs des astres trop
petites de deux minutes et j'ai toujours eu égard depuis
à cette correction. Je préviens ici que dans tout le
cours de ce journal, je donne le gissement des côtes
telles que les montre le compas ; quand je les donnerai
corrigées de la variation, j'aurai soin d'en avertir.

Le jour de notre départ, nous vîmes la terre
jusqu'au coucher du soleil ; la sonde avait toujours
augmenté, passant d'un fond de vase à un de sable : à
six heures et demie du soir elle donna 35 brasses, fond
de sable gris ; et *L'Étoile,* à laquelle je fis le signal de
sonder le 15 après-midi, trouva 60 brasses même
fond : nous avions observé à midi 36 deg. 1 min. de
latitude. Depuis le 16 jusqu'au 21, nous eûmes les
vents contraires, une mer très grosse, et nous tînmes
les bordées le moins désavantageuses sous les quatre
voiles majeures, tous les ris pris dans les huniers ;
L'Étoile avait dépassé ses mâts de perroquet, et nous
étions partis sans avoir les nôtres en place. Le 22, nous
reçûmes un coup de vent, accompagné d'orages et de
grains qui durèrent toute la nuit ; la mer était affreuse,
et *L'Étoile* fit signal d'incommodité ; nous l'attendîmes

sous la misaine et la grand-voile, le point de dessous cargué : cette flûte nous paraissait avoir sa vergue de petit hunier rompue. Le vent et la mer étant tombés le lendemain au matin, nous fîmes de la voile, et le 24, je fis passer *L'Étoile* à la portée de la voix pour savoir ce qu'elle avait souffert dans le dernier coup de vent. M. de La Giraudais me dit qu'outre sa vergue de petit hunier, quatre de ses chaînes de haubans avaient aussi été rompues ; il ajouta qu'à l'exception de deux bœufs, il avait perdu tous les bestiaux embarqués à Montevideo : ce malheur nous avait été commun avec lui, mais ce n'était pas une consolation : qui savait quand nous serions à portée de réparer cette perte ?

Pendant le reste du mois, les vents furent variables du sud-ouest au nord-ouest ; les courants nous portèrent dans le sud avec assez de rapidité, jusque par les 45 deg. de latitude, qu'ils nous devinrent insensibles. Plusieurs jours de suite nous sondâmes sans trouver de fond ; ce ne fut que le 27 au soir, qu'étant environ par 47 deg. de latitude, et nous estimant à trente-cinq lieues de la côte des Patagons, nous trouvâmes 70 brasses, fond de vase et de sable fin, gris et noir. Depuis ce jour, nous conservâmes ce fond jusqu'à la vue de terre, par 67, 60, 55, 50, 47, et enfin 40 brasses d'eau que nous donna la sonde, lorsque nous vîmes pour la première fois le *cap des Vierges*[2]. Le fond était quelquefois vasard, mais toujours de sable fin, tantôt gris, tantôt jaune, quelquefois accompagné de petits graviers rouges et noirs.

Je ne voulus point trop accoster la terre jusqu'à ce que je n'eusse atteint les 49 deg. de latitude, à cause d'une vigie que j'avais reconnue en 1765 par 48 deg. 30 min. de latitude australe à six ou sept lieues de la

côte. Je l'aperçus le matin dans le même moment que
la terre, et ayant eu hauteur à midi par un très beau
temps, j'en ai pu déterminer la latitude avec précision.
Nous rangeâmes à un quart de lieue cette bâture, que
celui qui en eut la première connaissance avait d'abord
prise pour un souffleur.

Le 1ᵉʳ et le 2 décembre, les vents furent favorables
de la partie du nord au nord-nord-est, très frais, la mer
grosse et le temps brumeux ; nous forcions de voiles
pendant le jour, et nous passions la nuit sous la
misaine et les huniers aux bas ris. Nous vîmes pendant
tout ce temps des damiers[3], des quebrantahuesos, et,
ce qui est de mauvais augure dans toutes les mers du
globe, des alcyons qui disparaissent quand la mer est
belle et le ciel serein. Nous vîmes aussi des loups
marins, des pingouins et une grande quantité de
baleines. Quelques-uns de ces monstrueux animaux
paraissaient avoir l'écaille couverte de ces vermiculai-
res blancs qui s'attachent à la carène des vieux
vaisseaux qu'on laisse pourrir dans les ports. Le
30 novembre, deux oiseaux blancs semblables à de
gros pigeons étaient venus se poser sur nos vergues.
J'avais déjà vu un volier de ces animaux traverser la
baie des Malouines.

Nous reconnûmes le cap des Vierges le 2 décembre
après-midi, et nous le relevâmes au sud, environ à sept
lieues de distance. J'avais observé à midi, 52 deg. de
latitude australe, et j'étais alors

par 52 deg. 3 min. 30 sec. de latitude,
et 71 deg. 12 min. 20 sec. de longitude

à l'ouest de Paris. Cette position du vaisseau, jointe au
relèvement, place le cap des Vierges

par 52 deg. 23 min. de latitude,
et 71 deg. 25 min. 20 sec. de longitude occidentale de Paris. Comme le cap des Vierges est un point intéressant dans la géographie, je dois rendre compte des raisons qui me font croire que la position que je lui donne est, à peu de chose près, exacte.

Le 27 novembre après-midi, le chevalier du Bouchage avait observé huit distances de la lune au soleil dont le résultat moyen avait donné la longitude occidentale du vaisseau de 65 deg. 30 sec. pour 1 heure 43 min. 26 sec. temps vrai ; M. Verron de son côté avait observé cinq distances, dont le résultat donna pour notre longitude, au même instant, 64 deg. 57 min. Le temps était beau et très favorable aux observations. Le 29 suivant, à 3 heures 57 min. 35 sec. temps vrai, M. Verron, par cinq observations de distance de la lune au soleil, détermina la longitude occidentale du vaisseau de 67 deg. 49 min. 30 sec.

Maintenant, en suivant pour fixer le point du vaisseau, lors de la vue du cap des Vierges, la longitude déterminée le 27 novembre par le terme moyen entre les résultats du chevalier du Bouchage et de M. Verron, on aura la longitude du cap des Vierges de 71 deg. 29 min. 42 sec. à l'ouest de Paris. Les observations du 29 après-midi rapportées de même au point du vaisseau, quand nous relevâmes le cap, donncraicnt un résultat plus ouest de 38 min. 47 sec. Mais il me semble qu'on doit plutôt suivre celles du 27, quoique plus éloignées de deux jours, parce que faites en plus grand nombre par deux observateurs qui ne communiquaient point ensemble, et ne différant dans

leurs résultats que de 3 minutes 30 sec. elles portent
un caractère de probabilité auquel il est difficile de se
refuser. Au reste, si l'on veut prendre un terme moyen
entre les observations de ces deux jours, on trouvera la longitude du cap des Vierges de 71 deg.
49 min. 5 sec., ce qui ne diffère que de quatre
lieues de la première détermination, laquelle est la
même, à une lieue près, que celle qui m'a été donnée
par l'estime de mes routes, et que je suis par cette
raison.

Cette longitude du cap des Vierges est plus occidentale de 42 min. 20 sec. de deg. que celle par où le place
M. Bellin, et ce n'est que la même différence donnée
par lui à la position de Montevideo, différence dont
nous avons rendu compte au commencement de ce
chapitre. La carte de Milord Anson assigne pour
la longitude du Cap des Vierges 72 deg. à l'ouest
de Londres, et conséquemment près de 75 deg. à
l'ouest de Paris ; erreur bien plus considérable, qu'il
commet aussi pour l'embouchure de la rivière
de la Plata et généralement pour toute la côte des
Patagons.

Les observations que nous venons de rapporter ont
été faites avec l'octant anglais. Cette manière de
déterminer les longitudes à la mer, par le moyen des
distances de la lune au soleil ou aux étoiles zodiacales,
est connue depuis plusieurs années. MM. de La Caille
et Daprés [4] en ont fait particulièrement usage à la mer,
en se servant aussi de l'octant de M. Hadley. Mais
comme le degré de justesse qu'on obtient par cette
méthode dépend beaucoup de la précision de l'instrument avec lequel on observe, il s'ensuivait que l'héliomètre de M. Bouguer [5], rendu capable de mesurer de

grands angles, serait très propre à perfectionner ces observations de distances. M. l'abbé de La Caille y avait vraisemblablement songé, puisqu'il en a fait construire un qui mesure des arcs de 6 à 7 degrés ; et si dans ses ouvrages il ne parle point de cet instrument, comme propre à observer à la mer, c'est qu'il prévoyait beaucoup de difficulté à s'en servir sur un vaisseau.

M. Verron apporta avec lui à bord un instrument nommé *mégamètre,* qu'il avait déjà employé dans d'autres voyages faits avec M. de Charnières, et dont il s'est servi dans celui-ci. Cet instrument nous a paru ne différer de l'héliomètre de M. Bouguer qu'en ce que la vis qui fait mouvoir les objectifs étant plus longue, elle leur procure un plus grand écartement, et rend par là cet instrument capable de mesurer des angles de 10 deg., limite du mégamètre que M. Verron avait à bord. Il serait à souhaiter qu'en allongeant la vis, on eût pu augmenter encore son extension, resserrée, comme on le voit, dans des bornes trop étroites pour la fréquence et même l'exactitude des observations ; mais les lois de la dioptrique limitent l'écartement des objectifs. Il faudrait aussi remédier à la difficulté pressentie par M. l'abbé de La Caille, celle qu'apporte l'élément sur lequel il s'agit d'observer. En général, il me semble que le quartier de réflexion de M. Hadley serait préférable, s'il comportait la même précision.

Depuis le 2 après-midi, que nous eûmes la connaissance du cap des Vierges et bientôt après celle de la Terre de Feu, le vent debout et le gros temps nous contrarièrent plusieurs jours de suite. Nous louvoyâmes d'abord jusqu'au 3 à six heures du soir, que les vents ayant adonné permirent de porter sur l'entrée du détroit de Magellan. Ce ne fut pas pour longtemps : à sept heures et demie le vent calma tout à fait, et les côtes s'embrumèrent ; il refraîchit à dix heures et nous passâmes la nuit à louvoyer. Le 4, à trois heures du matin, nous courûmes vers la terre avec un bon frais de nord : mais, le temps chargé de brume et de pluie nous en dérobant bientôt la vue, il fallut reprendre *la bordée du large*. A cinq heures du matin, dans un éclairci, nous aperçûmes le cap des Vierges et nous *arrivâmes* pour donner dans le détroit ; presque aussitôt les vents sautèrent au sud-ouest, d'où ils ne tardèrent pas à souffler avec furie, la brume s'épaissit, et nous fûmes forcés de mettre à la cape sur les deux bords entre les Terres de Feu et le continent.

Notre misaine ayant été déchirée le 4 après-midi, et la sonde presque au même moment ne nous ayant donné que vingt brasses, la crainte de la bâture qui s'étend dans le sud-sud-est du cap des Vierges me fit prendre le parti d'arriver à sec de voiles, d'autant plus que cette manœuvre nous facilitait l'opération d'enverguer une autre misaine. Au reste, cette sonde qui me fit arriver n'était point à craindre : c'était celle du canal, je l'ai appris depuis en y sondant avec une parfaite vue de la terre. J'ajouterai, pour l'utilité de ceux qui louvoyeraient ici d'un temps obscur, que le fond de gravier annonce qu'on est plus près de la Terre de Feu que du continent ; près de celui-ci on trouve du sable fin et quelquefois vaseux.

A cinq heures du soir, nous remîmes à la cape sous la grand-voile d'étai et le foc d'artimon ; à sept heures et demie du soir, le vent calma, le temps s'éclaircit, et nous fîmes de la voile, mais les bordées furent toutes désavantageuses, et nous écartèrent de la côte. En effet, quoique la journée du 5 fût belle et le vent favorable, ce ne fut qu'à deux heures après-midi que nous vîmes la terre depuis le sud-quart-sud-ouest jusqu'à sud-ouest-quart-ouest environ à dix lieues. A quatre heures nous reconnûmes le cap des Vierges, et nous fîmes route pour le ranger à la distance d'une lieue et demie à deux lieues. Il n'est pas prudent de le serrer davantage à cause d'un banc qui s'étend au large du cap à peu près à cette distance; je crois même que nous avons passé sur la queue de ce banc; car, comme nous sondions fréquemment, entre deux sondes, l'une de vingt-cinq, l'autre de dix-sept brasses, *L'Étoile,* qui était dans nos eaux, nous signala huit brasses, le moment suivant elle augmenta de fond.

Le cap des Vierges est une terre unie d'une hauteur médiocre; il est coupé à pic à son extrémité; la vue qu'en donne Milord Anson est de la plus grande vérité. A neuf heures et demie du soir nous avions amené à l'ouest la pointe septentrionale de l'entrée du détroit, sur laquelle est une chaîne de rochers qui s'étend à une lieue au large. Nous courûmes, les basses voiles carguées, sous le petit hunier, tous les ris dedans, jusqu'à onze heures du soir que le cap des Vierges nous restait au nord. Il ventait grand frais et le temps couvert menaçait d'orage, ce qui me détermina à passer la nuit sur les bords.

Le 6 au point du jour je fis larguer les ris des huniers et courir à ouest-nord-ouest. Nous ne vîmes la terre qu'à quatre heures et demie, et il nous parut que les marées nous avaient entraînés dans le sud-sud-ouest. A cinq heures et demie, étant environ à deux lieues du continent, nous reconnûmes le *cap de Possession* dans l'ouest-quart-nord-ouest et ouest-nord-ouest. Ce cap est bien reconnaissable. C'est la première terre avancée depuis la pointe nord de l'entrée du détroit ; il est plus sud que le reste de la côte qui forme ensuite entre ce cap et le premier goulet un grand enfoncement nommé *la baie de Possession ;* nous avions aussi la vue des Terres de Feu. Les vents reprirent bientôt leur tour ordinaire du ouest au nord-ouest, et nous courûmes les bordées les plus avantageuses pour entrer dans le détroit, tâchant de nous rallier à la côte des Patagons et profitant du secours de la marée qui pour lors portait à l'ouest.

A midi nous observâmes la hauteur du soleil, et le relèvement pris au même moment me donna pour le cap des Vierges la même latitude, à une minute près, que celle que j'avais conclue de mon observation du 3 de ce mois. Nous profitâmes aussi de cette observation pour assurer la latitude du cap de Possession et celle du cap du Saint-Esprit à la Terre de Feu.

Nous continuâmes à louvoyer sous les quatre voiles majeures toute la journée du 6 et la nuit suivante qui fut très claire, sondant souvent et ne nous éloignant jamais de plus de trois lieues de la côte du continent. Nous gagnions peu à ce triste exercice, les marées nous retirant ce qu'elles nous donnaient, et le 7 à midi nous étions encore sous le cap de Possession. Le cap d'Orange nous restait dans le sud-ouest environ à six lieues. Ce cap, remarquable par un mondrain assez élevé et coupé du côté de la mer, forme au sud l'entrée du premier goulet *. Sa pointe est dangereuse par une

---

* Depuis le cap des Vierges jusqu'à l'entrée du premier goulet, on peut estimer de quatorze à quinze lieues : et le détroit y est partout large de cinq à sept lieues. La côte du nord, jusqu'au cap de

bâture qui s'étend dans le nord-est du cap, au moins à trois lieues au large ; j'ai vu fort distinctement la mer briser dessus. A une heure après midi le vent avait passé au nord-nord-ouest, et nous en profitâmes pour faire bonne route. A deux heures et demie nous étions parvenus à l'entrée du goulet ; un autre obstacle nous y attendait : jamais, avec un bon frais de vent et toutes voiles dehors, nous ne pûmes refouler la marée. A quatre heures elle filait près de deux lieues le long de notre bord et nous culions. En vain persistâmes-nous à vouloir lutter. Le vent fut moins constant que nous, et il fallut rétrograder. Il était à craindre de se trouver en calme dans le goulet exposés aux courants des marées qui pouvaient nous jeter sur les bâtures des caps qui en font l'entrée à l'est et à l'ouest.

Nous gouvernions au nord-quart-nord-est pour venir chercher un mouillage dans le fond de la baie de Possesion, lorsque *L'Étoile* qui était plus à terre que nous, ayant passé tout d'un coup de vingt brasses de fond à cinq, nous arrivâmes vent arrière le cap à l'est, pour nous écarter d'une bâture qui paraissait régner au fond et dans tout le circuit de la baie. Pendant quelque temps nous ne trouvâmes qu'un fond de rocher et de cailloux ; et ce ne fut qu'à sept heures du soir, qu'étant sur vingt brasses fond de sable vaseux et de graviers noirs et blancs, nous mouillâmes environ à deux lieues de terre. La baie de Possession est ouverte

Possession, est unie, peu élevée et fort saine. Depuis ce cap, il faut se méfier de la bâture qui règne dans une partie de la baie du même nom. Lorsque les mondrains que j'ai nommés *les quatre fils Aymond,* n'en offrent que deux en forme de porte, on est par le travers de cette bâture.

à tous les vents et n'offre que de très mauvais mouillages. Dans le fond de cette baie s'élèvent cinq mondrains dont un est assez considérable, les quatre autres sont petits et aigus. Nous les avons nommés *le père et les quatre fils Aymond*[6] ; ils servent de remarque essentielle dans cette partie du détroit. Pendant la nuit on sonda aux divers changements de marée, sans trouver de différence sensible dans le brasseiage. A huit heures et demie du soir elle reversa sur l'ouest, et sur l'est à trois heures du matin.

Le 8 au matin nous appareillâmes sous les quatre voiles majeures, ayant deux ris dans chaque hunier ; la marée nous était contraire, mais nous la refoulions avec un bon frais de nord-ouest *. A huit heures les vents nous refusèrent et il fallut louvoyer, essuyant de temps à autre de violentes rafales. A dix heures, la marée ayant commencé à porter à l'ouest avec assez de force, nous mîmes en panne sous les huniers à l'entrée du premier goulet, nous laissant dériver au courant qui nous emportait dans le vent et virant de bord, lorsque nous nous trouvions trop près de l'une ou de l'autre côte. Nous passâmes ainsi en deux heures le premier goulet **, malgré

---

* Lorsqu'on veut donner dans le premier goulet, il convient de ranger environ à une lieue *le cap Possession,* puis gouverner sur le sud-quart-sud-ouest, prenant garde de ne point trop tomber sud à cause de la bâture qui s'allonge nord-nord-est, et sud-sud-ouest du *cap d'Orange* plus de trois lieues.

** Le premier goulet gît nord-nord-est et sud-sud-ouest, il n'a pas plus de trois lieues de longueur. Sa largeur varie d'une lieue à une lieue et demie. J'ai prévenu sur la bâture du cap d'Orange. En sortant du premier goulet, il y en a deux autres moins étendues sur chacune de ces pointes. Elles s'allongent l'une et l'autre au sud-ouest. Il y a grand fond dans le goulet.

le vent qui était directement debout et très violent.

Ce matin, les Patagons, qui toute la nuit avaient entretenu des feux au fond de la baie de Possession, élevèrent un pavillon blanc sur une hauteur, et nous y répondîmes en virant celui des vaisseaux. Ces Patagons étaient sans doute ceux que *L'Étoile* vit au mois de juin 1766 dans la baie Boucault, auxquels on laissa ce pavillon en signe d'alliance. Le soin qu'ils ont pris de le conserver annonce des hommes doux, fidèles à leur parole ou du moins reconnaissants des présents qu'on leur a faits.

Nous aperçûmes aussi fort distinctement, lorsque nous fûmes dans le goulet, une vingtaine d'hommes sur la Terre de Feu. Ils étaient couverts de peaux et couraient à toutes jambes le long de la côte suivant notre route. Ils paraissaient même de temps en temps nous faire des signes avec la main, comme s'ils eussent désiré que nous allassions à eux. Selon le rapport des Espagnols, la nation qui habite cette partie des Terres de Feu n'a rien des mœurs cruelles de la plupart des sauvages. Ils accueillirent avec beaucoup d'humanité l'équipage du vaisseau *La Conception* qui se perdit sur leur côte en 1765. Ils lui aidèrent même à sauver une partie des marchandises de la cargaison, et à élever des hangars pour les mettre à l'abri. Les Espagnols y construisirent des débris de leurs navires une barque dans laquelle ils se sont rendus à Buenos-Aires. C'est à ces Indiens que le chambekin *L'Andalous* se disposait à amener des missionnaires, lorsque nous sommes sortis de la rivière de la Plata. Au reste, des pains de cire provenant de la cargaison de ce navire ont été portés par les courants jusque sur la côte des Malouines, où on les trouva en 1766.

On a vu qu'à midi nous étions sortis du premier goulet : pour lors nous fîmes de la voile. Le vent s'était rangé au sud, et la marée continuait à nous élever dans l'ouest. A trois heures l'un et l'autre nous manquèrent, et nous mouillâmes dans la baie Boucault sur dix-huit brasses fond de vase.

Dès que nous fûmes mouillés, je fis mettre à la mer un de mes canots et un de *L'Étoile*. Nous nous y embarquâmes au nombre de dix officiers armés chacun de nos fusils, et nous allâmes descendre au fond de la baie, avec la précaution de faire tenir nos canots à flot et les équipages dedans. A peine avions-nous mis pied à terre, que nous vîmes venir à nous six Américains à cheval et au grand galop. Ils descendirent de cheval à cinquante pas, et sur-le-champ accoururent au-devant de nous en criant *chaoua*. En nous joignant ils tendaient les mains et les appuyaient contre les nôtres. Ils nous serraient ensuite entre leurs bras, répétant à tue-tête *chaoua, chaoua* que nous répétions comme eux. Ces bonnes gens parurent très joyeux de notre arrivée. Deux des leurs, qui tremblaient en venant à nous, ne furent pas longtemps sans se rassurer. Après beaucoup de caresses réciproques, nous fîmes apporter de nos canots des galettes et un peu de pain frais que nous leur distribuâmes et qu'ils mangèrent avec avidité. A chaque instant leur nombre augmentait ; bientôt il s'en ramassa une trentaine parmi lesquels il y avait quelques jeunes gens et un enfant de huit à dix ans. Tous vinrent à nous avec confiance et nous firent les mêmes caresses que les premiers. Ils ne paraissaient point étonnés de nous voir et en imitant avec la voix le bruit de nos fusils, ils nous faisaient entendre que ces armes leur étaient connues. Ils paraissaient attentifs à faire ce qui pouvait nous plaire. M. de Commerçon et quelques-uns de nos messieurs s'occupaient à ramasser des plantes ; plusieurs Patagons se mirent aussi à en chercher, et ils apportaient les espèces qu'ils nous voyaient prendre. L'un d'eux, apercevant le chevalier du Bouchage dans cette occupation, lui vint montrer un œil auquel il avait un mal fort apparent, et lui demander par signe de lui indiquer une plante qui le pût guérir. Ils ont donc une idée et un usage de cette médecine qui connaît les simples et les applique à la guérison des hommes. C'était celle de Macaon [7], le médecin des dieux ; et l'on trouverait plusieurs Macaons chez les sauvages du Canada.

Nous échangeâmes quelques bagatelles précieuses à leurs yeux contre des peaux de guanaques [8] et de vigognes. Ils nous demandèrent par signes du tabac à fumer, et le rouge semblait les charmer : aussitôt qu'ils apercevaient sur nous quelque chose de cette couleur, ils venaient y passer la main dessus et témoignaient en avoir grande envie. Au reste, à chaque chose qu'on leur donnait, à chaque caresse qu'on leur faisait, le *chaoua* recommençait, c'étaient des cris à étourdir. On s'avisa de leur faire boire de l'eau-de-vie, en ne leur en laissant prendre qu'une gorgée à chacun. Dès qu'ils l'avaient avalée, ils se frappaient avec la main sur la gorge et poussaient en soufflant un son tremblant et inarticulé qu'ils terminaient par un roulement avec les lèvres. Tous firent la même cérémonie qui nous donna un spectacle assez bizarre.

Cependant le jour s'avançait et il était temps de songer à retourner à bord. Dès qu'ils virent que nous nous y disposions, ils en parurent fâchés ; ils nous

faisaient signe d'attendre et qu'il allait encore venir
des leurs. Nous leur fîmes entendre que nous revien-
drions le lendemain, et que nous leur apporterions ce
qu'ils désiraient : il nous sembla qu'ils eussent mieux
aimé que nous couchassions à terre. Lorsqu'ils virent
que nous partions, ils nous accompagnèrent au bord
de la mer ; un Patagon chantait pendant cette marche.
Quelques-uns se mirent dans l'eau jusqu'aux genoux
pour nous suivre plus longtemps. Arrivés à nos canots,
il fallait avoir l'œil à tout. Ils saisissaient tout ce qui
leur tombait sous la main. Un d'eux s'était emparé
d'une faucille ; on s'en aperçut, et il la rendit sans
résistance. Avant que de nous éloigner, nous vîmes
encore grossir leur troupe par d'autres qui arrivaient
incessamment à toute bride. Nous ne manquâmes pas
en nous séparant d'entonner un *chaoua* dont toute la
côte retentit.

Ces Américains sont les mêmes que ceux vus par
L'Étoile en 1766. Un de nos matelots qui était alors
sur cette flûte en a reconnu un qu'il avait vu dans le
premier voyage. Ces hommes sont d'une belle taille ;
parmi ceux que nous avons vus, aucun n'était au-
dessous de cinq pieds cinq à six pouces, ni au-dessus
de cinq pieds neuf à dix pouces ; les gens de *L'Étoile* en
avaient vu dans le précédent voyage plusieurs de six
pieds. Ce qu'ils ont de gigantesque, c'est leur énorme
carrure, la grosseur de leur tête et l'épaisseur de leurs
membres. Ils sont robustes et bien nourris, leurs nerfs
sont tendus, leur chair est ferme et soutenue, c'est
l'homme qui, livré à la nature et à un aliment plein de
sucs, a pris tout l'accroissement dont il est susceptible ;
leur figure n'est ni dure ni désagréable, plusieurs l'ont
jolie ; leur visage est rond et un peu plat ; leurs yeux

sont vifs ; leurs dents extrêmement blanches, n'auraient pour Paris que le défaut d'être larges ; ils portent
de longs cheveux noirs attachés sur le sommet de la
tête. J'en ai vu qui avaient sous le nez des moustaches
plus longues que fournies. Leur couleur est bronzée
comme l'est sans exception celle de tous les Américains, tant de ceux qui habitent la zone torride, que de
ceux qui y naissent dans les zones tempérées et
glaciales. Quelques-uns avaient les joues peintes en
rouge ; il nous a paru que leur langue était douce, et
rien n'annonce en eux un caractère féroce. Nous
n'avons point vu leurs femmes, peut-être allaient-elles
venir ; car ils voulaient toujours que nous attendis-
sions, et ils avaient fait partir un des leurs du côté d'un
grand feu, auprès duquel paraissait être leur camp à
une lieue de l'endroit où nous étions, nous montrant
qu'il en allait arriver quelqu'un.

   L'habillement de ces Patagons est le même à peu
près que celui des Indiens de la rivière de la Plata ;
c'est un simple bragué[9] de cuir qui leur couvre les
parties naturelles, et un grand manteau de peaux de
guanaques ou de sourillos[10], attaché autour du corps
avec une ceinture ; il descend jusqu'aux talons et ils
laissent communément retomber en arrière la partie
faite pour couvrir les épaules ; de sorte que, malgré la
rigueur du climat, ils sont presque toujours nus de la
ceinture en haut. L'habitude les a sans doute rendus
insensibles au froid ; car quoique nous fussions ici en
été, le thermomètre de Réaumur n'y avait encore
monté qu'un seul jour à dix degrés au-dessus de la
congélation. Ils ont des espèces de bottines de cuir de
cheval ouvertes par-derrière, et deux ou trois avaient
autour du jarret un cercle de cuivre d'environ deux

pouces de largeur. Quelques-uns de nos messieurs ont aussi remarqué que deux des plus jeunes avaient de ces grains de rassade [11] dont on fait des colliers.

Les seules armes que nous leur ayons vues sont deux cailloux ronds attachés aux deux bouts d'un boyau cordonné, semblables à ceux dont on se sert dans toute cette partie de l'Amérique, et que nous avons décrits plus haut. Ils avaient aussi de petits couteaux de fer, dont la lame était épaisse d'un pouce et demi à deux pouces. Ces couteaux de fabrique anglaise leur avaient vraisemblablement été donnés par M. Byron. Leurs chevaux, petits et fort maigres, étaient sellés et bridés à la manière des habitants de la rivière de la Plata. Un Patagon avait à sa selle des clous dorés, des étriers de bois recouverts d'une lame de cuivre, une bride en cuir tressé, enfin tout un harnais espagnol. Leur nourriture principale paraît être la moelle et la chair de guanaques et de vigognes. Plusieurs en avaient des quartiers attachés sur leurs chevaux, et nous leur en avons vu manger des morceaux crus. Ils avaient aussi avec eux des chiens petits et vilains, lesquels, ainsi que leurs chevaux, boivent de l'eau de mer, l'eau douce étant fort rare sur cette côte et même sur le terrain.

Aucun d'eux ne paraissait avoir de supériorité sur les autres ; ils ne témoignaient même aucune espèce de déférence pour deux ou trois vieillards qui étaient dans cette bande. Il est très remarquable que plusieurs nous ont dit les mots espagnols suivants : *magnana, muchacho, bueno chico, capitan.* Je crois que cette nation mène la même vie que les Tartares. Errant dans les plaines immenses de l'Amérique méridionale, sans cesse à cheval, hommes, femmes et enfants, suivant le gibier ou les bestiaux dont ces plaines sont couvertes, se vêtissant et se cabanant avec des peaux, ils ont encore vraisemblablement avec les Tartares cette ressemblance, qu'ils vont piller les caravanes des voyageurs. Je terminerai cet article en disant que nous avons depuis trouvé dans la mer Pacifique une nation d'une taille plus élevée que ne l'est celle des Patagons.

Le terrain où nous débarquâmes est fort sec, et à cela près il ressemble beaucoup à celui des îles Malouines. Les botanistes y ont retrouvé presque toutes les mêmes plantes. Le bord de la mer était environné des mêmes goémons et couvert des mêmes coquilles. Il n'y a point de bois, mais seulement quelques broussailles. Lorsque nous avions mouillé dans la baie Boucault, la marée allait commencer à nous être contraire, et pendant le temps que nous passâmes à terre, nous remarquâmes qu'elle y montait ; donc le flot portait à l'est. C'est une remarque que nous eûmes plusieurs fois occasion de faire avec certitude dans ce voyage, et qui m'avait déjà frappé dans le premier que j'y fis. A neuf heures et demie du soir, l'èbe reversa dans l'ouest. Nous sondâmes à mer étale, et nous trouvâmes 21 brasses d'eau, nous n'en avions eu que 18 en mouillant.

Le 9, à quatre heures et demie du matin, les vents étant au nord-ouest, nous appareillâmes toutes voiles dehors contre la marée, gouvernant au sud-ouest-quart-ouest ; nous ne pûmes faire qu'une lieue, les vents ayant passé au sud-ouest grand frais, nous laissâmes retomber l'ancre par 19 brasses, sable, vase et coquilles pourries. Le mauvais temps continua toute cette journée et la suivante. Le peu de chemin que nous avions fait nous avait écartés de la côte, et dans ces deux jours il n'y eut pas un instant où l'on eût pu mettre un bateau dehors. Les Patagons en étaient sans doute aussi fâchés que nous. On voyait la troupe rassemblée à l'endroit où nous avions débarqué, et nous crûmes distinguer avec les longues-vues qu'ils y avaient élevé quelques huttes. Cependant je crois que le quartier général était plus éloigné ; car il allait et venait continuellement des gens à cheval. Nous regrettâmes fort de ne pouvoir pas leur porter ce que nous leur avions promis ; on les contentait à bien peu de frais.

Les variations de la marée ne nous donnèrent ici qu'une brasse d'eau de différence. Le 10 par une observation de distance de la lune à Régulus, M. Verron déduisit notre longitude occidentale à ce mouillage de 73 deg. 26 min. 15 sec. et celle de l'entrée orientale du second goulet de 73 deg. 34 min. 30 sec. Le thermomètre de Réaumur baissa de 9 à 8 et à 7 deg.

Le 11 à minuit et demi, le vent ayant passé au nord-est, et le courant portant à l'ouest depuis une heure, je signalai l'appareillage. Nous fîmes de vains efforts pour lever notre ancre, ayant même établi sur le câble nos poulies de franc funin. A deux heures du matin le câble rompit entre la bitte et l'écubier, et nous perdîmes ainsi notre ancre. Nous appareillâmes sous toutes voiles et ne tardâmes pas à avoir la marée ennemie, contre laquelle un faible vent de nord-ouest suffisait à peine pour nous soutenir quoique le courant ne soit pas à beaucoup près aussi fort dans le second goulet que dans le premier. A midi, l'èbe vint à notre secours et nous passâmes le second goulet*, les vents

---

* De la sortie du premier goulet à l'entrée du second, il peut y avoir six à sept lieues, et la largeur du détroit y est aussi d'environ

ayant varié jusqu'à trois heures après midi qu'ils soufflèrent grand frais du sud-sud-ouest au sud-sud-est avec de la pluie et des grains violents*. En deux bords nous parvînmes au mouillage dans le nord de l'île Sainte-Élisabeth, où nous ancrâmes à deux milles de terre par 7 brasses, fond de sable gris, gravier et coquillage pourri. *L'Étoile,* qui mouilla un quart de lieue plus dans le sud-est de nous, y avait 17 brasses d'eau.

Le vent contraire, accompagné de grains violents, de pluie et de grêle, nous força de passer ici le 11 et le 12. Ce dernier jour après-midi nous mîmes un canot dehors pour aller sur l'île Sainte-Élisabeth**. Nous débarquâmes dans la partie du nord-est de l'île. Ses côtes sont élevées et à pic, excepté à la pointe du sud-ouest et à celle du sud-est où les terres s'abaissent. On peut cependant aborder partout, attendu que sous les terres coupées il règne une petite plage. Le terrain de l'île est fort sec ; nous n'y trouvâmes d'autre eau que celle d'un petit étang dans la partie du sud-ouest, et

sept lieues. Le second goulet gît nord-est-quart-d'est et sud-ouest-quart-d'ouest. Il a environ une lieue et demie de largeur, et trois à quatre de longueur.

* En passant le second goulet, il convient de hanter la côte des Patagons, parce que au sortir du goulet les marées portent sur le sud, et qu'il faut s'y méfier d'une tête basse qui naît au-dessous de la pointe de *l'île Saint-Georges,* encore que cette pointe apparente soit élevée et coupée à pic, la terre basse s'avance dans l'ouest-nord-ouest.

** *L'île Sainte-Élisabeth* gît nord-nord-est et sud-sud-ouest, avec la pointe occidentale du second goulet à la terre des Patagons. Les îles *Saint-Barthélemi* et *aux Lions* gissent aussi nord-nord-est et sud-sud-ouest entre elles, et avec la pointe occidentale du second goulet à l'île Saint-Georges.

elle y était saumache. Nous vîmes aussi plusieurs marais asséchés, où la terre est en quelques endroits couverte d'une légère croûte de sel. Nous rencontrâmes des outardes, mais en petit nombre et si farouches, que l'on ne put jamais les approcher assez pour les tirer ; elles étaient cependant sur leurs œufs. Il paraît que les sauvages viennent dans cette île. Nous y avons trouvé un chien mort, des traces de feu et les débris de plusieurs repas de coquillages. Il n'y a point de bois, et l'on n'y peut faire du feu qu'avec une espèce de petite bruyère. Déjà même nous en avions ramassé, craignant d'être obligés de passer la nuit sur cette île où le mauvais temps nous retint jusqu'à neuf heures du soir ; nous n'y eussions pas été mieux couchés que nourris.

CHAPITRE IX

Navigation depuis l'île Sainte-Élisabeth jusqu'à la sortie du détroit de Magellan; détails nautiques sur cette navigation.

Nous allions entrer dans la partie boisée du détroit de Magellan, et les premiers pas difficiles étaient franchis. Ce ne fut que le 13 après-midi que le vent étant venu au nord-ouest, nous appareillâmes malgré sa violence et fîmes route dans le canal qui sépare l'île Sainte-Élisabeth des îles Saint-Barthélemi et aux Lions *. Il fallait soutenir de la voile, quoïqu'il nous vînt presque continuellement de cruelles rafales par-dessus les hautes terres de Sainte-Élisabeth que nous étions contraints de ranger pour éviter les bâtures qui

---

* Les îles *Saint-Barthélemi* et *aux Lions* sont liées ensemble par une bâture. Il y a aussi deux bâtures, l'une au sud-sud-ouest de l'île aux Lions, l'autre au nord-nord-est de Saint-Barthélemi à une ou deux lieues; en sorte que ces trois bâtures et les deux îles forment une chaîne, entre laquelle à l'est-sud-est et l'île Sainte-Élisabeth à ouest-nord-ouest, est le canal pour avancer dans le détroit. Ce canal court nord-nord-est et sud-sud-ouest.

Je ne crois pas qu'il y ait passage dans le sud des îles Saint-Barthélemi et aux Lions, non plus qu'entre l'île Sainte-Élisabeth et la grand-terre.

se prolongent autour des deux autres îles*. La marée en canal portait au sud et nous parut très forte. Nous vînmes attaquer la terre du continent au-dessous du *cap Noir;* c'est où la côte commence à être couverte de bois, et le coup d'œil en est ici assez agréable. Elle court vers le sud et les marées n'y sont plus aussi sensibles.

Nous eûmes du vent très frais et par rafales jusqu'à six heures du soir, il calma ensuite et devint maniable. Nous prolongeâmes la côte environ à une lieue de distance par un temps clair et serein ; nous flattant de doubler pendant la nuit *le cap Rond,* et d'avoir alors, en cas de mauvais temps, *le port Famine* sous le vent à nous. Vains projets. A minuit et demi les vents sautèrent tout d'un coup au sud-ouest, la côte s'embruma, les grains violents et continuels amenèrent avec eux la pluie et la grêle ; enfin le temps devint aussi mauvais qu'il paraissait beau l'instant d'auparavant. Telle est la nature de ce climat ; les variations dans le temps s'y succèdent avec une telle promptitude, qu'il est impossible de prévoir leurs rapides et dangereuses révolutions. Notre grande voile ayant été déchirée sur ses cargues, nous fûmes obligés de louvoyer sous la misaine, la grande voile d'étai et les huniers aux bas ris, pour tâcher de doubler *la pointe Sainte-Anne* et nous mettre à l'abri dans la baie Famine. C'était une lieue à gagner dans le vent, et

---

* De la sortie du second goulet à la pointe nord-est de l'île Sainte-Élisabeth, il y a près de quatre lieues. L'île Sainte-Elisabeth s'étend sud-sud-ouest et nord-nord-est dans une longueur d'environ trois lieues et demie. Il convient de la ranger en passant ce canal.

De la pointe sud-ouest de l'île Sainte-Élisabeth au *cap Noir,* il n'y a pas plus d'une lieue.

jamais nous ne pûmes en venir à bout. Comme les
bordées étaient courtes, que nous étions obligés de
virer vent arrière, et qu'un fort courant nous entraînait dans un grand enfoncement de la Terre de Feu,
nous perdîmes trois lieues en neuf heures de cette
allure funeste, et il fallut se résoudre à aller chercher le
long de la côte un mouillage qui fût sous le vent. Nous
la rangeâmes la sonde à la main : et vers onze heures
du matin nous mouillâmes à un mille de terre par huit
brasses et demie de sable vaseux, dans une baie que je
nommai *la baie Duclos**, du nom de M. Duclos
Guyot, capitaine de brûlot, mon second dans ce
voyage, et dont les lumières et l'expérience m'ont été
du plus grand secours.

Cette baie ouverte à l'est a très peu d'enfoncement.
Sa pointe du nord avance un peu plus au large que
celle du sud, et de l'une à l'autre il peut y avoir une
lieue de distance. Il y a bon fond dans toute la baie, on
trouve six et huit brasses d'eau jusqu'à un câble de
terre. C'est un excellent mouillage, puisque les vents
d'ouest, qui sont ici les vents régnants et qui soufflent
avec impétuosité, viennent par-dessus la côte, laquelle
y est fort élevée. Deux petites rivières se déchargent
dans la baie; l'eau est saumache à leur embouchure,
mais à cinq cents pas au-dessus elle est très bonne.
Une espèce de prairie règne le long du débarquement,
lequel est de sable; les bois s'élèvent ensuite en

---

* Depuis le *cap Noir* la côte court sur le sud-sud-est jusqu'à la
pointe septentrionale de la baie Duclos qui peut en être à sept lieues.

Vis-à-vis de la baie Duclos il y a dans les Terres de Feu un
enfoncement immense, que je soupçonne être un canal qui débouche
plus est que le *cap de Horn*. Le *cap Montmouth* en fait la pointe
septentrionale.

amphithéâtre, mais le pays est presque dénué d'animaux. Nous y avons parcouru une grande étendue de
terrain, sans voir d'autre gibier que deux ou trois
bécassines, quelques sarcelles, canards et outardes en
fort petite quantité : nous y avons aussi aperçu
quelques perruches, celles-là ne craignent pas le froid.

Nous trouvâmes à l'embouchure de la rivière la plus
méridionale sept cabanes faites avec des branches
d'arbres entrelacées et de la forme d'un four ; elles
paraissaient récemment construites et étaient remplies
de coquilles calcinées, de moules et de lépas. Nous
remontâmes cette rivière assez loin, et nous vîmes
quelques traces d'hommes. Pendant le temps que nous
passâmes à terre, la mer y monta d'un pied, et le
courant alors venait de la mer orientale ; observation
contraire à celles faites depuis le cap des Vierges,
puisque nous avions vu jusque-là les eaux augmenter,
lorsque le courant sortait du détroit. Mais il me
semble, d'après diverses observations, que lorsqu'on a
passé les goulets, les marées cessent d'être réglées dans
toute la partie du détroit qui court nord et sud. La
quantité de canaux dont y est coupée la Terre de Feu
paraît devoir produire dans le mouvement des eaux
une grande irrégularité. Pendant les deux jours que
nous passâmes dans ce mouillage, le thermomètre
varia de 8 à 5 deg. Le 15 à midi nous y observâmes
53 deg. 20 min. de latitude, et ce jour-là nous
occupâmes nos gens à faire du bois, le calme ne nous
ayant pas permis d'appareiller.

A l'entrée de la nuit les nuages parurent prendre
leurs cours vers l'occident et nous annoncer un vent
favorable. Nous virâmes à pic, et effectivement, le
16 à quatre heures du matin, la brise étant venue d'où

nous l'avions espérée, nous appareillâmes. Le ciel à la vérité était couvert et, suivant l'ordinaire de ces parages, le vent d'est et de nord-est était accompagné de brume et de pluie. Nous passâmes *la pointe Sainte-Anne** et *le cap Rond***. La première est unie, d'une médiocre hauteur et couvre une baie profonde où l'ancrage est sûr et commode. C'est celle à qui le malheureux sort de la colonie de *Philippeville,* établie par le présomptueux Sarmiento [1], a fait donner le nom de *port Famine.* Le cap Rond est une terre élevée et remarquable par la forme que désigne son nom. Les côtes dans tout cet espace sont boisées et escarpées ; celles de la Terre de Feu paraissent hachées par plusieurs détroits. Leur aspect est horrible ; les montagnes y sont couvertes d'une neige bleue aussi ancienne que le monde. Entre le cap Rond et *le cap Forward* il y a quatre baies, dans lesquelles on peut mouiller.

Deux de ces baies sont séparées par un cap dont la singularité fixa notre attention et mérite une description particulière. Ce cap élevé de plus de cent cinquante pieds au-dessus du niveau de la mer est tout entier composé de couches horizontales de coquilles pétrifiées. J'ai sondé en canot au pied de ce monument qui atteste les grands changements arrivés à notre globe, et je n'y ai pas trouvé de fond avec une ligne de cent brasses.

* De la *baie Duclos* à la *pointe Sainte-Anne,* il y a environ cinq lieues, le gissement étant le sud-est-quart-sud ; il y a à peu près la même distance entre la pointe Sainte-Anne et le cap Rond, lesquels sont respectivement nord-nord-est et sud-sud-ouest.

** Depuis le second goulet jusqu'au cap Rond, la largeur du détroit varie depuis sept jusqu'à cinq lieues. Il se rétrécit au cap Rond où il n'en a guère plus de trois.

Le vent nous conduisit jusqu'à une lieue et demie du cap Forward; alors le calme survint et dura deux heures. J'en profitai pour aller dans le petit canot visiter les environs du cap Forward, y prendre des sondes et des relèvements. Ce cap est la pointe la plus méridionale de l'Amérique et de tous les continents connus. D'après de bonnes observations, nous avons conclu sa latitude australe de 54 deg. 5 min. 45 sec. Il présente une surface à deux têtes d'environ trois quarts de lieue, dont la tête orientale est plus élevée que celle de l'ouest. La mer est presque sans fond sous le cap; toutefois, entre les deux têtes, dans une espèce de petite baie embellie par un ruisseau assez considérable, on pourrait mouiller par 15 brasses, fond de sable et de gravier; mais ce mouillage, dangereux par le vent de sud, ne doit servir que dans un cas forcé. Tout le çap est un rocher vif et taillé à pic, sa cime élevée est couverte de neige. Il y croît cependant quelques arbres dont les racines s'étendent dans les crevasses et s'y nourrissent d'une éternelle humidité. Nous avons abordé au-dessous du cap à une petite pointe de roches, sur laquelle nous eûmes peine à trouver place pour quatre personnes. Sur ce point qui termine ou commence un vaste continent, nous arborâmes le pavillon de notre bateau, et ces antres sauvages retentirent pour la première fois de plusieurs cris de *vive le Roi!* Nous relevâmes de là le *cap Holland* à l'ouest 4 deg. nord; ainsi la côte commençait à reprendre du nord.

Nous revînmes à bord à six heures du soir, et peu de temps après, les vents ayant passé au sud-ouest, je vins chercher le mouillage de la baie nommée par M. de Gennes [2] *baie Française.* A huit heures et demie du soir nous y jetâmes l'ancre sur 10 brasses, fond de sable et de gravier, ayant les deux pointes de la baie, l'une au nord-est-quart-est 5 deg. nord ; l'autre au sud 5 deg. ouest, et l'îlot du milieu au nord-est. Comme nous avions besoin de nous munir d'eau et de bois pour la traversée de la mer Pacifique, et que le reste du détroit m'était inconnu, n'étant venu dans mon premier voyage que jusqu'auprès de la baie Française, je me déterminai à y faire nos provisions, d'autant plus que M. de Gennes la représente comme très sûre et fort commode pour ce travail ; ainsi dès le soir même nous mîmes tous nos bateaux à la mer.

Pendant la nuit les vents firent le tour du compas, soufflant par rafales très violentes ; la mer grossit et brisait autour de nous sur un banc qui paraissait régner dans tout le fond de la baie. Les tours fréquents que les variations du vent faisaient faire au vaisseau sur son ancre nous donnaient lieu de craindre que le câble ne surjaulât, et nous passâmes la nuit dans une appréhension continuelle. *L'Étoile* mouillée plus en dehors que nous fut moins molestée. A deux heures et demie du matin j'envoyai le petit canot sonder l'entrée de la rivière à laquelle M. de Gennes a donné son nom. La mer était basse, et il ne passa qu'après avoir échoué sur un banc qui est à l'embouchure ; il reconnut que nos chaloupes ne pourraient approcher de la rivière qu'à mer toute haute ; en sorte qu'elles feraient à peine un voyage par jour. Cette difficulté de l'aiguade, jointe à ce que le mouillage ne me paraissait pas sûr, me détermina à conduire les vaisseaux dans une petite baie à une lieue dans l'est de celle-ci. J'y avais coupé sans peine en 1765 un chargement de bois pour les Malouines, et l'équipage du vaisseau lui avait donné mon nom. Je voulus auparavant aller m'assurer si les équipages des deux navires y pourraient commodément faire leur eau. Je trouvai qu'outre le ruisseau qui tombe au fond de la baie même, lequel serait consacré aux besoins journaliers et à laver, les deux baies voisines avaient chacune un ruisseau propre à fournir aisément l'eau dont nous avions besoin, sans qu'il y eût un demi-mille à faire pour l'aller chercher.

En conséquence, le 17 à deux heures après-midi, nous appareillâmes sous le petit hunier et le perroquet de fougue, nous passâmes au large de l'îlot de la baie Française, nous donnâmes ensuite dans une passe fort étroite et dans laquelle il y a grand fond entre la pointe du nord de cette baie et une île élevée longue d'un demi-quart de lieue. Cette passe conduit à l'entrée de la baie Bougainville qui est encore couverte par deux autres îlots dont le plus considérable a mérité le nom d'*îlot de l'Observatoire**. La baie est longue de deux cents toises et large de cinquante ; de hautes montagnes l'environnent et la défendent de tous les vents ; aussi la mer y est-elle toujours comme l'eau d'un bassin.

Nous mouillâmes à trois heures à l'entrée de la baie par vingt-huit brasses d'eau et nous envoyâmes aussitôt à terre des amarres pour nous haler dans le fond. *L'Étoile,* qui avait mouillé son ancre de dehors par un trop grand fond, chassa sur l'îlot de l'Observatoire ; et avant qu'elle eût pu raidir les amarres portées à terre pour la soutenir, sa poupe vint à quelques pieds de

---

* Du cap Rond à l'îlot de l'Observatoire, il peut y avoir quatre lieues, et la côte court sur l'ouest-sud-ouest. Dans cet espace il y a trois bons mouillages.

l'îlot, ayant encore au-dessous d'elle 30 brasses d'eau.
La côte du nord-est de cet îlot n'est pas aussi escarpée.
Nous employâmes le reste du jour à nous amarrer, la
proue au large ayant une ancre devant mouillée par
23 brasses de sable vaseux, une ancre à jet derrière
presque à terre, deux grelins à des arbres sur la côte de
bas-bord, et deux sur *L'Étoile,* laquelle était amarrée
comme nous. On trouva auprès du ruisseau deux
cabanes de branchages, lesquelles paraissaient abandonnées depuis longtemps. J'y en avais fait construire
une d'écorce en 1765, dans laquelle j'avais laissé
quelques présents pour les sauvages que le hasard y
conduirait, et j'avais attaché au-dessus un pavillon
blanc : on trouva la cabane détruite, le pavillon et les
présents enlevés.

Le 18 au matin, j'établis un camp à terre pour la
garde des travailleurs et des divers effets qu'il y fallait
descendre ; l'on débarqua aussi toutes les pièces à l'eau
pour les rebattre et les soufrer ; on disposa des mares
pour les lavandiers, et on échoua notre chaloupe qui
avait besoin d'un radoub. Nous passâmes le reste du
mois de décembre dans cette baie où nous fîmes fort
commodément notre bois et même des planches. Tout
y facilitait cet ouvrage ; les chemins se trouvaient
pratiqués dans la forêt, et il y avait plus d'arbres
abattus qu'il ne nous en fallait, reste du travail de
l'équipage de *L'Aigle* en 1765. Nous y avons aussi
donné demi-bande et monté dix-huit canons. *L'Étoile*
eut même le bonheur d'étancher sa voie d'eau, laquelle
depuis le départ de Montevideo était tout aussi
considérable qu'avant sa demi-carène à la Encenada.
En élevant tout à fait son devant et levant quelques
planches de son doublage, on trouva que l'eau entrait

par l'écart de son étrave qui est de deux pièces. L'on y remédia, et ce fut pour toute la campagne un grand soulagement à l'équipage de cette flûte qu'écrasait l'exercice journalier de la pompe.

M. Verron avait dès les premiers jours établi ses instruments sur l'îlot de l'Observatoire ; mais il y passa vainement la plus grande partie de ses nuits. Le ciel de cette contrée, ingrat pour l'astronomie, lui a refusé toute observation de longitude ; il n'a pu que déterminer par trois observations faites au quart de cercle la latitude australe de l'îlot de 53° 50′ 25″. Il y a aussi déterminé l'établissement de l'entrée de la baie de 00 h 59′. La mer n'y a jamais marné plus de dix pieds. Pendant notre séjour ici, le thermomètre a communément été entre 8 et 9°, il a baissé jusqu'à 5°, et le plus haut qu'il ait monté a été à 12° et demi. Le soleil alors paraissait sans nuages, et ses rayons peu connus ici faisaient fondre une partie de la neige sur les montagnes du continent. M. de Commerçon, accompagné de M. le prince de Nassau, profitait de ces journées pour herboriser. Il fallait vaincre des obstacles de tous les genres, mais ce terrain âpre avait à ses yeux le mérite de la nouveauté, et le détroit de Magellan a enrichi ses cahiers d'un grand nombre de plantes inconnues et intéressantes. La chasse et la pêche n'étaient pas aussi heureuses ; jamais elles n'ont rien produit, et le seul quadrupède que nous ayons vu ici a été un renard presque semblable à ceux d'Europe, qui fut tué au milieu des travailleurs.

Nous fîmes aussi plusieurs tentatives pour reconnaître les côtes voisines du continent et de la Terre de Feu ; la première fut infructueuse. J'étais parti le 22 à trois heures du matin avec MM. de Bournand et du

Bouchage dans l'intention d'aller jusqu'au cap Holland et de visiter les mouillages qui pourraient se trouver dans cette étendue. A notre départ il faisait calme et le plus beau temps du monde. Une heure après il se leva une petite brise du nord-ouest, et sur-le-champ le vent sauta au sud-ouest, grand frais. Nous luttâmes contre pendant trois heures, nageant à l'abri de la côte, et nous gagnâmes avec peine l'embouchure d'une petite rivière qui se décharge dans une anse de sable protégée par la tête orientale du cap Forward. Nous y relâchâmes, comptant que le mauvais temps ne serait pas de longue durée. L'espérance que nous en eûmes ne servit qu'à nous faire percer de pluie et transir de froid. Nous avions construit dans le bois une cabane de branches d'arbres pour y passer la nuit moins à découvert. Ce sont les palais des naturels de ce pays ; mais il nous manquait leur habitude d'y loger. Le froid et l'humidité nous chassèrent de notre gîte, et nous fûmes contraints de nous réfugier auprès d'un grand feu que nous nous appliquâmes à entretenir, tâchant de nous défendre de la pluie avec la voile du petit canot. La nuit fut affreuse, le vent et la pluie redoublèrent et ne nous laissèrent d'autre parti à prendre que de rebrousser chemin au point du jour. Nous arrivâmes à la frégate à huit heures du matin, trop heureux d'avoir gagné cet asile ; car bientôt le temps devint si mauvais, qu'il eût été impossible de nous mettre en route pour revenir. Il y eut pendant deux jours une tempête décidée, et la neige recouvrit toutes les montagnes. Cependant nous étions dans le cœur de l'été, et le soleil était près de dix-huit heures sur l'horizon.

Quelques jours après j'entrepris avec plus de succès

une nouvelle course pour visiter une partie des Terres de Feu et pour y chercher un port vis-à-vis le cap Forward ; je me proposais de repasser ensuite au cap Holland et de reconnaître la côte depuis ce cap jusqu'à la baie Française ; ce que nous n'avions pu faire dans la première tentative. Je fis armer d'espingoles et de fusils la chaloupe de *La Boudeuse* et le grand canot de *L'Étoile ;* et le 27 à quatre heures du matin je partis du bord avec MM. de Bournand, d'Oraison et le prince de Nassau. Nous mîmes à la voile à la pointe occidentale de la baie Française pour traverser aux Terres de Feu, où nous terrîmes sur les dix heures à l'embouchure d'une petite rivière, dans une anse de sable mauvaise même pour les bateaux. Toutefois dans un temps critique ils auraient la ressource d'entrer à mer haute dans la rivière où ils trouveraient un abri. Nous dînâmes sur ses bords dans un assez joli bosquet qui couvrait de son ombre plusieurs cabanes sauvages. De cette station nous relevâmes la pointe du ouest de la baie Française au nord-ouest-quart-ouest 5° ouest, et on s'en estima à cinq lieues de distance.

Après midi nous reprîmes notre route en longeant à la rame la Terre de Feu ; il ventait peu de la partie du ouest, mais la mer était très houleuse. Nous traversâmes un grand enfoncement dont nous n'apercevions pas la fin. Son ouverture d'environ deux lieues est coupée dans son milieu par une île fort élevée. La grande quantité de baleines que nous vîmes dans cette partie et le gros houl nous firent penser que ce pourrait bien être un détroit, lequel doit conduire à la mer assez proche du cap de Horn. Étant presque passés de l'autre bord, nous vîmes plusieurs feux paraître et s'éteindre ; ensuite ils restèrent allumés, et nous distinguâmes des sauvages sur la pointe basse d'une baie où j'étais déterminé de m'arrêter. Nous allâmes aussitôt à leurs feux, et je reconnus la même horde de sauvages que j'avais déjà vue à mon premier voyage dans le détroit. Nous les avions alors nommés *Pécherais,* parce que ce fut le premier mot qu'ils prononcèrent en nous abordant, et que sans cesse ils nous le répétaient, comme les Patagons répètent le mot *chaoua.* La même cause nous a fait leur laisser cette fois le même nom. J'aurai dans la suite occasion de décrire ces habitants de la partie boisée du détroit. Le jour prêt à finir ne nous permit pas cette fois de rester longtemps avec eux. Ils étaient au nombre d'environ quarante, hommes, femmes et enfants, et ils avaient dix ou douze canots dans une anse voisine. Nous les quittâmes pour traverser la baie et entrer dans un enfoncement que la nuit déjà faite nous empêcha de visiter. Nous la passâmes sur le bord d'une rivière assez considérable, où nous fîmes grand feu et où les voiles de nos bateaux, qui étaient grandes, nous servirent de tentes ; d'ailleurs, au froid près, le temps était fort beau.

Le lendemain au matin nous vîmes que cet enfoncement était un vrai port, et nous en prîmes les sondes, ainsi que celles de la baie. Le mouillage est très bon dans la baie depuis quarante brasses jusqu'à douze, fond de sable, petit gravier et coquillage. On y est à l'abri de tous les vents dangereux. Sa pointe orientale est reconnaissable par un très gros morne que nous avons nommé *le dôme ;* dans l'ouest est un îlot entre lequel et la côte il n'y a point passage de navire. On entre de la baie dans le port par un goulet fort étroit, et l'on y trouve 10, 8, 6, 5 et 4 brasses fond de vase ; dans le goulet le fond est de roches par 4, 5 et 6 brasses ; il

convient d'y tenir le milieu, hantant même plus le côté
de l'est où il y a plus d'eau. La beauté de ce mouillage
nous a engagés à le nommer *baie et port de Beaubassin*. Lorsqu'on n'aura qu'à attendre un vent favorable,
il suffit de mouiller dans la baie. Si on veut faire du
bois et de l'eau, caréner même, on ne peut désirer un
endroit plus propre à ces opérations que le port de
Beaubassin.

Je laissai ici le chevalier de Bournand qui commandait la chaloupe pour prendre dans le plus grand détail
toutes les connaissances relatives à cet endroit important, avec ordre de retourner ensuite aux vaisseaux.
Pour moi je m'embarquai dans le canot de *L'Étoile*
avec M. Landais, l'un des officiers de cette flûte qui le
commandait, et je continuai mes recherches. Nous
fîmes route à l'ouest et visitâmes d'abord une île que
nous tournâmes et tout autour de laquelle on peut
mouiller par 25, 21 et 18 brasses fond de sable et petit
gravier. Sur cette île il y avait des sauvages occupés à
la pêche. En suivant la côte nous gagnâmes avant le
coucher du soleil une baie qui offre un excellent
mouillage pour trois ou quatre navires. Je l'ai nommée
baie de la Cormorandière, à cause d'une roche apparente qui en est dans l'est-sud-est environ à un mille. A
l'entrée de la baie on trouve 15 brasses d'eau, 8 et 9
dans le mouillage ; nous y passâmes la nuit.

Le 29 à la pointe du jour nous sortîmes de la baie de
la Cormorandière, et nous naviguâmes à l'ouest, aidés
d'une marée très forte. Nous passâmes entre deux îles
d'une grandeur inégale que je nommai *les deux Sœurs*.
Elles gissent nord-nord-est et sud-sud-ouest avec le
milieu du cap Forward, dont elles sont distantes
d'environ trois lieues. Un peu plus loin nous nommâ-

mes *Pain de sucre* une montagne de cette forme très aisée à reconnaître, laquelle gît nord-nord-est et sud-sud-ouest avec la pointe la plus méridionale du même cap ; et à cinq lieues environ de la Cormorandière nous découvrîmes une belle baie avec un port superbe dans le fond ; une chute d'eau remarquable, qui tombe dans l'intérieur du port, m'engagea à les nommer *baie et port de la Cascade*. Le milieu de cette baie gît nord-est et sud-ouest avec le cap Forward. La sûreté et la commodité de l'ancrage, la facilité de faire l'eau et le bois, n'y laissent rien à désirer.

La cascade est formée par les eaux d'une petite rivière qui serpente dans la coupée de plusieurs montagnes fort élevées, et sa chute peut avoir cinquante à soixante toises. J'ai monté au-dessus ; le terrain y est entremêlé de bosquets et de petites plaines d'une mousse courte et spongieuse ; j'y ai cherché et n'y ai point trouvé de traces du passage d'aucun homme ; les sauvages de cette partie ne quittent guère les bords de la mer qui fournissent à leur subsistance. Au reste toute la portion de la Terre de Feu, comprise depuis l'île Sainte-Elisabeth, ne me paraît être qu'un amas informe de grosses îles inégales, élevées, montueuses et dont les sommets sont couverts d'une neige éternelle. Je ne doute pas qu'il n'y ait entre elles un grand nombre de débouquements à la mer. Les arbres et les plantes sont les mêmes ici qu'à la côte des Patagons ; et aux arbres près, le terrain y ressemble assez à celui des îles Malouines.

Je joins ici la carte particulière que j'ai faite de cette intéressante partie de la côte des Terres de Feu. Jusqu'à présent on n'y connaissait aucun mouillage, et les navires évitaient de l'approcher. La découverte des trois ports que je viens d'y décrire facilitera la navigation de cette partie du détroit de Magellan. Le cap Forward en a toujours été un des points les plus redoutés des navigateurs. Il n'est que trop ordinaire qu'un vent contraire et impétueux empêche de le doubler : il en a forcé plusieurs de rétrograder jusqu'à la baie Famine. On peut aujourd'hui mettre à profit même les vents régnants. Il ne s'agit que de hanter la Terre de Feu, et d'y gagner un des trois mouillages ci-dessus, ce que l'on pourra presque toujours faire en louvoyant dans un canal où il n'y a jamais de mer pour des vaisseaux. De là toutes les bordées seront avanta-geuses, et pour peu que l'on s'aide des marées qui recommencent ici à être sensibles, il ne sera plus difficile de gagner le *port Galant.*

Nous passâmes dans le port de la Cascade une nuit fort désagréable. Il faisait grand froid, et la pluie tomba sans interruption. Elle dura presque toute la journée du 30. A cinq heures du matin, nous sortîmes du port, et nous traversâmes à la voile avec un grand vent et une mer très grosse pour notre faible embarca-tion. Nous ralliâmes le continent à peu près à égale distance du cap Holland et du cap Forward. Il n'était pas question de songer à y reconnaître la côte, trop heureux de la prolonger en faisant vent arrière, et portant une attention continuelle aux rafales violentes qui nous forçaient d'avoir toujours la drisse et l'écoute à la main. Il s'en fallut même très peu qu'en traversant la baie Française, un faux coup de barre ne nous mît le canot sur la tête. Enfin j'arrivai à la frégate environ à dix heures du matin. Pendant mon absence, M. Du-clos Guyot avait déblayé ce que nous avions à terre, et

tout disposé pour l'appareillage; aussi nous commençâmes à désamarrer dans l'après-midi.

Le 31 décembre à quatre heures du matin, nous
achevâmes de nous désamarrer, et à six heures nous
sortîmes de la baie en nous faisant remorquer par nos
bâtiments à rame. Il faisait calme; à sept heures il se
leva une brise du nord-est, qui se renforça dans la
journée, et fut assez claire jusqu'à midi, le temps alors
devint brumeux avec de la pluie. A onze heures et
demie étant à mi-canal, nous découvrîmes et relevâmes *la Cascade* au sud-est, *le Pain de sucre* à l'est-sud-
est 5° sud, le cap *Forward** à l'est-quart-nord-est, *le
cap Holland*** à ouest-nord-ouest 4° ouest. De midi à
six heures du soir, nous doublâmes le cap Holland. Il
ventait peu, et la brise ayant molli sur le soir, le temps
d'ailleurs étant fort sombre, je pris le parti d'aller
mouiller dans la rade du port Galant, où nous
ancrâmes à dix heures par 16 brasses d'eau, fond de
gros gravier, sable et petit corail, ayant le cap
Galant*** au sud-ouest 3° ouest. Nous eûmes bientôt
lieu de nous féliciter d'être logés : pendant la nuit, il y

---

* Depuis l'îlot de l'Observatoire jusqu'au cap Forward, il y a
environ six lieues, et la côte court à peu près sur le ouest-sud-ouest.
Le détroit y a entre trois et quatre lieues de largeur.

** Dans l'espace d'environ cinq lieues qui sépare le cap Forward
du cap Holland, il y a deux autres caps et trois anses peu profondes.
Je n'y connais aucun mouillage. La largeur du détroit y varie de
trois à quatre lieues.

*** Le cap Holland et le cap Galant gissent entre eux est 2 deg.
sud et ouest 2 deg. nord, et la distance est d'environ huit lieues.
Entre ces deux caps il y en a un autre moins avancé qui est le *cap
Coventry.* On y place aussi plusieurs baies dont nous n'avons
reconnu que la *baie Verte,* ou *Descordes,* qu'on a visitée par terre.
Elle est grande et profonde ; mais il y paraît plusieurs hauts fonds.

eut une pluie continuelle et grand vent de sud-ouest.

Nous commençâmes l'année 1768 dans cette baie nommée *baie Fortescû,* au fond de laquelle est le port Galant *. Le plan de la baie et du port est fort exact dans M. de Gennes. Nous n'avons que trop eu le loisir de le vérifier, y ayant été enchaînés plus de trois semaines, avec des temps dont le plus mauvais hiver de Paris ne donne pas l'idée. Il est juste de faire un peu partager aux lecteurs le désagrément de ces journées funestes, en ébauchant le détail de notre séjour ici.

Mon premier soin fut d'envoyer visiter la côte jusqu'à la baie Elisabeth, et les îles dont le détroit de Magellan est ici parsemé ; nous apercevions du mouillage deux de ces îles, nommées par Narborough [3] *Charles et Montmouth.* Il a donné à celles qui sont plus éloignées le nom d'*îles Royales,* et à la plus occidentale de toutes celui d'*île Rupert.* Les vents d'ouest ne nous permettant pas d'appareiller, nous affourchâmes le 2 avec une ancre à jet. La pluie n'empêcha pas d'aller se promener à terre, où l'on rencontra les traces du passage et de la relâche de vaisseaux anglais : savoir, du bois nouvellement scié et coupé, des écorces du laurier épicé assez récemment enlevées, une étiquette en bois, telle que dans les arsenaux de marine on en met sur les pièces de filin et de toile, et sur laquelle on lisait fort distinctement

---

* La baie de Fortescû peut avoir deux milles de largeur d'une pointe à l'autre, et un peu moins de profondeur, jusqu'à une presqu'île qui, partant de la côte de l'ouest de la baie, s'étend dans l'est-sud-est, et couvre un port bien à l'abri de tous les vents. C'est le *port Galant,* lequel a un mille de profondeur dans l'ouest-nord-ouest. Sa largeur est de quatre à cinq cents pas. On trouve une rivière dans le fond du port, et deux autres à la côte du nord-est. Dans le milieu du port, il y a 4 à 5 brasses d'eau, fond de vase et coquillages.

Chatham Martch. 1766. On trouva aussi sur plusieurs arbres des lettres initiales et des noms avec la date de 1767.

M. Verron, qui avait fait porter ses instruments sur la presqu'île qui forme le port, y observa à midi avec un quart de cercle 53° 40' 41" de latitude australe. Cette observation jointe au relèvement du cap Holland, pris d'ici, et au relèvement du même cap Holland, fait le 16 décembre sur la pointe du cap Forward, détermine à douze lieues la distance du port Galant au cap Forward. Il y observa aussi par l'azimut la déclinaison de l'aiguille de 22° 30' 32" nord-est, et son inclinaison du côté du pôle élevé de 11° 11'. Voilà les seules observations qu'il ait pu faire ici pendant près d'un mois, les nuits étant aussi affreuses que les jours. Il y avait le 3 une belle occasion de déterminer la longitude de cette baie par le moyen d'une éclipse de lune qui commençait ici à 10 heures 30' du soir ; mais la pluie, qui avait été continuelle toute la journée, dura encore toute la nuit.

Le 4 et le 5 suivants furent cruels ; de la pluie, de la neige, un froid très vif, le vent en tourmente ; c'était un temps pareil que décrivait le Psalmiste en disant : *nix, grando, glacies, spiritus procellarum*[4]. J'avais envoyé le 3 un canot pour tâcher de découvrir un mouillage à la Terre de Feu, et on y en avait trouvé un fort bon dans le sud-ouest des îles Charles et Montmouth ; j'avais aussi fait reconnaître quelle était dans le canal la direction des marées. Je voulais avec leur secours, et ayant la ressource de mouillages connus, tant au nord qu'au sud, appareiller même avec vent contraire : mais il ne fut jamais assez maniable pour me le permettre. Au reste, pendant tout le temps de notre séjour ici, nous y remarquâmes constamment que le cours des marées dans cette partie du détroit est le même que dans la partie des goulets, c'est-à-dire que le flot porte à l'est et l'èbe à l'ouest.

Le 6 après-midi, il y avait eu quelques instants de relâche, le vent même parut venir du sud-est, et déjà nous avions désaffourché ; mais au moment d'appareiller, le vent revint à ouest-nord-ouest avec des rafales qui nous forcèrent à réaffourcher aussitôt. Ce jour-là nous eûmes à bord la visite de quelques sauvages. Quatre pirogues avaient paru le matin à la pointe du cap Galant, et après s'y être tenues quelque temps arrêtées, trois s'avancèrent dans le fond de la baie, tandis qu'une voguait vers la frégate. Après avoir hésité pendant une demi-heure, enfin elle aborda avec des cris redoublés de *Pécherais*. Il y avait dedans un homme, une femme et deux enfants. La femme demeura à la garde de la pirogue, l'homme monta seul à bord avec assez de confiance, et d'un air fort gai. Deux autres pirogues suivirent l'exemple de la première, et les hommes entrèrent dans la frégate avec les enfants. Bientôt ils y furent fort à leur aise. On les fit chanter, danser, entendre des instruments, et surtout manger, ce dont ils s'acquittèrent avec grand appétit. Tout leur était bon ; pain, viande salée, suif, ils dévoraient ce qu'on leur présentait. Nous eûmes même assez de peine à nous débarrasser de ces hôtes dégoûtants et incommodes, et nous ne pûmes les déterminer à rentrer dans leurs pirogues qu'en y faisant porter à leurs yeux des morceaux de viande salée. Ils ne témoignèrent aucune surprise ni à la vue des navires, ni à celle des objets divers qu'on y offrit à leurs regards ; c'est sans doute que pour être surpris de l'ouvrage des arts, il en faut avoir quelques idées élémentaires. Ces hommes bruts traitaient les chefs-d'œuvre de l'industrie humaine comme ils traitent les lois de la nature et ses phénomènes. Pendant plusieurs jours que cette bande passa dans le port Galant, nous la revîmes souvent à bord et à terre.

Ces sauvages sont petits, vilains, maigres, et d'une puanteur insupportable. Ils sont presque nus, n'ayant pour vêtement que de mauvaises peaux de loups marins trop petites pour les envelopper, peaux qui servent également et de toits à leurs cabanes et de voiles à leurs pirogues. Ils ont aussi quelques peaux de guanaques, mais en fort petite quantité. Leurs femmes sont hideuses et les hommes semblent avoir pour elles peu d'égards. Ce sont elles qui voguent dans les pirogues, et qui prennent soin de les entretenir, au point d'aller à la nage, malgré le froid, vider l'eau qui peut y entrer dans les goémons qui servent de port à ces pirogues assez loin du rivage ; à terre, elles ramassent le bois et les coquillages, sans que les hommes prennent aucune part au travail. Les femmes même qui ont des enfants à la mamelle ne sont pas exemptes de ces corvées. Elles portent sur le dos les enfants pliés dans la peau qui leur sert de vêtement.

Leurs pirogues sont d'écorces mal liées avec des joncs et de la mousse dans les coutures. Il y a au milieu un petit foyer de sable où ils entretiennent toujours un peu de feu. Leurs armes sont des arcs faits, ainsi que les flèches, avec le bois d'une épine-vinette à feuille de houx, qui est commune dans le détroit, la corde est de boyau et les flèches sont armées de pointes de pierre, taillées avec assez d'art ; mais ces armes sont plutôt contre le gibier que contre des ennemis : elles sont

aussi faibles que les bras destinés à s'en servir. Nous
leur avons vu de plus des os de poisson longs d'un
pied, aiguisés par le bout et dentelés sur un des côtés.
Est-ce un poignard ? Je crois plutôt que c'est un
instrument de pêche. Ils l'adaptent à une longue
perche, et s'en servent en manière de harpon. Ces
sauvages habitent pêle-mêle, hommes, femmes et
enfants, dans les cabanes au milieu desquelles est
allumé le feu. Ils se nourrissent principalement de
coquillages ; cependant ils ont des chiens et des lacs
faits de barbe de baleine. J'ai observé qu'ils avaient
tous les dents gâtées, et je crois qu'on en doit attribuer
la cause à ce qu'ils mangent les coquillages brûlants,
quoique à moitié crus.

Au reste, ils paraissent assez bonnes gens, mais ils
sont si faibles, qu'on est tenté de ne pas leur en savoir
gré. Nous avons cru remarquer qu'ils sont superstitieux et croient à des génies malfaisants, aussi chez eux
les mêmes hommes qui en conjurent l'influence sont en
même temps médecins et prêtres. De tous les sauvages
que j'ai vus dans ma vie, les Pécherais sont les plus
dénués de tout : ils sont exactement dans ce qu'on peut
appeler l'état de nature ; et en vérité si l'on devait
plaindre le sort d'un homme libre et maître de lui-
même, sans devoirs et sans affaires, content de ce qu'il
a parce qu'il ne connaît pas mieux, je plaindrais ces
hommes qui, avec la privation de ce qui rend la vie
commode, ont encore à souffrir la dureté du plus
affreux climat de l'univers. Ces Pécherais forment
aussi la société d'hommes la moins nombreuse que
j'aie rencontrée dans toutes les parties du monde ;
cependant, comme on en verra la preuve un peu plus
bas, on trouve parmi eux des charlatans. C'est que,

dès qu'il y a ensemble plus d'une famille, et j'entends par famille père, mère et enfants, les intérêts deviennent compliqués, les individus veulent dominer ou par la force ou par l'imposture. Le nom de famille se change en celui de société, et fût-elle établie au milieu des bois, ne fût-elle composée que de cousins germains, un esprit attentif y découvrira le germe de tous les vices auxquels les hommes rassemblés en nations ont, en se poliçant, donné des noms, vices qui font naître, mouvoir et tomber les plus grands empires. Il s'ensuit du même principe que dans les sociétés, dites policées, naissent des vertus dont les hommes, voisins encore de l'état de nature, ne sont pas susceptibles.

Le 7 et le 8 furent si mauvais qu'il n'y eut pas moyen de sortir du bord ; nous chassâmes même dans la nuit et fûmes obligés de mouiller une ancre du bossoir. Il y eut dans des instants jusqu'à quatre pouces de neige sur notre pont, et le jour naissant nous montra que toutes les terres en étaient couvertes, excepté le plat pays dont l'humidité empêche la neige de s'y conserver. Le thermomètre fut à 5, 4, baissa même jusqu'à deux degrés au-dessus de la congélation. Le temps fut moins mauvais le 9 après-midi. Les Pécherais s'étaient mis en chemin pour venir à bord. Ils avaient même fait une grande toilette, c'est-à-dire qu'ils s'étaient peint tout le corps de taches rouges et blanches : mais voyant nos canots partir du bord, et voguer vers leurs cabanes, ils les suivirent, une seule pirogue fut à bord de *L'Etoile*. Elle y resta peu de temps et vint rejoindre aussitôt les autres avec lesquels nos messieurs étaient en grande amitié. Les femmes cependant étaient toutes retirées dans une même cabane, et les sauvages paraissaient mécontents lorsqu'on y voulait entrer. Ils invitaient au contraire à venir dans les autres, où ils offrirent à ces messieurs des moules qu'ils suçaient avant que de les présenter. On leur fit de petits présents qui furent acceptés de bon cœur. Ils chantèrent, dansèrent, et témoignèrent plus de gaieté que l'on n'aurait cru en trouver chez les hommes sauvages, dont l'extérieur est ordinairement sérieux.

Leur joie ne fut pas de longue durée. Un de leurs enfants, âgé d'environ douze ans, le seul de toute la bande dont la figure fût intéressante à nos yeux, fut saisi tout d'un coup d'un crachement de sang accompagné de violentes convulsions. Le malheureux avait été à bord de *L'Étoile* où on lui avait donné des morceaux de verre et de glace, ne prévoyant pas ce funeste effet qui devait suivre ce présent. Ces sauvages ont l'habitude de s'enfoncer dans la gorge et dans les narines de petits morceaux de talc. Peut-être la superstition attache-t-elle chez eux quelque vertu à cette espèce de talisman, peut-être le regardent-ils comme un préservatif à quelque incommodité à laquelle ils sont sujets. L'enfant avait vraisemblablement fait le même usage du verre. Il avait les lèvres, les gencives et le palais coupés en plusieurs endroits, et rendait le sang presque continuellement.

Cet accident répandit la consternation et la méfiance. Ils nous soupçonnèrent sans doute de quelque maléfice; car la première action du jongleur qui s'empara aussitôt de l'enfant fut de le dépouiller précipitamment d'une casaque de toile qu'on lui avait donnée. Il voulut la rendre aux Français; et sur le refus qu'on fit de la reprendre, il la jeta à leurs pieds. Il est vrai qu'un autre sauvage, qui sans doute aimait

plus les vêtements qu'il ne craignait les enchantements, la ramassa aussitôt.

Le jongleur étendit d'abord l'enfant sur le dos dans
une des cabanes, et s'étant mis à genoux entre ses
jambes, il se courbait sur lui, et avec la tête et les deux
mains, il lui pressait le ventre de toute sa force, criant
continuellement sans qu'on pût distinguer rien d'arti-
culé dans ses cris. De temps en temps il se levait, et
paraissant tenir le mal dans ses mains jointes, il les
ouvrait tout d'un coup en l'air en soufflant comme s'il
eût voulu chasser quelque mauvais esprit. Pendant
cette cérémonie, une vieille femme en pleurs hurlait
dans l'oreille du malade à le rendre fou. Ce malheureux cependant paraissait souffrir autant du remède
que de son mal. Le jongleur lui donna quelque trêve
pour aller prendre sa parure de cérémonie ; ensuite les
cheveux poudrés et la tête ornée de deux ailes blanches
assez semblables au bonnet de Mercure, il recommença ses fonctions avec plus de confiance et tout
aussi peu de succès. L'enfant alors paraissant plus
mal, notre aumônier lui administra furtivement le
baptême.

Les officiers étaient revenus à bord et m'avaient
raconté ce qui se passait à terre. Je m'y transportai
aussitôt avec M. de La Porte, notre chirurgien major,
qui fit apporter un peu de lait et de la tisane
émolliente. Lorsque nous arrivâmes, le malade était
hors de la cabane ; le jongleur, auquel il s'en était joint
un autre paré des mêmes ornements, avait recommencé son opération sur le ventre, les cuisses et le dos
de l'enfant. C'était pitié de les voir martyriser cette
infortunée créature qui souffrait sans se plaindre. Son
corps était déjà tout meurtri et les médecins conti-

nuaient encore ce barbare remède avec force conjura-
tions. La douleur du père et de la mère, leurs larmes,
l'intérêt vif de toute la bande, intérêt manifesté par des
signes non équivoques, la patience de l'enfant nous
donnèrent le spectacle le plus attendrissant. Les
sauvages s'aperçurent sans doute que nous partagions
leur peine, du moins leur méfiance sembla-t-elle
diminuée. Ils nous laissèrent approcher du malade et
le major examina sa bouche ensanglantée que son père
et un autre Pécherais suçaient alternativement. On eut
beaucoup de peine à leur persuader de faire usage du
lait ; il fallut en goûter plusieurs fois et, malgré
l'invincible opposition des jongleurs, le père enfin se
détermina à en faire boire à son fils, il accepta même le
don de la cafetière pleine de tisane émolliente. Les
jongleurs témoignaient de la jalousie contre notre
chirurgien qu'ils parurent cependant à la fin reconnaître pour un habile jongleur. Ils ouvrirent même pour
lui un sac de cuir qu'ils portent toujours pendu à leur
côté et qui contient leur bonnet de plume, de la poudre
blanche, du talc et les autres instruments de leur art ;
mais à peine y eut-il jeté les yeux, qu'ils le refermèrent
aussitôt. Nous remarquâmes aussi que, tandis qu'un
des jongleurs travaillait à conjurer le mal du patient,
l'autre ne semblait occupé qu'à prévenir par ses
enchantements l'effet du mauvais sort qu'ils nous
soupçonnaient d'avoir jeté sur eux.

Nous retournâmes à bord à l'entrée de la nuit,
l'enfant souffrait moins ; toutefois un vomissement
presque continuel qui le tourmentait nous fit appréhender qu'il ne fût passé du verre dans son estomac.
Nous eûmes ensuite lieu de croire que nos conjectures
n'avaient été que trop justes. Vers les deux heures

après minuit on entendit du bord des hurlements répétés ; et dès le point du jour, quoiqu'il fît un temps affreux, les sauvages appareillèrent. Ils fuyaient sans doute un lieu souillé par la mort et des étrangers funestes qu'ils croyaient n'être venus que pour les détruire. Jamais ils ne purent doubler la pointe occidentale de la baie ; dans un instant plus calme ils remirent à la voile, un grain violent les jeta au large et dispersa leurs faibles embarcations. Combien ils étaient empressés à s'éloigner de nous ! Ils abandonnèrent sur le rivage une de leurs pirogues qui avait besoin d'être réparée : *Satis est gentem effugisse nefandam*[5]. Ils ont emporté de nous l'idée d'êtres malfaisants ; mais qui ne leur pardonnerait le ressentiment dans cette conjoncture ? Quelle perte en effet pour une société aussi peu nombreuse qu'un adolescent échappé à tous les hasards de l'enfance !

Le vent d'est souffla avec furie et presque sans interruption jusqu'au 13 que le jour fut assez doux ; nous eûmes même dans l'après-midi quelque espérance d'appareiller. La nuit du 13 au 14 fut calme. A deux heures et demie du matin nous avions désaffourché et viré à pic ; il fallut réaffourcher à six heures, et la journée fut cruelle. Le 15, il fit soleil presque tout le jour, mais le vent fut trop fort pour que nous pussions sortir.

Le 16 au matin, il faisait presque calme, la fraîcheur vint ensuite du nord, et nous appareillâmes avec la marée favorable ; elle baissait alors et portait dans l'ouest. Les vents ne tardèrent pas à revenir à ouest et ouest-sud-ouest, et nous ne pûmes jamais avec la bonne marée gagner l'*île Rupert*. La frégate marchait très mal, dérivait outre mesure, et *L'Étoile* avait sur nous un avantage incroyable. Nous restâmes tout le jour sur les bords entre l'île Rupert et une pointe du continent qu'on nomme *la pointe du Passage,* pour attendre le jussant avec lequel j'espérais gagner ou le mouillage de *la baie Dauphine* à l'*île de Louis-le-Grand,* ou celui de *la baie Elisabeth*.* Mais comme nous perdions à louvoyer, j'envoyai un canot sonder dans le sud-est de l'île Rupert, avec intention d'y aller mouiller jusqu'au retour de la marée favorable. Le canot signala un mouillage et y resta sur son grappin ; mais nous en étions déjà tombés beaucoup sous le vent. Nous courûmes un bord à terre pour tâcher de le gagner en revirant ; la frégate refusa deux fois de prendre vent devant, il fallut virer vent arrière ; mais au moment où, à l'aide de la manœuvre et de nos bateaux, elle commença à arriver, la force de la marée la fit revenir au vent : un courant violent nous avait déjà entraînés à une demi-encablure de terre ; je fis mouiller sur 8 brasses de fond : l'ancre tombée sur des roches chassa, sans que la proximité où nous étions de la terre permît de filer du câble ; déjà nous n'avions

---

* Depuis le cap Galant jusqu'à la baie Élisabeth, la côte court à peu près sur le ouest-nord-ouest, et la distance de l'un à l'autre peut être de quatre lieues. Dans cet intervalle il n'y a point de mouillage à la côte du continent. Le fond y est trop considérable, même tout à terre. La baie Élisabeth est ouverte au sud-ouest, elle a trois quarts de lieue entre ses pointes, et à peu près autant de profondeur. La côte du fond de la baie est sablonneuse, ainsi que celle du sud-est. Dans sa partie septentrionale règne une bâture qui se prolonge assez au large. Le bon mouillage dans cette baie est par 9 brasses, fond de sable, gravier et corail, et par les marques suivantes : la pointe est de la baie au sud-sud-est 5 deg. est ; sa pointe ouest à ouest-quart-nord-ouest ; la pointe est de *l'île de Louis-le-Grand,* au sud-sud-ouest 5° sud ; la bâture au nord-ouest-quart-nord.

plus que 3 brasses et demie d'eau sous la poupe, et nous n'étions qu'à trois longueurs de navire de la côte, lorsqu'il en vint une petite brise ; nous fîmes aussitôt servir nos voiles, et la frégate s'abattit ; tous nos bateaux, et ceux de *L'Étoile* venus à notre secours, étaient devant elle à la remorquer ; nous filions le câble sur lequel on avait mis une bouée, et il y en avait près de la moitié dehors, lorsqu'il se trouva engagé dans l'entrepont et fit faire tête à la frégate qui courut alors le plus grand danger. On coupa le câble, et la promptitude de la manœuvre sauva le bâtiment. La brise ensuite se renforça, et après avoir encore couru deux bords inutilement, je pris le parti de retourner dans la baie du port Galant, où nous mouillâmes à huit heures du soir par 20 brasses d'eau, fond de vase. Nos bateaux, que j'avais laissés pour lever notre ancre, revinrent à l'entrée de la nuit avec l'ancre et le câble. Nous n'avions donc eu cette apparence de beau temps que pour être livrés à des alarmes cruelles.

La journée qui suivit fut plus orageuse encore que toutes les précédentes. Le vent élevait dans le canal des tourbillons d'eau à la hauteur des montagnes, nous en voyions quelquefois plusieurs en même temps courir dans des directions opposées. Le temps parut s'adoucir vers les dix heures, mais à midi un coup de tonnerre, le seul que nous ayons entendu dans le détroit, fut comme le signal auquel le vent recommença avec plus de furie encore que le matin ; nous chassâmes et fûmes contraints de mouiller notre grande ancre et d'amener basses vergues et mâts de hune. Cependant les arbustes et les plantes étaient en fleurs, et les arbres offraient une verdure assez brillante ; mais qui ne suffisait pas pour dissiper la tristesse qu'avait répandue sur nous le coup d'œil continué de cette région funeste. Le caractère le plus gai serait flétri dans ce climat affreux que fuient également les animaux de tous les éléments, et où languit une poignée d'hommes que notre commerce venait de rendre encore plus infortunés.

Il y eut le 18 et le 19 des intervalles dans le mauvais temps ; nous relevâmes notre grande ancre, virâmes nos basses vergues et mâts de hune, et j'envoyai le canot de *L'Étoile,* que sa bonté rendait capable de sortir presque de tout temps, pour reconnaître l'entrée du *canal de la Sainte-Barbe.* Suivant l'extrait que donne M. Frezier[6] du journal de M. Marcant qui l'a découvert et y a passé, ce canal devait être dans le sud-ouest et sud-ouest-quart-sud de la baie Elisabeth. Le canot fut de retour le 20, et M. Landais, qui le commandait, me rapporta qu'ayant suivi la route et les remarques indiquées par l'extrait du journal de M. Marcant, il n'avait point trouvé de débouquement, mais seulement un canal étroit terminé par des banquises de glace et la terre, canal d'autant plus dangereux à suivre, qu'il n'y a dans la route aucun bon mouillage et qu'il est traversé presque dans son milieu par un banc couvert de moules. Il fit ensuite le tour de l'île de *Louis-le-Grand* par le sud et rentra dans le canal de Magellan, sans en avoir trouvé aucun autre. Il avait vu seulement à la Terre de Feu une assez belle baie, la même sans doute que celle à laquelle Beauchesne donne le nom de *la Nativité.* Au reste, en faisant le sud-ouest et sud-ouest-quart-sud à la sortie de la baie Elisabeth, comme M. Frezier marque que le fit Marcant, on couperait en deux l'île de Louis-le-Grand.

Ce rapport me fit penser que le vrai canal de la Sainte-Barbe était vis-à-vis la baie même où nous étions. Du haut des montagnes qui entourent le port Galant, nous avions souvent découvert dans le sud des îles *Charles* et *Montmouth* un vaste canal semé d'îlots qu'aucune terre ne bornait au sud; mais comme en même temps on apercevait une autre ouverture dans le sud de l'île de Louis-le-Grand, on la prenait pour le canal de la Sainte-Barbe, ce qui était plus conforme au récit de Marcant. Dès qu'on fut assuré que cette ouverture n'était qu'une baie profonde, nous ne doutâmes plus que le canal de la Sainte-Barbe ne fût vis-à-vis le port Galant dans le sud des îles Charles et Montmouth. En effet, en relisant le passage de M. Frezier, et le combinant sur la carte qu'il donne du détroit, nous vîmes que M. Frezier, d'après le rapport de Marcant, place la baie Elisabeth de laquelle appareilla ce dernier pour entrer dans son canal, à dix ou douze lieues du cap Forward. Marcant aura donc pris pour la baie Elisabeth *la baie Descordes* qui est effectivement à onze lieues du cap Forward, puisqu'elle est à une lieue dans l'est du port Galant; appareillant de cette baie et faisant le sud-ouest et sud-ouest-quart-sud, il a rangé la pointe orientale des îles Charles et Montmouth, dont il a pris la masse pour l'île de Louis-le-Grand, erreur dans laquelle tombera facilement tout navigateur qui ne sera pas pourvu de bons mémoires, et il a débouqué par le canal semé d'îles dont nous avons eu la perspective du haut des montagnes.

La connaissance parfaite du canal de la Sainte-Barbe serait d'autant plus intéressante qu'elle abrégerait considérablement le passage du détroit de Magel-

lan. Il n'est pas fort long de parvenir jusqu'au port
Galant ; le point le plus épineux, avant que d'y arriver,
est de doubler le cap Forward, ce que la découverte de
trois ports à la Terre de Feu rend à présent assez facile :
une fois rendus au port Galant, si les vents défendent
le canal ordinaire, pour peu qu'ils prennent du nord,
on aurait le débouquement ouvert vis-à-vis de ce port ;
vingt-quatre heures alors suffisent pour entrer dans la
mer du Sud. J'avais intention d'envoyer deux canots
dans ce canal, que je crois fermement être celui de la
Sainte-Barbe, lesquels auraient rapporté la solution
complète du problème. Le gros temps ne me l'a pas
permis.

Le 21, le 22 et le 23 les rafales, la neige et la pluie
furent presque continuelles. Dans la nuit du 21 au 22,
il y avait eu un intervalle de calme ; il sembla que le
vent ne nous donnait ce moment de repos que pour
rassembler toute sa furie et fondre sur nous avec plus
d'impétuosité. Un ouragan affreux vint tout d'un coup
de la partie du sud-sud-ouest, et souffla de manière à
étonner les plus anciens marins. Les deux navires
chassèrent, il fallut mouiller la grande ancre, amener
basses vergues et mâts de hune, notre artimon fut
emporté sur ses cargues. Cet ouragan ne fut heureusement pas long. Le 24, le temps s'adoucit, il fit même
beau soleil et calme, et nous nous remîmes en état
d'appareiller. Depuis notre rentrée au port Galant
nous y avions pris quelques tonneaux de lest et changé
notre arrimage pour tâcher de retrouver la marche de
la frégate ; nous réussîmes à lui en rendre une partie.
Au reste, toutes les fois qu'il faudra naviguer au milieu
des courants, on éprouvera toujours beaucoup de

difficultés à manœuvrer des bâtiments aussi longs que le sont nos frégates.

Le 25, à une heure après minuit, nous désaffourchâmes et virâmes à pic ; à trois heures nous appareillâmes en nous faisant remorquer par nos bâtiments à rames ; la fraîcheur venait du nord ; à cinq heures et demie, la brise se décida de l'est, et nous mîmes tout dehors, perroquets et bonnettes, voilure dont il est bien rare de pouvoir se servir ici. Nous passâmes à mi-canal, suivant les sinuosités de cette partie du détroit que Narborough nomme avec raison *le bras tortueux.* Entre *les îles Royales* et le continent, le détroit peut avoir deux lieues ; il n'y a pas plus d'une lieue de canal entre *l'île Rupert* et *la pointe du Passage,* ensuite une lieue et demie entre l'île de Louis-le-Grand et la baie Elisabeth, sur la pointe orientale de laquelle il y a une bâture couverte de goémons qui avance un quart de lieue au large.

Depuis la baie Elisabeth la côte court sur le ouest-nord-ouest pendant environ deux lieues jusqu'à la rivière que Narborough appelle *Batchelor* et Beauchesne *du Massacre,* à l'embouchure de laquelle il y a un mouillage. Cette rivière est facile à reconnaître, elle sort d'une vallée profonde, à l'ouest elle a une montagne fort élevée, sa pointe occidentale est basse et couverte de bois, et la côte y est sablonneuse. De la rivière du Massacre à l'entrée du *faux détroit* ou *canal Saint-Jérôme,* j'estime trois lieues de distance, et le gissement est le nord-ouest-quart-ouest. L'entrée de ce canal paraît avoir une demi-lieue de largeur, et dans le fond on voit les terres revenir vers le nord. Quand on est par le travers de la rivière du Massacre, l'on n'aperçoit que ce faux détroit, et il est facile de le

prendre pour le véritable, ce qui même nous arriva,
parce que la côte alors revient sur l'ouest-quart-sud-
ouest et l'ouest-sud-ouest jusqu'au *cap Quade,* qui
s'avançant beaucoup paraît croisé avec la pointe
occidentale de l'île Louis-le-Grand, et ne laisse point
apercevoir de débouché. Au reste une route sûre, pour
ne pas manquer le véritable canal, est de suivre
toujours la côte de l'île de Louis-le-Grand qu'on peut
ranger de près sans aucun danger. La distance du
canal Saint-Jérôme au cap Quade est d'environ quatre
lieues, et ce cap gît est-quart-nord-est-2°-est et ouest-
quart-sud-ouest-2°-ouest avec la pointe occidentale de
l'île de Louis-le-Grand.

Cette île peut avoir quatre lieues de longueur. Sa
côte septentrionale court sur l'ouest-nord-ouest jusqu'à *la baie Dauphine,* dont la profondeur est d'environ deux milles sur une demi-lieue d'ouverture ; elle
court ensuite sur l'ouest jusqu'à son extrémité occidentale nommée *cap Saint-Louis.* Comme, après avoir reconnu notre erreur au sujet du faux détroit, nous rangeâmes l'île de Louis-le-Grand à un mille d'éloignement, nous reconnûmes fort distinctement *le port
Phelippeaux* qui nous parut une anse fort commode et
bien à l'abri. A midi le cap Quade nous restait à
l'ouest-quart-sud-ouest-2°-sud deux lieues, et le cap
Saint-Louis à l'est-quart-nord-est environ deux lieues
et demie. Le beau temps continua le reste du jour, et
nous cinglâmes toutes voiles hautes.

Depuis le cap Quade le détroit s'avance dans l'ouest-
nord-ouest et nord-ouest-quart-ouest sans détour sensible, ce qui lui a fait donner le nom de *longue rue.* La
figure du cap Quade est remarquable. Il est composé
de rochers escarpés, dont ceux qui forment sa tête

chenue ne ressemblent pas mal à d'antiques ruines.
Jusqu'à lui les côtes sont partout boisées et la verdure
des arbres adoucit l'aspect des cimes gelées des
montagnes. Le cap Quade doublé, le pays change de
nature. Le détroit n'est plus bordé des deux côtés que
par des rochers arides sur lesquels il n'y a pas
apparence de terre. Leur sommet élevé est toujours
couvert de neige, et les vallées profondes sont remplies
par d'immenses amas de glaces dont la couleur atteste
l'antiquité. Narborough, frappé de cet horrible aspect,
nomma cette partie *la Désolation du Sud,* aussi ne
saurait-on rien imaginer de plus affreux.

Lorsqu'on est par le travers du cap Quade, la côte
des Terres de Feu paraît terminée par un cap avancé
qui est le cap *Mundai,* lequel j'estime être à quinze
lieues du cap Quade. A la côte du continent, on
aperçoit trois caps auxquels nous avons imposé des
noms. Le premier, que sa figure nous fit nommer *cap
Fendu,* est à cinq lieues environ du cap Quade, entre
deux belles baies où l'ancrage est très sûr, si le fond y
est aussi bon que l'abri. Les deux autres caps ont reçu
les noms de nos vaisseaux, le *cap de L'Étoile* à trois
lieues dans l'ouest du cap Fendu, et le *cap de La
Boudeuse* dans le même gissement et la même distance
avec celui de *L'Étoile.* Toutes ces terres sont hautes et
escarpées ; l'une et l'autre côte paraît saine et garnie
de bons mouillages, mais heureusement le vent favorable pour notre route ne nous a pas laissé le temps de
les sonder. Le détroit dans la longue ruc peut avoir
deux lieues de largeur ; il se rétrécit vis-à-vis le cap
Mundai, où le canal n'a guère plus de quatre milles.

A neuf heures du soir, nous étions environ à trois
lieues dans l'est-quart-sud-est et l'est-sud-est du cap

Mundai. Le vent soufflant toujours de l'est grand frais, et le temps étant beau, je résolus de continuer à faire route à petites voiles pendant la nuit. Nous serrâmes les bonnettes, et fîmes les ris dans les huniers. Vers dix heures du soir, le temps commença à s'embrumer, et le vent renforça tellement que nous fûmes contraints d'embarquer nos bateaux. Il plut beaucoup, et la nuit devint si noire à onze heures, que nous perdîmes la terre de vue. Une demi-heure après, m'estimant par le travers du cap Mundai, je fis signal de mettre en panne, striboŕd au vent, et nous passâmes ainsi le reste de la nuit, éventant ou masquant, suivant que nous nous estimions trop près de l'une ou de l'autre côte. Cette nuit a été une des plus critiques de tout le voyage.

A trois heures et demie, l'aube matinale nous découvrit la terre, et je fis servir. Nous gouvernâmes à ouest-quart-nord-ouest jusqu'à huit heures, et de huit heures à midi entre l'ouest-quart-nord-ouest et l'ouest-nord-ouest. Le vent était toujours à l'est petit frais très brumeux ; de temps en temps nous apercevions quelque partie de la côte, plus souvent nous la perdions de vue tout à fait. Enfin à midi nous eûmes connaissance du *cap des Piliers*[7] et *des Évangélistes*. On ne voyait ces derniers que du haut des mâts. A mesure que nous avancions du côté du cap des Piliers, nous découvrions avec joie un horizon immense qui n'était plus borné par les terres, et une grosse lame du ouest nous annonçait le grand Océan. Le vent ne resta pas à l'est, il passa à ouest-sud-ouest, et nous courûmes au nord-ouest jusqu'à deux heures et demie que nous relevâmes le *cap des Victoires* au nord-ouest, et le cap des Piliers au sud 3° ouest.

Losqu'on a dépassé le cap Mundai, la côte septentrionale se courbe en arc, et le canal s'ouvre jusqu'à
quatre, cinq et six lieues de largeur. Je compte environ
seize lieues du cap Mundai au cap des Piliers qui
termine la côte méridionale du détroit. La direction du
canal entre ces deux caps est le ouest-quart-nord-
ouest. La côte du sud y est haute et escarpée, celle du
nord est bordée d'îles et de rochers qui en rendent
l'approche dangereuse : il est plus prudent de ranger la
partie méridionale. Je ne saurais rien dire de plus sur
ces dernières terres ; à peine les avons-nous vues dans
quelques courts intervalles pendant lesquels la brume
nous permettait d'en apercevoir des portions. La
dernière terre dont on ait la vue à la côte du nord est le
cap des Victoires, lequel paraît être de médiocre
hauteur, ainsi que le *cap Désiré* qui est en dehors du
détroit à la Terre de Feu, environ à deux lieues dans le
sud-ouest du cap des Piliers. La côte entre ces deux
caps est bordée, à près d'une lieue au large, de
plusieurs îlots ou brisants connus sous le nom des
douze Apôtres.

Le cap des Piliers est une terre très élevée, ou plutôt
une grosse masse de rochers, qui se termine par deux
roches coupées en forme de tours, inclinées sur le
nord-ouest, et qui font la pointe du cap. A six ou sept
lieues dans le nord-ouest de ce cap, on voit quatre îlots
nommés *les Évangélistes ;* trois sont ras ; le quatrième,
qui a la figure d'un meulon de foin, est assez éloigné
des autres. Ils sont dans le sud-sud-ouest et à quatre
ou cinq lieues du cap des Victoires. Pour sortir du
détroit, on peut en passer indifféremment au nord ou
au sud ; je conseillerais d'en passer au sud, si l'on
voulait y rentrer. Il convient aussi alors de ranger la

côte méridionale : celle du nord est bordée d'îlots, et paraît coupée par de grandes baies qui pourraient occasionner des erreurs dangereuses.

Depuis deux heures après-midi les vents varièrent du ouest-sud-ouest au ouest-nord-ouest, grand frais ; nous louvoyâmes jusqu'au coucher du soleil, toutes voiles hautes, afin de doubler les douze Apôtres. Nous eûmes assez longtemps la crainte de n'en pas venir à bout, et d'être forcés à passer encore la nuit dans le détroit, ce qui nous y eût pu retenir encore plus d'un jour. Mais vers six heures du soir, les bordées adonnèrent ; à sept heures, le cap des Piliers était doublé ; à huit heures, nous étions entièrement déga-gés des terres, et un bon vent de nord nous faisait avancer à pleines voiles dans la mer occidentale. Nous fîmes alors un relèvement d'où je pris mon point de départ par... 52° 50′ de latitude australe,

et... 79° 9′ de long. occ. de Paris.

C'est ainsi qu'après avoir essuyé pendant vingt-six jours, au port Galant, des temps constamment mau-vais et contraires, trente-six heures d'un bon vent, tel que jamais nous n'eussions osé l'espérer, ont suffi pour nous amener dans la mer Pacifique ; exemple que je crois être unique d'une navigation sans mouillage depuis le port Galant jusqu'au débouquement.

J'estime la longueur entière du détroit, depuis le cap des Vierges jusqu'au cap des Piliers, d'environ cent quatorze lieues. Nous avons employé cinquante-deux jours à les faire. Je répéterai ici que depuis le cap des Vierges jusqu'au cap Noir, nous avons observé constamment que le flot porte dans l'est, et le jussant ou l'èbe, dans l'ouest, et que les marées y sont très fortes ; qu'elles ne sont pas à beaucoup près aussi rapides depuis le cap Noir jusqu'au port Galant et que leur cours y est irrégulier ; qu'enfin, depuis le port Galant jusqu'au cap Quade, les courants sont violents, que nous ne les avons pas trouvés fort sensibles depuis ce cap jusqu'à celui des Piliers ; mais que dans toute cette partie, depuis le port Galant, les eaux sont assujetties à la même loi qui les meut depuis le cap des Vierges : c'est-à-dire que le flot y court vers la mer de l'est, et l'èbe vers celle de l'ouest. Je dois en même temps avertir que cette assertion, sur la direction des marées dans le détroit de Magellan, est absolument contraire à ce que les autres navigateurs disent y avoir observé à cet égard. Ce ne serait cependant pas le cas d'avoir chacun son avis.

Au reste, combien de fois n'avons-nous point regretté de ne pas avoir les journaux de Narborough et de Beauchesne, tels qu'ils sont sortis de leurs mains, et d'être obligés de n'en consulter que des extraits défigurés : outre l'affectation des auteurs de ces extraits à retrancher tout ce qui peut n'être qu'utile à la navigation, s'il leur échappe quelque détail qui y ait trait, l'ignorance des termes de l'art dont un marin est obligé de se servir leur fait prendre, pour des mots vicieux, des expressions nécessaires et consacrées, qu'ils remplacent par des absurdités. Tout leur but est de faire un ouvrage agréable aux femmelettes des deux sexes, et leur travail aboutit à composer un livre ennuyeux à tout le monde, et qui n'est utile à personne.

Malgré les difficultés que nous avons essuyées dans le passage du détroit de Magellan, je conseillerai toujours de préférer cette route à celle du cap de Horn depuis le mois de septembre jusqu'à la fin de mars.

Pendant les autres mois de l'année, quand les nuits sont de seize, dix-sept et dix-huit heures, je prendrais le parti de passer à mer ouverte. Le vent debout et la grosse mer ne sont pas des dangers, au lieu qu'il n'est pas sage de se mettre dans le cas de naviguer à tâtons entre des terres. On sera sans doute retenu quelque temps dans le détroit, mais ce retard n'est pas en pure perte. On y trouve en abondance de l'eau, du bois et des coquillages, quelquefois aussi de très bons poissons ; et assurément je ne doute pas que le scorbut ne fît plus de dégât dans un équipage qui serait parvenu à la mer occidentale en doublant le cap de Horn que dans celui qui y sera entré par le détroit de Magellan : lorsque nous en sortîmes, nous n'avions personne sur les cadres [8].

Fin de la première partie.

SECONDE PARTIE

Contenant depuis l'entrée dans la mer occidentale jusqu'au retour en France.

Et nos jam *tertia* portat
Omnibus errantes terris et fluctibus æstas [1].

Virg. *Liv. I.*

CHAPITRE PREMIER

Navigation depuis le détroit de Magellan jusqu'à l'arrivée à l'île Taiti ; découvertes qui la précèdent.

Depuis notre entrée dans la mer occidentale, après quelques jours de vents variables du sud-ouest au nord-ouest par l'ouest, nous eûmes promptement les vents de sud et de sud-sud-est. Je ne m'étais pas attendu à les trouver si tôt ; les vents d'ouest conduisent ordinairement jusque par les 30°, et j'avais résolu d'aller à l'île Juan Fernandès, pour tâcher d'y faire de bonnes observations astronomiques. Je voulais ainsi établir un point de départ assuré, pour traverser cet océan immense, dont l'étendue est marquée différemment par les différents navigateurs. La rencontre accélérée des vents de sud et de sud-est me fit renoncer à cette relâche, laquelle eût allongé mon chemin.

Pendant les premiers jours je fis prendre du ouest à la route autant qu'il fut possible, tant pour m'élever dans le vent, que pour m'éloigner de la côte, dont le gissement n'est point tracé sur les cartes d'une façon certaine. Toutefois, comme les vents furent toujours alors de la partie du ouest, nous eussions rencontré la terre, si la carte de don Georges Juan et don Antonio de Ulloa[2] eût été juste. Ces officiers espagnols ont corrigé les anciennes cartes de l'Amérique septentrionale ; ils font courir la côte depuis le *cap Corse* jusqu'au *Chiloë* nord-est et sud-ouest, et cela d'après des conjectures que sans doute ils ont cru fondées. Cette correction heureusement en mérite une autre ; elle était peu consolante pour les navigateurs qui, après avoir débouqué par le détroit, cherchent à revenir au nord avec des vents constamment variables du sud-ouest au nord-ouest par le ouest. Le chevalier Narborough, après être sorti du détroit de Magellan en 1669, suivit la côte du Chili, furetant les anses et les crevasses jusqu'à la rivière de *Baldivia* dans laquelle il entra ; il dit, en propres termes, que la route depuis le cap Désiré jusqu'à Baldivia est le nord 5° est. Voilà qui est plus sûr que l'assertion conjecturale de don Georges et de don Antonio. Si d'ailleurs elle eût été véritable, la route que nous fûmes obligés de faire nous aurait, comme je l'ai dit, conduits sur la terre.

Lorsque nous fûmes dans la mer Pacifique, je convins avec le commandant de *L'Étoile* qu'afin de découvrir un plus grand espace de mers, il s'éloignerait de moi dans le sud tous les matins à la distance que le temps permettrait sans nous perdre de vue, que le soir nous nous rallierions, et qu'alors il se tiendrait dans nos eaux environ à une demi-lieue. Par ce moyen, si *La Boudeuse* eût rencontré la nuit quelque danger subit, *L'Étoile* était dans le cas de manœuvrer pour nous donner les secours que les circonstances auraient comportés. Cet ordre de marche a été suivi pendant tout le voyage.

Le 30 janvier, un matelot tomba à la mer ; nos efforts lui furent inutiles, et jamais nous ne pûmes le sauver : il ventait grand frais et la mer était très grosse.

Je dirigeai ma route pour reconnaître la terre que David [3], flibustier anglais, vit en 1686, sur le parallèle de 27 à 28° sud ; et qu'en 1722 Roggewin, hollandais, chercha vainement. J'en continuai la recherche jusqu'au 17 février. J'avais passé le 14 sur cette terre suivant la carte de M. Bellin. Je ne voulus point poursuivre la recherche de l'île *de Pâques,* sa latitude n'étant point marquée d'une façon positive. Plusieurs géographes s'accordent à la placer par le parallèle de 27 à 28° sud ; M. Buache [4] seul la met par le 31e. Toutefois dans la journée du 14, étant par 27° 7′ de latitude observée et par 104° 12′ de longitude occidentale estimée, nous vîmes deux oiseaux assez semblables à des équerrets, espèce qui ne s'éloigne pas ordinairement à plus de soixante ou quatre-vingts lieues de terre ; nous vîmes aussi un paquet de ces herbes vertes qui s'attachent à la carène des navires, et ces rencontres me firent continuer la même route jusqu'au 17. Je pense au reste, d'après le récit de David, que la terre qu'il dit avoir vue n'est autre que les îles *Saint-Ambroise* et *Saint-Felix,* qui sont à deux cents lieues de la côte du Chili.

Depuis le 23 février jusqu'au 3 mars, nous eûmes avec des calmes et de la pluie des vents d'ouest constamment variables du sud-ouest au nord-ouest ; chaque jour un peu avant ou après midi nous avions à essuyer des grains accompagnés de tonnerre. D'où nous venait cette étrange nuaison sous le tropique et dans cet océan renommé, plus que toutes les autres mers, par l'uniformité et la fraîcheur des vents alisés de l'est au sud-est que l'on dit y régner toute l'année ? Nous serons plus d'une fois dans le cas de faire la même question.

Dans le courant du mois de février, M. Verron me communiqua quatre résultats d'observations pour déterminer notre longitude. Les premières, rapportées au midi du 6, ne différaient avec mon estime que de 31′ dont j'étais à l'ouest de son observé ; les secondes, réduites au midi du 11, différaient de ma longitude estimée de 37′ 45″ dont j'étais plus est que lui ; par les troisièmes observations réduites au 22 à midi, j'étais plus ouest que lui de 42′ 30″ ; j'avais 1° 25′ de différence occidentale avec la longitude déterminée par les observations du 27. C'est alors que nous éprouvions une suite de calmes et de vents contraires. Le thermomètre, jusqu'à ce que nous fussions sous le parallèle de 45°, varia de 5 à 8° au-dessus de la congélation ; il monta ensuite successivement ; et lorsque nous courûmes sur les parallèles de 27 à 24, il variait de 17 à 19°.

Il y eut sur la frégate, dès que nous fûmes sortis du détroit, des maux de gorge presque épidémiques. Comme on les attribuait aux eaux neigeuses du détroit, je fis mettre tous les jours dans le charnier une pinte de vinaigre et des boulets rouges. Heureusement ces maux de gorge cédèrent aux plus simples remèdes et à la fin de février aucun homme n'était encore sur les cadres. Nous avions seulement quatre matelots tachés du scorbut. On eut dans ce temps une pêche abondante de bonites et de grandes oreilles ; pendant

huit ou dix jours on en prit assez pour en donner un
repas aux deux équipages.

Nous courûmes pendant le mois de mars le parallèle
des premières terres et îles qui sont marquées sur la
carte de M. Bellin sous le nom d'*îles de Quiros*. Le 21
nous prîmes un thon, dans l'estomac duquel on
trouva, non encore digérés, quelques petits poissons
dont les espèces ne s'éloignent jamais des côtes. C'était
un indice du voisinage de quelques terres. Effectivement le 22, à six heures du matin, on eut en même
temps connaissance et de quatre îlots dans le sud-sud-
est-5°-est et d'une petite île qui nous restait à quatre
lieues dans l'ouest. Je nommai les quatre îlots *les
quatre Facardins*[5] ; et comme ils étaient trop au vent,
je fis courir sur la petite île qui était devant nous. A
mesure que nous l'approchâmes, nous découvrîmes
qu'elle est bordée d'une plage de sable très unie, et que
tout l'intérieur était couvert de bois touffus, au-dessus
desquels s'élevaient les tiges fécondes des cocotiers. La
mer brisait assez au large au nord et au sud, et une
grosse lame qui battait toute la côte de l'est nous
défendait l'accès de l'île dans cette partie. Cependant
la verdure charmait nos yeux, et les cocotiers nous
offraient partout leurs fruits et leur ombre sur un
gazon émaillé de fleurs ; des milliers d'oiseaux volti-
geaient autour du rivage et semblaient annoncer une
côte poissonneuse ; on soupirait après la descente.
Nous crûmes qu'elle serait plus facile dans la partie
occidentale, et nous suivîmes la côte à la distance
d'environ deux milles. Partout nous vîmes la mer
briser avec la même force, sans une seule anse, sans la
moindre *crique* qui pût servir d'abri et rompre la lame.
Perdant ainsi toute espérance de pouvoir y débarquer,

à moins d'un risque évident de briser les bateaux, nous remettions le cap en route, lorsqu'on cria qu'on voyait deux ou trois hommes accourir au bord de la mer. Nous n'eussions jamais pensé qu'une île aussi petite pût être habitée, et ma première idée fut que sans doute quelques Européens y avaient fait naufrage. J'ordonnai aussitôt de mettre *en panne,* déterminé à tenter tout pour les sauver. Ces hommes étaient rentrés dans le bois; bientôt après ils en sortirent au nombre de quinze ou vingt et s'avancèrent à grands pas; ils étaient nus et portaient de fort longues piques qu'ils vinrent agiter vis-à-vis les vaisseaux avec des démonstrations de menaces; après cette parade, ils se retirèrent sous les arbres où on distingua des cabanes avec les longues-vues. Ces hommes nous parurent fort grands et d'une couleur bronzée. Qui me dira comment ils ont été transportés jusqu'ici, quelle communication les lie à la chaîne des autres êtres, et ce qu'ils deviennent en se multipliant sur une île qui n'a pas plus d'une lieue de diamètre ? Je l'ai nommée *l'île des Lanciers*[6]. Étant à moins d'une lieue dans le nord-est de cette île, je fis signal à *L'Étoile* de sonder; elle fila 200 brasses de ligne sans trouver de fond.

Depuis ce jour nous diminuâmes de voiles dans la nuit, craignant de rencontrer tout d'un coup quelques-unes de ces terres basses dont les approches sont si dangereuses. Nous fûmes obligés de *rester en travers* une partie de la nuit du 22 au 23, le temps s'étant mis à l'orage avec grand vent, de la pluie et du tonnerre. Au point du jour nous vîmes une terre qui s'étendait par rapport à nous depuis le nord-est-quart-nord jusqu'au nord-nord-ouest. Nous courûmes dessus, et à huit heures nous étions environ à trois lieues de sa pointe

orientale. Alors, quoiqu'il régnât une espèce de
brume, nous aperçûmes des brisants le long de cette
côte qui paraissait très basse et couverte d'arbres.
Nous revirâmes donc au large, en attendant qu'un ciel
plus clair nous permît de nous rapprocher de la terre
avec moins de risque ; c'est ce que nous pûmes faire
vers les dix heures. Parvenus à une lieue de l'île, nous
la prolongeâmes, cherchant à découvrir un endroit
propre au débarquement ; nous n'avions pas de fond
avec une ligne de 120 brasses. Une barre, sur laquelle
la mer brisait avec furie, bordait toute la côte, et
bientôt nous reconnûmes que cette île n'était formée
que par deux langues de terre fort étroites qui se
rejoignent dans la partie du nord-ouest, et qui laissent
une ouverture au sud-est entre leur pointe. Le milieu
de cette île est ainsi occupé par la mer dans toute sa
longueur qui est de dix à douze lieues sud-est et nord-
ouest ; en sorte que la terre présente une espèce de fer à
cheval très allongé, dont l'ouverture est au sud-est.

Les deux langues de terre ont si peu de largeur, que
nous apercevions la mer au-delà de celle du nord.
Elles ne paraissent être composées que par des dunes
de sable entrecoupées de terrains bas dénués d'arbres
et de verdure. Les dunes plus élevées sont couvertes de
cocotiers et d'autres arbres plus petits et très touffus.
Nous aperçûmes après midi des pirogues qui naviguaient dans l'espèce de lac que cette île embrasse, les
unes à la voile, les autres avec des pagaies. Les
sauvages qui les conduisaient étaient nus. Le soir nous
vîmes un assez grand nombre d'insulaires dispersés le
long de la côte. Ils nous parurent avoir aussi à la main
de ces longues lances dont nous menaçaient les
habitants de la première île ; nous n'avions encore

trouvé aucun lieu où nos canots pussent aborder.
Partout la mer écumait avec une égale force. La nuit
suspendit nos recherches ; nous la passâmes à *louvoyer*
sous les huniers ; et n'ayant découvert le 24 au matin
aucun lieu d'abordage, nous poursuivîmes notre route
et renonçâmes à cette île inaccessible que je nommai, à
cause de sa forme, *l'île de la Harpe*[7]. Au reste, cette
terre si extraordinaire est-elle naissante, est-elle en
ruine ? Comment est-elle peuplée ? Ses habitants nous
ont semblé grands et bien proportionnés. J'admire leur
courage, s'ils vivent sans inquiétude sur ces bandes de
sable qu'un ouragan peut d'un moment à l'autre
ensevelir dans les eaux.

Le même jour à cinq heures du soir on aperçut une
nouvelle terre à la distance de sept à huit lieues ;
l'incertitude de sa position, le temps inconstant par
grains et orages, et l'obscurité nous forcèrent de passer
la nuit *sur les bords*. Le 25 au matin nous accostâmes
la terre que nous reconnûmes être encore une île très
basse, laquelle s'étendait du sud-est au nord-ouest,
dans une étendue d'environ vingt-quatre milles. Jusqu'au 27 nous continuâmes à naviguer au milieu d'îles
basses et en partie noyées, dont nous examinâmes
encore quatre, toutes de la même nature, toutes
inabordables, et qui ne méritaient pas que nous
perdissions notre temps à les visiter. J'ai nommé
l'Archipel dangereux[8] cet amas d'îles dont nous avons
vu onze et qui sont probablement en plus grand
nombre. La navigation est extrêmement périlleuse au
milieu de ces terres basses, hérissées de brisants et
semées d'écueils, où il convient d'user, la nuit surtout,
des plus grandes précautions.

Je me déterminai à faire reprendre du sud à la route,

afin de sortir de ces parages dangereux. Effectivement, dès le 28 nous cessâmes de voir des terres. Quiros a le premier découvert en 1606 la partie méridionale de cette chaîne d'îles qui s'étend sur l'ouest-nord-ouest, et dans laquelle l'amiral Roggevin s'est trouvé engagé en 1722 vers le quinzième parallèle ; il la nomma *le Labyrinthe.* Je ne sais au reste sur quel fondement s'appuient nos géographes, lorsqu'ils tracent à la suite de ces îles un commencement de côte vue, disent-ils, par Quiros, et auquel ils donnent soixante-dix lieues de continuité. Tout ce qu'on peut inférer du journal de ce navigateur, c'est que la première terre à laquelle il aborda, après son départ du Pérou, avait plus de huit lieues d'étendue. Mais, loin de la représenter comme une côte considérable, il dit que les sauvages qui l'habitaient lui firent entendre qu'il trouverait de grandes terres sur sa route. S'il en existait ici une considérable, nous ne pouvions manquer de la rencontrer, puisque la plus petite latitude à laquelle nous soyons jusqu'à présent parvenus a été 17° 40′, latitude que Quiros observa sur cette côte, dont il a plu aux géographes de faire un grand pays.

Je tombe d'accord que l'on conçoit difficilement un si grand nombre d'îles basses et de terres presque noyées, sans supposer un continent qui en soit voisin. Mais la géographie est une science de faits ; on n'y peut rien donner dans son cabinet à l'esprit de système, sans risquer les plus grandes erreurs qui souvent ensuite ne se corrigent qu'aux dépens des navigateurs.

M. Verron, dans le mois de mars, me donna trois observations de longitude. Les premières faites avec l'octant de M. Haldey, rapportées au 3 à midi, ne différaient avec mon estime que de 21′ 30″, dont j'étais

plus ouest que la longitude observée. Les secondes
faites avec le mégamètre et réduites au midi du 10,
différaient considérablement avec mon estime, ma
longitude estimée étant plus occidentale de 3° 6′ que
l'observée ; au contraire, par le résultat des troisièmes
observations faites le 27 avec l'octant, mon estime
s'accordait avec les observations à 39′ 15″ près, dont il
me faisait plus est que les observations. On remar-
quera que depuis la sortie du détroit de Magellan, j'ai
toujours suivi la longitude de mon point de départ,
sans y faire aucune correction, ni me servir des
observations.

Le thermomètre, dans ce mois, a été constamment
de 19 à 20° même entre les terres. A la fin du mois nous
avons eu cinq jours de vent d'ouest avec des grains et
des orages qui se succédaient presque sans interruption. La pluie fut continuelle ; aussi le scorbut se
déclara-t-il sur huit ou dix matelots. L'humidité est un
des principes les plus actifs de cette maladie. On leur
donnait tous les jours à chacun une pinte de limonade
faite avec la poudre de *faciot*[9], et nous avons eu dans
ce voyage les plus grandes obligations à cette poudre.
J'avais aussi commencé le 3 mars à me servir de la
cucurbite[10] de M. Poissonnier, et nous avons continué
jusqu'à la *Nouvelle Bretagne* à employer l'eau ainsi
dessalée pour la soupe, la cuisson de la viande et celle
des légumes. Le supplément d'eau qu'elle nous procurait nous a été de la plus grande ressource dans cette
longue traversée. On allumait le feu à cinq heures du
soir, et on l'éteignait à cinq ou six heures du matin, et
chaque nuit nous faisions plus d'une barrique d'eau.
Au reste, pour ménager l'eau douce, nous avons
toujours pétri le pain avec de l'eau salée.

Le 2 avril à dix heures du matin nous aperçûmes
dans le nord-nord-est une montagne haute et fort
escarpée qui nous parut isolée ; je la nommai *le
Boudoir*[11] ou *le pic de La Boudeuse.* Nous courions au
nord pour la reconnaître, lorsque nous eûmes la vue
d'une autre terre dans l'ouest-quart-nord-ouest, dont
la côte non moins élevée offrait à nos yeux une étendue
indéterminée. Nous avions le plus urgent besoin d'une
relâche qui nous procurât du bois et des rafraîchissements, et on se flattait de les trouver sur cette terre. Il
fit presque calme tout le jour. La brise se leva le soir,
et nous courûmes sur la terre jusqu'à deux heures du
matin que nous remîmes pendant trois heures le bord
au large. Le soleil se leva enveloppé de nuages et de
brume ; et ce ne fut qu'à neuf heures du matin que
nous revîmes la terre dont la pointe méridionale nous
restait à ouest-quart-nord-ouest ; on n'apercevait plus
le pic de *La Boudeuse* que du haut des mâts. Les vents
soufflaient du nord au nord-nord-est, et nous tînmes le
plus près pour atterrer au vent de l'île. En approchant
nous aperçûmes au-delà de sa pointe du nord une
autre terre éloignée plus septentrionale encore, sans
que nous pussions alors distinguer si elle tenait à la
première île, ou si elle en formait une seconde.

Pendant la nuit du 3 au 4 nous louvoyâmes pour
nous élever dans le nord. Des feux que nous vîmes,
avec joie, briller de toutes parts sur la côte, nous
apprirent qu'elle était habitée. Le 4 au lever de
l'aurore nous reconnûmes que les deux terres qui la
veille nous avaient paru séparées étaient unies ensemble par une terre plus basse qui se courbait en arc et
formait une baie ouverte au nord-est. Nous courions à
pleines voiles vers la terre, présentant au vent de cette

baie, lorsque nous aperçûmes une pirogue qui venait du large et voguait vers la côte, se servant de sa voile et de ses pagaies. Elle nous passa de l'avant et se joignit à une infinité d'autres qui de toutes les parties de l'île accouraient au-devant de nous. L'une d'elles précédait les autres ; elle était conduite par douze hommes nus qui nous présentèrent des branches de bananiers, et leurs démonstrations attestaient que c'était là le rameau d'olivier [12]. Nous leur répondîmes par tous les signes d'amitié dont nous pûmes nous aviser ; alors ils accostèrent le navire, et l'un d'eux, remarquable par son énorme chevelure hérissée en rayons, nous offrit avec son rameau de paix un petit cochon et un *régime* de bananes. Nous acceptâmes son présent qu'il attacha à une corde qu'on lui jeta ; nous lui donnâmes des bonnets et des mouchoirs, et ces premiers présents furent le gage de notre alliance avec ce peuple.

Bientôt plus de cent pirogues de grandeurs différentes et toutes à balancier environnèrent les deux vaisseaux. Elles étaient chargées de cocos, de bananes et d'autres fruits du pays. L'échange de ces fruits délicieux pour nous, contre toutes sortes de bagatelles, se fit avec bonne foi, mais sans qu'aucun des insulaires voulût monter à bord. Il fallait entrer dans leurs pirogues ou montrer de loin les objets d'échange ; lorsqu'on était d'accord, on leur envoyait au bout d'une corde un panier ou un filet ; ils y mettaient leurs effets et nous les nôtres, donnant ou recevant indifféremment avant que d'avoir donné ou reçu, avec une bonne foi qui nous fit bien augurer de leur caractère. D'ailleurs nous ne vîmes aucune espèce d'armes dans leurs pirogues où il n'y avait point de femmes à cette première entrevue. Les pirogues restèrent le long des navires jusqu'à ce que les approches de la nuit nous firent revirer au large ; toutes alors se retirèrent.

Nous tâchâmes dans la nuit de nous élever au nord, n'écartant jamais la terre de plus de trois lieues. Tout le rivage fut jusqu'à près de minuit, ainsi qu'il l'avait été la nuit précédente, garni de petits feux à peu de distance les uns des autres : on eût dit que c'était une illumination faite à dessein, et nous l'accompagnâmes de plusieurs fusées tirées des deux vaisseaux.

La journée du 5 se passa à louvoyer, afin de gagner au vent de l'île, et à faire sonder par les bateaux pour trouver un mouillage. L'aspect de cette côte élevée en amphithéâtre nous offrait le plus riant spectacle. Quoique les montagnes y soient d'une grande hauteur, le rocher n'y montre nulle part son aride nudité : tout y est couvert de bois. A peine en crûmes-nous nos yeux, lorsque nous découvrîmes un pic chargé d'arbres jusqu'à sa cime isolée qui s'élevait au niveau des montagnes dans l'intérieur de la partie méridionale de l'île. Il ne paraissait pas avoir plus de trente toises de diamètre, et il diminuait de grosseur en montant ; on l'eût pris de loin pour une pyramide d'une hauteur immense que la main d'un décorateur habile aurait parée de guirlandes de feuillages. Les terrains moins élevés sont entrecoupés de prairies et de bosquets, et dans toute l'étendue de la côte il règne sur les bords de la mer, au pied du pays haut, une lisière de terre basse et unie, couverte de plantations. C'est là qu'au milieu des bananiers, des cocotiers et d'autres arbres chargés de fruits, nous apercevions les maisons des insulaires.

Comme nous prolongions la côte, nos yeux furent frappés de la vue d'une belle cascade qui s'élançait du haut des montagnes et précipitait à la mer ses eaux écumantes. Un village était bâti au pied, et la côte y paraissait sans brisants. Nous désirions tous de pouvoir mouiller à portée de ce beau lieu ; sans cesse on sondait des navires, et nos bateaux sondaient jusqu'à terre ; on ne trouva dans cette partie qu'un platier de roches, et il fallut se résoudre à chercher ailleurs un mouillage.

Les pirogues étaient revenues au navire dès le lever du soleil, et toute la journée on fit des échanges. Il s'ouvrit même de nouvelles branches de commerce ; outre les fruits de l'espèce de ceux apportés la veille, et quelques autres rafraîchissements, tels que poules et pigeons, les insulaires apportèrent avec eux toutes sortes d'instruments pour la pêche, des herminettes de pierre, des étoffes singulières, des coquilles, etc. Ils demandaient en échange du fer et des pendants d'oreilles. Les trocs se firent comme la veille avec loyauté ; cette fois aussi il vint dans les pirogues quelques femmes jolies et presque nues. A bord de *L'Étoile* il monta un insulaire qui y passa la nuit, sans témoigner aucune inquiétude.

Nous l'employâmes encore à louvoyer ; et le 6 au matin, nous étions parvenus à l'extrémité septentrionale de l'île. Une seconde s'offrit à nous ; mais la vue de plusieurs brisants, qui paraissaient défendre le passage entre les deux îles, me détermina à revenir sur mes pas chercher un mouillage dans la première baie que nous avions vue le jour de notre atterrage. Nos canots qui sondaient en avant et en terre de nous trouvèrent la côte du nord de la baie bordée partout à un quart de lieue du rivage d'un récif qui découvre à basse mer. Cependant, à une lieue de la pointe du

nord, ils reconnurent dans le récif une coupure large
de deux encablures au plus, dans laquelle il y avait
30 à 35 brasses d'eau, et en dedans une rade assez
vaste où le fond variait depuis 9 jusqu'à 30 brasses.
Cette rade était bornée au sud par un récif qui, partant
de terre, allait se joindre à celui qui bordait la côte.
Nos canots avaient sondé partout sur un fond de sable,
et ils avaient reconnu plusieurs petites rivières commodes pour l'aiguade. Sur le récif du côté du nord il y
a trois îlots.

Ce rapport me décida à mouiller dans cette rade, et
sur-le-champ nous fîmes route pour y entrer. Nous
rangeâmes la pointe du récif de stribord en entrant et,
dès que nous fûmes en dedans, nous mouillâmes notre
première ancre sur 34 brasses, fond de sable gris,
coquillages et gravier, et nous étendîmes aussitôt une
ancre à jet dans le nord-ouest pour y mouiller notre
ancre d'affourche. *L'Étoile* passa au vent à nous et
mouilla dans le nord à une encablure. Dès que nous
fûmes affourchés, nous amenâmes basses vergues et
mâts de hune.

A mesure que nous avions approché la terre, les
insulaires avaient environné les navires. L'affluence
des pirogues fut si grande autour des vaisseaux, que
nous eûmes beaucoup de peine à nous amarrer au
milieu de la foule et du bruit. Tous venaient en criant
tayo, qui veut dire *ami,* et en nous donnant mille
témoignages d'amitié ; tous demandaient des clous et
des pendants d'oreilles. Les pirogues étaient remplies
de femmes qui ne le cèdent pas pour l'agrément de la
figure au plus grand nombre des Européennes, et qui,
pour la beauté du corps, pourraient le disputer à
toutes avec avantage. La plupart de ces nymphes

étaient nues, car les hommes et les vieilles, qui les accompagnaient, leur avaient ôté la pagne dont ordinairement elles s'enveloppent. Elles nous firent d'abord, de leurs pirogues, des agaceries où, malgré leur naïveté, on découvrait quelque embarras; soit que la nature ait partout embelli le sexe d'une timidité ingénue, soit que, même dans les pays où règne encore la franchise de l'âge d'or, les femmes paraissent ne pas vouloir ce qu'elles désirent le plus. Les hommes, plus simples ou plus libres, s'énoncèrent bientôt clairement. Ils nous pressaient de choisir une femme, de la suivre à terre, et leurs gestes non équivoques démontraient la manière dont il fallait faire connaissance avec elle. Je le demande : comment retenir au travail, au milieu d'un spectacle pareil, quatre cents Français, jeunes, marins, et qui depuis six mois n'avaient point vu de femmes ? Malgré toutes les précautions que nous pûmes prendre, il entra à bord une jeune fille qui vint sur le gaillard d'arrière se placer à une des écoutilles qui sont au-dessus du cabestan; cette écoutille était ouverte pour donner de l'air à ceux qui viraient. La jeune fille laissa tomber négligemment une pagne qui la couvrait et parut aux yeux de tous, telle que Vénus se fit voir au berger phrygien. Elle en avait la forme céleste. Matelots et soldats s'empressaient pour parvenir à l'écoutille, et jamais cabestan ne fut viré avec une pareille activité.

Nos soins réussirent cependant à contenir ces hommes ensorcelés; le moins difficile n'avait pas été de parvenir à se contenir soi-même. Un seul Français, mon cuisinier, qui malgré les défenses avait trouvé le moyen de s'échapper, nous revint bientôt plus mort que vif. A peine eut-il mis pied à terre, avec la belle qu'il avait choisie, qu'il se vit entouré par une foule d'Indiens qui le déshabillèrent dans un instant, et le mirent nu de la tête aux pieds. Il se crut perdu mille fois, ne sachant où aboutiraient les exclamations de ce peuple, qui examinait en tumulte toutes les parties de son corps. Après l'avoir bien considéré, ils lui rendirent ses habits, remirent dans ses poches tout ce qu'ils en avaient tiré, et firent approcher la fille en le pressant de contenter les désirs qui l'avaient amené à terre avec elle. Ce fut en vain. Il fallut que les insulaires ramenassent à bord le pauvre cuisinier, qui me dit que j'aurais beau le réprimander, que je ne lui ferais jamais autant de peur qu'il venait d'en avoir à terre.

CHAPITRE II

Séjour dans l'île Taiti ; détail du bien et du mal qui nous y arrivent.

On a vu les obstacles qu'il avait fallu vaincre pour parvenir à mouiller nos ancres ; lorsque nous fûmes amarrés, je descendis à terre avec plusieurs officiers, afin de reconnaître l'aiguade. Nous y fûmes reçus par une foule immense d'hommes et de femmes qui ne se lassaient point de nous considérer ; les plus hardis venaient nous toucher, ils écartaient même nos vêtements, comme pour vérifier si nous étions absolument faits comme eux ; aucun ne portait d'armes, pas même de bâtons. Ils ne savaient comment exprimer leur joie de nous recevoir. Le chef de ce canton nous conduisit dans sa maison et nous y introduisit. Il y avait dedans cinq ou six femmes et un vieillard vénérable. Les femmes nous saluèrent en portant la main sur la poitrine, et criant plusieurs fois *tayo*. Le vieillard était père de notre hôte. Il n'avait du grand âge que ce caractère respectable qu'impriment les ans sur une belle figure. Sa tête ornée de cheveux blancs et d'une longue barbe, tout son corps nerveux et rempli, ne montraient aucune ride, aucun signe de décrépitude.

Cet homme vénérable parut s'apercevoir à peine de notre arrivée ; il se retira même sans répondre à nos caresses, sans témoigner ni frayeur, ni étonnement, ni curiosité ; fort éloigné de prendre part à l'espèce d'extase que notre vue causait à tout ce peuple, son air rêveur et soucieux semblait annoncer qu'il craignait que ces jours heureux, écoulés pour lui dans le sein du repos, ne fussent troublés par l'arrivée d'une nouvelle race.

On nous laissa la liberté de considérer l'intérieur de la maison. Elle n'avait aucun meuble, aucun ornement qui la distinguât des cases ordinaires, que sa grandeur. Elle pouvait avoir quatre-vingts pieds de long sur vingt pieds de large. Nous y remarquâmes un cylindre d'osier, long de trois ou quatre pieds et garni de plumes noires, lequel était suspendu au toit, et deux figures de bois que nous prîmes pour des idoles [1]. L'une, c'était le dieu, était debout contre un des piliers ; la déesse était vis-à-vis, inclinée le long du mur, qu'elle surpassait en hauteur, et attachée aux roseaux qui le forment. Ces figures mal faites et sans proportions avaient environ trois pieds de haut, mais elles tenaient à un piédestal cylindrique, vidé dans l'intérieur, et sculpté à jour. Il était fait en forme de tour, et pouvait avoir six à sept pieds de hauteur, sur environ un pied de diamètre ; le tout était d'un bois noir fort dur.

Le chef nous proposa ensuite de nous asseoir sur l'herbe au-dehors de sa maison, où il fit apporter des fruits, du poisson grillé et de l'eau ; pendant le repas, il envoya chercher quelques pièces d'étoffes, et deux grands colliers faits d'osier et recouverts de plumes noires et de dents de requins. Leur forme ne ressemble pas mal à celle de ces fraises immenses qu'on portait du temps de François Ier. Il en passa un au col du chevalier d'Oraison, l'autre au mien, et distribua les étoffes. Nous étions prêts à retourner à bord, lorsque le chevalier de Suzannet s'aperçut qu'il lui manquait un pistolet, qu'on avait adroitement volé dans sa poche. Nous le fîmes entendre au chef qui, sur-le-champ, voulut fouiller tous les gens qui nous environnaient ; il en maltraita même quelques-uns. Nous arrêtâmes ses recherches, en tâchant seulement de lui faire comprendre que l'auteur du vol pourrait être la victime de sa friponnerie, et que son larcin lui donnerait la mort.

Le chef et tout le peuple nous accompagnèrent jusqu'à nos bateaux. Prêts à y arriver, nous fûmes arrêtés par un insulaire d'une belle figure qui, couché sous un arbre, nous offrit de partager le gazon qui lui servait de siège. Nous l'acceptâmes ; cet homme alors se pencha vers nous et, d'un air tendre, aux accords d'une flûte[2] dans laquelle un autre Indien soufflait avec le nez, il nous chanta lentement une chanson, sans doute anacréontique : scène charmante, et digne du pinceau de Boucher. Quatre insulaires vinrent avec confiance souper et coucher à bord. Nous leur fîmes entendre flûte, basse, violon, et nous leur donnâmes un feu d'artifice composé de fusées et de serpentaux. Ce spectacle leur causa une surprise mêlée d'effroi.

Le 7 au matin, le chef, dont le nom est *Ereti*[3], vint à bord. Il nous apporta un cochon, des poules et le pistolet qui avait été pris la veille chez lui. Cet acte de justice nous en donna bonne idée. Cependant nous fîmes dans la matinée toutes nos dispositions pour descendre à terre nos malades et nos pièces à l'eau, et les y laisser en établissant une garde pour leur sûreté. Je descendis l'après-midi avec armes et bagages, et nous commençâmes à dresser le camp sur les bords d'une petite rivière où nous devions faire notre eau. Ereti vit la troupe sous les armes, et les préparatifs du campement, sans paraître d'abord surpris ni mécontent. Toutefois, quelques heures après, il vint à moi accompagné de son père et des principaux du canton qui lui avaient fait des représentations à cet égard, et me fit entendre que notre séjour à terre leur déplaisait, que nous étions les maîtres d'y venir le jour tant que nous voudrions, mais qu'il fallait coucher la nuit à bord de nos vaisseaux. J'insistai sur l'établissement du camp, lui faisant comprendre qu'il nous était nécessaire pour faire de l'eau, du bois, et rendre plus faciles les échanges entre les deux nations. Ils tinrent alors un second conseil, à l'issue duquel Ereti vint me demander si nous resterions ici toujours, ou si nous comptions repartir, et dans quel temps. Je lui répondis que nous mettrions à la voile dans dix-huit jours, en signe duquel nombre je lui donnai dix-huit petites pierres ; sur cela, nouvelle conférence à laquelle on me fit appeler. Un homme grave, et qui paraissait avoir du poids dans le conseil, voulait réduire à neuf les jours de notre campement, j'insistai pour le nombre que j'avais demandé, et enfin ils y consentirent.

De ce moment la joie se rétablit ; Ereti même nous offrit un hangar immense tout près de la rivière, sous lequel étaient quelques pirogues qu'il en fit enlever sur-le-champ. Nous dressâmes dans ce hangar les tentes pour nos scorbutiques, au nombre de trente-quatre, douze de *La Boudeuse* et vingt-deux de *L'Étoile,* et quelques autres nécessaires au service. La garde fut composée de trente soldats, et je fis aussi descendre des fusils pour armer les travailleurs et les malades. Je restai à terre la première nuit, qu'Ereti voulut aussi passer dans nos tentes. Il fit apporter son souper qu'il joignit au nôtre, chassa la foule qui entourait le camp, et ne retint avec lui que cinq ou six de ses amis. Après souper, il demanda des fusées, et elles lui firent au moins autant de peur que de plaisir. Sur la fin de la nuit, il envoya chercher une de ses femmes qu'il fit coucher dans la tente de M. de Nassau. Elle était vieille et laide.

La journée suivante se passa à perfectionner notre camp. Le hangar était bien fait et parfaitement couvert d'une espèce de natte. Nous n'y laissâmes qu'une issue à laquelle nous mîmes une barrière et un corps de garde. Ereti, ses femmes et ses amis avaient seuls la permission d'entrer ; la foule se tenait en dehors du hangar : un de nos gens, une baguette à la main, suffisait pour la faire écarter. C'était là que les insulaires apportaient de toutes parts des fruits, des poules, des cochons, du poisson et des pièces de toile qu'ils échangeaient contre des clous, des outils, des perles fausses, des boutons et mille autres bagatelles qui étaient des trésors pour eux. Au reste, ils examinaient attentivement ce qui pouvait nous plaire ; ils virent que nous cueillions des plantes antiscorbutiques et qu'on s'occupait aussi à chercher des coquilles. Les femmes et les enfants ne tardèrent pas à nous apporter à l'envi des paquets des mêmes plantes qu'ils nous avaient vus ramasser et des paniers remplis de coquilles de toutes les espèces. On payait leurs peines à peu de frais.

Ce même jour je demandai au chef de m'indiquer

du bois que je pusse couper. Le pays bas où nous étions n'est couvert que d'arbres fruitiers et d'une espèce de bois plein de gomme et de peu de consistance ; le bois dur vient sur les montagnes. Ereti me marqua les arbres que je pouvais couper, et m'indiqua même de quel côté il les fallait faire tomber en les abattant. Au reste, les insulaires nous aidaient beaucoup dans nos travaux ; nos ouvriers abattaient les arbres et les mettaient en bûches que les gens du pays transportaient aux bateaux ; ils aidaient de même à faire l'eau, emplissant les pièces et les conduisant aux chaloupes. On leur donnait pour salaires des clous dont le nombre se proportionnait au travail qu'ils avaient fait. La seule gêne qu'on eut, c'est qu'il fallait sans cesse avoir l'œil à tout ce qu'on apportait à terre, à ses poches même ; car il n'y a point en Europe de plus adroits filous que les gens de ce pays.

Cependant il ne semble pas que le vol soit ordinaire entre eux. Rien ne ferme dans leurs maisons, tout y est à terre ou suspendu, sans serrure ni gardiens. Sans doute la curiosité pour des objets nouveaux excitait en eux de violents désirs, et d'ailleurs il y a partout de la canaille. On avait volé les deux premières nuits, malgré les sentinelles et les patrouilles, auxquelles on avait même jeté quelques pierres. Les voleurs se cachaient dans un marais couvert d'herbes et de roseaux, qui s'étendait derrière notre camp. On le nettoya en partie, et j'ordonnai à l'officier de garde de faire tirer sur les voleurs qui viendraient dorénavant. Ereti lui-même me dit de le faire, mais il eut grand soin de montrer plusieurs fois où était sa maison, en recommandant bien de tirer du côté opposé. J'envoyais aussi tous les soirs trois de nos bateaux armés de pierriers et d'espingoles se mouiller devant le camp.

Au vol près, tout se passait de la manière la plus aimable. Chaque jour nos gens se promenaient dans le pays sans armes, seuls ou par petites bandes. On les invitait à entrer dans les maisons, on leur y donnait à manger ; mais ce n'est pas à une collation légère que se borne ici la civilité des maîtres de maisons ; ils leur offraient des jeunes filles ; la case se remplissait à l'instant d'une foule curieuse d'hommes et de femmes qui faisaient un cercle autour de l'hôte et de la jeune victime du devoir hospitalier ; la terre se jonchait de feuillage et de fleurs, et des musiciens chantaient aux accords de la flûte une hymne de jouissance [4]. Vénus est ici la déesse de l'hospitalité, son culte n'y admet point de mystères, et chaque jouissance est une fête pour la nation. Ils étaient surpris de l'embarras qu'on témoignait ; nos mœurs ont proscrit cette publicité. Toutefois je ne garantirais pas qu'aucun n'ait vaincu sa répugnance et ne se soit conformé aux usages du pays.

J'ai plusieurs fois été, moi second ou troisième, me promener dans l'intérieur. Je me croyais transporté dans le jardin d'Éden ; nous parcourions une plaine de gazon, couverte de beaux arbres fruitiers et coupée de petites rivières qui entretiennent une fraîcheur délicieuse, sans aucun des inconvénients qu'entraîne l'humidité. Un peuple nombreux y jouit des trésors que la nature verse à pleines mains sur lui. Nous trouvions des troupes d'hommes et de femmes assises à l'ombre des vergers ; tous nous saluaient avec amitié ; ceux que nous rencontrions dans les chemins se rangeaient à côté pour nous laisser passer ; partout nous voyions régner l'hospitalité, le repos, une joie douce et toutes les apparences du bonheur.

Je fis présent au chef du canton où nous étions d'un couple de dindes et de canards mâles et femelles ; c'était le denier de la veuve. Je lui proposai aussi de faire un jardin à notre manière et d'y semer différentes graines, proposition qui fut reçue avec joie. En peu de temps Ereti fit préparer et entourer de palissades le terrain qu'avaient choisi nos jardiniers. Je le fis bêcher ; ils admiraient nos outils de jardinage. Ils ont bien aussi autour de leurs maisons des espèces de potagers garnis de giraumons, de patates, d'ignames et d'autres racines. Nous leur avons semé du blé, de l'orge, de l'avoine, du riz, du maïs, des oignons et des graines potagères de toute espèce. Nous avons lieu de croire que ces plantations seront bien soignées ; car ce peuple nous a paru aimer l'agriculture, et je crois qu'on l'accoutumerait facilement à tirer parti du sol le plus fertile de l'univers.

Les premiers jours de notre arrivée j'eus la visite du chef d'un canton voisin, qui vint à bord avec un présent de fruits, de cochons, de poules et d'étoffes. Ce seigneur, nommé *Toutaa*[5], est d'une belle figure et d'une taille extraordinaire. Il était accompagné de quelques-uns de ses parents, presque tous hommes de six pieds. Je leur fis présent de clous, d'outils, de perles fausses et d'étoffes de soie. Il fallut lui rendre sa visite chez lui ; nous fûmes bien accueillis, et l'honnête Toutaa m'offrit une de ses femmes fort jeune et assez jolie. L'assemblée était nombreuse, et les musiciens avaient déjà entonné les chants de l'hyménée. Telle est la manière de recevoir les visites de cérémonie.

Le 10, il y eut un insulaire tué, et les gens du pays

vinrent se plaindre de ce meurtre. J'envoyai à la maison où avait été porté le cadavre ; on vit effectivement que l'homme avait été tué d'un coup de feu. Cependant on ne laissait sortir aucun de nos gens avec des armes à feu, ni des vaisseaux ni de l'enceinte du camp. Je fis sans succès les plus exactes perquisitions pour connaître l'auteur de cet infâme assassinat. Les insulaires crurent sans doute que leur compatriote avait eu tort ; car ils continuèrent à venir à notre quartier avec leur confiance accoutumée. On me rapporta cependant qu'on avait vu beaucoup de gens emporter leurs effets à la montagne, et que même la maison d'Ereti était toute démeublée. Je lui fis de nouveaux présents, et ce bon chef continua à nous témoigner la plus sincère amitié.

Cependant je pressais nos travaux de tous les genres ; car, encore que cette relâche fût excellente pour nos besoins, je savais que nous étions mal mouillés. En effet, quoique nos câbles, paumoyés presque tous les jours, n'eussent pas encore paru rayés, nous avions découvert que le fond était semé de gros corail, et d'ailleurs, en cas d'un grand vent du large, nous n'avions pas de *chasse*. La nécessité avait forcé de prendre ce mouillage sans nous laisser la liberté du choix, et bientôt nous eûmes la preuve que nos inquiétudes n'étaient que trop fondées.

Le 12, à cinq heures du matin, les vents étant venus au sud, notre câble du sud-est et le grelin d'une ancre à jet, que nous avions par précaution allongée dans l'est-sud-est, furent coupés sur le fond. Nous mouillâmes aussitôt notre grande ancre ; mais, avant qu'elle eût pris fond, la frégate vint à l'appel de l'ancre du nord-ouest, et nous tombâmes sur *L'Étoile* que nous abordâmes à bas-bord. Nous virâmes sur notre ancre, et *L'Étoile* fila rapidement, de manière que nous fûmes séparés avant que d'avoir souffert aucune avarie. La flûte nous envoya alors le bout d'un grelin qu'elle avait allongé dans l'est, sur lequel nous virâmes pour nous écarter d'elle davantage. Nous relevâmes ensuite notre grande ancre et rembarquâmes le grelin et le câble coupés sur le fond. Celui-ci l'avait été à 30 brasses de l'entalingure ; nous le changeâmes bout pour bout et l'entalinguâmes sur une ancre de rechange de deux mille sept cents que *L'Étoile* avait dans sa cale et que nous envoyâmes chercher. Notre ancre du sud-est mouillée sans orin à cause du grand fond était perdue, et nous tâchâmes inutilement de sauver l'ancre à jet dont la bouée avait coulé et qu'il fut impossible de draguer. Nous guindâmes aussitôt notre petit mât de hune et la vergue de misaine, afin de pouvoir appareiller dès que le vent le permettrait.

L'après-midi il calma et passa à l'est. Nous allongeâmes alors dans le sud-est une ancre à jet et l'ancre reçue de *L'Étoile,* et j'envoyai un bateau sonder dans le nord, afin de savoir s'il n'y aurait pas un passage ; ce qui nous eût mis à portée de sortir presque de tout vent. Un malheur n'arrive jamais seul : comme nous étions tous occupés d'un travail auquel était attaché notre salut, on vint m'avertir qu'il y avait eu trois insulaires tués ou blessés dans leurs cases à coups de baïonnettes, que l'alarme était répandue dans le pays, que les vieillards, les femmes et les enfants fuyaient vers les montagnes emportant leurs bagages et jusqu'aux cadavres des morts, et que peut-être allions-nous avoir sur les bras une armée de ces hommes furieux. Telle était donc notre position de craindre la guerre à terre au même instant où les deux navires étaient dans le cas d'y être jetés. Je descendis au camp, et en présence du chef je fis mettre aux fers quatre soldats soupçonnés d'être les auteurs du forfait; ce procédé parut les contenter.

Je passai une partie de la nuit à terre, où je renforçai les gardes, dans la crainte que les insulaires ne voulussent venger leurs compatriotes. Nous occupions un poste excellent entre deux rivières distantes l'une de l'autre d'un quart de lieue au plus; le front du camp était couvert par un marais, le reste était la mer dont assurément nous étions les maîtres. Nous avions beau jeu pour défendre ce poste contre toutes les forces de l'île réunies; mais heureusement, à quelques alertes près occasionnées par des filous, la nuit fut tranquille au camp.

Ce n'était pas de ce côté où mes inquiétudes étaient les plus vives. La crainte de perdre les vaisseaux à la côte nous donnait des alarmes infiniment plus cruelles. Dès dix heures du soir les vents avaient beaucoup fraîchi de la partie de l'est avec une grosse houle, de la pluie, des orages et toutes les apparences funestes qui augmentent l'horreur de ces lugubres situations. Vers deux heures du matin il passa un grain qui chassait les vaisseaux en côte : je me rendis à bord, le grain heureusement ne dura pas; et dès qu'il fut passé, le vent vint de terre. L'aurore nous amena de nouveaux malheurs; notre câble du nord-ouest fut coupé; le grelin, que nous avait cédé *L'Étoile* et qui nous tenait sur son ancre à jet, eut le même sort peu d'instants après; la frégate alors venant à l'appel de l'ancre et du grelin du sud-est ne se trouvait pas à une encablure de la côte où la mer brisait avec fureur. Plus le péril devenait instant, plus les ressources diminuaient ; les deux ancres, dont les câbles venaient d'être coupés, étaient perdues pour nous ; leurs bouées avaient disparu, soit qu'elles eussent coulé, soit que les Indiens les eussent enlevées dans la nuit. C'étaient déjà quatre ancres de moins depuis vingt-quatre heures, et cependant il nous restait encore des pertes à essuyer.

A dix heures du matin le câble neuf, que nous avions entalingué sur l'ancre de deux mille sept cents de *L'Étoile,* laquelle nous tenait dans le sud-est, fut coupé, et la frégate, défendue par un seul grelin, commença à chasser en côte. Nous mouillâmes sous barbe notre grande ancre, la seule qui nous restât en mouillage ; mais de quel secours nous pouvait-elle être ? Nous étions si près des brisants, que nous aurions été dessus avant que d'avoir assez filé de câble pour que l'ancre pût bien prendre fond. Nous attendions à chaque instant le triste dénouement de cette aventure, lorsqu'une brise de sud-ouest nous donna l'espérance de pouvoir appareiller. Nos focs furent bientôt hissés ; le vaisseau commençait à prendre de l'air et nous travaillions à faire de la voile pour filer câble et grelin et mettre dehors, mais les vents revinrent presque aussitôt à l'est. Cet intervalle nous avait toujours donné le temps de recevoir à bord le bout du grelin de la seconde ancre à jet de *L'Étoile* qu'elle venait d'allonger dans l'est et qui nous sauva pour le moment. Nous virâmes sur les deux grelins et nous nous relevâmes un peu de la côte. Nous envoyâmes alors notre chaloupe à *L'Étoile* pour l'aider à s'amarrer solidement ; ses ancres étaient heureusement mouillées sur un fond moins perdu de corail que celui sur lequel étaient tombées les nôtres. Lorsque cette opération fut faite, notre chaloupe alla lever par son orin l'ancre de deux mille sept cents ; nous entalinguâmes dessus un autre câble et nous l'allongeâmes dans le nord-est ; nous relevâmes ensuite l'ancre à jet de *L'Étoile* que nous lui rendîmes. Dans ces deux jours M. de La Giraudais, commandant de cette flûte, a eu la plus grande part au salut de la frégate par les secours qu'il m'a donnés ; c'est avec plaisir que je paie ce tribut de reconnaissance à cet officier, déjà mon compagnon dans mes autres voyages, et dont le zèle égale les talents.

Cependant lorsque le jour était venu, aucun Indien ne s'était approché du camp, on n'avait vu naviguer aucune pirogue, on avait trouvé les maisons voisines abandonnées, tout le pays paraissait un désert. Le prince de Nassau, lequel avec quatre ou cinq hommes seulement s'était éloigné davantage, dans le dessein de rencontrer quelques insulaires et de les rassurer, en trouva un grand nombre avec Ereti environ à une lieue du camp. Dès que ce chef eut reconnu M. de Nassau, il vint à lui d'un air consterné. Les femmes éplorées se jetèrent à ses genoux, elles lui baisaient les mains en pleurant et répétant plusieurs fois : *Tayo, maté, vous êtes nos amis et vous nous tuez.* A force de caresses et d'amitié il parvint à les ramener. Je vis du bord une foule de peuple accourir au quartier : des poules, des cocos, des régimes de bananes embellissaient la marche et promettaient la paix. Je descendis aussitôt avec un assortiment d'étoffes de soie et des outils de toute espèce ; je les distribuai aux chefs, en leur témoignant ma douleur du désastre arrivé la veille et les assurant qu'il serait puni. Les bons insulaires me comblèrent de caresses, le peuple applaudit à la réunion, et en peu de temps la foule ordinaire et les filous revinrent à notre quartier qui ressemblait pas mal à une foire. Ils apportèrent ce jour et le suivant plus de rafraîchissements que jamais. Ils demandèrent aussi qu'on tirât devant eux quelques coups de fusil, ce qui leur fit grand peur, tous les animaux tirés ayant été tués raides.

Le canot que j'avais envoyé pour reconnaître le côté du nord était revenu avec la bonne nouvelle qu'il y avait trouvé un très beau passage. Il était alors trop tard pour en profiter ce même jour ; la nuit s'avançait. Heureusement elle fut tranquille à terre et à la mer. Le 14 au matin, les vents étant à l'est, j'ordonnai à *L'Étoile,* qui avait son eau faite et tout son monde à bord, d'appareiller et de sortir par la nouvelle passe du nord. Nous ne pouvions mettre à la voile par cette passe qu'après la flûte mouillée au nord de nous. A onze heures elle appareilla sur une aussière portée sur nous, je gardai sa chaloupe et ses deux petites ancres ; je pris aussi à bord, dès qu'elle fut sous voiles, le bout du câble de son ancre du sud-est mouillée en bon fond. Nous levâmes alors notre grande ancre, allongeâmes les deux ancres à jet, et par ce moyen nous restâmes sur deux grosses ancres et trois petites. A deux heures après-midi nous eûmes la satisfaction de découvrir *L'Étoile* en dehors de tous les récifs. Notre situation dès ce moment devenait moins terrible ; nous venions au moins de nous assurer le retour dans notre patrie, en mettant un de nos navires à l'abri des accidents. Lorsque M. de La Giraudais fut au large, il me renvoya son canot avec M. Lavari Leroi qui avait été chargé de reconnaître la passe.

Nous travaillâmes tout le jour et une partie de la

nuit à finir notre eau, à déblayer l'hôpital et le camp.
J'enfouis près du hangar un acte de prise de possession
inscrit sur une planche de chêne avec une bouteille
bien fermée et lutée[6] contenant les noms des officiers
des deux navires. J'ai suivi cette même méthode pour
toutes les terres découvertes dans le cours de ce
voyage. Il était deux heures du matin avant que tout
fût à bord ; la nuit fut assez orageuse pour nous causer
encore de l'inquiétude, malgré la quantité d'ancres que
nous avions à la mer.

Le 15 à six heures du matin, les vents étant de terre
et le ciel à l'orage, nous levâmes notre ancre, filâmes le
câble de celle de *L'Étoile,* coupâmes un des grelins et
filâmes les deux autres, appareillant sous la misaine et
les deux huniers pour sortir par la passe de l'est. Nous
laissâmes les deux chaloupes pour lever les ancres ; et
dès que nous fûmes dehors, j'envoyai les deux canots
armés aux ordres du chevalier de Suzannet, enseigne
de la marine, pour protéger le travail des chaloupes.
Nous étions à un quart de lieue au large et nous
commencions à nous féliciter d'être heureusement
sortis d'un mouillage qui nous avait causé de si vives
inquiétudes, lorsque, le vent ayant cessé tout d'un
coup, la marée et une grosse lame de l'est commencèrent à nous entraîner sur les récifs sous le vent de la
passe. Le pis-aller des naufrages qui nous avaient
menacés jusqu'ici avait été de passer nos jours dans
une île embellie de tous les dons de la nature, et de
changer les douceurs de notre patrie contre une vie
paisible et exempte de soins. Mais ici le naufrage se
présentait sous un aspect plus cruel ; le vaisseau, porté
rapidement sur les récifs, n'y eût pas résisté deux
minutes à la violence de la mer, et quelques-uns des

meilleurs nageurs eussent à peine sauvé leur vie.
J'avais dès le premier instant du danger rappelé canots
et chaloupes pour nous remorquer. Ils arrivèrent au
moment où, n'étant pas à plus de cinquante toises du
récif, notre situation paraissait désespérée, d'autant
qu'il n'y avait pas à mouiller. Une brise de l'ouest, qui
s'éleva dans le même instant, nous rendit l'espérance :
en effet elle fraîchit peu à peu, et à neuf heures du
matin nous étions absolument hors de danger.

Je renvoyai sur-le-champ les bateaux à la recherche
des ancres, et je restai à louvoyer pour les attendre.
L'après-midi nous rejoignîmes *L'Étoile*. A cinq heures
du soir notre chaloupe arriva ayant à bord la grosse
ancre et le câble de *L'Étoile* qu'elle lui porta ; notre
canot, celui de *L'Étoile* et sa chaloupe revinrent peu
de temps après ; celle-ci nous rapportait notre ancre à
jet et un grelin. Quant aux deux autres ancres à jet,
l'approche de la nuit et la fatigue extrême des matelots
ne permirent pas de les lever ce même jour. J'avais
d'abord compté m'entretenir la nuit sur les bords et les
envoyer chercher le lendemain ; mais à minuit il se
leva un grand frais de l'est-nord-est, qui me contrai-
gnit à embarquer les bateaux et à faire de la voile pour
me tirer de dessus la côte. Ainsi un mouillage de neuf
jours nous a coûté six ancres, perte que nous n'aurions
pas essuyée, si nous eussions été munis de quelques
chaînes de fer. C'est une précaution que ne doivent
jamais oublier tous les navigateurs destinés à de
pareils voyages.

Maintenant que les navires sont en sûreté, arrêtons-
nous un instant pour recevoir les adieux des insulaires.
Dès l'aube du jour, lorsqu'ils s'aperçurent que nous
mettions à la voile, Ereti avait sauté seul dans la

première pirogue qu'il avait trouvée sur le rivage, et s'était rendu à bord. En y arrivant il nous embrassa tous ; il nous tenait quelques instants entre ses bras, versant des larmes et paraissant très affecté de notre départ. Peu de temps après, sa grande pirogue vint à bord chargée de rafraîchissements de toute espèce ; ses femmes étaient dedans et avec elles ce même insulaire qui le premier jour de notre atterrage était venu s'établir à bord de *L'Étoile.* Ereti fut le prendre par la main, et il me le présenta en me faisant entendre que cet homme, dont le nom est *Aotourou,* voulait nous suivre, et me priant d'y consentir. Il le présenta ensuite à tous les officiers, chacun en particulier, disant que c'était son ami qu'il confiait à ses amis, et il nous le recommanda avec les plus grandes marques d'intérêt. On fit encore à Ereti des présents de toute espèce, après quoi il prit congé de nous et fut rejoindre ses femmes, lesquelles ne cessèrent de pleurer tout le temps que la pirogue fut le long du bord. Il y avait aussi dedans une jeune et jolie fille que l'insulaire qui venait avec nous fut embrasser. Il lui donna trois perles qu'il avait à ses oreilles, la baisa encore une fois ; et malgré les larmes de cette jeune épouse ou amante, il s'arracha de ses bras et remonta dans le vaisseau. Nous quittâmes ainsi ce bon peuple, et je ne fus pas moins surpris du chagrin que leur causait notre départ, que je l'avais été de leur confiance affectueuse à notre arrivée.

CHAPITRE III

Description de la nouvelle île, mœurs et caractère de ses habitants.

Lucis habitamus opacis,
Riparumque toros et prata recentia rivis
Incolimus [1].

Virgil. *Liv. VI.*

L'île à laquelle on avait d'abord donné le nom de *nouvelle Cythère* reçoit de ses habitants celui de *Taiti*. Sa latitude à notre camp a été conclue de plusieurs hauteurs méridiennes du soleil observées à terre avec un quart de cercle. Sa position en longitude a été déterminée par onze observations de la lune, selon la méthode des angles horaires. M. Verron en avait fait beaucoup d'autres à terre pendant quatre jours et quatre nuits pour déterminer cette même longitude ; mais le cahier, où elles étaient écrites, lui ayant été enlevé, il ne lui est resté que les dernières observations faites la veille de notre départ. Il croit leur résultat moyen assez exact, quoique leurs extrêmes diffèrent entre eux de 7 à 8°. La perte de nos ancres et tous les accidents que j'ai détaillés ci-dessus nous ont fait

abandonner cette relâche plus tôt que nous ne nous y
étions attendus, et nous ont mis dans l'impossibilité
d'en visiter les côtes. La partie du sud nous est
absolument inconnue, celle que nous avons parcourue
depuis la pointe du sud-est jusqu'à celle du nord-ouest
me paraît avoir quinze à vingt lieues d'étendue, et le
gissement de ses principales pointes est entre le nord-
ouest et l'ouest-nord-ouest.

Entre la pointe du sud-est et un autre gros cap qui
s'avance dans le nord, à sept ou huit lieues de celle-ci,
on voit une baie ouverte au nord-est, laquelle a trois
ou quatre lieues de profondeur. Ses côtes s'abaissent
insensiblement jusqu'au fond de la baie où elles ont
peu d'élévation et paraissent former le canton le plus
beau de l'île et le plus habité. Il semble qu'on
trouverait aisément plusieurs bons mouillages dans
cette baie. Le hasard nous servit mal dans la rencontre
du nôtre. En entrant ici par la passe par laquelle est
sortie *L'Étoile*, M. de La Giraudais m'a assuré
qu'entre les deux îles les plus septentrionales, il y avait
un mouillage fort sûr pour trente vaisseaux au moins
depuis 23 jusqu'à 12 et 10 brasses, fond de sable gris
vaseux, qu'il y avait une lieue d'évitage et jamais de
mer. Le reste de la côte est élevé et elle semble en
général être toute bordée par un récif inégalement
couvert d'eau et qui forme en quelques endroits de
petits îlots sur lesquels les insulaires entretiennent des
feux pendant la nuit pour la pêche et la sûreté de leur
navigation ; quelques coupures donnent de distance en
distance l'entrée en dedans du récif ; mais il faut se
méfier du fond. Le plomb n'amène jamais que du
sable gris ; ce sable recouvre de grosses masses d'un
corail dur et tranchant, capable de couper un câble

dans une nuit, ainsi que nous l'a appris une funeste expérience.

Au-delà de la pointe septentrionale de cette baie, la côte ne forme aucune anse, aucun cap remarquable. La pointe la plus occidentale est terminée par une terre basse, dans le nord-ouest de laquelle, environ à une lieue de distance, on voit une île peu élevée qui s'étend deux ou trois lieues sur le nord-ouest.

La hauteur des montagnes, qui occupent tout l'intérieur de Taiti, est surprenante, eu égard à l'étendue de l'île. Loin d'en rendre l'aspect triste et sauvage, elles servent à l'embellir en variant à chaque pas les points de vue et présentant de riches paysages couverts des plus riches productions de la nature, avec ce désordre dont l'art ne sut jamais imiter l'agrément. De là sortent une infinité de petites rivières qui fertilisent le pays et ne servent pas moins à la commodité des habitants qu'à l'ornement des campagnes. Tout le plat pays, depuis les bords de la mer jusqu'aux montagnes, est consacré aux arbres fruitiers, sous lesquels, comme je l'ai déjà dit, sont bâties les maisons des Taitiens, dispersées sans aucun ordre et sans former jamais de village ; on croit être dans les champs Élysées. Des sentiers publics, pratiqués avec intelligence et soigneusement entretenus, rendent partout les communications faciles.

Les principales productions de l'île sont le coco, la banane, le fruit à pain, l'igname, le curassol, le giraumon [2] et plusieurs autres racines et fruits particuliers au pays, beaucoup de cannes à sucre qu'on ne cultive point, une espèce d'indigo sauvage, une très belle teinture rouge [3] et une jaune ; j'ignore d'où on les tire. En général M. de Commerçon y a trouvé la

botanique des Indes. Aotourou, pendant qu'il a été
avec nous, a reconnu et nommé plusieurs de nos fruits
et de nos légumes, ainsi qu'un assez grand nombre de
plantes que les curieux cultivent dans les serres
chaudes. Le bois propre à travailler croît dans les
montagnes, et les insulaires en font peu d'usage. Ils ne
l'emploient que pour leurs grandes pirogues, qu'ils
construisent de bois de cèdre. Nous leur avons aussi
vu des piques d'un bois noir, dur et pesant, qui
ressemble au bois de fer. Ils se servent pour bâtir les
pirogues ordinaires de l'arbre qui porte le fruit à pain.
C'est un bois qui ne fend point, mais il est si mol et si
plein de gomme, qu'il ne fait que se mâcher sous
l'outil.

Au reste, quoique cette île soit remplie de très
hautes montagnes, la quantité d'arbres et de plantes
dont elles sont partout couvertes ne semble pas
annoncer que leur sein renferme des mines. Il est du
moins certain que les insulaires ne connaissent point
les métaux. Ils donnent à tous ceux que nous leur
avons montrés le même nom d'*aouri,* dont ils se
servaient pour nous demander du fer. Mais cette
connaissance du fer, d'où leur vient-elle ? Je dirai
bientôt ce que je pense à cet égard. Je ne connais ici
qu'un seul article de commerce riche, ce sont de très
belles perles. Les principaux en font porter aux oreilles
à leurs femmes et à leurs enfants ; mais ils les ont
tenues cachées pendant notre séjour chez eux. Ils font
avec les écailles de ces huîtres perlières des espèces de
castagnettes qui sont un de leurs instruments de
danse.

Nous n'avons vu d'autres quadrupèdes que des
cochons, des chiens d'une espèce petite, mais jolie, et

des rats en grande quantité. Les habitants ont des poules domestiques absolument semblables aux nôtres. Nous avons aussi vu des tourterelles vertes charmantes, de gros pigeons d'un beau plumage bleu de roi et d'un très bon goût, et des perruches fort petites, mais fort singulières par le mélange de bleu et de rouge qui colorie leurs plumes. Ils ne nourrissent leurs cochons et leurs volailles qu'avec des bananes. Entre ce qui en a été consommé dans le séjour à terre et ce qui a été embarqué dans les deux navires, on a troqué plus de huit cents têtes de volailles et près de cent cinquante cochons ; encore, sans les travaux inquiétants des dernières journées, en aurait-on eu beaucoup davantage ; car les habitants en apportaient de jour en jour un plus grand nombre.

Nous n'avons pas éprouvé de grandes chaleurs dans cette île. Pendant notre séjour le thermomètre de Réaumur n'a jamais monté à plus de 22°, et il a été quelquefois à 18°. Le soleil, il est vrai, était déjà à 8 ou 9° de l'autre côté de l'équateur. Mais un avantage inestimable de cette île, c'est de n'y pas être infesté par cette légion odieuse d'insectes qui font le supplice des pays situés entre les tropiques ; nous n'y avons vu non plus aucun animal venimeux. D'ailleurs le climat est si sain, que malgré les travaux forcés que nous y avons faits, quoique nos gens y fussent continuellement dans l'eau et au grand soleil, qu'ils couchassent sur le sol nu et à la belle étoile, personne n'y est tombé malade. Les scorbutiques que nous y avions débarqués, et qui n'y ont pas eu une seule nuit tranquille, y ont repris des forces et s'y sont rétablis en aussi peu de temps, au point que quelques-uns ont été depuis parfaitement guéris à bord. Au reste, la santé et la force des insulaires qui habitent des maisons ouvertes à tous les vents et couvrent à peine de quelques feuillages la terre qui leur sert de lit, l'heureuse vieillesse à laquelle ils parviennent sans aucune incommodité, la finesse de tous leurs sens et la beauté singulière de leurs dents qu'ils conservent dans le plus grand âge, quelles meilleures preuves et de la salubrité de l'air et de la bonté du régime que suivent les habitants ?

Les végétaux et le poisson sont leur principale nourriture ; ils mangent rarement de la viande, les enfants et les jeunes filles n'en mangent jamais, et ce régime sans doute contribue beaucoup à les tenir exempts de presque toutes nos maladies. J'en dirais autant de leurs boissons ; ils n'en connaissent d'autre que l'eau : l'odeur seule du vin et de l'eau-de-vie leur donnait de la répugnance ; ils en témoignaient aussi pour le tabac, les épiceries et en général pour toutes les choses fortes.

Le peuple de Taïti est composé de deux races d'hommes très différentes, qui cependant ont la même langue, les mêmes mœurs et qui paraissent se mêler ensemble sans distinction. La première, et c'est la plus nombreuse, produit des hommes de la plus grande taille : il est ordinaire d'en voir de six pieds et plus. Je n'ai jamais rencontré d'hommes mieux faits ni mieux proportionnés ; pour peindre Hercule et Mars, on ne trouverait nulle part d'aussi beaux modèles. Rien ne distingue leurs traits de ceux des Européens ; et s'ils étaient vêtus, s'ils vivaient moins à l'air et au grand soleil, ils seraient aussi blancs que nous. En général, leurs cheveux sont noirs. La seconde race est d'une taille médiocre, a les cheveux crépus et durs comme du crin, sa couleur et ses traits diffèrent peu de ceux des mulâtres. Le Taitien, qui s'est embarqué avec nous, est de cette seconde race, quoique son père soit chef d'un canton ; mais il possède en intelligence ce qui lui manque du côté de la beauté.

Les uns et les autres se laissent croître la partie inférieure de la barbe ; mais ils ont tous les moustaches et le haut des joues rasés. Ils laissent aussi toute leur longueur aux ongles, excepté à celui du doigt du milieu de la main droite. Quelques-uns se coupent les cheveux très court, d'autres les laissent croître et les portent attachés sur le sommet de la tête. Tous ont l'habitude de se les oindre, ainsi que la barbe, avec de l'huile de coco. Je n'ai rencontré qu'un seul homme estropié et qui paraissait l'avoir été par une chute. Notre chirurgien-major m'a assuré qu'il avait vu sur plusieurs les traces de la petite vérole, et j'avais pris toutes les mesures possibles pour que nous ne leur communiquassions pas l'autre, ne pouvant supposer qu'ils en fussent attaqués.

On voit souvent les Taitiens nus, sans autre vêtement qu'une ceinture qui leur couvre les parties naturelles. Cependant les principaux s'enveloppent ordinairement dans une grande pièce d'étoffe qu'ils laissent tomber jusqu'aux genoux. C'est aussi là le seul habillement des femmes, et elles savent l'arranger avec assez d'art pour rendre ce simple ajustement susceptible de coquetterie. Comme les Taitiennes ne vont jamais au soleil sans être couvertes, et qu'un petit chapeau de cannes, garni de fleurs, défend leur visage de ses rayons, elles sont beaucoup plus blanches que les hommes. Elles ont les traits assez délicats ; mais ce qui les distingue, c'est la beauté de leurs corps dont les contours n'ont point été défigurés par quinze ans de torture[4].

Au reste, tandis qu'en Europe les femmes se peignent en rouge les joues, celles de Taiti se peignent d'un bleu foncé les reins et les fesses ; c'est une parure et en même temps une marque de distinction. Les hommes sont soumis à la même mode. Je ne sais comment ils s'impriment ces traits ineffaçables ; je pense que c'est en piquant la peau et y versant le suc de certaines herbes, ainsi que je l'ai vu pratiquer aux indigènes du Canada. Il est à remarquer que de tout temps on a trouvé cette peinture à la mode chez les peuples voisins encore de l'état de nature. Quand César fit sa première descente en Angleterre, il y trouva établi cet usage de se peindre : *omnes vero Britanni se vitro inficiunt, quod cœruleum efficit colorem*[5]. Le savant et ingénieux auteur des recherches philosophiques sur les Américains[6] donne pour cause à cet usage général le besoin où on est dans les pays incultes de se garantir ainsi de la piqûre des insectes caustiques qui s'y multiplient au-delà de l'imagination. Cette cause n'existe point à Taiti, puisque, comme nous l'avons dit plus haut, on y est exempt de ces insectes insupportables. L'usage de se peindre y est donc une mode comme à Paris. Un autre usage de Taiti, commun aux hommes et aux femmes, c'est de se percer les oreilles et d'y porter des perles ou des fleurs de toute espèce. La plus grande propreté embellit encore ce peuple aimable. Ils se baignent sans cesse et jamais ils ne mangent ni ne boivent sans se laver avant et après.

Le caractère de la nation nous a paru être doux et bienfaisant. Il ne semble pas qu'il y ait dans l'île aucune guerre civile, aucune haine particulière, quoique le pays soit divisé en petits cantons qui ont chacun leur seigneur indépendant. Il est probable que les Taitiens pratiquent entre eux une bonne foi dont ils ne doutent point. Qu'ils soient chez eux ou non, jour ou nuit, les maisons sont ouvertes. Chacun cueille les fruits sur le premier arbre qu'il rencontre, en prend dans la maison où il entre. Il paraîtrait que pour les choses absolument nécessaires à la vie, il n'y a point de propriété et que tout est à tous. Vis-à-vis de nous ils étaient filous habiles, mais d'une timidité qui les faisait fuir à la moindre menace. Au reste, on a vu que les chefs n'approuvaient point ces vols, qu'ils nous pressaient au contraire de tuer ceux qui les commettaient. Ereti cependant n'usait point de cette sévérité qu'il nous recommandait. Lui dénoncions-nous quelque voleur, il le poursuivait lui-même à toutes jambes ; l'homme fuyait, et s'il était joint, ce qui arrivait ordinairement, car Ereti était infatigable à la course, quelques coups de bâton et une restitution forcée étaient le seul châtiment du coupable. Je ne croyais pas même qu'ils connussent de punition plus forte, attendu que, quand ils voyaient mettre quelqu'un de nos gens aux fers, ils en témoignaient une peine sensible ; mais j'ai su depuis, à n'en pas douter, qu'ils ont l'usage de pendre les voleurs à des arbres, ainsi qu'on le pratique dans nos armées.

Ils sont presque toujours en guerre avec les habitants des îles voisines. Nous avons vu les grandes pirogues qui leur servent pour les descentes et même pour des combats de mer. Ils ont pour armes l'arc, la fronde, et une espèce de pique d'un bois fort dur. La guerre se fait chez eux d'une manière cruelle. Suivant ce que nous a appris Aotourou, ils tuent les hommes et les enfants mâles pris dans les combats ; ils leur lèvent la peau du menton avec la barbe, qu'ils portent comme un trophée de victoire [7] ; ils conservent seulement les femmes et les filles, que les vainqueurs ne dédaignent pas d'admettre dans leur lit ; Aotourou lui-même est le fils d'un chef taitien et d'une captive de l'île de *Oopoa,* île voisine, et souvent ennemie de Taiti. J'attribue à ce mélange la différence que nous avons remarquée dans l'espèce des hommes. J'ignore au reste comment ils pansent leurs blessures : nos chirurgiens en ont admiré les cicatrices.

J'exposerai à la fin de ce chapitre ce que j'ai pu entrevoir sur la forme de leur gouvernement, sur l'étendue du pouvoir qu'ont leurs petits souverains, sur l'espèce de distinction qui existe entre les principaux et le peuple, sur le lien enfin qui réunit ensemble, et sous la même autorité, cette multitude d'hommes robustes qui ont si peu de besoins. Je remarquerai seulement ici que, dans les circonstances délicates, le seigneur du canton ne décide point sans l'avis d'un conseil. On a vu qu'il avait fallu une délibération des principaux de la nation, lorsqu'il s'était agi de l'établissement de notre camp à terre. J'ajouterai que le chef paraît être obéi sans réplique par tout le monde, et que les notables ont aussi des gens qui les servent, et sur lesquels ils ont de l'autorité.

Il est fort difficile de donner des éclaircissements sur leur religion. Nous avons vu chez eux des statues de bois que nous avons prises pour des idoles ; mais quel culte leur rendent-ils ? La seule cérémonie religieuse dont nous ayons été témoins regarde les morts. Ils en conservent longtemps les cadavres étendus sur une espèce d'échafaud que couvre un hangar. L'infection qu'ils répandent n'empêche pas les femmes d'aller pleurer auprès du corps une partie du jour, et d'oindre d'huile de coco les froides reliques de leur affection. Celles dont nous étions connus nous ont laissé quelquefois approcher de ce lieu consacré aux mânes : *Emoé, il dort,* nous disaient-elles. Lorsqu'il ne reste plus que les squelettes, on les transporte dans la maison, et j'ignore combien de temps on les y conserve. Je sais seulement, parce que je l'ai vu, qu'alors un homme considéré dans la nation vient y exercer son ministère sacré, et que, dans ces lugubres cérémonies, il porte des ornements assez recherchés[8].

Nous avons fait sur la religion beaucoup de questions à Aotourou, et nous avons cru comprendre qu'en général ses compatriotes sont fort superstitieux, que les prêtres ont chez eux la plus redoutable autorité, qu'indépendamment d'un être supérieur, nommé *Erit-Era, le Roi du Soleil* ou *de la Lumière,* être qu'ils ne représentent par aucune image matérielle, ils admettent plusieurs divinités, les unes bienfaisantes, les autres malfaisantes ; que le nom de ces divinités ou génies est *Eatoua,* qu'ils attachent à chaque action importante de la vie un bon et un mauvais génie, lesquels y président et décident du succès ou du malheur. Ce que nous avons compris avec certitude, c'est que, quand la lune présente un certain aspect qu'ils nomment *Malama Tamaï, Lune en état de guerre,* aspect qui ne nous a pas montré de caractère distinctif qui puisse nous servir à le définir, ils sacrifient des victimes humaines. De tous leurs usages, un de ceux qui me surprend le plus, c'est l'habitude qu'ils ont de saluer ceux qui éternuent, en leur disant :

Evaroua-t-eatoua, que le bon eatoua te réveille, ou
bien *que le mauvais eatoua ne t'endorme pas.* Voilà des
traces d'une origine commune avec les nations de
l'ancien continent. Au reste, c'est surtout en traitant
de la religion des peuples que le scepticisme est
raisonnable, puisqu'il n'y a point de matière dans
laquelle il soit plus facile de prendre la lueur pour
l'évidence.

La polygamie paraît générale chez eux, du moins
parmi les principaux. Comme leur seule passion est
l'amour, le grand nombre des femmes est le seul luxe
des riches. Les enfants partagent également les soins
du père et de la mère. Ce n'est pas l'usage à Taiti que
les hommes, uniquement occupés de la pêche et de la
guerre, laissent au sexe le plus faible les travaux
pénibles du ménage et de la culture. Ici une douce
oisiveté est le partage des femmes, et le soin de plaire
leur plus sérieuse occupation. Je ne saurais assurer si
le mariage est un engagement civil ou consacré par la
religion, s'il est indissoluble ou sujet au divorce. Quoi
qu'il en soit, les femmes doivent à leurs maris une
soumission entière : elles laveraient dans leur sang une
infidélité commise sans l'aveu de l'époux. Son consentement, il est vrai, n'est pas difficile à obtenir, et la
jalousie est ici un sentiment si étranger, que le mari est
ordinairement le premier à presser sa femme de se
livrer. Une fille n'éprouve à cet égard aucune gêne ;
tout l'invite à suivre le penchant de son cœur ou la loi
de ses sens, et les applaudissements publics honorent
sa défaite. Il ne semble pas que le grand nombre
d'amants passagers qu'elle peut avoir eu l'empêche de
trouver ensuite un mari. Pourquoi donc résisterait-elle
à l'influence du climat, à la séduction de l'exemple ?

L'air qu'on respire, les chants, la danse presque toujours accompagnée de postures lascives, tout rappelle à chaque instant les douceurs de l'amour, tout crie de s'y livrer. Ils dansent au son d'une espèce de tambour, et lorsqu'ils chantent, ils accompagnent la voix avec une flûte très douce à trois ou à quatre trous, dans laquelle, comme nous l'avons déjà dit, ils soufflent avec le nez. Ils ont aussi une espèce de lutte qui est en même temps exercice et jeu.

Cette habitude de vivre continuellement dans le plaisir donne aux Taitiens un penchant marqué pour cette douce plaisanterie, fille du repos et de la joie. Ils en contractent aussi dans le caractère une légèreté dont nous étions tous les jours étonnés. Tout les frappe, rien ne les occupe ; au milieu des objets nouveaux que nous leur présentions, nous n'avons jamais réussi à fixer deux minutes de suite l'attention d'aucun d'eux. Il semble que la moindre réflexion leur soit un travail insupportable, et qu'ils fuient encore plus les fatigues de l'esprit que celle du corps.

Je ne les accuserai cependant pas de manquer d'intelligence. Leur adresse et leur industrie, dans le peu d'ouvrages nécessaires dont ne sauraient les dispenser l'abondance du pays et la beauté du climat, démentiraient ce témoignage. On est étonné de l'art avec lequel sont faits les instruments pour la pêche ; leurs hameçons sont de nacre aussi délicatement travaillée que s'ils avaient le secours de nos outils ; leurs filets sont absolument semblables aux nôtres, et tissus avec du fil de pite[9]. Nous avons admiré la charpente de leurs vastes maisons, et la disposition des feuilles de lataniers qui en font la couverture.

Ils ont deux espèces de pirogues ; les unes, petites et

peu travaillées, sont faites d'un seul tronc d'arbre creusé ; les autres, beaucoup plus grandes, sont travaillées avec art. Un arbre creusé fait, comme aux premières, le fond de la pirogue depuis l'avant jusqu'aux deux tiers environ de sa longueur ; un second forme la partie de l'arrière qui est courbe et fort relevée ; de sorte que l'extrémité de la poupe se trouve à cinq ou six pieds au-dessus de l'eau ; ces deux pièces sont assemblées bout à bout en arc de cercle, et comme, pour assurer cet écart, ils n'ont pas le secours des clous, ils percent en plusieurs endroits l'extrémité des deux pièces, et ils y passent des tresses de fil de coco, dont ils font de fortes liures. Les côtés de la pirogue sont relevés par deux bordages d'environ un pied de largeur, cousus sur le fond et l'un avec l'autre par des liures semblables aux précédentes. Ils remplissent les coutures de fil de coco, sans mettre aucun enduit sur ce calfatage. Une planche qui couvre l'avant de la pirogue, et qui a cinq ou six pieds de saillie, l'empêche de se plonger entièrement dans l'eau, lorsque la mer est grosse. Pour rendre ces légères barques moins sujettes à chavirer, ils mettent un balancier sur un des côtés. Ce n'est autre chose qu'une pièce de bois assez longue, portée sur deux traverses de quatre à cinq pieds de long, dont l'autre bout est amarré sur la pirogue. Lorsqu'elle est à la voile, une planche s'étend en dehors de l'autre côté du balancier. Son usage est pour y amarrer un cordage qui soutient le mât, et de rendre la pirogue moins volage, en plaçant au bout de la planche un homme ou un poids.

Leur industrie paraît davantage dans le moyen dont ils usent pour rendre ces bâtiments propres à les transporter aux îles voisines, avec lesquelles ils communiquent, sans avoir dans cette navigation d'autres guides que les étoiles. Ils lient ensemble deux grandes pirogues côté à côté, à quatre pieds environ de distance, par le moyen de quelques traverses fortement amarrées sur les deux bords. Par-dessus l'arrière de ces deux bâtiments ainsi joints, ils posent un pavillon d'une charpente très légère, couvert par un toit de roseaux. Cette chambre les met à l'abri de la pluie et du soleil, et leur fournit en même temps un lieu propre à tenir leurs provisions sèches. Ces doubles pirogues sont capables de contenir un grand nombre de personnes, et ne risquent jamais de chavirer. Ce sont celles dont nous avons toujours vu les chefs se servir ; elles vont ainsi que les pirogues simples à la rame et à la voile : les voiles sont composées de nattes étendues sur un carré de roseaux, dont un des angles est arrondi.

Les Taïtiens n'ont d'autre outil, pour tous ces ouvrages, qu'une herminette, dont le tranchant est fait avec une pierre noire très dure. Elle est absolument de la même forme que celle de nos charpentiers, et ils s'en servent avec beaucoup d'adresse. Ils emploient, pour percer les bois, des morceaux de coquilles fort aigus.

La fabrique des étoffes singulières, qui composent leurs vêtements, n'est pas le moindre de leurs arts. Elles sont tissues avec l'écorce d'un arbuste que tous les habitants cultivent autour de leurs maisons. Un morceau de bois dur, équarri et rayé sur ses quatre faces par des traits de différentes grosseurs, leur sert à battre cette écorce sur une planche très unie. Ils y jettent un peu d'eau en la battant, et ils parviennent ainsi à former une étoffe très égale et très fine, de la nature du papier, mais beaucoup plus souple, et moins sujette à être déchirée. Ils lui donnent une grande largeur. Ils en ont de plusieurs sortes, plus ou moins épaisses, mais toutes fabriquées avec la même matière ; j'ignore la méthode dont ils se servent pour les teindre.

Je terminerai ce chapitre en me justifiant, car on m'oblige à me servir de ce terme, en me justifiant, dis-je, d'avoir profité de la bonne volonté d'Aotourou pour lui faire faire un voyage qu'assurément il ne croyait pas devoir être aussi long, et en rendant compte des connaissances qu'il m'a données sur son pays pendant le séjour qu'il a fait avec moi.

Le zèle de cet insulaire pour nous suivre n'a pas été équivoque. Dès les premiers jours de notre arrivée à Taiti il nous l'a manifesté de la manière la plus expressive, et sa nation parut applaudir à son projet. Forcés de parcourir une mer inconnue, et certains de ne devoir désormais qu'à l'humanité des peuples que nous allions découvrir les secours et les rafraîchissements dont notre vie dépendait, il nous était essentiel d'avoir avec nous un homme d'une des îles les plus considérables de cette mer. Ne devions-nous pas présumer qu'il parlait la même langue que ses voisins, que ses mœurs étaient les mêmes, et que son crédit auprès d'eux serait décisif en notre faveur, quand il détaillerait et notre conduite avec ses compatriotes et nos procédés à son égard ? D'ailleurs, en supposant que notre patrie voulût profiter de l'union d'un peuple puissant situé au milieu des plus belles contrées de l'Univers, quel gage pour cimenter l'alliance que l'éternelle obligation dont nous allions enchaîner ce peuple en lui renvoyant son concitoyen bien traité par nous et enrichi de connaissances utiles qu'il leur porterait. Dieu veuille que le besoin et le zèle qui nous ont inspirés ne soient pas funestes au courageux Aotourou !

Je n'ai épargné ni l'argent ni les soins pour lui rendre son séjour à Paris agréable et utile. Il y est resté onze mois, pendant lesquels il n'a témoigné aucun ennui. L'empressement pour le voir a été vif, curiosité stérile qui n'a servi presque qu'à donner des idées fausses à des hommes persifleurs par état, qui ne sont jamais sortis de la capitale, qui n'approfondissent rien, et qui, livrés à des erreurs de toute espèce, ne voient que d'après leurs préjugés et décident cependant avec sévérité et sans appel. Comment, par exemple, me disaient quelques-uns, dans le pays de cet homme on ne parle ni français ni anglais ni espagnol ? Que pouvais-je répondre ? Ce n'était pas toutefois l'étonnement d'une question pareille qui me rendait muet. J'y étais accoutumé, puisque je savais qu'à mon arrivée plusieurs, de ceux mêmes qui passent pour instruits, soutenaient que je n'avais pas fait le tour du monde, puisque je n'avais pas été en Chine. D'autres, aristarques tranchants, prenaient et répandaient une fort mince idée du pauvre insulaire, sur ce qu'après un séjour de deux ans avec des Français, il parlait à peine quelques mots de la langue. Ne voyons-nous pas tous les jours, disaient-ils, des Italiens, des Anglais, des Allemands, auxquels un séjour d'un an à Paris suffit pour apprendre le français ? J'aurais pu répondre peut-être, avec quelque fondement, qu'indépendamment de l'obstacle physique que l'organe de cet insulaire apportait à ce qu'il pût se rendre notre langue familière, obstacle qui sera détaillé plus bas, cet homme avait au moins trente ans, que jamais sa mémoire n'avait été exercée par aucune étude, ni son esprit assujetti à aucun travail ; qu'à la vérité, un Italien, un Anglais, un Allemand pouvaient en un an jargonner passablement le français ; mais que ces étrangers avaient une grammaire pareille à la nôtre, des idées morales, physiques, politiques, sociales, les mêmes que les nôtres et toutes exprimées par des mots dans leur langue, comme elles le sont dans la langue française ; qu'ainsi ils n'avaient qu'une traduction à confier à leur mémoire exercée dès l'enfance. Le Taitien, au contraire, n'ayant que le petit nombre d'idées relatives d'une part à la société la plus simple et la plus bornée, de l'autre à des besoins réduits au plus petit nombre possible, aurait eu à créer, pour ainsi dire, dans un esprit aussi paresseux que son corps, un monde d'idées premières, avant que de pouvoir parvenir à leur adapter les mots de notre langue qui les expriment. Voilà peut-être ce que j'aurais pu répondre ; mais ce détail demandait quelques minutes, et j'ai presque toujours remarqué, qu'accablé de questions comme je l'étais, quand je me disposais à y satisfaire, les personnes qui m'en avaient honoré étaient déjà loin de moi. C'est qu'il est fort commun dans les capitales de trouver des gens qui questionnent non en curieux qui veulent s'instruire, mais en juges qui s'apprêtent à prononcer : alors, qu'ils entendent la réponse ou ne l'entendent point, ils n'en prononcent pas moins.

Cependant, quoique Aotourou estropiât à peine quelques mots de notre langue, tous les jours il sortait seul, il parcourait la ville, et jamais il ne s'est égaré. Souvent il faisait des emplettes, et presque jamais il n'a payé les choses au-delà de leur valeur. Le seul de nos spectacles qui lui plût était l'opéra ; car il aimait passionnément la danse. Il connaissait parfaitement les jours de ce spectacle; il y allait seul, payait à la porte comme tout le monde, et sa place favorite était dans les corridors. Parmi le grand nombre de personnes qui ont désiré le voir, il a toujours remarqué ceux qui lui ont fait du bien, et son cœur reconnaissant ne les oubliait pas. Il était particulièrement attaché à madame la duchesse de Choiseul qui l'a comblé de bienfaits et surtout de marques d'intérêt et d'amitié, auxquelles il était infiniment plus sensible qu'aux présents. Aussi allait-il de lui-même voir cette généreuse bienfaitrice toutes les fois qu'il savait qu'elle était à Paris.

Il en est parti au mois de mars 1770, et il a été s'embarquer à La Rochelle sur le navire *Le Brisson*, qui a dû le transporter à l'île de France. Il a été confié pendant cette traversée aux soins d'un négociant qui s'est embarqué sur le même bâtiment dont il est armateur en partie. Le ministère a ordonné au gouverneur et à l'intendant de l'île de France de renvoyer de là Aotourou dans son île. J'ai donné un mémoire fort détaillé sur la route à faire pour s'y rendre, et trente-six mille francs (c'est le tiers de mon bien) pour armer le navire destiné à cette navigation. Madame la duchesse de Choiseul a porté l'humanité jusqu'à consacrer une somme d'argent pour transporter à Taiti un grand nombre d'outils de nécessité première, des graines, des bestiaux, et le roi d'Espagne a daigné permettre que ce bâtiment, s'il était nécessaire, relâchât aux Philippines. Puisse Aotourou revoir bientôt ses compatriotes! Je vais détailler ce que j'ai cru comprendre sur les mœurs de son pays dans mes conversations avec lui.

J'ai déjà dit que les Taitiens reconnaissent un Être suprême qu'aucune image factice ne saurait représenter, et des divinités subalternes *de deux métiers,* comme dit Amyot, représentées par des figures de bois. Ils prient au lever et au coucher du soleil ; mais ils ont en détail un grand nombre de pratiques superstitieuses pour conjurer l'influence des mauvais génies. La comète, visible à Paris en 1769, et qu'Aotourou a fort bien remarquée, m'a donné lieu d'apprendre que les Taitiens connaissent ces astres qui ne reparaissent, m'a-t-il dit, qu'après un grand nombre de lunes. Ils nomment les comètes *evetou eave,* et n'attachent à leur apparition aucune idée sinistre. Il n'en est pas de même de ces espèces de météores qu'ici le peuple croit être des étoiles qui filent. Les Taitiens, qui les nomment *epao,* les croient un génie malfaisant, *eatoua toa.*

Au reste, les gens instruits de cette nation, sans être astronomes, comme l'ont prétendu nos gazettes, ont une nomenclature des constellations les plus remarquables ; ils en connaissent le mouvement diurne, et ils s'en servent pour diriger leur route en pleine mer d'une île à l'autre. Dans cette navigation, quelquefois de plus de trois cents lieues, ils perdent toute vue de terre. Leur boussole est le cours du soleil pendant le jour, et la position des étoiles pendant les nuits, presque toujours belles entre les tropiques.

Aotourou m'a parlé de plusieurs îles, les unes confédérées de Taiti, les autres toujours en guerre avec elle. Les îles amies sont *Aimeo, Maoroua, Aca, Oumaïtia* et *Tapoua-massou.* Les ennemies sont *Papara, Aiatea, Otaa, Toumaraa, Oopoa.* Ces îles sont aussi grandes que Taiti. L'île de *Pare,* fort abondante en perles, est tantôt son alliée, tantôt son ennemie. *Enoua-motou* et *Toupai* sont deux petites îles inhabitées, couvertes de fruits, de cochons, de volailles, abondantes en poissons et en tortues ; mais le peuple croit qu'elles sont la demeure des génies ; c'est leur domaine, et malheur aux bateaux que le hasard ou la curiosité conduit à ces îles sacrées. Il en coûte la vie à presque tous ceux qui y abordent. Au reste, ces îles gissent à différentes distances de Taiti. Le plus grand éloignement dont Aotourou m'ait parlé est à quinze jours de marche. C'est sans doute à peu près à cette distance qu'il supposait être notre patrie, lorsqu'il s'est déterminé à nous suivre.

J'ai dit plus haut que les habitants de Taiti nous avaient paru vivre dans un bonheur digne d'envie. Nous les avions cru presque égaux entre eux, ou du moins jouissant d'une liberté qui n'était soumise qu'aux lois établies pour le bonheur de tous. Je me trompais ; la distinction des rangs est fort marquée à Taiti, et la disproportion cruelle [10]. Les rois et les grands ont droit de vie et de mort sur leurs esclaves et valets ; je serais même tenté de croire qu'ils ont aussi ce droit barbare sur les gens du peuple qu'ils nomment *Tata-einou, hommes vils ;* toujours est-il sûr que c'est dans cette classe infortunée qu'on prend les victimes pour les sacrifices humains. La viande et le poisson sont réservés à la table des grands ; le peuple ne vit que de légumes et de fruits. Jusqu'à la manière de s'éclairer dans la nuit différencie les états, et l'espèce de bois qui brûle pour les gens considérables n'est pas la même que celle dont il est permis au peuple de se servir. Les rois seuls peuvent planter devant leurs maisons l'arbre que nous nommons *le saule pleureur* ou *l'arbre du*

grand seigneur. On sait qu'en courbant les branches
de cet arbre et les plantant en terre, on donne à son
ombre la direction et l'étendue qu'on désire ; à Taïti il
est la salle à manger des rois.

Les seigneurs ont des livrées pour leurs valets ;
suivant que la qualité des maîtres est plus ou moins
élevée, les valets portent plus ou moins haut la pièce
d'étoffe dont ils se ceignent. Cette ceinture pend
immédiatement sous les bras aux valets des chefs, elle
ne couvre que les reins aux valets de la dernière classe
des nobles. Les heures ordinaires des repas sont
lorsque le soleil passe au méridien et lorsqu'il est
couché. Les hommes ne mangent point avec les
femmes, celles-ci seulement servent aux hommes les
mets que les valets ont apprêtés.

A Taïti on porte régulièrement le deuil qui se
nomme *eeva.* Toute la nation porte le deuil de ses rois.
Le deuil des pères est fort long. Les femmes portent
celui des maris, sans que ceux-ci leur rendent la
pareille. Les marques de deuil sont de porter sur la tête
une coiffure de plumes dont la couleur est consacrée à
la mort, et de se couvrir le visage d'un voile. Quand les
gens en deuil sortent de leurs maisons, ils sont
précédés de plusieurs esclaves qui battent des castagnettes d'une certaine manière ; leur son lugubre
avertit tout le monde de se ranger, soit qu'on respecte
la douleur des gens en deuil, soit qu'on craigne leur
approche comme sinistre et malencontreuse. Au reste,
il en est à Taïti comme partout ailleurs ; on y abuse des
usages les plus respectables. Aotourou m'a dit que cet
attirail du deuil était favorable aux rendez-vous, sans
doute avec les femmes dont les maris sont peu
complaisants. Cette claquette dont le son respecté

écarte tout le monde, ce voile qui cache le visage, assurent aux amants le secret et l'impunité.

Dans les maladies un peu graves, tous les proches parents se rassemblent chez le malade. Ils y mangent et y couchent tant que le danger subsiste ; chacun le soigne et le veille à son tour. Ils ont aussi l'usage de saigner ; mais ce n'est ni au bras ni au pied. Un *taoua,* c'est-à-dire un médecin ou prêtre inférieur, frappe avec un bois tranchant sur le crâne du malade, il ouvre par ce moyen la veine que nous nommons *sagittale ;* et lorsqu'il en a coulé suffisamment de sang, il ceint la tête d'un bandeau qui assujettit l'ouverture ; le lendemain il lave la plaie avec de l'eau.

Voilà ce que j'ai appris sur les usages de ce pays intéressant, tant sur les lieux mêmes que par mes conversations avec Aotourou. On trouvera à la fin de cet ouvrage le vocabulaire des mots taitiens que j'ai pu rassembler. En arrivant dans cette île nous remarquâmes que quelques-uns des mots prononcés par les insulaires se trouvaient dans le vocabulaire inséré à la suite du voyage de Le Maire sous le titre de *Vocabulaire des îles des Cocos.* Ces îles, en effet, selon l'estime de Le Maire et de Schouten, ne sauraient être fort éloignées de Taiti, peut-être font-elles partie de celles que m'a nommées Aotourou. La langue de Taiti est douce, harmonieuse et facile à prononcer. Les mots n'en sont presque composés que de voyelles sans aspiration ; on n'y rencontre point de syllabes muettes, sourdes ou nasales, ni cette quantité de consonnes et d'articulations qui rendent certaines langues si difficiles. Aussi notre Taitien ne pouvait-il parvenir à prononcer le français. Les mêmes causes qui font accuser notre langue d'être peu musicale la rendaient inaccessible à ses organes. On eût plutôt réussi à lui faire prononcer l'espagnol ou l'italien.

M. Pereire[11], célèbre par son talent d'enseigner à parler et bien articuler aux sourds et muets de naissance, a examiné attentivement et plusieurs fois Aotourou, et a reconnu qu'il ne pouvait physiquement prononcer la plupart de nos consonnes, ni aucune de nos voyelles nasales. M. Pereire a bien voulu me communiquer à ce sujet un mémoire qu'on trouvera inséré à la suite du vocabulaire de Taiti.

Au reste, la langue de cette île est assez abondante ; j'en juge par ce que, dans le cours du voyage, Aotourou a mis en strophes cadencées tout ce qui l'a frappé. C'est une espèce de récitatif obligé qu'il improvisait. Voilà ses annales, et il nous a paru que sa langue lui fournissait des expressions pour peindre une multitude d'objets tous nouveaux pour lui. D'ailleurs, nous lui avons entendu chaque jour prononcer des mots que nous ne connaissions pas encore, et, entre autres, déclamer une longue prière, qu'il appelle la prière des rois, et, de tous les mots qui la composent, je n'en sais pas dix.

J'ai appris d'Aotourou qu'environ huit mois avant notre arrivée dans son île, un vaisseau anglais y avait abordé. C'est celui que commandait M. Wallas. Le même hasard qui nous a fait découvrir cette île y a conduit les Anglais, pendant que nous étions à la rivière de la Plata. Ils y ont séjourné un mois, et, à l'exception d'une attaque que leur ont faite les insulaires qui se flattaient d'enlever le vaisseau, tout s'est passé à l'amiable. Voilà, sans doute, d'où proviennent et la connaissance du fer, que nous avons trouvée aux Taitiens, et le nom d'*aouri* qu'ils lui donnent, nom assez semblable pour le son au mot anglais *iron, fer,* qui se prononce *airon.* J'ignore maintenant si les Taitiens, avec la connaissance du fer, doivent aussi aux Anglais celle des maux vénériens que nous y avons trouvés naturalisés, comme on le verra bientôt.

CHAPITRE IV

*Départ de Taiti ; découverte de nouvelles îles ; navigation
jusqu'à la sortie des grandes Cyclades*[1].

On a vu combien la relâche à Taiti avait été
mélangée de bien et de mal ; l'inquiétude et le danger y
avaient accompagné nos pas jusqu'aux derniers instants, mais ce pays était pour nous un ami que nous
aimions avec ses défauts. Le 16 avril, à huit heures du
matin, nous étions environ à dix lieues dans le nord-
est-quart-nord de sa pointe septentrionale, et je pris de
là mon point de départ. A dix heures nous aperçûmes
une terre sous le vent, qui paraissait former trois îles,
on voyait encore l'extrémité de Taiti. A midi, nous
reconnûmes parfaitement que ce que nous avions pris
pour trois îles n'en était qu'une seule, dont les sommets
nous avaient paru isolés dans l'éloignement. Par-
dessus cette nouvelle terre, nous crûmes en voir une
plus éloignée. Cette île est d'une hauteur médiocre et
couverte d'arbres ; on peut l'apercevoir en mer de huit
ou dix lieues. Aotourou la nomme *Oumaitia*[2]. Il nous
a fait entendre, d'une manière non équivoque, qu'elle
était habitée par une nation amie de la sienne, qu'il y
avait été plusieurs fois, qu'il y avait une maîtresse, et

que nous y trouverions le même accueil et les mêmes rafraîchissements qu'à Taiti.

Nous perdîmes Oumaitia de vue dans la journée, et je dirigeai ma route de manière à ne pas rencontrer *les îles Pernicieuses* que les désastres de l'amiral Rogge-win nous avertissaient de fuir. Deux jours après, nous eûmes une preuve incontestable que les habitants des îles de l'océan Pacifique communiquent entre eux, même à des distances considérables. L'azur d'un ciel sans nuages laissait étinceler les étoiles ; Aotourou, après les avoir attentivement considérées, nous fit remarquer l'étoile brillante qui est dans l'épaule d'Orion, disant que c'était sur elle que nous devions diriger notre course, et que dans deux jours nous trouverions une terre abondante qu'il connaissait, et où il avait des amis ; nous crûmes même comprendre par ses gestes qu'il y avait un enfant. Comme je ne faisais pas déranger la route du vaisseau, il me répéta plusieurs fois qu'on y trouvait des cocos, des bananes, des poules, des cochons, et surtout des femmes, que, par des gestes très expressifs, il nous dépeignait fort complaisantes. Outré de voir que ces raisons ne me déterminaient pas, il courut saisir la roue du gouver-nail, dont il avait déjà remarqué l'usage, et, malgré le timonier, il tâchait de la changer, pour nous faire gouverner sur l'étoile qu'il indiquait. On eut assez de peine à le tranquilliser, et ce refus lui donna beaucoup de chagrin. Le lendemain, dès la pointe du jour, il monta au haut des mâts et y passa la matinée, regardant toujours du côté de cette terre où il voulait nous conduire, comme s'il eût eu l'espérance de l'apercevoir. Au reste, il nous avait nommé la veille en sa langue, sans hésiter, la plupart des étoiles brillantes que nous lui montrions; nous avons eu depuis la certitude qu'il connaît parfaitement les phases de la lune et les divers pronostics qui avertissent souvent en mer des changements qu'on doit avoir dans le temps. Une de leurs opinions, qu'il nous a clairement énoncée, c'est qu'ils croient positivement que le soleil et la lune sont habités. Quel Fontenelle leur a enseigné la pluralité des mondes?

Pendant le reste du mois d'avril, nous eûmes très beau temps, mais peu de frais, et le vent d'est prenait plus du nord que du sud. La nuit du 26 au 27, notre pratique de la côte de France mourut subitement d'une attaque d'apoplexie. Ces pratiques se nomment *pilotes-côtiers,* et tous les vaisseaux du roi ont ainsi un pilote-pratique de la côte de France. Ils sont différents de ceux qu'on nomme dans l'équipage *pilotes, aides-pilotes* ou *pilotins.* On a dans le monde une idée peu exacte de l'emploi qu'exercent ces pilotes sur nos vaisseaux. On croit que ce sont eux qui en dirigent la route, et qu'ils servent ainsi comme de bâton à des aveugles. Je ne sais pas s'il est encore quelque nation chez laquelle on abandonne à ces hommes subalternes l'art du pilotage, cette partie essentielle de la navigation. Dans nos vaisseaux, la fonction des pilotes est de veiller à ce que les timoniers suivent exactement la route que le capitaine seul ordonne, à marquer tous les changements qu'y font faire ou la qualité des vents ou les ordres du commandant, et à observer les signaux; encore ne président-ils à ces détails que sous la direction de l'officier de quart. Assurément les officiers de la marine du roi sortent des écoles beaucoup plus profonds en géométrie qu'il n'est nécessaire pour connaître parfaitement toutes les lois du pilotage. La classe des pilotes proprement dits est encore chargée du soin des compas de routes et d'observation, des lignes de loch et de sonde, des fanaux, des pavillons, etc., et on voit que ces divers détails ne demandent que de l'exactitude. Aussi mon premier pilote dans ce voyage était-il un jeune homme de vingt ans ; le second était du même âge, et les aides-pilotes naviguaient pour la première fois.

Mon estime, comparée deux fois dans ce mois avec les observations astronomiques de M. Verron, diffère la première fois, et c'était à Taiti, de 13′ 10″, dont j'étais plus ouest ; la seconde fois, qui est le 27 à midi, de 1° 13′ 37″ dont j'étais plus est que l'observé. Au reste, les différentes îles découvertes dans ce mois forment la seconde division des îles de ce vaste océan. Je l'ai nommée *l'archipel de Bourbon.*

Le 3 mai, presque à la pointe du jour, nous découvrîmes une nouvelle terre dans le nord-ouest à dix ou douze lieues de distance. Les vents étaient de la partie du nord-est, et je fis gouverner au vent de la pointe septentrionale de cette terre, laquelle est fort élevée, dans l'intention de la reconnaître. Les connaissances nautiques d'Aotourou ne s'étendaient pas jusque-là : car sa première idée, en voyant cette terre, fut qu'elle était notre patrie. Dans la journée, nous essuyâmes quelques grains, suivis de calme, de pluie et de brises du ouest, tels que dans cette mer on en éprouve aux approches des moindres terres. Avant le coucher du soleil, nous reconnûmes trois îles, dont une beaucoup plus considérable que les deux autres. Pendant la nuit, que la lune rendait claire, nous conservâmes la vue de terre ; nous courûmes dessus au jour, et nous prolongeâmes la côte orientale de la grande île, depuis sa pointe du sud jusqu'à celle du nord ; c'est son plus grand côté qui peut avoir trois lieues ; l'île en a deux de l'est à l'ouest. Ses côtes sont partout escarpées, et ce n'est, à proprement parler, qu'une montagne élevée, couverte d'arbres jusqu'au sommet, sans vallées ni plage. La mer brisait fortement le long de la rive. Nous y vîmes des feux, quelques cabanes couvertes de joncs et terminées en pointe, construites à l'ombre des cocotiers, et une trentaine d'hommes qui couraient sur le bord de la mer. Les deux petites îles sont à une lieue de la grande dans l'ouest-nord-ouest du monde, situation qu'elles ont aussi entre elles. Un bras de mer peu large les sépare, et à la pointe du ouest de la plus occidentale il y a un îlot. Elles n'ont pas plus d'une demi-lieue chacune, et leur côte est également haute et escarpée.

A midi je faisais route pour passer entre ces petites îles et la grande, lorsque la vue d'une pirogue qui venait à nous me fit mettre en panne pour l'attendre. Elle s'approcha à une portée de pistolet du vaisseau sans vouloir l'accoster, malgré tous les signes d'amitié dont nous pouvions nous aviser vis-à-vis de cinq hommes qui la conduisaient. Ils étaient nus à l'exception des parties naturelles, et nous montraient du coco et des racines. Notre Taitien se mit nu comme eux et leur parla sa langue, mais ils ne l'entendirent pas ; ce n'est plus ici la même nation. Lassé de voir que, malgré l'envie qu'ils témoignaient de diverses bagatelles qu'on leur montrait, ils n'osaient approcher, je fis mettre à la mer le petit canot. Aussitôt qu'ils l'aperçurent, ils forcèrent de nage pour s'enfuir, et je ne voulus pas qu'on les poursuivît. Peu après, on vit venir plusieurs autres pirogues, quelques-unes à la voile.

Elles témoignèrent moins de méfiance que la première, et s'approchèrent assez pour rendre les échanges praticables ; mais aucun insulaire ne voulut monter à bord. Nous eûmes d'eux des ignames, des noix de coco, une poule d'eau d'un superbe plumage et quelques morceaux d'une fort belle écaille. L'un d'eux avait un coq qu'il ne voulut jamais troquer. Ils échangèrent aussi des étoffes du même tissu, mais beaucoup moins belles que celles de Taiti et teintes de vilaines couleurs rouges, brunes et noires, des hameçons mal faits avec des arêtes de poissons, quelques nattes et des lances longues de six pieds, d'un bois durci au feu. Ils ne voulurent point de fer ; ils préféraient de petits morceaux d'étoffe rouge aux clous, aux couteaux et aux pendants d'oreilles qui avaient eu un succès si décidé à Taiti. Je ne crois pas ces hommes aussi doux que les Taitiens : leur physionomie était plus sauvage, et il fallait être toujours en garde contre les ruses qu'ils employaient pour tromper dans les échanges.

Ces insulaires nous ont paru de stature médiocre, mais agiles et dispos. Ils ont la poitrine et les cuisses jusqu'au-dessus du genou peintes d'un bleu foncé ; leur couleur est bronzée ; nous en avons remarqué un beaucoup plus blanc que les autres. Ils se coupent ou s'arrachent la barbe, un seul la portait un peu longue ; tous en général avaient les cheveux noirs et relevés sur la tête. Leurs pirogues sont faites avec assez d'art et munies d'un balancier ; elles n'ont point l'avant ni l'arrière relevés, mais pontés l'un et l'autre, et sur le milieu de ces ponts il y a une rangée de chevilles terminées en forme de gros clous, mais dont les têtes sont recouvertes de beaux limas[3] d'une blancheur éclatante. La voile de leurs pirogues est composée de plusieurs nattes et triangulaire ; deux de ses côtés sont envergués sur des bâtons dont l'un sert à l'assujettir le long du mât, et l'autre, établi sur la ralingue de dehors, fait l'effet d'une livarde. Ces pirogues nous ont suivis assez au large, lorsque nous avons éventé nos voiles ; il en est même venu quelques-unes des deux petites îles, et dans l'une il y avait une femme vieille et laide. Aotourou a témoigné le plus grand mépris pour ces insulaires.

Nous trouvâmes un peu de calme, lorsque nous fûmes sous le vent de la grosse île, ce qui me fit renoncer à passer entre elle et les deux petites. Le canal est d'une lieue et demie, et il paraît qu'il y aurait quelque mouillage. A six heures du soir, on découvrit du haut des mâts dans le ouest-sud-ouest une nouvelle terre qui se présentait sous l'aspect de trois mondrains isolés. Nous courûmes dans le sud-ouest ; et à deux heures après minuit nous revîmes cette terre dans l'ouest-2°-sud ; les premières îles que nous apercevions encore à la faveur d'un beau clair de lune nous restaient alors au nord-est.

Le 5 au matin, nous reconnûmes que cette nouvelle terre était une belle île dont nous n'avions la veille aperçu que les sommets. Elle est entrecoupée de montagnes et de vastes plaines couvertes de cocotiers et d'une infinité d'autres arbres. Nous prolongeâmes la côte méridionale à une ou deux lieues de distance, sans y voir aucune apparence de mouillage ; la mer s'y développait avec fureur. Il y a même une bâture dans l'ouest de sa pointe occidentale, laquelle met environ deux lieues au large. Plusieurs relèvements nous ont donné avec exactitude le gissement de cette côte. Un grand nombre de pirogues à la voile, semblables à celles des dernières îles, vinrent autour des navires, mais sans vouloir s'approcher ; une seule accosta *L'Étoile.* Les Indiens semblaient nous inviter par leurs signes à aller à terre ; mais les brisants nous le défendaient. Quoique nous fissions alors sept et huit milles par heure, ces pirogues à la voile tournaient autour de nous avec la même aisance que si nous eussions été à l'ancre. On en aperçut du haut des mâts plusieurs qui voguaient dans le sud.

Dès six heures du matin nous avions eu la connaissance d'une autre terre dans l'ouest ; des nuages ensuite nous en avaient dérobé la vue, elle se remontra vers dix heures. Sa côte courait sur le sud-ouest, et nous parut avoir au moins autant d'élévation et d'étendue que la première avec laquelle elle gît à peu près est et ouest du monde, à la distance d'environ douze lieues. Une brume épaisse, qui s'éleva dans l'après-midi et dura toute la nuit et le jour suivant, ne nous permit pas de la reconnaître. Nous distinguâmes seulement à sa pointe du nord-est deux petites îles de grandeur inégale.

La longitude de ces îles est à peu près la même par laquelle s'estimait être Abel Tasman, lorsqu'il découvrit les îles d'*Amsterdam* et de *Rotterdam,* des *Pilstaars,* du *Prince Guillaume,* et les bas-fonds de *Fleemskerk.* C'est aussi celle qu'on assigne, à peu de chose près, *aux îles de Salomon.* D'ailleurs les pirogues que nous avons vues voguer au large et dans le sud semblent indiquer d'autres îles dans cette partie. Ainsi, ces terres paraissent former une chaîne étendue sous le même méridien ; ce sera la troisième division que nous avons nommée *l'archipel des Navigateurs* [4].

Le 11 au matin, après avoir gouverné à ouest-quart-sud-ouest depuis la vue des dernières îles, on découvrit la terre dans l'ouest-sud-ouest à sept ou huit lieues de distance. On crut d'abord que c'étaient deux îles séparées, et le calme nous en tint éloignés tout le jour. Le 12, on reconnut que ce n'était qu'une seule île, dont les deux parties élevées étaient jointes par une terre basse qui paraissait se courber en arc et former une baie ouverte au nord-est. Les grosses terres courent sur le nord-nord-ouest. Le vent debout nous a empêchés d'approcher de plus de six à sept lieues cette île que j'ai appelée *l'Enfant perdu*.

Les mauvais temps, qui avaient commencé dès le 6 de ce mois, continuèrent presque sans interruption jusqu'au 20 ; et pendant tout ce temps nous fûmes persécutés par les calmes, la pluie et les vents d'ouest. En général, dans cet océan nommé *Pacifique*, l'approche des terres procure des orages, plus fréquents encore dans les décours de la lune. Les temps à grains, avec de gros nuages fixes à l'horizon, sont un indice presque sûr de quelques îles et un avis de s'en méfier. On ne se figure pas avec quels soins et quelles inquiétudes on navigue dans ces mers inconnues, menacés de toutes parts de la rencontre inopinée de terres et d'écueils, inquiétudes plus vives encore dans les longues nuits de la zone torride. Il nous fallait cheminer à tâtons, changeant de route, lorsque l'horizon était trop noir devant nous. La disette d'eau, le défaut de vivres, la nécessité de profiter du vent, quand il daignait souffler, ne nous permettaient pas de suivre les lenteurs d'une navigation prudente et de passer en panne ou sur les bords le temps des ténèbres.

Cependant le scorbut commençait à reparaître. Une

grande partie des équipages et presque tous les officiers en avaient les gencives atteintes et la bouche échauffée. Il ne restait plus de rafraîchissements que pour les malades, et l'on s'accoutume difficilement à ne vivre que de mauvaises salaisons et de légumes desséchés. Dans le même temps il se déclara sur les deux navires plusieurs maladies vénériennes prises à Taiti. Elles portaient tous les symptômes connus en Europe. Je fis visiter Aotourou, il en était perdu ; mais il paraît que dans son pays on s'inquiète peu de ce mal ; toutefois il consentit à se laisser traiter. Colomb rapporta cette maladie d'Amérique, la voilà dans une île au milieu du plus vaste océan. Sont-ce les Anglais qui l'y ont portée ? Ou bien ce médecin, qui pariait qu'en enfermant une femme saine avec quatre hommes sains et vigoureux, le mal vénérien naîtrait de leur commerce, doit-il gagner son pari ?

Le 22, à l'aube du jour, comme nous courions à ouest, on aperçut de l'avant à nous une longue et haute terre. Lorsque le soleil fut levé, nous reconnûmes deux îles. La plus méridionale nous restait depuis le sud-quart-sud-est jusqu'au sud-ouest-quart-sud ; elle paraissait courir sur le nord-nord-ouest corrigé et avoir environ douze lieues de longueur sur ce gissement. Elle reçut le nom du jour, *île de la Pentecôte*. La seconde nous restait depuis le sud-ouest-5°-sud jusqu'à l'ouest-nord-ouest ; l'instant où elle s'est montrée à nous l'a fait appeler *l'île Aurore*. Nous tînmes d'abord le plus près, bas-bord amure pour tâcher de passer entre les deux îles. Les vents nous refusèrent, et il fallut arriver pour passer sous le vent de l'île Aurore. En avançant dans le nord le long de sa côte orientale, on aperçut dans le nord-quart-nord-ouest une petite île

élevée en pain de sucre, qui fut nommée *le pic de
l'Étoile*. Nous continuâmes à ranger l'île Aurore à une
lieue et demie de distance. Elle gît nord et sud
corrigés, depuis sa pointe méridionale jusqu'à la
moitié environ de sa longueur qui est de dix lieues ;
ensuite elle décline vers le nord-nord-ouest ; elle a très
peu de largeur, deux lieues au plus. Ses côtes sont
escarpées et couvertes de bois. A deux heures après
midi, nous aperçûmes par-dessus cette île des cimes de
hautes montagnes à dix lieues environ au-delà. Elles
appartenaient à une terre dont à trois heures et demie
nous vîmes au sud-sud-ouest du compas la pointe du
sud-ouest par-dessus l'extrémité septentrionale de l'île
Aurore. Après avoir doublé cette dernière, nous
faisions route au sud-sud-ouest, lorsque, au coucher
du soleil, une nouvelle côte élevée et très étendue
s'offrit encore à nos regards. Elle se prolongeait
depuis l'ouest-sud-ouest jusqu'au nord-ouest-quart-
nord, à la distance de quinze à seize lieues.

Nous courûmes plusieurs bords dans la nuit pour
nous élever dans le sud-est, afin de reconnaître si la
terre que nous avions au sud-sud-ouest tenait à l'île de
la Pentecôte, ou si elle en formait une troisième. C'est
ce que nous vérifiâmes le 23 à la pointe du jour. Nous
découvrîmes la séparation des trois îles. Celle de la
Pentecôte et l'île Aurore sont à peu près sous le même
méridien, à deux lieues de distance l'une de l'autre. La
troisième est dans le sud-ouest de l'île Aurore, et leur
moindre éloignement est de trois ou quatre lieues. Sa
côte du nord-ouest a au moins douze lieues d'étendue,
terre haute, escarpée, partout couverte de bois. Nous
l'avons côtoyée une partie de la matinée du 23.
Plusieurs pirogues se montraient le long de terre, sans

qu'aucune cherchât à nous approcher. Il ne paraissait point de cases, on voyait seulement un grand nombre de fumées s'élever du milieu des bois, depuis les bords de la mer, jusqu'au sommet des montagnes ; fort près du rivage nous sondâmes plusieurs fois sans trouver de fond avec 50 brasses de ligne.

Sur les 9 heures, la vue d'une côte où l'abordage paraissait commode me détermina à envoyer à terre pour y faire du bois dont nous avions le plus grand besoin, prendre des connaissances du pays et tâcher d'en tirer des rafraîchissements pour nos malades. Je fis partir trois bateaux armés sous les ordres du chevalier de Kerué, enseigne de la marine, et nous nous tînmes sur les bords prêts à leur envoyer du secours et à les soutenir de l'artillerie des vaisseaux s'il était nécessaire. Nous les vîmes prendre terre, sans que les insulaires parussent s'être opposés à leur débarquement. A une heure après midi, je m'embarquai avec quelques autres personnes dans une yole pour aller les rejoindre. Nous trouvâmes nos gens occupés à couper du bois, et que ceux du pays les aidaient à le porter dans les bateaux. L'officier qui commandait la descente me dit qu'à son arrivée une troupe nombreuse d'insulaires était venue le recevoir sur la plage, l'arc et la flèche à la main, faisant signe qu'on n'abordât pas ; mais que quand, malgré leurs menaces, il avait ordonné de mettre à terre, ils s'étaient reculés à quelques pas ; qu'à mesure que nos gens avançaient, les sauvages se retiraient toujours dans l'attitude de faire partir leurs flèches, sans vouloir se laisser approcher ; qu'ayant alors fait arrêter la troupe, et le prince de Nassau ayant demandé à s'avancer vers eux, ils avaient cessé de reculer, lorsqu'ils avaient vu un homme seul ; des morceaux d'étoffes rouges qu'on leur distribua achevèrent d'établir une espèce de confiance. Le chevalier de Kerué prit aussitôt poste à l'entrée du bois, mit ses travailleurs à abattre des arbres sous la protection de la troupe, et envoya un détachement chercher des fruits. Insensiblement les insulaires se rapprochèrent plus amiablement en apparence ; on eut même d'eux quelques fruits ; ils ne voulaient ni du fer ni des clous. Ils refusèrent aussi constamment de troquer leurs arcs et leurs massues, seulement ils cédèrent quelques flèches. Au reste, ils étaient toujours restés en grand nombre autour de nos gens sans jamais quitter leurs armes ; ceux mêmes qui n'avaient point d'arc tenaient des pierres prêtes à lancer. Ils avaient fait entendre qu'ils étaient en guerre avec les habitants d'un canton voisin du leur. Effectivement, il s'en montra une troupe armée qui venait de la partie occidentale de l'île, s'avançant en bon ordre, et ceux-ci paraissaient disposés à les bien recevoir ; mais il n'y avait point eu d'attaque.

Nous trouvâmes les choses en cet état à notre arrivée à terre. Nous y restâmes jusqu'à ce que nos bateaux fussent chargés de fruits et de bois. Je fis aussi enterrer au pied d'un arbre l'acte de prise de possession de ces îles gravé sur une planche de chêne, et ensuite nous nous rembarquâmes. Ce départ dérangea sans doute le projet des insulaires qui n'avaient pas encore tout disposé pour nous attaquer. C'est là du moins ce que nous dûmes juger en les voyant s'avancer sur le bord de la mer et nous lancer une grêle de pierres et de flèches. Quelques coups de fusil tirés en l'air ne suffirent pas pour nous en débarrasser ; plusieurs même s'avançaient dans l'eau pour nous ajuster de plus près ; une décharge mieux nourrie ralentit aussitôt leur attaque, ils s'enfuirent dans le bois avec de grands cris. Un matelot fut légèrement blessé d'une pierre.

Ces insulaires sont de deux couleurs, noirs et mulâtres. Leurs lèvres sont épaisses, leurs cheveux cotonnés, quelques-uns même ont la laine jaune. Ils sont petits, vilains, mal faits et la plupart rongés de lèpre ; circonstance qui nous a fait nommer leur île *l'île des Lépreux.* Il parut peu de femmes, et elles n'étaient pas moins dégoûtantes que les hommes ; ils sont nus, à peine se couvrent-ils d'une natte les parties naturelles ; les femmes ont aussi des écharpes pour porter leurs enfants sur le dos ; nous avons vu quelques-uns des tissus qui les composent, sur lesquels étaient de fort jolis dessins faits avec une belle teinture cramoisie. J'ai remarqué qu'aucun n'avait de barbe ; ils se percent les narines pour y pendre quelques ornements ; ils portent aussi aux bras en forme de bracelets une dent de *babiroussa*[5], ou un grand anneau d'une matière que je crois de l'ivoire, et au col des plaques d'écaille de tortue, qu'ils nous ont fait entendre être commune sur leur rivage.

Leurs armes sont l'arc et la flèche, des massues de bois de fer, et des pierres qu'ils lancent sans fronde. Les flèches sont des roseaux armés d'une longue pointe d'os très aiguë. Quelques-unes de ces pointes sont carrées et garnies sur les arêtes de petites pointes couchées en arrière qui empêchent de pouvoir retirer la flèche de la plaie. Ils ont encore des sabres de bois de fer. Leurs pirogues ne nous ont pas approchés. Elles nous ont paru de loin faites et voilées comme celles des îles des Navigateurs.

La plage où nous avons abordé présentait une très petite étendue. A vingt pas du bord de la mer on trouve le pied d'une montagne dont la pente, quoique très rapide, est couverte de bois. Le terrain est très léger et a peu de profondeur : aussi les fruits, quoique de la même espèce qu'à Taiti, sont-ils moins beaux ici et d'une moins bonne qualité. Nous y avons trouvé une espèce de figues particulière. On rencontre beaucoup de routes tracées dans le bois et des espaces enclos par des palissades de trois pieds de haut. Sont-ce des retranchements ou simplement des limites de possessions différentes ? Nous n'avons vu d'autres cases que cinq ou six petites huttes dans lesquelles on ne pouvait entrer qu'en se traînant sur le ventre. Nous étions cependant environnés d'un peuple nombreux ; je le crois fort misérable : cette guerre intestine, dont nous avons été les témoins, est un cruel fléau. Nous entendîmes à plusieurs reprises le son rauque d'une espèce de tambour sortir de la profondeur du bois vers le sommet de la montagne. C'est sans doute leur signal de ralliement ; car dès l'instant où nos coups de fusil les ont dispersés, il a recommencé à battre. Il redoublait aussi son lugubre bruit, lorsque cette troupe ennemie, que nous avons vue plusieurs fois, venait à paraître. Notre Taitien, qui avait désiré être de la descente, nous a paru trouver cette espèce d'hommes fort vilaine ; il n'entendait absolument aucun mot de leur langue.

A notre arrivée à bord, nous rembarquâmes nos bateaux, et je fis *servir* courant au sud-ouest sur une longue côte que nous découvrîmes à toute vue depuis le sud-ouest jusqu'à l'ouest-nord-ouest. Pendant la nuit, il y eut peu de vent, et il ne cessa de varier ; de sorte que nous restâmes au pouvoir des courants qui nous entraînèrent sur le nord-est. Ce temps continua la journée du 24 et la nuit suivante, et nous pûmes à peine nous élever à trois lieues de l'île des Lépreux. Le 25 à cinq heures du matin nous eûmes une assez jolie brise d'est-sud-est ; mais *L'Étoile,* qui se trouvait encore sous la terre, ne la ressentit pas et demeura en calme. Je fis route néanmoins toutes voiles dehors pour reconnaître la terre d'ouest. A huit heures nous découvrions des terres dans tous les points de l'horizon, et nous paraissions enfermés dans un grand golfe. L'île de la Pentecôte venait rechercher au sud la nouvelle côte que nous avions découverte, et nous ne pouvions être assurés si elle en était détachée, ou si ce qui nous semblait former la séparation n'était pas une grande baie. Plusieurs endroits sur le reste de la côte nous offraient aussi l'apparence ou de passages ou de grands enfoncements ; un entre autres présentait dans l'ouest une ouverture considérable. Quelques pirogues traversaient d'une terre à l'autre. A dix heures, nous fûmes obligés de revirer sur l'île aux Lépreux. *L'Étoile,* qu'on n'apercevait plus, même du haut des mâts, y était toujours en calme, quoique la brise d'est-sud-est se soutînt au large. Nous courûmes sur cette flûte jusqu'à quatre heures du soir ; ce ne fut qu'alors qu'elle ressentit la brise. Il était trop tard quand elle fut ralliée pour songer à des reconnaissances. Ainsi la journée du 25 fut perdue, nous passâmes la nuit sur les bords.

Les relèvements que nous fîmes le 26, au lever du soleil, nous apprirent que les courants nous avaient entraînés dans le sud plusieurs milles au-delà de notre estime. L'île de la Pentecôte se montrait toujours séparée des terres du sud-ouest, mais la séparation était plus étroite. Nous découvrions plusieurs autres coupures à cette côte, mais sans pouvoir distinguer le nombre des îles de l'archipel qui nous environnait. La terre s'étendait à nos yeux depuis l'est-sud-est, en passant par le sud, jusqu'à l'ouest-nord-ouest du compas, et nous ne la voyions pas terminée. Je fis courir depuis le nord-ouest-quart-ouest en rondissant jusqu'à l'ouest le long d'une belle côte couverte d'arbres, sur laquelle il paraissait de grands espaces de terrains cultivés, soit qu'ils le fussent en effet, soit que ce fût un jeu de la nature. Le coup d'œil annonçait un pays riche, les croupes de quelques montagnes pelées et de couleur rouge en de certains endroits semblaient même indiquer que leurs entrailles renfermaient des minéraux. La route que nous suivions nous conduisait à ce grand enfoncement aperçu la veille dans l'ouest. A midi nous étions au milieu, et nous y observâmes la hauteur du soleil. L'ouverture en est de cinq à six lieues, elle court est-quart-sud-est et ouest-quart-nord-ouest du monde. Quelques hommes se montrèrent à la côte du sud, et d'autres approchèrent des navires dans une pirogue ; mais dès qu'ils en furent à une portée de mousquet, ils cessèrent de s'avancer malgré nos invitations ; ces hommes étaient noirs.

Nous rangeâmes la côte septentrionale à trois quarts de lieue de distance ; elle est peu élevée et couverte d'arbres. Une multitude de nègres se faisaient voir sur le rivage ; il s'en détacha même quelques pirogues qui n'eurent pas plus de confiance que celle qui avait vogué de la côte opposée. Après avoir longé celle-ci l'espace de deux à trois lieues, nous vîmes un grand enfoncement qui nous parut former une belle baie à l'ouvert de laquelle étaient deux gros îlots. J'envoyai sur-le-champ nos bateaux armés pour la reconnaître, et pendant ce temps nous restâmes sur les bords à une et deux lieues de terre, sondant souvent sans trouver le fond avec une ligne de deux cents brasses.

Sur les cinq heures nous entendîmes une salve de mousqueterie qui nous causa beaucoup d'inquiétude ; elle sortait d'un de nos canots qui, malgré mes ordres, s'était séparé des autres et se trouvait mal à propos dans le cas d'être attaqué par les insulaires, ayant vogué tout à fait à terre. Deux flèches qui lui furent tirées servirent de prétexte à sa première décharge. Ensuite il longea la côte, faisant un feu très vif de sa mousqueterie et de ses espingoles tant à terre que sur trois pirogues qui passèrent à portée et lui décochèrent aussi quelques flèches. Une pointe avancée nous dérobait alors la vue du canot, et son feu continuel me donnait lieu d'appréhender qu'il ne fût attaqué par une armée de pirogues. J'allais envoyer notre chaloupe à son secours, lorsque nous le vîmes doubler seul cette pointe qui nous l'avait caché. Les nègres poussaient des cris affreux dans le bois où ils s'étaient tous jetés, et dans lequel on entendait battre leur tambour. Je fis aussitôt à ce canot le signal de ralliement, et je pris des mesures pour que nous ne fussions plus déshonorés par un pareil abus de la supériorité de nos forces.

Les canots de *La Boudeuse* reconnurent que cette côte, que nous avions crue continue, est un amas d'îles qui se croisent, en sorte que la baie n'est que la rencontre de plusieurs des canaux qui les séparent. Cependant ils y trouvèrent un assez bon fond de sable sur 40, 30 et 20 brasses d'eau ; mais son inégalité continuelle rendait ce mouillage peu sûr, pour nous

surtout qui n'avions plus d'ancres à hasarder. Il fallait
d'ailleurs y ancrer à une grande demi-lieue de la côte ;
plus près le fond était de roches. Ainsi les vaisseaux
n'auraient pu protéger les bateaux, et le pays est si
couvert, qu'il eût toujours fallu avoir les armes à la
main pour mettre les travailleurs à l'abri des surprises.
On ne devait pas se flatter que les naturels oubliassent
le mal qu'on venait de leur faire, et consentissent à
échanger des rafraîchissements. On remarqua ici les
mêmes productions que sur l'île des Lépreux. Les
habitants y étaient aussi de la même espèce, presque
tous noirs, nus, à l'exception des parties naturelles,
portant les mêmes ornements en colliers et en bracelets, et se servant des mêmes armes.

Nous passâmes la nuit sur les bords. Le 27 au
matin, nous *arrivâmes* et prolongeâmes la côte environ
à une lieue de distance. Vers dix heures on distingua
sur une pointe basse une plantation d'arbres disposés
en allées de jardin. Le terrain sous les arbres était
battu et paraissait sablé ; un assez grand nombre
d'habitants se montraient dans cette partie ; de l'autre
côté de la pointe il y avait une apparence d'enfoncement, et je fis mettre les bateaux dehors. Ce fut en
vain ; ce n'était qu'un coude que formait la côte, et
nous la suivîmes jusqu'à la pointe du nord-ouest sans
trouver de mouillage. Au-delà de cette pointe, les
terres revenaient sur le nord-nord-ouest, et s'étendaient à perte de vue, terres d'une élévation extraordinaire et qui présentaient au-dessus des nuages une
chaîne suivie de montagnes. Au reste, le temps fut
sombre et à grains, avec de la pluie par intervalles.
Plusieurs fois dans le jour on crut voir la terre devant
nous, terre de brume qui s'évanouissait dans les

éclaircis. Nous passâmes toute la nuit, qui fut très orageuse, à louvoyer à petits bords et les marées nous portèrent dans le sud beaucoup au-delà de notre estime. Nous eûmes la vue des hautes montagnes toute la journée du 28 jusqu'au soleil couchant que nous les relevâmes de l'est au nord-nord-est, à vingt ou vingt-cinq lieues de distance.

Le 29 au matin, nous ne vîmes plus de terres, nous avions gouverné sur l'ouest-nord-ouest. Je nommai ces terres que nous venions de découvrir *l'archipel des grandes Cyclades*. A en juger par ce que nous en avons parcouru et par ce que nous avons aperçu dans le lointain, il contient au moins trois degrés en latitude et cinq en longitude. Je croirais même volontiers que c'est son extrémité septentrionale que Roggewin a vue sous le onzième parallèle et qu'il a nommée *Thienhoven* et *Groningue*. Pour nous, quand nous y atterrîmes, tout devait nous persuader que nous étions à *la terre australe du Saint-Esprit*. Les apparences semblaient se conformer au récit de Quiros, et ce que nous découvrions chaque jour encourageait nos recherches. Il est bien singulier que précisément par la même latitude et la même longitude où Quiros place sa grande baie *de Saint-Jacques et Saint-Philippe,* sur une côte qui paraissait au premier coup d'œil celle d'un continent, nous ayons trouvé un passage de largeur égale à celle qu'il donne à l'ouverture de sa baie. Le navigateur espagnol a-t-il mal vu ? A-t-il voulu masquer ses découvertes ? Les géographes avaient-ils deviné, en faisant de la terre du Saint-Esprit un même continent avec *la nouvelle Guinée ?* Pour résoudre ce problème, il fallait suivre encore le même parallèle pendant plus de trois cent cinquante lieues. Je m'y déterminai, quoique l'état et la quantité de nos vivres nous avertissent d'aller promptement chercher quelque établissement européen. On verra qu'il s'en est peu fallu que nous n'ayons été les victimes de notre constance.

M. Verron fit plusieurs observations pendant le mois de mai, et leurs résultats déterminèrent notre longitude le 5, le 9, le 13 et le 22. Il ne s'était pas encore trouvé autant de différence entre les observations et l'estime de nos routes, différences toutes du même côté. Le 5 à midi j'étais plus est que l'observé de 4° 00′ 42″; le 9 de 4° 23′ 4″; le 13 de 3° 38′ 15″; le 22 enfin de 3° 35′. Toutes ces différences, on le voit, annonçaient que depuis l'île de Taiti les courants nous avaient beaucoup entraînés dans l'ouest. On expliquerait par là comment tous les navigateurs qui ont traversé l'océan Pacifique ont rencontré la nouvelle Guinée beaucoup plus tôt qu'ils ne l'auraient dû. Aussi ont-ils donné à cet océan une étendue de l'est à l'ouest beaucoup moindre que celle qu'il a véritablement. Je dois toutefois faire remarquer que pendant la saison où le soleil a été dans l'hémisphère austral, nos estimes ont été dans l'ouest des observations, et que, depuis qu'il a passé de l'autre côté, nos différences ont changé. Le thermomètre dans ce mois a été communément entre 19 et 20 degrés, il a deux fois baissé à 18 et une seule fois à 15.

Tandis que nous étions entre les grandes Cyclades, quelques affaires m'avaient appelé à bord de *L'Étoile*, et j'eus occasion d'y vérifier un fait assez singulier. Depuis quelque temps il courait un bruit dans les deux navires que le domestique de M. de Commerçon, nommé Baré [6], était une femme. Sa structure, le son de

sa voix, son menton sans barbe, son attention scrupuleuse à ne jamais changer de linge, ni faire ses
nécessités devant qui que ce fût, plusieurs autres
indices avaient fait naître et accréditaient le soupçon.
Cependant, comment reconnaître une femme dans cet
infatigable Baré, botaniste déjà fort exercé que nous
avions vu suivre son maître dans toutes ses herborisa-
tions, au milieu des neiges et sur les monts glacés du
détroit de Magellan, et porter même dans ces marches
pénibles provisions de bouche, armes et cahiers de
plantes avec un courage et une force qui lui avaient
mérité du naturaliste le surnom de sa bête de somme ?
Il fallait qu'une scène qui se passa à Taiti changeât le
soupçon en certitude. M. de Commerçon y descendit
pour herboriser ; à peine Baré, qui le suivait avec les
cahiers sous son bras, eut mis pied à terre, que les
Taitiens l'entourent, crient que c'est une femme et
veulent lui faire les honneurs de l'île. Le chevalier de
Bournand, qui était de garde à terre, fut obligé de
venir à son secours et de l'escorter jusqu'au bateau.
Depuis ce temps il était assez difficile d'empêcher que
les matelots n'alarmassent quelquefois sa pudeur.
Quand je fus à bord de *L'Étoile,* Baré, les yeux
baignés de larmes, m'avoua qu'elle était fille ; elle me
dit qu'à Rochefort elle avait trompé son maître en se
présentant à lui sous des habits d'homme au moment
même de son embarquement, qu'elle avait déjà servi
comme laquais un Genevois à Paris ; que, née en
Bourgogne et orpheline, la perte d'un procès l'avait
réduite dans la misère et lui avait fait prendre le parti
de déguiser son sexe ; qu'au reste, elle savait en
s'embarquant qu'il s'agissait de faire le tour du monde,
et que ce voyage avait piqué sa curiosité. Elle sera la

première, et je lui dois la justice qu'elle s'est toujours conduite à bord avec la plus scrupuleuse sagesse. Elle n'est ni laide ni jolie et n'a pas plus de vingt-six ou vingt-sept ans. Il faut convenir que si les deux vaisseaux eussent fait naufrage sur quelque île déserte de ce vaste océan, la chance eût été fort singulière pour Baré.

CHAPITRE V

Depuis le 29 mai que nous cessâmes de voir la terre, je fis route à l'ouest avec un vent d'est et de sud-est très frais. *L'Étoile* retardait considérablement notre marche. Nous sondâmes toutes les vingt-quatre heures sans trouver de fond avec une ligne de 240 brasses. Le jour nous forcions de voiles, nous courions la nuit sous les huniers risés, virant de bord lorsque le temps était trop obscur. La nuit du 4 au 5 juin, nous faisions route à l'ouest sous nos huniers, à la faveur de la lune qui nous éclairait, lorsque, à onze heures du soir, on aperçut à une demi-lieue de nous dans le sud des brisants et une côte de sable très basse. Nous prîmes aussitôt les armures à l'autre bord, signalant en même temps le danger [1] à *L'Etoile*. Nous courûmes ainsi jusqu'à cinq heures du matin, et alors nous reprîmes notre route dans l'ouest-sud-ouest pour aller reconnaître cette terre. Nous la revîmes à huit heures à une lieue et demie de distance. C'est un petit îlot de sable qui s'élève à peine au-dessus de l'eau et que ce peu de hauteur rend un écueil fort dangereux pour des

vaisseaux qui font route de nuit ou par un temps de
brume. Il est si ras, qu'à deux lieues de distance avec
un horizon fort net on ne le voit que du haut des mâts ;
il est couvert d'oiseaux. Je l'ai nommé *la bâture de
Diane.*

Dans la journée du 5, on crut à quatre heures après-
midi apercevoir la terre et des brisants dans l'ouest ; on
se trompait, et nous continuâmes à y courir jusqu'à dix
heures du soir. Nous passâmes le reste de la nuit,
partie en panne, partie à courir de petits bords, et au
point du jour nous reprîmes notre route toutes voiles
dehors. Depuis vingt-quatre heures, il passait le long
des navires beaucoup de morceaux de bois et des fruits
que nous ne connaissions pas ; la mer était aussi
entièrement tombée, malgré le grand vent de sud-est,
et ces circonstances réunies me faisaient penser que
nous avions de la terre dans le sud-est assez près de
nous. Nous vîmes aussi dans ces parages une espèce de
poissons volants singulière. Ils sont noirs à ailes
rouges ; ils paraissent avoir quatre ailes au lieu de
deux, et leur grosseur est un peu au-dessus de la
grosseur commune de ces poissons.

Le 6, à une heure et demie de l'après-midi, une
bâture, qui se montra environ à trois quarts de lieue de
l'avant à nous, m'avertit qu'il était temps de changer
la route que je poursuivais toujours à l'ouest. Elle
avait au moins une demi-lieue d'étendue depuis le
ouest-quart-sud-ouest jusqu'au ouest-nord-ouest,
quelques-uns même crurent apercevoir une terre basse
dans le sud-ouest des brisants. Je fis gouverner au
nord jusqu'à quatre heures, et alors je remis encore le
cap à ouest. Ce ne devait pas être pour longtemps ; à
cinq heures et demie, les vigies aperçurent du haut des

mâts de nouveaux brisants dans le nord-ouest et le nord-ouest-quart-ouest à peu près à une lieue et demie de nous. Nous les approchâmes davantage afin de les mieux reconnaître. On les vit s'étendre du nord-nord-est au sud-sud-ouest plus de deux milles, et on n'en apercevait pas la fin. Peut-être allaient-ils rejoindre ceux qu'on avait découverts trois heures auparavant. La mer brisait avec fureur sur ces écueils, et quelques têtes de roches s'élevaient sur l'eau de distance en distance. Cette dernière rencontre était la voix de Dieu et nous y fûmes dociles. La prudence ne permettant pas de suivre pendant la nuit une route incertaine au milieu de ces parages funestes, nous la passâmes à courir des bords dans l'espace que nous avions reconnu le jour, et le 7 au matin, je fis gouverner au nord-est-quart-nord, abandonnant le projet de pousser plus loin à l'ouest sous le parallèle de 15 degrés.

Nous étions assurément bien fondés à croire que la terre australe du Saint-Esprit n'était autre que l'archipel des grandes Cyclades, que Quiros avait pris pour un continent, et représenté sous un point de vue romanesque. Quand je persévérais à courir sous le parallèle de 15°, c'est que je voulais que la vue des côtes orientales de la *nouvelle Hollande* portât nos conjectures à l'évidence. Or, en suivant les observations astronomiques, dont l'accord depuis plus d'un mois assurait la justesse, nous étions déjà le 6 à midi par 146° de longitude orientale, c'est-à-dire un degré plus à l'ouest que ne l'est la terre du Saint-Esprit selon M. Bellin. D'ailleurs la rencontre consécutive de ces brisants vus depuis trois jours, ces troncs d'arbres, ces fruits, ces goémons que nous trouvions à chaque instant, la tranquillité de la mer, la direction des

courants, tout nous a suffisamment indiqué les approches d'une grande terre, et que même elle nous
environnait déjà dans le sud-est. Cette terre n'est autre
que la côte orientale de la nouvelle Hollande. En effet,
ces écueils multipliés et étendus au large annoncent
une terre basse; et quand je vois Dampierre abandonner par notre même latitude de 15° 35′ la côte
occidentale de cette région ingrate où il ne trouve pas
même d'eau douce, j'en conclus que la côte orientale
ne vaut pas mieux. Je penserais volontiers comme lui
que cette terre n'est qu'un amas d'îles, dont les
approches sont défendues par une mer dangereuse,
semée d'écueils et de bas-fonds. Après de pareils
éclaircissements, il y aurait eu de la témérité à risquer
de s'affaler sur une côte dont on ne devait espérer
aucun avantage, et de laquelle on ne pouvait se relever
qu'en luttant contre les vents régnants. Nous n'avions
plus de pain que pour deux mois, des légumes pour
quarante jours; la viande salée était en plus grande
quantité, mais elle infectait. Nous lui préférions les
rats qu'on pouvait prendre. Ainsi, de toute façon, il
était temps de s'élever dans le nord, en faisant même
prendre de l'est à notre route.

Malheureusement les vents de sud-est nous aban
donnèrent ici, et quand ensuite ils revinrent, ce fut
pour nous mettre dans la situation la plus critique où
nous nous fussions encore trouvés. Depuis le 7, la
route ne nous avait valu que le nord-quart-nord-est,
lorsque le 10 au point du jour on découvrit la terre
depuis l'est jusqu'au nord-ouest. Longtemps avant le
lever de l'aurore, une odeur délicieuse nous avait
annoncé le voisinage de cette terre qui formait un
grand golfe ouvert au sud-est. J'ai peu vu de pays dont

le coup d'œil fût plus beau. Un terrain bas, partagé en plaines et en bosquets, régnait sur le bord de la mer, et s'élevait ensuite en amphithéâtre jusqu'aux montagnes dont la cime se perdait dans les nues. On en distinguait trois étages, et la chaîne la plus élevée était à plus de 25 lieues dans l'intérieur du pays. Le triste état où nous étions réduits ne nous permettait, ni de sacrifier quelque temps à la visite de ce magnifique pays que tout annonçait être fertile et riche, ni de chercher, en faisant route à ouest, un passage au sud de la nouvelle Guinée, qui nous frayât par le golfe de la Carpentarie une route nouvelle et courte aux îles Moluques. Rien n'était à la vérité plus problématique que l'existence de ce passage ; on croyait même avoir vu la terre s'étendre jusqu'au ouest-quart-sud-ouest. Il fallait tâcher de sortir, au plus tôt et par le chemin qui semblait ouvert, de ce golfe dans lequel nous étions engagés beaucoup plus même que nous ne le croyions d'abord. C'est où nous attendait le vent de sud-est pour mettre notre patience aux dernières épreuves.

Toute la journée du 10, le calme nous laissa à la merci d'une grosse lame du sud-est qui nous jetait à terre. A quatre heures du soir, nous n'étions pas à plus de trois quarts de lieue d'une petite île basse, à la pointe orientale de laquelle est attachée une bâture qui se prolonge à deux ou trois lieues dans l'est. Nous parvînmes, vers cinq heures, à mettre le cap au large, et la nuit se passa dans cette inquiétante situation, faisant tous nos efforts pour nous élever à l'aide des moindres brises. Le 11 après-midi, nous étions écartés de la côte environ de quatre lieues ; à deux lieues la mer y est sans fond. Plusieurs pirogues voguaient le long de terre sur laquelle il y eut toujours de grands

feux allumés. Il y a ici de la tortue ; nous en trouvâmes
les débris d'une dans le ventre d'un requin.

Le 11, nous relevâmes au soleil couchant les terres
les plus est à l'est-quart-nord-est 2° est du compas, et
les plus ouest à ouest-nord-ouest, les unes et les autres
environ à quinze lieues de distance. Les jours suivants furent affreux : tout fut contre nous ; le vent
constamment de l'est-sud-est au sud-est très grand
frais, de la pluie, une brume si épaisse que nous étions
forcés de tirer des coups de canon pour nous conserver
avec *L'Étoile* qui contenait encore une partie de nos
vivres, enfin une mer très grosse qui nous affalait sur
la côte. A peine nous soutenions-nous en louvoyant,
forcés de virer vent arrière, et ne pouvant faire que
très peu de voiles. Nous courions ainsi nos bords à
tâtons au milieu d'une mer semée d'écueils, étant
obligés de fermer les yeux sur tous les indices des
dangers. La nuit du 11 au 12, sept ou huit de ces
poissons qu'on nomme *cornets,* poissons qui se tiennent toujours sur le fond, sautèrent sur les passavants.
Il vint aussi sur le gaillard d'avant du sable et des
goémons de fond que les vagues y déposaient en le
couvrant. Je ne voulus pas faire sonder ; la certitude
du péril ne l'eût pas diminué, et il était le même
quelque autre parti que nous eussions pris. Au reste,
nous devons notre salut à la connaissance que nous
eûmes de la terre le 10 au matin, immédiatement
avant cette suite de gros temps et de brume. En effet,
les vents étant de l'est-sud-est au sud-est, j'aurais
pensé qu'en gouvernant au nord-est, c'eût été un excès
de prudence accordé à l'obscurité du temps. Toutefois,
cette route nous mettait dans le risque évident de nous

perdre, puisque nous avions la terre jusque dans l'est-sud-est.

Le temps se remit au beau le 16, le vent demeurant également contraire, mais au moins le jour nous était rendu. A six heures du matin, nous vîmes la terre depuis le nord jusqu'au nord-est-quart-est du compas, et nous louvoyâmes pour la doubler. Le 17 au matin nous ne vîmes point de terre au lever du soleil ; mais à neuf heures et demie nous aperçûmes une petite île dans le nord-nord-est du compas à cinq ou six lieues de distance, et une autre terre dans le nord-nord-ouest environ à neuf lieues. Peu après nous découvrîmes dans le nord-est-5°-est à quatre ou cinq lieues une autre petite île que sa ressemblance avec *Ouessant*[2] nous fit appeler du même nom. Nous continuions notre bordée du nord-est-quart-est, espérant doubler toutes les terres, lorsque, à onze heures, on en découvrit une nouvelle dans l'est-nord-est-5°-nord et des brisants dans l'est-nord-est, qui paraissaient venir joindre Ouessant. Dans le nord-ouest de cet îlot, on voyait une autre chaîne de brisants qui s'allongeait à une demi-lieue. La première île nous semblait être aussi entre deux chaînes de brisants.

Tous les navigateurs qui sont venus dans ces parages avaient toujours redouté de tomber dans le sud de la nouvelle Guinée, et d'y trouver un golfe correspondant à celui de la *Carpantarie*, d'où il leur fût ensuite difficile de se relever. En conséquence ils ont tous gagné de bonne heure la latitude de la nouvelle Bretagne, sur laquelle ils allaient atterrir. Tous ont suivi les mêmes traces ; nous en ouvrions de nouvelles, et il fallait payer l'honneur d'une première découverte. Malheureusement le plus cruel de nos

ennemis était à bord, la faim. Je fus obligé de faire une
réduction considérable sur la ration de pain et de
légumes. Il fallut aussi défendre de manger le cuir
dont on enveloppe les vergues et les autres vieux cuirs,
cet aliment pouvant donner de funestes indigestions. Il
nous restait une chèvre, compagne fidèle de nos
aventures depuis notre sortie des îles Malouines où
nous l'avions prise. Chaque jour elle nous donnait un
peu de lait. Les estomacs affamés, dans un instant
d'humeur, la condamnèrent à mourir ; je n'ai pu que la
plaindre, et le boucher qui la nourrissait depuis si
longtemps a arrosé de ses larmes la victime qu'il
immolait à notre faim. Un jeune chien pris dans le
détroit de Magellan eut le même sort peu de temps
après.

Le 17 après-midi les courants nous avaient été si
favorables, que nous avions repris la bordée du nord-
nord-est, portant fort au vent d'Ouessant et de ses
bâtures. Mais à quatre heures nous eûmes la conviction que ces brisants s'étendaient beaucoup plus loin
que nous n'avions pensé ; on en découvrait jusque
dans l'est-nord-est, sans que ce fût encore leur fin. Il
fallut reprendre pour la nuit la bordée du sud-sud-
ouest, et au jour celle de l'est. Pendant toute la matinée du 18, nous ne vîmes point de terres, et déjà nous
nous livrions à l'espoir d'avoir doublé îlots et brisants.
Notre joie fut courte. A une heure après midi une île se
fit voir dans le nord-est-quart-nord du compas, et
bientôt elle fut suivie de neuf ou dix autres. Il y en
avait jusque dans l'est-nord-est, et derrière ces îles une
terre plus élevée s'étendait dans le nord-est, environ à
dix lieues de distance. Nous louvoyâmes toute la nuit ;
le jour suivant nous donna le même spectacle d'une

double chaîne de terres courant à peu près est et ouest, savoir au sud une suite d'îlots joints par des récifs à fleur d'eau, dans le nord desquels s'étendaient des terres plus élevées. Les terres que nous découvrîmes le 20 nous parurent prendre moins du sud, et ne plus courir que sur l'est-sud-est ; c'était un amendement à notre position. Je pris le parti de courir des bords de vingt-quatre heures ; nous perdions trop à virer plus souvent, la mer étant extrêmement grosse, le vent violent et constamment le même ; d'ailleurs nous étions contraints à faire peu de voiles pour ménager une mâture caduque et des manœuvres endommagées, et nos navires marchaient très mal, n'étant plus en assiette et n'ayant pas été carénés depuis si longtemps.

Nous vîmes la terre le 25 au lever du soleil depuis le nord jusqu'au nord-nord-est ; mais ce n'était plus une terre basse ; on apercevait au contraire une terre extrêmement haute et qui paraissait se terminer par un gros cap. Il était vraisemblable qu'elle courait ensuite sur le nord. Nous gouvernâmes tout le jour au nord-est-quart-est et à l'est-nord-est, sans voir de terres plus est que le cap que nous doublions avec une satisfaction que je ne saurais dépeindre. Le 26 au matin, le cap étant beaucoup sous le vent à nous, et ne voyant plus de terres au vent, il fut enfin permis de mettre la route du nord-nord-est. Nous appelâmes ce cap, après lequel nous avions si longtemps aspiré, *le cap de la Délivrance,* et le golfe dont il fait la pointe orientale, *le golfe de la Louisiade.* C'est une terre que nous avons bien acquis le droit de nommer. Pendant les quinze jours passés dans ce golfe, les courants nous ont assez régulièrement portés dans l'est. Le 26 et le 27, le vent fut très grand frais, la mer affreuse, le temps à grains et fort obscur. Il ne fut pas possible de faire du chemin pendant la nuit.

Nous nous étions élevés environ soixante lieues dans le nord depuis le cap de la Délivrance, lorsque le 28 au matin on découvrit la terre dans le nord-ouest à neuf ou dix lieues de distance [3]. C'étaient deux îles dont la plus méridionale restait, à huit heures, dans le nord-ouest-quart-ouest du compas. Une autre côte longue et élevée se fit apercevoir en même temps depuis l'est-sud-est jusqu'à l'est-nord-est. Celle-ci courait sur le nord ; et à mesure que nous avancions dans le nord-est, on la voyait se prolonger davantage et tourner au nord-nord-ouest. On découvrit cependant un espace où la côte était interrompue, soit que ce fût un canal ou l'ouverture d'une grande baie ; car on crut distinguer des terres dans le fond. Le 29 au matin, la côte que nous avions à l'est continuait à s'étendre sur le nord-ouest, sans que de ce côté notre horizon fût borné. Je voulus la rallier pour la prolonger ensuite et chercher un mouillage. A trois heures après-midi, étant à près de trois lieues de terre, nous avions trouvé fond par 48 brasses, sable blanc et morceaux de coquilles brisées : nous portâmes alors sur une anse qui paraissait commode ; mais le calme survint et nous consomma inutilement le reste de la journée. La nuit se passa à courir de petits bords, et le 30 dès la pointe du jour j'envoyai les bateaux avec un détachement aux ordres du chevalier de Bournand, pour visiter le long de la côte plusieurs anses qui semblaient promettre un mouillage, le fond trouvé au large étant d'un augure favorable. Je le suivis à petites voiles, prêt à le joindre au premier signal qu'il nous en ferait.

Vers les dix heures une douzaine de pirogues de

différentes grandeurs vinrent assez près des navires, sans toutefois vouloir les accoster. Il y avait vingt-deux hommes dans la plus grande, dans les moyennes huit ou dix, deux ou trois dans les plus petites. Ces pirogues paraissaient bien faites ; elles ont l'avant et l'arrière fort relevés, ce sont les premières que nous ayons vues dans ces mers sans balancier. Ces insulaires sont aussi noirs que les nègres d'Afrique ; ils ont les cheveux crépus, mais longs, quelques-uns de couleur rousse. Ils portent des bracelets et des plaques au front et sur le col. J'ignore de quelle matière, elle m'a paru être blanche. Ils sont armés d'arcs et de sagaies ; ils faisaient de grands cris, et il parut que leurs dispositions n'étaient pas pacifiques. Je rappelai nos bateaux à trois heures. Le chevalier de Bournand me rapporta qu'il avait trouvé presque partout bon fond pour mouiller par 30, 25, 20, 15, jusqu'à 11 brasses sable vaseux, mais en pleine côte et sans rivière ; qu'il n'avait vu qu'un seul ruisseau dans toute cette étendue. La côte ouverte est presque inabordable, la vague y brise partout, les montagnes viennent s'y terminer au bord de la mer, et le sol est entièrement couvert de bois. Dans de petites anses il y a quelques cabanes, mais en petit nombre ; les insulaires habitent dans la montagne. Notre petit canot fut suivi quelque temps par trois ou quatre pirogues qui semblaient vouloir l'attaquer. Un insulaire même se leva plusieurs fois pour lancer une sagaie ; mais il ne le fit pas, et le canot revint à bord sans guerroyer.

Notre situation au reste était assez critique. Nous avions des terres inconnues jusqu'à ce jour, d'une part, depuis le sud jusqu'au nord-nord-ouest par l'est et le nord ; de l'autre, depuis l'ouest-quart-sud-ouest jusqu'au nord-ouest. Malheureusement l'horizon était tellement embrumé depuis le nord-ouest jusqu'au nord-nord-ouest, qu'on n'y voyait pas de ce côté à la distance de deux lieues. C'était toutefois dans cet intervalle que je comptais chercher un passage ; nous étions trop avancés pour reculer. Il est vrai qu'une forte marée qui venait du nord et portait dans le sud-est nous faisait espérer d'y trouver un débouché. Le fort de la marée se fit sentir depuis quatre heures jusqu'à cinq heures et demie du soir ; les vaisseaux, quoique poussés d'un vent très frais, gouvernaient avec peine. La marée mollit à six heures. Pendant la nuit nous louvoyâmes du sud au sud-sud-ouest sur un bord, de l'est-nord-est au nord-est sur l'autre. Le temps fut à grains avec beaucoup de pluie.

Le 1er juillet à six heures du matin nous nous retrouvâmes au même point où nous étions la veille à l'entrée de la nuit, preuve qu'il y avait eu flux et reflux. Nous gouvernâmes au nord-ouest et nord-ouest-quart-nord. A dix heures nous donnâmes dans un passage large environ de quatre à cinq lieues entre la côte prolongée jusqu'ici à l'est et les terres occidentales. Une marée très forte, qui porte sud-est et nord-ouest, forme au milieu de ce passage un raz qui le traverse et où la mer s'élève et brise comme s'il y avait des roches à fleur d'eau. Je le nommai *raz Denis*, du nom de mon maître d'équipage, bon et ancien serviteur du roi. *L'Étoile,* qui le passa deux heures après nous et plus dans l'ouest, s'y trouva sur 5 brasses d'eau, fond de roches. La mer y était alors si mauvaise qu'ils furent contraints de fermer les écoutilles. A bord de la frégate, nous y sondâmes par 44 brasses, fond de sable, gravier, coquilles et corail. La côte de l'est

commençait ici à s'abaisser et à tourner au nord. Nous
y aperçûmes, étant à peu près au milieu du passage,
une jolie baie dont l'apparence promettait un bon
mouillage. Il faisait presque calme et la marée, dont le
cours était alors au nord-ouest, nous la fit dépasser en
un instant. Nous tînmes aussitôt le vent dans l'intention de la visiter. Un déluge de pluie, survenu à onze
heures et demie, nous déroba la vue de la terre et du
soleil, et nous força de différer nos recherches.

A une heure après-midi, j'envoyai les bateaux armés
aux ordres du chevalier d'Oraison, enseigne de vaisseau, pour sonder et reconnaître la baie, et pendant le
temps de cette opération nous tâchâmes de nous
maintenir à portée de suivre ses signaux. Le temps
était beau, mais presque calme. A trois heures, nous
vîmes le fond sous nous par 10 et 8 brasses, fond de
roches. A quatre heures nos bateaux firent signal de
bon mouillage, et nous manœuvrâmes aussitôt toutes
voiles hautes pour le gagner. Il ventait peu et la marée
nous était contraire. A cinq heures, nous repassâmes
sur le banc de roches par 10, 9, 8, 7, et 6 brasses. Nous
vîmes même dans le sud-sud-est, environ à une
encablure, un remous qui semblait indiquer qu'en cet
endroit il n'y avait pas plus de deux ou trois brasses
d'eau. En gouvernant au nord-ouest et nord-ouest-
quart-nord, nous augmentâmes d'eau. Je fis à *L'Étoile*
le signal *d'arriver,* afin qu'elle évitât ce banc, et je lui
envoyai son bateau pour la guider au mouillage.
Cependant nous n'avancions point, le vent étant trop
faible pour nous aider à refouler la marée, et la nuit
approchait à pas précipités. En deux heures entières,
nous ne gagnâmes pas une demi-lieue, et il fallut
renoncer à ce mouillage, étant impraticable d'aller le

chercher à tâtons, environnés comme nous l'étions de basses, de récifs, et livrés à des courants rapides et irréguliers. Je fis donc gouverner à ouest-quart-nord-ouest, et ouest-nord-ouest pour nous remettre au large, sondant souvent. Lorsque nous eûmes amené la pointe septentrionale de la terre au nord-est, nous *arrivâmes* au nord-ouest, puis au nord-nord-ouest et au nord. Je reprends le détail de l'expédition de nos bateaux.

Avant que d'entrer dans la baie, ils en avaient d'abord rangé la pointe du nord, qui est formée par une presqu'île le long de laquelle ils trouvèrent fond depuis 9 jusqu'à 13 brasses, sable et corail. Ils s'enfoncèrent ensuite dans la baie, et ils y trouvèrent à un quart de lieue en dedans un très bon mouillage sur 9 et 12 brasses, fond de sable gris et gravier, à l'abri depuis le sud-est jusqu'au sud-ouest en passant par l'est et le nord. Comme ils étaient occupés à sonder, ils virent tout d'un coup paraître à l'entrée de la baie dix pirogues, sur lesquelles il y avait environ cent cinquante hommes armés d'arcs, de lances et de boucliers. Elles sortaient d'une anse, qui renferme une petite rivière dont les bords sont couverts de cabanes. Ces pirogues s'avancèrent en bon ordre, voguant sur nos bateaux à force de rames, et lorsqu'elles s'en jugèrent assez près, elles se séparèrent fort lentement en deux bandes pour les envelopper. Les Indiens alors poussèrent des cris affreux, et saisissant leurs arcs et leurs lances, ils commencèrent une attaque, qui devait leur paraître un jeu, contre une poignée d'hommes. On fit sur eux une première décharge qui ne les arrêta point. Ils continuèrent à lancer leurs flèches et leurs sagaies, se couvrant de leurs boucliers, qu'ils croyaient une arme défensive. Une seconde décharge les mit en fuite ; plusieurs se jetèrent à la mer pour gagner la terre à la nage. On leur prit deux pirogues : elles sont fort longues, bien travaillées, l'avant et l'arrière sont extrêmement relevés, ce qui sert d'abri contre les flèches en présentant le bout. Sur le devant d'une de ces pirogues, il y avait une tête d'homme sculptée ; les yeux étaient de nacre, les oreilles d'écaille de tortue, et la figure ressemblait à un masque garni d'une longue barbe. Les lèvres étaient teintes d'un rouge éclatant. On trouva dans leurs pirogues des arcs, des flèches en grand nombre, des lances, des boucliers, des cocos, et plusieurs autres fruits dont nous ne connaissions pas l'espèce, de l'arec [4], divers petits meubles à l'usage de ces Indiens, des filets à mailles très fines artistement tissus, et une mâchoire d'homme à demi grillée. Ces insulaires sont noirs et ont les cheveux crépus qu'ils teignent en blanc, en jaune et en rouge. Leur audace à nous attaquer, l'usage de porter des armes offensives et défensives, leur adresse à s'en servir, prouvent qu'ils sont presque toujours en état de guerre. Au reste, nous avons observé, dans le cours de ce voyage, qu'en général les hommes nègres sont beaucoup plus méchants que ceux dont la couleur approche de la blanche. Ceux-ci sont nus, à l'exception d'une bande de natte qui leur couvre les parties naturelles. Leurs boucliers sont d'une forme ovale, faits de joncs tournés les uns au-dessus des autres, et parfaitement bien liés. Ils doivent être impénétrables aux flèches. Nous avons nommé la rivière et l'anse d'où sont sortis ces braves insulaires, *la rivière des Guerriers* ; l'île entière et la baie, *île et baie Choiseul*. La presqu'île du nord est entièrement couverte de cocotiers.

Il venta peu les deux jours suivants. Après être sortis du passage nous découvrîmes dans l'ouest une côte longue et montueuse, dont les sommets se perdaient dans les nues. Le 2 au soir, nous voyions encore les terres de l'île Choiseul. Le 3 au matin, nous ne voyions plus que la nouvelle côte, qui est d'une hauteur surprenante, et qui court sur le nord-ouest-quart-ouest. Sa partie septentrionale nous parut alors terminée par une pointe qui s'abaisse insensiblement et forme un cap remarquable. Je lui ai donné le nom de *cap l'Averdi*. Il nous restait, le 3 à midi, environ à douze lieues dans l'ouest-5°-nord du compas, et la hauteur méridienne que nous observâmes nous donna le moyen de déterminer avec justesse sa position en latitude. Les nuages qui couvraient les sommets des terres se dissipèrent au coucher du soleil, et nous laissèrent apercevoir des cimes de montagnes d'une hauteur prodigieuse. Le 4, les premiers rayons du jour nous firent voir des terres plus occidentales que le cap l'Averdi. C'était une nouvelle côte moins élevée que l'autre, et courant sur le nord-nord-ouest. Entre la pointe sud-sud-est de cette terre et le cap l'Averdi, il restait un vaste espace formant ou un passage ou un golfe considérable. Dans un grand éloignement on y apercevait quelques mondrains. Derrière cette nouvelle côte, nous en aperçûmes une plus haute qui suivait le même gissement. Nous tînmes le plus près toute la matinée pour accoster la terre basse. Nous en étions à midi environ à cinq lieues de distance, et nous relevâmes sa pointe du nord-nord-ouest au sud-ouest-quart-ouest. L'après-midi trois pirogues, dans chacune desquelles étaient cinq à six nègres, se détachèrent de la côte et vinrent reconnaître les vaisseaux. Elles s'arrêtèrent à une portée de fusil, et ce ne fut qu'après y avoir passé près d'une heure, que nos invitations réitérées les déterminèrent enfin à s'approcher davantage. Quelques bagatelles qu'on leur jeta, attachées sur des morceaux de planches, achevèrent de leur donner un peu de confiance. Ils accostèrent le navire en montrant des noix de coco et criant *bouca, bouca, onellé*. Ils répétaient sans cesse ces mots que nous criâmes ensuite comme eux, ce qui parut leur faire plaisir. Ils ne restèrent pas longtemps le long du vaisseau. Ils nous firent signe qu'ils allaient nous chercher des noix de coco. On applaudit à leur dessein ; mais à peine furent-ils éloignés à vingt pas, qu'un de ces hommes perfides tira une flèche qui n'atteignit heureusement personne. Ils fuirent ensuite à force de rames ; nous étions trop forts pour les punir.

Ces nègres sont entièrement nus. Ils ont les cheveux crépus et courts, les oreilles percées et fort allongées. Plusieurs avaient la laine peinte en rouge et des taches blanches en différents endroits du corps. Il paraît qu'ils mâchent du bétel, puisque leurs dents sont rouges. Nous avons vu que les habitants de l'île Choiseul en font aussi usage, car on trouva dans leurs pirogues de petits sacs où il y en avait des feuilles avec de l'arec et de la chaux. On a eu de ceux-ci des arcs longs de six pieds, et des flèches armées d'un bois fort dur. Leurs pirogues sont plus petites que celles de l'anse des Guerriers, et nous fûmes surpris de ne trouver aucune ressemblance dans leur construction. Ces dernières ont l'avant et l'arrière peu relevés ; elles sont sans balancier, mais assez larges pour que deux hommes y nagent en couple. Cette île, que nous avons appelée *Bouka*, paraît être extrêmement peuplée, si l'on en juge par la quantité de cases dont elle est couverte et par les apparences de culture que nous y avons aperçues. Une belle plaine à mi-côte, toute plantée de cocotiers et d'autres arbres, nous offrait la plus agréable perspective, et je désirais fort trouver un mouillage sur cette côte ; mais le vent contraire et un courant rapide qui portait dans le nord-ouest nous en éloignaient visiblement. Pendant la nuit, nous tînmes le plus près, gouvernant au sud-quart-sud-ouest et sud-sud-ouest, et le lendemain au matin, l'île Bouka était déjà bien loin de nous dans l'est et le sud-est. La veille au soir, on avait aperçu du haut des mâts une petite île qui fut relevée depuis le nord-ouest jusqu'au nord-ouest-quart-ouest du compas. Au reste, nous ne pouvions être loin de la nouvelle Bretagne, et c'était là que nous comptions trouver une relâche.

Nous eûmes connaissance, le 5 après-midi, de deux petites îles dans le nord et le nord-nord-ouest, à dix ou douze lieues de distance, et, presque au même instant, d'une autre plus considérable entre le nord-ouest et l'ouest ; les terres de cette dernière, les plus voisines de nous à cinq heures et demie du soir, nous restaient au nord-ouest-quart-ouest environ à sept lieues. La côte était élevée et paraissait renfermer plusieurs baies. Comme nous n'avions plus ni eau ni bois, et que nos malades empiraient, je résolus de m'arrêter ici, et nous fîmes toute la nuit les bordées les plus avantageuses pour nous conserver cette terre sous le vent. Le 6, au point du jour, nous en étions à cinq ou six lieues, et nous portâmes dessus dans le même moment où nous découvrions une nouvelle terre haute et de belle apparence dans le ouest-sud-ouest de celle-ci, depuis dix-huit jusqu'à douze et dix lieues de distance. Sur les huit heures, étant environ à trois lieues de la première, j'envoyai le chevalier du Bouchage avec deux bateaux armés pour la reconnaître et y chercher un mouillage. A une heure après midi il nous signala qu'il en avait trouvé un, et aussitôt je fis servir et gouverner sur un canot qu'il détacha au-devant de nous ; à trois heures nous mouillâmes par 33 brasses d'eau, fond de sable blanc fin et vaseux. *L'Étoile* mouilla plus à terre que nous par 21 brasses même fond.

En entrant on laisse à bas-bord dans l'ouest une petite île et un îlot, qui sont à une demi-lieue de la côte. Une pointe, qui s'avance vis-à-vis l'îlot, forme en dedans un véritable port à l'abri de tous les vents, où le fond est partout d'un beau sable blanc, depuis 35 jusqu'à 15 brasses. Sur la pointe de l'est, il y a une bâture, mais visible, et qui ne s'étend pas au large. On voit aussi au nord de la baie deux petites bâtures qui découvrent à basse mer. A l'accore des récifs il y a 12 brasses d'eau. L'entrée de ce port est très aisée, la seule attention qu'on doive avoir, c'est de ranger la pointe de l'est de près et avec beaucoup de voiles, parce que dès qu'elle est doublée on se trouve en calme, et qu'alors il faut entrer sur l'air du vaisseau. Notre mouillage était par les marques suivantes : *l'îlot de l'entrée* restait à l'ouest-quart-sud-ouest-1°-30ʹ-ouest ; *la pointe est de l'entrée* à ouest-quart-sud-ouest-1°-sud ; *la pointe ouest* à l'ouest-quart-nord-ouest ; *le fond du port* au sud-est-quart-est. Nous affourchâmes est et ouest. Nous passâmes le reste de la journée à nous amarrer, à amener vergues et mâts de hune, à mettre les chaloupes dehors, et à visiter tout le tour du port.

Il plut toute la nuit suivante et presque toute la

journée du 7. Nous envoyâmes à terre nos pièces à l'eau ; nous y dressâmes quelques tentes, et on commença à faire l'eau, le bois, et les lessives, toutes choses de première nécessité. Le débarquement était magnifique, sur un sable fin, sans aucune roche ni vague ; l'intérieur du port, dans un espace de quatre cents pas, contenait quatre ruisseaux. Nous en prîmes trois pour notre usage, un destiné à faire l'eau de *La Boudeuse,* un second pour celle de *L'Étoile,* le troisième pour laver. Le bois se trouvait au bord de la mer, et il y en avait de plusieurs espèces, toutes très bonnes pour brûler, quelques-unes superbes pour les ouvrages de charpente, de menuiserie, et même de tabletterie. Les deux vaisseaux étaient à portée de la voix l'un de l'autre et de la rive. D'ailleurs, le port et ses environs fort au loin étaient inhabités, ce qui nous procurait une paix et une liberté précieuses. Ainsi nous ne pouvions désirer un ancrage plus sûr, un lieu plus commode pour faire l'eau, le bois, et les diverses réparations dont les navires avaient le plus urgent besoin, et pour laisser errer à leur fantaisie nos scorbutiques dans les bois.

Tels étaient les avantages de cette relâche ; elle avait aussi ses inconvénients. Malgré les recherches que l'on en fit, on n'y découvrit ni cocos, ni bananes, ni aucune des ressources qu'on aurait pu, de gré ou de force, tirer d'un pays habité. Si la pêche n'était pas abondante, on ne devait attendre ici que la sûreté et le strict nécessaire. Il y avait alors tout lieu de craindre que nos malades ne s'y rétablissent pas. A la vérité, nous n'en avions pas qui fussent attaqués fortement, mais plusieurs étaient atteints, et s'ils n'amendaient point ici, le progrès du mal ne pouvait plus être que rapide.

Le premier jour, sur les bords d'une petite rivière éloignée de notre camp d'environ un tiers de lieue, on trouva une pirogue, comme en dépôt, et deux cabanes. La pirogue était à balancier, fort légère et en bon état. Il y avait à côté les débris de plusieurs feux, de gros coquillages calcinés et des carcasses de têtes d'animaux que M. de Commerçon nous dit être de sangliers. Il n'y avait pas longtemps que les sauvages étaient venus dans cet endroit, car on trouva dans les cabanes des figues bananes encore fraîches. On crut même entendre des cris d'hommes dans les montagnes, mais on a depuis vérifié qu'on avait pris pour tels le gémissement de gros ramiers huppés, d'un plumage azur, et qu'on nomme dans les Moluques *l'oiseau couronné.* Nous fîmes au bord de cette rivière une rencontre plus extraordinaire. Un matelot de mon canot, cherchant des coquilles, y trouva enterré dans le sable un morceau d'une plaque de plomb, sur lequel on lisait ce reste de mots anglais :

HOR'D HERE
ICK MAJESTY'S [5].

On y voyait encore les traces des clous qui avaient servi à attacher l'inscription, laquelle paraissait être peu ancienne. Les sauvages avaient sans doute arraché la plaque et l'avaient mise en morceaux.

Cette rencontre nous engageait à reconnaître soigneusement tous les environs de notre mouillage. Aussi courûmes-nous la côte en dedans de l'île qui couvre la baie ; nous la suivîmes environ deux lieues et nous aboutîmes à une baie profonde, mais peu large, ouverte au sud-ouest, au fond de laquelle nous abor-

dâmes près d'une belle rivière. Quelques arbres sciés
ou abattus à coups de hache frappèrent aussitôt nos
regards et nous apprirent que c'était là que les Anglais
avaient relâché. Ensuite il nous en coûta peu de
recherches pour retrouver le lieu où avait été placée
l'inscription. C'était à un très gros arbre, fort apparent, sur la rive droite de la rivière, au milieu d'un
grand espace où nous jugeâmes que les Anglais
avaient dressé des tentes, car on voyait encore aux
arbres plusieurs amarrages de bitord. Les clous étaient
à l'arbre, et la plaque n'avait été arrachée que depuis
peu de jours, car sa trace était fraîche. Dans l'arbre
même, il y avait des gradins pratiqués par les Anglais
ou par les insulaires. Des rejetons qui s'élevaient sur la
coupe d'un des arbres abattus nous fournirent un
moyen de conclure qu'il n'y avait pas plus de quatre
mois que les Anglais avaient mouillé dans cette baie.
Le bitord trouvé l'indiquait suffisamment, car, quoique dans un lieu fort humide, il n'était point pourri. Je
ne doute pas que le vaisseau venu ici de relâche ne soit
le *Swallow,* bâtiment de quatorze canons, commandé
par M. Carteret et sorti d'Europe au mois d'août 1766
avec le *Delfin*[6] que commandait M. Walas. Nous
avons eu depuis des nouvelles de ce bâtiment à
Batavia, où nous en parlerons et d'où on verra que
nous avons suivi sa trace jusqu'en Europe. C'est un
hasard bien singulier que celui qui, au milieu de tant
de terres, nous ramène à un point où cette nation
rivale venait de laisser un monument d'une entreprise
semblable à la nôtre.

La pluie fut presque continuelle jusqu'au 11. Il y
avait apparence de grand vent dehors, mais le port est
abrité de tous côtés par les hautes montagnes qui

l'environnent. Nous accélérâmes nos travaux autant que le mauvais temps le permettait. Je fis aussi paumoyer nos câbles et relever une ancre pour mieux connaître la qualité du fond ; on n'en pouvait souhaiter un meilleur. Un de nos premiers soins avait été de chercher, assurément avec intérêt, si le pays pourrait fournir quelques rafraîchissements aux malades et quelque nourriture solide pour les sains. Nos recherches furent infructueuses. La pêche était absolument ingrate, et nous ne trouvâmes dans les bois que quelques lataniers et des choux palmistes en très petit nombre ; encore les fallait-il disputer à des fourmis énormes, dont les essaims innombrables ont forcé d'abandonner plusieurs pieds de ces arbres déjà abattus. On vit, il est vrai, cinq ou six sangliers ou cochons marrons[7], et depuis ce temps il y eut toujours des chasseurs occupés à en chercher, sans que jamais on en ait tué. C'est le seul quadrupède que nous ayons rencontré ici.

Quelques personnes ont aussi cru y reconnaître les traces d'un chat-tigre. Nous avons tué quelques gros pigeons de la plus grande beauté. Leur plumage est vert doré. Ils ont le col et le ventre gris-blanc et une petite crête sur la tête. Il y a aussi des tourterelles, des veuves plus grosses que celles du Brésil, des perroquets, des oiseaux couronnés, et une espèce d'oiseau dont le cri ressemble si fort à l'aboiement d'un chien qu'il n'y a personne qui n'y soit trompé la première fois qu'on l'entend. Nous avons aussi vu des tortues en différentes parties du canal, mais nous n'étions pas dans le temps de la ponte. Il y a dans cette baie de belles anses de sable, où je crois qu'alors on en pourrait prendre un assez bon nombre.

Tout le pays est montagneux ; le sol y est très léger, à peine le rocher est-il recouvert. Cependant les arbres y sont de la plus grande élévation, et il y a plusieurs espèces de très beaux bois. On y trouve le bétel, l'arec et le beau jonc des Indes que nous tirons des Malais. Il croît ici dans les lieux marécageux ; mais soit qu'il exige une culture, soit que les arbres qui couvrent entièrement la terre nuisent à son accroissement et à sa qualité, soit enfin que nous ne fussions pas dans la saison de sa maturité, on n'en a point coupé de beaux. Le poivrier aussi est commun ici, mais ce n'était alors ni le temps des fruits ni celui des fleurs. Le pays est en général peu riche en botanique. Au reste, il n'existe aucune trace qu'il ait jamais été habité à demeure. Il paraît certain que de temps en temps il y passe des Indiens : nous rencontrions fréquemment sur le bord de la mer des endroits où ils s'étaient arrêtés ; on les reconnaissait facilement aux débris de leurs repas.

Le 10, il mourut un matelot à bord de *L'Étoile*. Sa maladie était compliquée et ne tenait en rien du scorbut. Les trois jours suivants furent très beaux, et nous les employâmes utilement. Nous refîmes le pied de notre mât d'artimon qui s'était rongé dans la carlingue, et *L'Étoile* recoupa le sien dont la tête était consentie. Nous prîmes aussi à bord de cette flûte la farine et le biscuit qui lui restaient encore pour nous proportionnellement à notre nombre. Il se trouva moins de légumes qu'on n'avait cru, et je fus obligé de retrancher plus d'un tiers des gourganes [8] qui faisaient notre soupe : je dis notre, car tout se distribuait également. Etats-majors et équipages étaient à la même nourriture ; notre situation égalisait les hommes comme la mort. Nous profitâmes aussi du beau temps pour faire des observations essentielles.

Le 11 au matin, M. Verron établit à terre son quart de cercle et une pendule à secondes ; il s'en servit le même jour pour observer la hauteur méridienne du soleil. Le mouvement de la pendule fut déterminé avec exactitude par des hauteurs correspondantes, prises deux jours de suite. Il y avait le 13 une éclipse de soleil visible pour nous, et il fallait être en état de l'observer, si le temps le permettait. Il fut très beau, et on put voir le moment de l'immersion et celui de l'émersion. M. Verron observait avec une lunette de neuf pieds ; le chevalier du Bouchage avec une lunette achromatique de Dollond [9], longue de quatre pieds ; mon poste était à la pendule. Le commencement de l'éclipse fut pour nous le 13 à 10 h 50′ 45″ du matin, la fin à 00 h 28′ 16″ de temps vrai, et sa grandeur de 3′ 22″. Nous avons enterré une inscription sous l'endroit même où était la pendule, et nommé ce port *le port Praslin* [10].

Cette observation est d'autant plus importante, qu'on peut enfin par son moyen, et par celui des observations astronomiques faites à la côte du Pérou, déterminer d'une façon sûre l'étendue en longitude du vaste océan Pacifique, jusqu'à ce jour si incertaine. Nous fûmes d'autant plus heureux d'avoir eu beau temps pendant la durée de l'éclipse que, depuis ce jour jusqu'à notre départ, il n'y a pas eu une seule journée qui ne fût affreuse. Le ciel n'eut jamais plus de trois aunes, et la pluie continuelle, jointe à une chaleur étouffante, nous rendait notre séjour ici pernicieux. Le 16, la frégate avait achevé son travail, et nous employâmes tous nos bateaux à finir celui de *l'Étoile*. Cette flûte était presque lège, et comme on ne trouve point ici de pierres propres à former du lest, il fallut lui en faire un avec du bois : travail long, pénible et malsain au milieu de ces forêts où règne une éternelle humidité.

On y tuait journellement des serpents, des scorpions, et une grande quantité d'insectes d'une espèce singulière. Ils sont longs comme le doigt, cuirassés sur le corps ; ils ont six pattes, des pointes saillantes des côtés, et une queue fort longue. On m'apporta aussi un animal qui nous parut extraordinaire. C'est un insecte [11] d'environ trois pouces de long, de la famille des mantes ; presque toutes les parties de son corps sont composées d'un tissu que, même en y regardant de près, on prendrait pour des feuilles ; chacune de ses ailes est la moitié d'une feuille, laquelle est entière quand les ailes sont rapprochées ; le dessous de son corps est une feuille d'une couleur plus morte que le dessus. L'animal a deux antennes et six pattes, dont les parties supérieures sont aussi des portions de feuilles. M. de Commerçon a décrit cet insecte particulier, et, l'ayant conservé dans de l'esprit-de-vin, je l'ai remis au cabinet du roi.

On trouvait ici un grand nombre de coquilles dont plusieurs fort belles. Les bâtures offraient des trésors pour la conchyliologie. On récolta dans un même endroit dix marteaux [12], espèce, dit-on, fort rare*. Aussi le zèle des curieux était-il fort vif. Il fut ralenti par l'accident arrivé à un de nos matelots, lequel, en échouant la seine, fut piqué dans l'eau par une espèce de serpent. L'effet du venin se manifesta une demi-

---

* Ils furent trouvés dans une anse de la grande île qui forme cette baie, et que pour cette raison on a nommée *l'île aux Marteaux*.

heure après. Le matelot ressentit des douleurs violentes dans tout le corps. L'endroit de la morsure qui était au côté gauche devint livide et enfla à vue d'œil. Quatre ou cinq scarifications en tirèrent beaucoup de sang déjà dissous. Aussitôt qu'on cessait de faire promener par force le malade, les convulsions le prenaient. Il souffrit horriblement pendant cinq ou six heures. Enfin, la thériaque [13] et l'eau de lusse [14] qu'on lui avait administrées dès la première demi-heure provoquèrent une sueur abondante et l'ont tiré d'affaire.

Cette aventure rendit tout le monde plus circonspect à se mettre dans l'eau. Notre Taitien suivit avec curiosité le malade pendant tout le traitement. Il nous fit entendre que dans son pays il y avait le long de la côte des serpents qui mordaient les hommes à la mer, et que tous ceux qui étaient mordus en mouraient. Ils ont une médecine, mais je la crois fort peu avancée. Il fut émerveillé de voir le matelot, quatre ou cinq jours après son accident, revenir au travail. Fort souvent, en examinant les productions de nos arts, et les moyens divers par lesquels ils augmentent nos facultés et multiplient nos forces, cet insulaire tombait dans l'admiration de ce qu'il voyait et rougissait pour son pays ; *aouaou, Taiti, fi de Taiti,* nous disait-il avec douleur. Cependant il n'aimait pas à marquer qu'il sentait notre supériorité sur sa nation. On ne saurait croire à quel point il est haut. Nous avons remarqué qu'il est aussi souple que fier ; et ce caractère prouve qu'il vit dans un pays où les rangs sont inégaux, et quel est celui qu'il y tient.

Le 19 au soir nous fûmes enfin en état de partir ; mais il sembla que le temps ne fît qu'empirer : grand

vent de sud, déluge de pluie, tonnerre, grains en
tourmente. La mer était très grosse dehors, et les
oiseaux pêcheurs se refugiaient dans la baie. Le 22,
nous ressentîmes vers dix heures et demie du matin
plusieurs secousses de tremblement de terre. Elles
furent très sensibles sur nos vaisseaux et durèrent
environ deux minutes. Pendant ce temps la mer
haussa et baissa plusieurs fois de suite, ce qui effraya
beaucoup ceux qui pêchaient sur les récifs, et leur fit
chercher un asile dans les bateaux. Au reste, il semble
que dans cette saison les pluies soient ici sans interruption. Un orage n'attend pas l'autre, le tonnerre gronde
presque continuellement et la nuit donne l'idée des
ténèbres du chaos. Cependant nous allions tous les
jours dans les bois chercher des lataniers et des
palmistes, et tâcher de tuer quelques tourterelles.
Nous nous partagions en plusieurs bandes, et le
résultat ordinaire de ces caravanes pénibles était de
revenir trempés jusqu'aux os et les mains vides. On
découvrit cependant les derniers jours quelques pommes de mangles et des prunes mombin [15] ; c'eût été un
secours utile si on en eût eu connaissance plus tôt. On
trouva aussi une espèce de lierre aromatique, auquel
les chirurgiens crurent reconnaître une vertu antiscorbutique ; du moins les malades qui en firent des
infusions et s'en lavèrent ont-ils éprouvé quelque
soulagement.

Nous avons tous été voir une cascade merveilleuse
qui fournissait les eaux du ruisseau de *L'Étoile*. L'art
s'efforcerait en vain de produire dans le palais des rois
ce que la nature a jeté ici dans un coin inhabité. Nous
en admirâmes les groupes saillants dont les gradations
presque régulières précipitent et diversifient la chute

des eaux ; nous suivions avec surprise tous ces massifs variés pour la figure et qui forment cent bassins inégaux, où sont reçues les nappes de cristal coloriées par des arbres immenses, dont quelques-uns ont le pied dans les bassins mêmes. C'est bien assez qu'il existe des hommes privilégiés, dont le pinceau hardi peut nous tracer l'image de ces beautés inimitables ; cette cascade mériterait le plus grand peintre.

Cependant notre situation empirait à chaque instant que nous demeurions ici et que nous perdions sans faire de chemin. Le nombre et les maux de nos scorbutiques augmentaient. L'équipage de *L'Étoile* était encore dans un état plus triste que le nôtre. Chaque jour j'envoyais des canots dehors reconnaître le temps. C'était constamment le vent du sud presque en tourmente et une mer affreuse. Avec ces circonstances, l'appareillage était impossible, d'autant plus qu'on ne saurait appareiller de ce port qu'en prenant une croupière sur une ancre, qu'il faut sortir tout de suite et qu'on n'eût pu embarquer au large la chaloupe qui serait restée pour lever l'ancre que nous n'étions pas dans le cas de perdre. Ces obstacles me déterminèrent à aller le 23 reconnaître une passe entre *l'île des Marteaux* et la grande terre. J'en trouvai une, par laquelle nous pouvions sortir avec le vent du sud en embarquant nos bateaux dans le canal. Elle avait, il est vrai, d'assez grands inconvénients, et nous ne fûmes pas heureusement dans le cas de nous en servir.

Il avait plu sans interruption toute la nuit du 23 au 24 ; l'aurore amena le beau temps et le calme. Nous levâmes aussitôt notre ancre d'affourche ; nous envoyâmes établir une amarre à des arbres, une haussière sur une ancre à jet, et nous virâmes à pic sur l'ancre de dehors. Pendant la journée entière, nous attendîmes le moment d'appareiller ; déjà nous en désespérions et l'approche de la nuit nous forçait à nous réamarrer, lorsque, à cinq heures et demie, il se leva une brise du fond du port. Aussitôt nous larguâmes notre amarre de terre, filâmes le grelin de l'ancre à jet sur laquelle *L'Étoile* devait appareiller après nous, et en une demi-heure nous fûmes sous voiles. Les canots nous remorquèrent jusqu'au milieu de la passe, où nous ressentîmes assez de vent pour nous passer de leur secours. Nous les envoyâmes aussitôt à *L'Étoile* pour la mettre dehors. A deux lieues au large, nous mîmes en travers pour l'attendre, embarquant notre chaloupe et nos petits canots. A huit heures nous commençâmes à apercevoir la flûte qui était sortie du port ; mais le calme ne lui permit de nous joindre qu'à deux heures après minuit. Notre grand canot revint en même temps, et nous l'embarquâmes.

Dans la nuit il y eut des grains et de la pluie. Le beau temps revint avec le jour. Les vents étaient au sud-ouest, et nous gouvernâmes depuis l'est-quart-sud-est jusqu'au nord-nord-est, rondissant comme la terre. Il n'eût pas été prudent de chercher à en passer au vent : nous soupçonnions que c'était la nouvelle Bretagne, et toutes les apparences nous le confirmaient. En effet, les terres que nous avions découvertes plus à l'ouest se rapprochaient beaucoup de celles-ci, et on apercevait, au milieu de ce qu'on aurait pu prendre pour un passage, des mondrains isolés, qui tenaient sans doute au reste par des terres plus basses. Telle est la peinture que fait Dampierre de la grande baie qu'il nomma *baie Saint-Georges,* et c'est à sa pointe du nord-est que nous venions de mouiller, comme nous le vérifiâmes dès les premiers jours de notre sortie. Dampierre fut plus heureux que nous. Il trouva pour relâche un canton habité qui lui procura des rafraîchissements, et dont les productions lui firent concevoir de grandes espérances sur ce pays, et nous, qui étions tout aussi indigents que lui, nous sommes tombés dans un désert, qui n'a fourni à nos besoins que du bois et de l'eau.

En sortant du port Praslin, je corrigeai ma longitude sur celle que donna le calcul de l'éclipse du soleil qu'on y avait observée ; ma différence pouvait être d'environ 3°, dont j'étais plus est. Le thermomètre, pendant le séjour que nous y fîmes, fut constamment de 22 à 23° ; mais la chaleur y était plus grande qu'il ne semblait l'annoncer. J'en attribue la cause au défaut d'air dont on manque ici, ce bassin étant enfermé de toutes parts, dans la partie surtout des vents régnants.

Nous avions repris la mer après une relâche de huit jours, pendant lesquels, comme on l'a vu, le temps avait été constamment mauvais, et les vents presque toujours au sud. Le 25, ils revinrent au sud-est, variant jusqu'à l'est, et nous suivîmes la côte environ à trois lieues d'éloignement. Elle rondissait insensiblement, et bientôt nous aperçûmes au large des îles qui se succédaient de distance en distance. Nous passâmes entre elles et la grand-terre, et je leur donnai le nom des officiers des états-majors[1]. Il n'était plus douteux que nous côtoyions la nouvelle Bretagne. Cette terre est très élevée et paraît entrecoupée de belles baies, dans lesquelles nous apercevions des feux et d'autres traces d'habitations.

Le troisième jour de notre sortie, je fis couper nos tentes de campagne pour distribuer de grandes culottes aux gens des deux équipages. Nous avions déjà fait, en différentes occasions, de semblables distributions de hardes de toute espèce. Sans cela, comment eût-il été possible que ces pauvres gens fussent vêtus pendant une aussi longue campagne où il leur avait fallu plusieurs fois passer alternativement du froid au chaud, et essuyer maintes reprises du déluge ? Au reste, je n'avais plus rien à leur donner, tout était épuisé. Je fus même forcé de retrancher encore une once de pain sur la ration. Le peu qui nous restait de vivres était en partie gâté, et dans tout autre cas on eût jeté à la mer toutes nos salaisons ; mais il fallait manger le mauvais comme le bon. Qui pouvait savoir quand cela finirait ? Telle était notre situation de souffrir en même temps du passé qui nous avait affaiblis, du présent dont les tristes détails se répétaient à chaque instant, et de l'avenir dont le terme indéterminé était presque le plus cruel de nos maux. Mes peines personnelles se multipliaient par celles des autres. Je dois cependant publier qu'aucun ne s'est laissé abattre, et que la patience à souffrir a été supérieure aux positions les plus critiques. Les officiers donnaient l'exemple, et jamais les matelots n'ont cessé de danser le soir, dans la disette comme dans les temps de la plus grande abondance. Il n'avait pas été nécessaire de doubler leur paie.

Nous eûmes constamment la vue de la nouvelle Bretagne jusqu'au 3 août. Pendant ce temps il venta peu, il plut souvent, les courants nous furent contraires, et les navires marchaient moins que jamais. La côte prenait de plus en plus du ouest. Le 29 au matin, nous nous en trouvâmes plus près que nous n'avions encore été. Ce voisinage nous valut la visite de quelques pirogues, deux vinrent à la portée de la voix de la frégate, cinq autres furent à *L'Étoile*. Elles étaient montées chacune par cinq ou six hommes noirs, à cheveux crépus et laineux, quelques-uns les avaient poudrés de blanc. Ils portent la barbe assez longue, et des ornements blancs aux bras en forme de bracelets. Des feuilles d'arbres couvrent, tant bien que mal, leur nudité. Ils sont grands et paraissent agiles et robustes. Ils nous montraient une espèce de pain et nous invitaient par signes à venir à terre; nous les invitions à venir à bord; mais nos invitations, le don même de quelques morceaux d'étoffe jetés à la mer, ne leur inspirèrent pas la confiance de nous accoster. Ils ramassèrent ce qu'on avait jeté, et pour remerciement l'un d'eux, avec une fronde, nous lança une pierre qui ne vint pas jusqu'à bord; nous ne voulûmes pas leur rendre le mal pour le mal, et ils se retirèrent en frappant tous ensemble sur leurs canots avec de grands cris. Ils poussèrent sans doute les hostilités plus loin à bord de *L'Étoile,* car nous en vîmes tirer plusieurs coups de fusil qui les mirent en fuite. Leurs pirogues sont longues, étroites et à balancier. Toutes ont l'avant et l'arrière plus ou moins ornés de sculptures peintes en rouge, qui font honneur à leur adresse.

Le lendemain, il en vint un beaucoup plus grand nombre, qui ne firent aucune difficulté d'accoster le navire. Celui de leurs conducteurs qui paraissait être le chef portait un bâton long de deux ou trois pieds, peint en rouge, avec une pomme à chaque bout. Il l'éleva sur sa tête avec ses deux mains, en nous approchant, et il demeura quelque temps dans cette attitude. Tous ces nègres paraissaient avoir fait une grande toilette; les uns avaient la laine peinte en rouge; d'autres portaient des aigrettes de plumes sur la tête, d'autres des pendants d'oreilles de certaines graines, ou de grandes plaques blanches et rondes pendues au col; quelques-uns avaient des anneaux passés dans les cartilages du nez ; mais une parure assez générale à tous était des bracelets faits avec la bouche d'une grosse coquille sciée. Nous voulûmes lier commerce avec eux, pour les engager à nous apporter quelques rafraîchissements. Leur mauvaise foi nous fit bientôt voir que nous n'y réussirions pas. Ils tâchaient de saisir ce qu'on leur proposait, et ne voulaient rien rendre en échange. A peine put-on tirer d'eux quelques racines d'ignames. On se lassa de leur donner, et ils se retirèrent. Deux canots voguaient vers la frégate à l'entrée de la nuit, une fusée que l'on tira pour quelque signal les fit fuir précipitamment.

Au reste, il sembla que les visites qu'ils nous avaient rendues ces deux derniers jours n'avaient été que pour nous reconnaître et concerter un plan d'attaque. Le 31, on vit, dès la pointe du jour, un essaim de pirogues sortir de terre, une partie passa par notre travers sans s'arrêter, et toutes dirigèrent leur marche sur *L'Étoile,* que sans doute ils avaient observé être le plus petit des deux bâtiments, et se tenir derrière. Les nègres firent leur attaque à coups de pierres et de flèches. Le combat fut court. Une fusillade déconcerta leurs projets, plusieurs se jetèrent à la mer, et quelques pirogues furent abandonnées : depuis ce moment nous cessâmes d'en voir.

Les terres de la nouvelle Bretagne ne couraient maintenant que sur le ouest-quart-nord-ouest et l'ouest, et dans cette partie elles s'abaissaient considérablement. Ce n'était plus cette côte élevée et garnie de plusieurs rangs de montagnes ; la pointe septentrionale que nous découvrions était une terre presque noyée et couverte d'arbres de distance en distance. Les cinq premiers jours du mois d'août furent pluvieux, le temps fut à l'orage et le vent à grains. Nous n'aperçûmes la côte que par lambeaux, dans les éclaircis et sans pouvoir en distinguer les détails. Toutefois nous en vîmes assez pour être convaincus que les marées continuaient à nous enlever une partie du médiocre chemin que nous faisions chaque jour. Je fis alors gouverner au nord-ouest, puis au nord-ouest-quart-ouest, pour éviter un labyrinthe d'îles, qui sont semées à l'extrémité septentrionale de la nouvelle Bretagne. Le 4 après midi, nous reconnûmes distinctement deux îles[2] que je crois être celles que Dampierre nomme *île Matthias* et *île Orageuse*. L'île Matthias, haute et montagneuse, s'étend sur le nord-ouest, huit à neuf lieues. L'autre n'en a pas plus de trois ou quatre, et entre les deux est un îlot. Une île que l'on crut apercevoir le 5, à deux heures du matin, dans l'ouest, nous fit reprendre du nord. On ne se trompait pas, et à dix heures la brume, qui jusqu'alors avait été épaisse, s'étant dissipée, nous aperçûmes dans le sud-est-quart-sud cette île qui est petite et basse. Les marées cessèrent alors de porter sur le sud et sur l'est; ce qui semblait venir de ce que nous avions dépassé la pointe septentrionale de la nouvelle Bretagne, que les Hollandais nomment *cap Solomaswer*. Nous n'étions plus alors que par 00° 41′ de latitude méridionale. Nous avions sondé presque tous les jours sans trouver de fond.

Nous courûmes à ouest jusqu'au 7 avec un assez joli frais et beau temps, sans voir de terre. Le 7 au soir, l'horizon fort embrumé m'ayant paru, au coucher du soleil, être un horizon de terre depuis l'ouest jusqu'au ouest-sud-ouest, je me déterminai à tenir pour la nuit la route du sud-ouest-quart-ouest; nous reprîmes au

jour celle du ouest. Nous vîmes dans la matinée
environ à cinq ou six lieues devant nous une terre
basse. Nous gouvernâmes à ouest-quart-sud-ouest et
ouest-sud-ouest pour en passer au sud. Nous la
rangeâmes environ à une lieue et demie. C'était une île
plate, longue d'environ trois lieues, couverte d'arbres
et partagée en plusieurs divisions liées ensemble par
des bâtures et des bancs de sable. Il y a sur cette île
une grande quantité de cocotiers, et le bord de la mer y
est couvert d'un si grand nombre de cases, qu'on peut
juger de là qu'elle est extrêmement peuplée. Ces cases
sont hautes, presque carrées et bien couvertes. Elles
nous parurent plus vastes et plus belles que ne sont
ordinairement des cabanes de roseaux, et nous crûmes
revoir les maisons de Taiti. On découvrait un grand
nombre de pirogues occupées à la pêche tout autour de
l'île ; aucune ne parut se déranger pour nous voir
passer, et nous jugeâmes que ces habitants, qui
n'étaient pas curieux, étaient contents de leur sort.
Nous nommâmes cette île *l'île des Anachorètes*. A
trois lieues dans l'ouest de celle-ci on vit du haut des
mâts une autre île basse.

La nuit fut très obscure et quelques nuages fixes
dans le sud nous y firent soupçonner de la terre. En
effet, au jour, nous découvrîmes deux petites îles dans
le sud-est-quart-sud 3° sud, à huit ou neuf lieues de
distance. On ne les avait pas encore perdues de vue à
huit heures et demie, lorsqu'on eut connaissance d'une
autre île basse dans l'ouest-quart-sud-ouest, et peu
après d'une infinité de petites îles qui s'étendaient dans
le ouest-nord-ouest et le sud-ouest de cette dernière,
laquelle peut avoir deux lieues de long ; toutes les
autres ne sont, à proprement parler, qu'une chaîne

d'îlots ras et couverts de bois, rencontre désastreuse. Il y avait cependant un îlot séparé des autres et plus au sud, lequel nous parut être plus considérable. Nous dirigeâmes notre route entre celui-là et l'archipel d'îlots, que je nommai *l'Échiquier,* et que je voulais laisser au nord. Nous n'étions pas près d'en être dehors. Cette chaîne aperçue dès le matin se prolongeait beaucoup plus loin dans le sud-ouest que nous ne l'avions pu juger alors.

Nous cherchions, comme je viens de le dire, à la doubler dans le sud ; mais à l'entrée de la nuit nous y étions encore engagés, sans savoir précisément jusqu'où elle s'étendait. Le temps, incessamment chargé de grains, ne nous avait jamais montré dans un même instant tout ce que nous devions craindre ; pour surcroît d'embarras, le calme vint aussitôt que la nuit, et ne finit presque qu'avec elle. Nous la passâmes dans la continuelle appréhension d'être jetés sur la côte par les courants. Je fis mettre deux ancres en mouillage, et allonger leurs bittures sur le pont, précaution presque inutile : car on sonda plusieurs fois sans trouver le fond. Tel est un des plus grands dangers de ces terres : presque à deux longueurs de navire des récifs qui les bordent, on n'a point la ressource de mouiller. Heureusement le temps se maintint sans orages ; même vers minuit, il se leva une fraîcheur du nord qui nous servit à nous élever un peu dans le sud-est. Le vent fraîchit à mesure que le soleil montait, et il nous retira de ces îles basses, que je crois inhabitées ; au moins pendant le temps qu'on s'est trouvé à portée de les voir, on n'y a distingué ni feux, ni cabanes, ni pirogues. *L'Étoile* avait été dans cette nuit plus en danger encore que nous, car elle fut très longtemps sans gouverner, et la marée l'entraînait visiblement à la côte, lorsque le vent vint à son aide. A deux heures après midi nous doublâmes l'îlot le plus occidental, et nous gouvernâmes à ouest-sud-ouest.

Le 11 à midi, étant par 2° 17′ de latitude australe, nous aperçûmes dans le sud une côte élevée qui nous parut être celle de la nouvelle Guinée[3]. Quelques heures après, on la vit plus clairement. C'est une terre haute et montueuse, qui dans cette partie s'étend sur l'ouest-nord-ouest. Le 12 à midi, nous étions environ à dix lieues des terres les plus voisines de nous. Il était impossible de détailler la côte à cette distance, il nous parut seulement une grande baie vers 2° 25′ de latitude sud, et des terres basses dans le fond qu'on ne découvrait que du haut des mâts. Nous jugeâmes aussi, par la vitesse avec laquelle nous doublions les terres, que les courants nous étaient devenus favorables ; mais pour apprécier avec quelque justesse la différence qu'ils occasionnaient dans l'estime de notre route, il eût fallu cingler moins loin de la côte. Nous continuâmes à la prolonger à dix ou douze lieues de distance. Son gissement était toujours sur l'ouest-nord-ouest, et sa hauteur prodigieuse. Nous y remarquâmes surtout deux pics très élevés, voisins l'un de l'autre et qui surpassent en hauteur toutes les autres montagnes. Nous les avons nommés *les deux Cyclopes*. Nous eûmes occasion de remarquer que les marées portaient sur le nord-ouest. Effectivement nous nous trouvâmes le jour suivant plus éloignés de la côte de la nouvelle Guinée, qui revient ici sur l'ouest. Le 14, au point du jour, nous découvrîmes deux îles et un îlot qui paraissait entre deux, mais plus au sud. Elles gissent entre elles est-sud-est et ouest-

nord-ouest corrigés ; elles sont à deux lieues de distance l'une de l'autre, de médiocre hauteur, et n'ont
pas plus d'une lieue et demie d'étendue chacune.

Nous avancions peu chaque journée. Depuis que
nous étions sur la côte de la nouvelle Guinée, nous
avions assez régulièrement une faible brise d'est ou de
nord-est, qui commençait vers deux ou trois heures
après midi, et durait environ jusque vers minuit ; à
cette brise succédait un intervalle plus ou moins long
de calme qui était suivi de la brise de terre variable du
sud-ouest au sud-sud-ouest, laquelle se terminait aussi
vers midi par deux ou trois heures de calme. Nous
revîmes le 15 au matin la plus occidentale des deux îles
que nous avions reconnues la veille. Nous découvrîmes en même temps d'autres terres qui nous parurent
îles, depuis le sud-est-quart-sud jusqu'à l'ouest-sud-
ouest, terres fort basses, par-dessus lesquelles nous
apercevions dans une perspective éloignée les hautes
montagnes du continent. La plus élevée, que nous
relevâmes à huit heures du matin au sud-sud-est du
compas, se détachait des autres, et nous la nommâmes
le géant Moulineau[4]. Nous donnâmes le nom de *la
nymphe Alie*[5] à la plus occidentale des îles basses dans
le nord-ouest de Moulineau. A dix heures du matin,
nous tombâmes dans un raz de marée, où les courants
paraissaient porter avec violence sur le nord et nord-
nord-est. Ils étaient si vifs, que jusqu'à midi ils nous
empêchèrent de gouverner ; et comme ils nous entraînèrent fort au large, il nous devint impossible d'asseoir
un jugement précis sur leur véritable direction. L'eau,
dans le lit de marée, était couverte de troncs d'arbres
flottants, de divers fruits et de goémons ; elle y était en
même temps si trouble, que nous craignîmes d'être sur

un banc, mais la sonde ne nous donna point de fond à 100 brasses. Ce raz de marée semblait indiquer ici ou une grande rivière[6] dans le continent, ou un passage qui couperait les terres de la nouvelle Guinée, passage dont l'ouverture serait presque nord et sud. Suivant deux distances des bords du soleil et de la lune, observées à l'octant par le chevalier du Bouchage et M. Verron, notre longitude le 15 à midi était de 136° 16′ 30″ à l'est de Paris. Mon estime, suivie depuis la longitude déterminée au port Praslin, en différait de 2° 47′. Nous observâmes le même jour 1° 17′ de latitude australe.

Le 16 et le 17, il fit presque calme, le peu de vent qui souffla fut variable. Le 16, on ne vit la terre qu'à sept heures du matin, encore ne la vit-on que du haut des mâts, terre extrêmement haute et coupée. Nous perdîmes toute cette journée à attendre *L'Étoile* qui, maîtrisée par le courant, ne pouvait pas mettre le cap en route ; et le 17, comme elle était fort éloignée de nous, je fus obligé de virer sur elle pour la rallier ; ce que nous ne fîmes qu'aux approches de la nuit. Elle fut très orageuse, avec un déluge de pluie et des tonnerres épouvantables. Les six jours suivants nous furent tout aussi malheureux : de la pluie, du calme, et le peu qui venta, ce fut du vent debout. Il faut s'être trouvé dans la position où nous étions alors pour être en état de s'en former l'idée. Le 17 après-midi, on avait aperçu depuis le sud-sud-ouest-5°-sud du compas jusqu'au sud-ouest-5°-ouest, à seize lieues environ de distance, une côte élevée qu'on ne perdit de vue qu'à la nuit. Le 18, à neuf heures du matin, on découvrit une île haute dans le sud-ouest-quart-ouest, distante à peu près de douze lieues ; nous la revîmes le lendemain, et elle

nous restait à midi depuis le sud-sud-ouest jusqu'au
sud-ouest dans un éloignement de quinze à vingt
lieues. Les courants nous donnèrent pendant ces trois
derniers jours dix lieues de différence nord ; nous ne
pûmes savoir quelle était celle qu'ils nous donnaient en
longitude.

Le 20, nous passâmes la ligne pour la seconde fois
de la campagne. Les courants continuaient à nous
éloigner des terres. Nous n'en vîmes point le 20 ni le
21, quoique nous eussions tenu les bordées qui nous en
rapprochaient le plus. Il nous devenait cependant
essentiel de rallier la côte et de la ranger d'assez près,
pour ne pas commettre quelque erreur dangereuse, qui
nous fît manquer le débouquement dans la mer des
Indes, et nous engageât dans l'un des golfes de *Gilolo*.
Le 22, au point du jour, nous eûmes connaissance
d'une côte plus élevée qu'aucune autre partie de la
nouvelle Guinée que nous eussions encore vue. Nous
gouvernâmes dessus, et, à midi, on la releva depuis le
sud-sud-est-5°-sud, jusqu'au sud-ouest, où elle ne
paraissait pas terminée. Nous venions de passer la
ligne pour la troisième fois. La terre courait sur
l'ouest-nord-ouest, et nous l'accostâmes, déterminés à
ne la plus quitter jusqu'à être parvenus à son extrémité, que les géographes nomment *le cap Mabo*. Dans
la nuit nous doublâmes une pointe, de l'autre côté de
laquelle la terre, toujours fort élevée, ne courait plus
que sur l'ouest-quart-sud-ouest et l'ouest-sud-ouest.
Le 23 à midi, nous voyions une étendue de côte
d'environ vingt lieues, dont la partie la plus occidentale nous restait presque au sud-ouest à treize ou
quatorze lieues. Nous étions beaucoup plus près de
deux îles basses et couvertes d'arbres, éloignées l'une

de l'autre d'environ quatre lieues. Nous en approchâmes à une demi-lieue, et tandis que nous attendions *L'Étoile* écartée de nous à une grande distance, j'envoyai le chevalier de Suzannet, avec deux de nos bateaux armés, à la plus septentrionale des deux îles. Nous pensions y voir des habitations et nous espérions en tirer quelques rafraîchissements. Un banc, qui règne le long de l'île et s'étend même assez loin dans l'est, força les bateaux de faire un grand tour pour le doubler. Le chevalier de Suzannet ne trouva ni cases, ni habitants, ni rafraîchissements. Ce qui, de loin, nous avait semblé former un village, n'était qu'un amas de roches minées par la mer et creusées en caverne. Les arbres qui couvraient l'île ne portaient aucun fruit propre à la nourriture des hommes. On y enterra une inscription. Les bateaux ne revinrent à bord qu'à dix heures du soir. *L'Étoile* venait de nous rejoindre. La vue continuelle de la côte nous avait appris que les courants portaient ici sur le nord-ouest.

Après avoir embarqué nos bateaux, nous tâchâmes de prolonger la terre autant que les vents constants au sud et au sud-sud-ouest voulurent nous le permettre. Nous fûmes obligés de courir plusieurs bords, dans l'intention de passer au vent d'une grande île, que nous avions aperçue au coucher du soleil dans l'ouest et l'ouest-quart-nord-ouest. L'aube du jour nous surprit encore sous le vent de cette île. Sa côte orientale, qui peut avoir cinq lieues de longueur, court à peu près nord et sud, et à sa pointe méridionale on voit un îlot bas et de peu d'étendue. Entre elle et la terre de la nouvelle Guinée, qui se prolonge ici presque sur le sud-ouest-quart-ouest, il se présentait un vaste passage dont l'ouverture, d'environ huit lieues, gît nord-est et sud-ouest. Le vent en venait, et la marée portait dans le nord-ouest; comment gagner en louvoyant ainsi contre vent et mer? Je l'essayai jusqu'à neuf heures du matin. Je vis avec douleur que c'était infructueusement, et je pris le parti d'*arriver,* pour ranger la côte septentrionale de l'île, abandonnant à regret un débouché, que je crois très beau pour se tirer de cette chaîne éternelle d'îles.

Nous eûmes dans cette matinée deux alertes consécutives. La première fois on cria d'en haut qu'on voyait devant nous une longue suite de brisants, et l'on prit aussitôt les amures à l'autre bord. Ces brisants, examinés ensuite plus attentivement, se trouvèrent être des raz d'une marée violente, et nous reprîmes notre route. Une heure après, plusieurs personnes crièrent du gaillard d'avant qu'on voyait le fond sous nous; l'affaire pressait, mais l'alarme fut heureusement aussi courte qu'elle avait été vive. Nous l'eussions même crue fausse, si *L'Étoile,* qui était dans nos eaux, n'eût aperçu ce même haut-fond pendant près de deux minutes. Il lui parut un banc de corail. Presque nord et sud de ce banc, qui peut avoir encore moins d'eau dans quelque partie, il y a une anse de sable sur laquelle sont construites quelques cases environnées de cocotiers. La remarque peut d'autant plus servir de point de reconnaissance, que jusque-là nous n'avons vu aucunes traces d'habitations sur cette côte. A une heure après midi nous doublâmes la pointe du nord-est de la grande île, qui s'étend ensuite sur l'ouest et l'ouest-quart-sud-ouest, près de vingt lieues. Il fallut serrer le vent pour la prolonger, et nous ne tardâmes pas à apercevoir d'autres îles dans l'ouest et l'ouest-quart-nord-ouest. On en vit même une au soleil couchant qui fut relevée dans le nord-est-quart-nord, à laquelle se joignait une bâture qui parut s'étendre jusqu'au nord-quart-nord-ouest : ainsi nous étions encore une fois enclavés [7].

Nous perdîmes dans cette journée notre premier maître d'équipage nommé *Denys,* qui mourut du scorbut. Il était malouin et âgé d'environ cinquante ans, passés presque tous au service du roi. Les sentiments d'honneur et les connaissances qui le distinguaient dans son état important nous l'ont fait regretter universellement. Quarante-cinq autres personnes étaient atteintes du scorbut ; la limonade et le vin en suspendaient seuls les funestes progrès.

Nous passâmes la nuit sur les bords, et le 25 au lever du jour nous nous trouvâmes environnés de terres. Il s'offrait à nous trois passages, l'un ouvert au sud-ouest, le second à ouest-sud-ouest, et le troisième presque est et ouest. Le vent ne nous accordait que ce dernier, et je n'en voulais point. Je ne doutais pas que nous ne fussions au milieu des îles des Papous. Il fallait éviter de tomber plus loin dans le nord, de crainte, comme je l'ai déjà dit, de nous enfoncer dans quelqu'un des golfes de la côte orientale de Gilolo. L'essentiel, pour sortir de ces parages critiques, était donc de nous élever en latitude australe ; or, au-delà du passage du sud-ouest, on apercevait dans le sud la mer ouverte autant que la vue pouvait s'étendre : ainsi je me décidai à louvoyer pour gagner ce débouché. Toutes ces îles et îlots qui nous enfermaient sont fort escarpées, de hauteur médiocre, et couvertes d'arbres. Nous n'y avons aperçu aucun indice qu'elles soient habitées.

A onze heures du matin, nous eûmes fond de sable

sur 45 brasses ; c'était une ressource. A midi, nous observâmes 00°5' de latitude boréale, ainsi nous venions de passer la ligne pour la quatrième fois. A six heures du soir, nous étions à même de donner dans le passage du ouest-sud-ouest. C'était avoir gagné environ trois lieues par le travail de la journée entière. La nuit nous fut plus favorable, grâce à la lune dont la lumière nous permit de louvoyer entre les pierres et les îles. D'ailleurs le courant qui nous avait été contraire tant que nous fûmes par le travers des deux premières passes, nous devint favorable, dès que nous vînmes à ouvrir le passage du sud-ouest.

Le canal par lequel nous débouquâmes enfin dans cette nuit peut avoir de deux à trois lieues de large. Il est borné à l'ouest par un amas d'îles et d'îlots assez élevés. Sa côte de l'est, que nous avions prise au premier coup d'œil pour la pointe la plus occidentale de la grande île, n'est aussi qu'un amas de petites îles et de rochers qui de loin semblent former une seule masse, et les séparations entre ces îles présentent d'abord l'aspect de belles baies ; c'est ce que nous reconnaissions à chaque bordée que nous rapportions sur ces terres. Ce ne fut qu'à quatre heures et demie du matin que nous parvînmes à doubler les îlots les plus sud du nouveau passage que nous nommâmes *le passage des Français*. Le fond paraît augmenter au milieu de cet archipel en avançant vers le sud. Nos sondes ont été de 55 à 75 et 80 brasses, fond de sable gris, vase et coquilles pourries. Lorsque nous fûmes entièrement hors du canal, nous sondâmes sans trouver de fond. Je fis alors gouverner au sud-ouest.

Le 26, à la pointe du jour, nous découvrîmes une nouvelle île dans le sud-sud-ouest, et peu après une autre dans l'ouest-nord-ouest. A midi on ne voyait plus le labyrinthe d'où nous sortions, et la hauteur méridienne nous donna 00° 23′ de latitude australe. C'était pour la cinquième fois que nous avions passé la ligne. Nous continuâmes de tenir le plus près bas-bord amure, et l'après-midi nous eûmes connaissance d'une petite île dans le sud-est. Le lendemain, au lever du soleil, nous en vîmes une peu élevée, à neuf ou dix lieues dans le sud-sud-est. Elle parut s'étendre nord-est et sud-ouest environ deux lieues. Un gros mondrain fort escarpé et d'une hauteur remarquable, que nous nommâmes *le gros Thomas* [8], se fit voir à dix heures du matin. A sa pointe méridionale il y a un petit îlot, il y en a deux à sa pointe septentrionale. Les courants avaient cessé de nous porter au nord, nous eûmes au contraire de la différence sud. Cette circonstance, jointe à l'observation de la latitude qui nous mettait plus sud que le cap Mabo, me donna l'entière conviction que nous entrions enfin dans l'archipel des Moluques.

Je demanderais au reste quel est ce *cap Mabo* et où il est situé. On en fait le cap qui termine dans le nord la partie occidentale de la nouvelle Guinée ; Dampierre et Wood Rogers le placent, le premier dans un des golfes de Gilolo à 30′ de latitude australe, le second à huit lieues au plus de cette grande île. Mais toute cette partie n'est qu'un archipel assez vaste de petites îles, qu'à raison de leur nombre, l'amiral Rogewin, qui les traversa en 1722, nomma *les mille Isles*. Comment donc le cap Mabo, voisin de Gilolo, appartient-il à la nouvelle Guinée ? où le placer même, si, comme nous avons tout lieu de le croire, la nouvelle Guinée elle-même n'est qu'un amas de grandes îles, dont les divers canaux sont encore inconnus ? Il ne devra appartenir qu'à celle de ces îles considérables qui sera la plus occidentale.

Le 27 après-midi, nous découvrîmes cinq à six îles, depuis l'ouest-quart-sud-ouest-5°-sud jusque dans l'ouest-nord-ouest du compas. Pendant la nuit nous tînmes la bordée du sud-sud-est, de sorte qu'on ne les revit plus le 28 au matin. Nous aperçûmes alors cinq autres petites îles sur lesquelles nous courûmes. Elles nous restaient à midi depuis le sud-sud-ouest-1°-ouest, jusqu'au ouest-quart-sud-ouest-1°-sud, à la distance de deux, trois, quatre et cinq lieues. On voyait encore le gros Thomas à l'est-nord-est-5°-nord environ cinq lieues. On aperçut aussi alors une nouvelle île dans l'ouest-sud-ouest, à sept ou huit lieues. Nous ressentîmes pendant ces vingt-quatre heures plusieurs fortes marées qui paraissaient venir de l'ouest. Cependant la différence de notre estime à l'observation méridienne et aux relèvements nous donna dix à onze milles sur le sud-ouest-quart-sud et sud-sud-ouest. A neuf heures du matin, j'ordonnai à *L'Étoile* de monter ses canons et d'envoyer son canot aux îles du sud-ouest, pour reconnaître s'il y avait quelque mouillage, et si ces îles fournissaient quelques productions intéressantes.

Il fit presque calme dans l'après-midi, et le canot ne revint qu'à neuf heures du soir. Il avait abordé à deux de ces îles, où on n'avait trouvé aucune trace d'habitation ni de culture, ni aucune espèce de fruit. Les gens du canot étaient prêts à se retirer lorsqu'ils virent avec surprise un nègre s'approcher seul dans une pirogue à deux balanciers. Il avait à une oreille un anneau d'or, et pour armes deux sagaies. Il aborda le canot sans crainte ni surprise. On lui demanda à boire et à

manger, et il offrit de l'eau et quelque peu d'une espèce
de farine qui paraissait faire sa nourriture. On lui
donna un mouchoir, un miroir et quelques bagatelles
pareilles. Il riait en recevant ces présents et ne les
admirait pas. Il semblait connaître les Européens, et
on pensa que ce pouvait être un nègre fugitif de
quelqu'une des îles voisines où les Hollandais ont des
postes, ou que peut-être y avait-il été envoyé pour la
pêche. Les Hollandais nomment ces îles *les cinq Isles,*
et de temps en temps ils les font visiter. Ils nous ont dit
qu'autrefois elles étaient au nombre de sept, mais que
deux ont été abîmées dans un tremblement de terre ;
révolution assez fréquente dans ces parages. Il y a
entre ces îles un prodigieux courant sans aucun
mouillage. Les arbres et les plantes y sont à peu près
les mêmes qu'à la nouvelle Bretagne. Nos gens y
prirent une tortue du poids environ de deux cents
livres.

Depuis ce temps, nous continuâmes à éprouver de
fortes marées qui portaient sur le sud, et nous tînmes
la route qui en approchait le plus. Nous sondâmes
plusieurs fois sans trouver de fond, et nous n'eûmes
connaissance que d'une seule île dans l'ouest et à dix
ou douze lieues de nous, jusqu'au 30 après-midi que
nous aperçûmes dans le sud et à un grand éloignement
une terre considérable. Le courant, qui nous servait
mieux que le vent, nous en approcha dans la nuit ; et le
31, au point du jour, nous nous en trouvâmes à sept ou
huit lieues. C'était *l'île Ceram*[9]. Sa côte en partie
boisée, défrichée en partie, courait à peu près est et
ouest, sans que nous la vissions terminée. C'est une île
très haute : des montagnes énormes s'élèvent sur le
terrain de distance en distance, et le grand nombre de

feux que nous y vîmes de tous les côtés annonce qu'elle est fort peuplée. Nous passâmes la journée et la nuit suivante à naviguer le long de la côte septentrionale de cette île, courant des bordées pour nous élever dans l'ouest et gagner sa pointe occidentale. Le courant nous était favorable, mais le vent était court.

Je remarquerai, à l'occasion de la contrariété que nous éprouvions depuis longtemps de la part des vents, que dans les Moluques on appelle mousson du nord celle du ouest, et mousson du sud celle de l'est ; parce que, pendant la première, les vents soufflent plus ordinairement du nord-nord-ouest que du ouest, et pendant la seconde ils viennent le plus souvent du sud-sud-est. Ces vents règnent alors de même dans les îles des Papous et sur la côte de la nouvelle Guinée ; nous le savions par une triste expérience, ayant employé trente-six jours à faire quatre cent cinquante lieués.

Le premier septembre, la lumière du jour naissant nous montra que nous étions à l'entrée d'une baie dans laquelle il y avait plusieurs feux. Bientôt après, nous aperçûmes deux embarcations à la voile, de la forme des bateaux malais. Je fis arborer pavillon et flamme hollandaise, et tirer un coup de canon, et je fis une faute sans le savoir. Nous avons appris depuis que les habitants de Ceram sont en guerre avec les Hollandais, qu'ils ont chassés de presque toutes les parties de leur île. Aussi courûmes-nous inutilement un bord dans la baie ; les bateaux se réfugièrent à terre, et nous profitâmes du vent frais pour continuer notre route. Le terrain du fond de la baie est bas et uni, entouré de hautes montagnes, et la baie est semée de plusieurs îles. Il nous fallut gouverner à ouest-nord-ouest pour en doubler une assez grande, sur la pointe de laquelle on voit un îlot et un banc de sable, avec une bâture qui paraît s'allonger une lieue au large. Cette île se nomme *Bonao,* laquelle est coupée en deux par un canal fort étroit. Quand nous l'eûmes doublée, nous gouvernâmes jusqu'à midi à ouest-quart-sud-ouest.

Il venta grand frais du sud-sud-ouest au sud-sud-est, et nous louvoyâmes le reste du jour entre *Bonao, Kelang* et *Manipa,* cherchant à faire du chemin dans le sud-ouest. A dix heures du soir nous eûmes connaissance des terres de l'île *Boero* [10] par des feux qui y étaient allumés, et comme mon projet était de m'y arrêter, nous passâmes la nuit sur les bords pour nous en tenir à portée et au vent, si nous pouvions. Je savais que les Hollandais avaient sur cette île un comptoir faible, quoique assez riche en rafraîchissements. Dans l'ignorance profonde où nous étions de la situation des affaires en Europe, il ne nous convenait pas d'en venir hasarder les premières nouvelles chez des étrangers, qu'en un lieu où nous fussions à peu près les plus forts.

Ce ne fut pas sans d'excessifs mouvements de joie que nous découvrîmes à la pointe du jour l'entrée du *golfe de Cajeli.* C'est où les Hollandais ont leur établissement ; c'était le terme où devaient finir nos plus grandes misères. Le scorbut avait fait parmi nous de cruels ravages depuis notre départ du port Praslin ; personne ne pouvait s'en dire entièrement exempt, et la moitié de nos équipages était hors d'état de faire aucun travail. Huit jours de plus passés à la mer eussent assurément coûté la vie à un grand nombre, et la santé à presque tous. Les vivres qui nous restaient étaient si pourris et d'une odeur si cadavéreuse, que les moments les plus durs de nos tristes journées étaient ceux où la cloche avertissait de prendre ces aliments dégoûtants et malsains. Combien cette situation embellissait encore à nos yeux le charmant aspect des côtes *de Boero!* Dès le milieu de la nuit, une odeur agréable, exhalée des plantes aromatiques dont les îles Moluques sont couvertes, s'était fait sentir plusieurs lieues en mer, et avait semblé l'avant-coureur qui nous annonçait la fin de nos maux. L'aspect d'un bourg assez grand situé au fond du golfe, celui de vaisseaux à l'ancre, la vue de bestiaux errants dans les prairies qui environnent le bourg, causèrent des transports, que j'ai partagés sans doute, et que je ne saurais dépeindre.

Il nous avait fallu courir plusieurs bords, avant que de pouvoir entrer dans le golfe dont la pointe septentrionale se nomme *pointe de Lissatetto,* et celle du sud-est, *pointe Rouba.* Ce ne fut qu'à dix heures que nous pûmes mettre le cap sur le bourg. Plusieurs bateaux naviguaient dans la baie ; je fis arborer pavillon hollandais et tirer un coup de canon, aucun ne vint à bord ; j'envoyai alors mon canot sonder en avant du navire. Je craignais un banc qui se trouve à la côte du sud-est du golfe. A midi et demi une pirogue, conduite par des Indiens, s'approcha du vaisseau ; le chef nous demanda en hollandais qui nous étions, et refusa toujours de monter à bord. Cependant nous avancions à pleines voiles, suivant les signaux du canot qui sondait. Bientôt nous vîmes le banc dont nous avions redouté l'approche. La mer était basse et le danger paraissait à découvert. C'est une chaîne de roches mêlées de corail, laquelle part de la côte du sud-est du golfe, à une lieue environ en dedans de la *pointe Rouba,* et s'étend du sud-est au

nord-ouest, l'espace d'une demi-lieue. A quatre longueurs de canot de son extrémité, on est sur cinq ou six
brasses d'eau, mauvais fond de corail, et on passe tout
de suite à 17 brasses, fond de sable et vase. Notre
route fut à peu près le sud-ouest trois lieues depuis 10 h
jusqu'à 1 h 30′ que nous mouillâmes vis-à-vis la loge
auprès de plusieurs petits bâtiments hollandais, à
moins d'un quart de lieue de terre. Nous étions par 27
brasses d'eau fond de sable et vase, et nous fîmes les
relèvements suivants.

La pointe Lissatetto au nord-4°-est, deux lieues.

La pointe Rouba au nord-est-2°-est, une demi-lieue.

Une presqu'île à ouest-quart-nord-ouest-1°-ouest,
trois quarts de lieue.

*La pointe d'une bâture qui s'allonge plus d'une
demi-lieue au large de la presqu'île,* au nord-ouest-
quart-ouest.

Le pavillon de la loge hollandaise, au sud-quart-
sud-ouest-5°-ouest.

L'Étoile mouilla près de nous, plus dans l'ouest-
nord-ouest.

A peine avions-nous jeté l'ancre, que deux soldats
hollandais sans armes, dont l'un parlait français,
vinrent à bord me demander de la part du résident du
comptoir quels motifs nous attiraient dans ce port,
lorsque nous ne devions pas ignorer que l'entrée n'en
était permise qu'aux seuls vaisseaux de la Compagnie
hollandaise. Je renvoyai avec eux un officier pour
déclarer au résident que la nécessité de prendre des
vivres nous forçait à entrer dans le premier port que
nous avions rencontré, sans nous permettre d'avoir
égard aux traités qui interdisaient aux navires étrangers la relâche dans les ports des Moluques, et que

nous sortirions aussitôt qu'il nous aurait fourni les
secours dont nous avions le plus urgent besoin. Les
deux soldats revinrent peu de temps après pour me
communiquer un ordre signé du gouverneur d'Amboine [11], duquel le résident de Boero dépend directement, par lequel il est expressément défendu à celui-ci
de recevoir dans son port aucun vaisseau étranger. Le
résident me priait en même temps de lui donner par
écrit une déclaration des motifs de ma relâche, afin
qu'elle pût justifier, auprès de son supérieur auquel il
l'enverrait, la conduite qu'il était obligé de tenir en
nous recevant ici. Sa demande était juste, et j'y satisfis
en lui donnant une déposition signée, dans laquelle je
déclarais qu'étant parti des îles Malouines et voulant
aller dans l'Inde en passant par la mer du Sud, la
mousson contraire et le défaut de vivres nous avaient
empêchés de gagner les îles Philippines et forcés de
venir chercher au premier port des Moluques des
secours indispensables, secours que je le sommais de
me donner en vertu du titre le plus respectable, de
l'humanité.

Dès ce moment il n'y eut plus de difficultés; le
résident, en règle vis-à-vis de sa Compagnie, fit contre
fortune bon cœur, et il nous offrit ce qu'il avait d'un
air aussi libre que s'il eût été le maître chez lui. Vers les
cinq heures, je descendis à terre avec plusieurs
officiers pour lui faire une visite. Malgré le trouble que
devait lui causer notre arrivée, il nous reçut à merveille. Il nous offrit même à souper, et certes nous
l'acceptâmes. Le spectacle du plaisir et de l'avidité
avec lequel nous le dévorions lui prouva mieux que
nos paroles que ce n'était pas sans raison que nous
criions à la faim. Tous les Hollandais en étaient en

extase, ils n'osaient manger dans la crainte de nous faire tort. Il faut avoir été marin et réduit aux extrémités que nous éprouvions depuis plusieurs mois, pour se faire une idée de la sensation que produit la vue de salades et d'un bon souper sur des gens en pareil état. Ce souper fut pour moi un des plus délicieux instants de mes jours, d'autant que j'avais envoyé à bord des vaisseaux de quoi y faire souper tout le monde aussi bien que nous.

Il fut réglé que nous aurions journellement du cerf pour entretenir nos équipages à la viande fraîche pendant le séjour, qu'on nous donnerait en partant dix-huit bœufs, quelques moutons et à peu près autant de volailles que nous en demanderions. Il fallut suppléer au pain par du riz, c'est la nourriture des Hollandais. Les insulaires vivent de pain de sagu [12] qu'ils tirent du cœur d'un palmier auquel ils donnent ce nom ; ce pain ressemble à la cassave [13]. Nous ne pûmes avoir cette abondance de légumes qui nous eût été si salutaire, les gens du pays n'en cultivent point. Le résident voulut bien en fournir, pour les malades, du jardin de la Compagnie.

Au reste, tout ici appartient à la Compagnie directement ou indirectement, gros et menu bétail, grains et denrées de toute espèce. Elle seule vend et achète. Les Maures, à la vérité, nous ont vendu des volailles, des chèvres, du poisson, des œufs, et quelques fruits ; mais l'argent de cette vente ne leur restera pas longtemps. Les Hollandais sauront bien le retirer pour des hardes fort simples, mais qui n'en sont pas moins chères. La chasse même du cerf n'est pas libre, le résident seul en a le droit. Il donne à ses chasseurs trois coups de poudre et de plomb, pour lesquels ils doivent apporter deux animaux qu'on leur paie alors six sols pièce. S'ils n'en rapportent qu'un, on retient, sur ce qui leur est dû, le prix d'un coup de poudre et de plomb.

Dès le 3 au matin, nous établîmes nos malades à terre pour y coucher pendant notre séjour. Nous envoyions aussi journellement la plus grande partie des équipages se promener et se divertir. Je fis faire l'eau des navires et les divers transports par des esclaves de la Compagnie que le résident nous loua à la journée. *L'Étoile* profita de ce temps pour garnir les chouquets de ses mâts majeurs, lesquels avaient un jeu dangereux. Nous avions affourché en arrivant; mais sur ce que les Hollandais nous dirent de la bonté du fond et de la régularité des brises de terre et du large, nous relevâmes notre ancre d'affourche. Effectivement nous y vîmes les bâtiments hollandais sur une seule ancre.

Nous eûmes pendant notre relâche ici le plus beau temps du monde. Le thermomètre y montait ordinairement à 23° dans la plus grande chaleur du jour; la brise du nord-est au sud-est le jour changeait sur le soir; elle venait alors de terre, et les nuits étaient fort fraîches. Nous eûmes occasion de connaître l'intérieur de l'île; on nous permit d'y faire plusieurs chasses de cerfs, par battues, auxquelles nous prîmes un grand plaisir. Le pays est charmant, entrecoupé de bosquets, de plaines, et de coteaux dont les vallons sont arrosés par de jolies rivières. Les Hollandais y ont apporté les premiers cerfs qui s'y sont prodigieusement multipliés, et dont la chair est excellente. Il y a aussi un grand nombre de sangliers, et quelques espèces de gibier à plume.

On donne à l'île de Boëro ou Burro environ dix-huit

lieues de l'est à l'ouest, et treize du nord au sud. Elle était autrefois soumise au roi de Ternate, lequel en tirait tribut. Le lieu principal est *Cajeli,* situé au fond du golfe de ce nom, dans une plaine marécageuse, qui s'étend près de quatre milles entre les rivières *Soweill* et *Abbo.* Cette dernière est la plus grande de l'île, et toutefois ses eaux sont fort troubles. Le débarquement est ici fort incommode, surtout de basse mer, pendant laquelle il faut que les bateaux s'arrêtent fort loin de la plage. La loge hollandaise, et quatorze habitations d'Indiens, autrefois dispersées en divers endroits de l'île, mais aujourd'hui réunies autour du comptoir, forment le bourg de Cajeli. On y avait d'abord construit un fort en pierre : un accident le fit sauter en 1689, et depuis ce temps on s'y contente d'une enceinte de faibles palissades, garnie de six canons de petit calibre, tant bien que mal en batterie ; c'est ce qu'on appelle *le fort de la Défense,* et j'ai pris ce nom pour un sobriquet. La garnison, aux ordres du résident, est composée d'un sergent et vingt-cinq hommes ; sur toute l'île il n'y a pas cinquante blancs. Quelques autres négreries y sont répandues, où l'on cultive du riz. Dans le temps où nous y étions, les forces des Hollandais y étaient augmentées par trois navires, dont le plus grand était le *Draak,* sénault de quatorze canons, commandé par un Saxon nommé *Kop-le-Clerc.* Son équipage est de cinquante Européens, et sa destination de croiser dans les Moluques, surtout contre les Papous et les Ceramois.

Les naturels du pays se divisent en deux classes, *les Maures* et *les Alfouriens.* Les premiers sont réunis sous la loge et soumis entièrement aux Hollandais qui leur inspirent une grande crainte des nations étrangères. Ils sont observateurs zélés de la loi de Mahomet, c'est-à-dire qu'ils se lavent souvent, ne mangent point de porc, et prennent autant de femmes qu'ils en peuvent nourrir. Ajoutez à cela qu'ils en paraissent fort jaloux et les tiennent renfermées. Leur nourriture est le sagu, quelques fruits, et du poisson. Les jours de fêtes, ils se régalent avec du riz que la Compagnie leur vend. Leurs chefs ou *orencaies* se tiennent auprès du résident, qui paraît avoir pour eux quelques égards, et contient le peuple par leur moyen. La Compagnie a su semer parmi ces chefs des habitants un levain de jalousie réciproque qui assure l'esclavage général, et la politique qu'elle observe ici vis-à-vis des naturels est la même dans tous ses autres comptoirs. Si un chef forme quelque complot, un autre le découvre et en avertit aussitôt les Hollandais.

Ces Maures, au reste, sont vilains, paresseux et peu guerriers. Ils ont une extrême frayeur des Papous qui viennent quelquefois au nombre de deux ou trois cents brûler les habitations, enlever ce qu'ils peuvent et surtout des esclaves. La mémoire de leur dernière visite, faite il y avait trois ans, était encore récente. Les Hollandais ne font point faire le service d'esclaves aux naturels de Boëro. La Compagnie tire ceux dont elle se sert, ou de Célèbes ou de Ceram, les habitants de ces deux îles se vendant réciproquement.

Les *Alfouriens* sont libres sans être ennemis de la Compagnie. Satisfaits d'être indépendants, ils ne veulent point de ces babioles que les Européens donnent ou vendent en échange de la liberté. Ils habitent épars çà et là les montagnes inaccessibles dont est rempli l'intérieur de l'île. Il y vivent de sagu, de fruits et de la chasse. On ignore quelle est leur

religion ; seulement on dit qu'ils ne sont point maho-
métans, car ils élèvent et mangent des cochons. De
temps en temps, les chefs des Alfouriens viennent
visiter le résident ; ils feraient aussi bien de rester chez
eux.

Je ne sais s'il y a eu autrefois des épiceries sur cette
île ; en tout cas, il est certain qu'il n'y en a plus
aujourd'hui. La Compagnie ne tire de ce poste que des
bois d'ébène noirs et blancs, et quelques autres espèces
de bois, très recherchées pour la menuiserie. Il y a
aussi une belle poivrière dont la vue nous a confirmé
que le poivrier est commun à la nouvelle Bretagne.
Les fruits y sont rares : des cocos, des bananes, des
pamplemousses, quelques limons et citrons, des oran-
ges amères, et fort peu d'ananas. Il y croît une fort
bonne espèce d'orge nommée *ottong* et le *sago borneo,*
dont on fait une bouillie qui nous a paru détestable.
Les bois sont habités par un grand nombre d'oiseaux
d'espèces très variées, et dont le plumage est charmant, entre autres des perroquets de la plus grande
beauté. On y trouve cette espèce de chat sauvage qui
porte ses petits dans une poche placée au bas de son
ventre, cette chauve-souris dont les ailes ont une
énorme envergure, des serpents monstrueux qui peuvent avaler un mouton, et cet autre serpent, plus
dangereux cent fois, qui se tient sur les arbres et se
darde dans les yeux des passants qui regardent en l'air.
On ne connaît point de remèdes contre la piqûre de ce
dernier ; nous en tuâmes deux, dans une chasse de
cerf. La rivière de *Abbo,* dont les bords sont presque
partout couverts d'arbres touffus, est infestée de
crocodiles énormes, qui dévorent bêtes et gens. C'est
la nuit qu'ils sortent, et il y a des exemples d'hommes

enlevés par eux dans les pirogues. On les empêche d'approcher, en portant des torches allumées. Le rivage de Boëro fournit peu de belles coquilles. Ces coquilles précieuses, objet de commerce pour les Hollandais, se trouvent sur la côte de Ceram, à Amblaw et à Banda, d'où on les envoie à Batavia. C'est aussi à Amblaw que se trouve le catakoi [14] de la plus belle espèce.

Henri Ouman, résident de Boëro, y vit en souverain. Il a cent esclaves pour le service de sa maison, et il possède en abondance le nécessaire et l'agréable. Il est sous-marchand, et ce grade est le troisième au service de la Compagnie. C'est un homme né à Batavia, lequel a épousé une créole d'Amboine. Je ne saurais trop me louer de ses bons procédés à notre égard. Ce fut sans doute pour lui un moment de crise que celui où nous entrâmes ici ; mais il se conduisit en homme d'esprit. Après s'être mis en règle vis-à-vis de ses chefs, il fit de bonne grâce ce dont il ne pouvait se dispenser, et il y joignit les façons d'un homme franc et généreux. Sa maison était la nôtre ; à toute heure on y trouvait à boire et à manger, et ce genre de politesse en vaut bien un autre, pour qui surtout se ressentait encore de la famine. Il nous donna deux repas de cérémonie, dont la propreté, l'élégance et la bonne chère nous surprirent dans un endroit si peu considérable. La maison de cet honnête Hollandais est jolie, élégamment meublée et entièrement à la chinoise. Tout y est disposé pour y procurer du frais, elle est entourée de jardins et traversée par une rivière. Du bord de la mer, on y arrive par une avenue de grands arbres. Sa femme et ses filles, habillées à la chinoise, font très bien les honneurs du logis. Elles passent le temps à apprêter des fleurs pour des distillations, à nouer des bouquets et préparer du bétel. L'air qu'on respire dans cette maison agréable est délicieusement parfumé, et nous y eussions tous fait bien volontiers un long séjour. Quel contraste de cette existence douce et tranquille, avec la vie dénaturée que nous menions depuis dix mois !

Je dois dire un mot de l'impression qu'a faite sur Aotourou la vue de cet établissement européen. On conçoit que sa surprise a dû être grande à l'aspect d'hommes vêtus comme nous, de maisons, de jardins, d'animaux domestiques en grand nombre et si variés. Il ne pouvait se lasser de regarder tous ces objets nouveaux pour lui. Surtout il prisait beaucoup cette hospitalité exercée d'un air franc et de connaissance. Comme il ne voyait pas faire d'échange, il ne pensait pas que nous payassions, il croyait qu'on nous donnait. Au reste, il se conduisit avec esprit vis-à-vis des Hollandais. Il commença par leur faire entendre qu'il était chef dans son pays et qu'il voyageait pour son plaisir avec ses amis. Dans les visites, à table, à la promenade, il s'étudiait à nous copier exactement. Comme je ne l'avais pas mené à la première visite que nous fîmes, il s'imagina que c'était parce que ses genoux sont cagneux, et il voulait absolument faire monter dessus des matelots pour les redresser. Il nous demandait souvent si Paris était aussi beau que ce comptoir.

Cependant nous avions embarqué, le 6 après midi, le riz, les bestiaux et tous les autres rafraîchissements. Le mémoire du bon résident était fort cher ; mais on nous assura que les prix étaient réglés par la Compagnie, et qu'on ne pouvait s'écarter de son tarif. Du reste, les vivres y étaient d'une excellente qualité ; le bœuf et le mouton ne sont pas à beaucoup près aussi bons dans aucun pays chaud de ma connaissance, et les volailles y sont de la plus grande délicatesse. Le beurre de Boëro a dans ce pays une réputation que les Bretons ne trouvèrent pas légitimement acquise. Le 7 au matin, je fis embarquer les malades, et on disposa tout pour appareiller le soir avec la brise de terre. Les vivres frais et l'air sain de Boëro avaient procuré à nos scorbutiques un amendement sensible. Ce séjour à terre, quoiqu'il n'eût été que de six jours, les mettait dans le cas de se guérir à bord, ou du moins de ne pas empirer avec l'usage des rafraîchissements que nous étions désormais en état de leur donner.

Il eût sans doute été à souhaiter pour eux et même pour les gens sains de prolonger la relâche ici ; mais la fin de la mousson de l'est nous pressait de partir pour Batavia. Si une fois elle changeait, il nous devenait impossible de nous y rendre, parce qu'alors, outre le vent contraire à combattre, les courants suivent encore la loi de la mousson régnante. Il est vrai qu'ils conservent près d'un mois le cours de celle qui a précédé ; mais le changement de mousson, qui arrive ordinairement en octobre, peut primer comme il peut retarder d'un mois. Septembre est peu venteux, octobre et novembre le sont encore moins. C'est la saison des calmes et celle que choisit le gouverneur d'Amboine pour faire sa tournée dans les îles dépendantes de son gouvernement. Juin, juillet et août sont très pluvieux. La mousson de l'est, au nord de Ceram et de Boëro, souffle ordinairement du sud-sud-est au sud-sud-ouest ; dans les îles d'Amboine et de Banda elle est de l'est au sud-est. Celle de l'ouest souffle de l'ouest-sud-ouest au nord-ouest. Le mois d'avril est le terme où finissent communément les vents d'ouest, c'est la mousson orageuse, comme celle de l'est est la mousson pluvieuse. Le capitaine Clerk nous dit qu'il avait en vain croisé devant Amboine pour y entrer pendant tout le mois de juillet ; il y avait essuyé des pluies continuelles qui avaient mis tout son équipage sur les cadres. C'est dans ce même temps que nous étions si bien arrosés au port Praslin.

Il y avait eu cette année à Boëro trois tremblements de terre presque consécutifs, le 7 juin, le 12 et le 27 juillet. C'est le 22 de ce même mois que nous en avions ressenti un à la nouvelle Bretagne. Ces tremblements de terre ont, dans cette partie du monde, de terribles conséquences pour la navigation. Quelquefois ils anéantissent des îles et des bancs de sable connus ; quelquefois aussi ils en créent où il n'y en avait pas, et il n'y a rien à gagner à ce marché. Il serait bien moins dangereux aux navigateurs que les choses restassent comme elles sont.

Le 7 après midi, tout était à bord, et nous n'attendions que la brise de terre, pour mettre à la voile. Elle ne fut sensible qu'à huit heures du soir. J'envoyai aussitôt un canot, avec un feu, se mouiller sur la pointe du banc qui est à la côte du sud-est, et nous travaillâmes à appareiller. On ne nous avait pas trompés en nous assurant que la tenue était forte dans ce mouillage. Nous fûmes très longtemps à faire avec le cabestan des efforts inutiles ; le tourne-vire même cassa, et nous ne parvînmes qu'à l'aide de poulies de franc funin à retirer notre ancre de la vase collante où elle était enfoncée. Nous ne fûmes sous voiles qu'à onze heures. La pointe du banc une fois doublée, nous embarquâmes nos bateaux et *L'Étoile* les siens, et nous gouvernâmes successivement au nord-est, au nord-est-quart-nord et nord-nord-est, pour sortir du golfe de Cajeli.

Pendant notre séjour ici M. Verron avait fait à bord plusieurs observations de distance, dont le résultat moyen lui servit à déterminer la longitude de ce golfe, et le place 2° 53′ plus à l'ouest que nos estimes suivies depuis la longitude observée à la nouvelle Bretagne. Au reste, quoique nous ayons trouvé établie, comme de raison, aux Moluques, la vraie date d'Europe, sur laquelle nous perdions un jour, en suivant autour du monde le cours du soleil, je continuerai à marquer la date de nos journaux, en prévenant qu'au lieu du mercredi 7, on comptait dans l'Inde le jeudi 8. Je ne corrigerai ma date qu'à l'île de France.

CHAPITRE VII

Route depuis Boëro jusqu'à Batavia.

Quoique je fusse convaincu que les Hollandais représentent la navigation dans les Moluques comme beaucoup plus dangereuse encore qu'elle ne l'est effectivement, je n'ignorais cependant pas qu'elle ne fût semée d'écueils et de difficultés. La plus grande était pour nous de n'avoir aucune carte fidèle de ces parages, les cartes françaises de cette partie de l'Inde étant plus propres à faire perdre les navires qu'à les guider. Je n'avais pu tirer des Hollandais de Boëro que des connaissances vagues et des lumières fort imparfaites. Lorsque nous y arrivâmes, le *Draak* devait en partir sous peu de jours, pour conduire un ingénieur à Macassar, et j'avais bien compté le suivre jusque-là. Mais le résident donna ordre au commandant de ce senau de rester à Cajeli jusqu'à ce que nous fussions sortis. Ainsi nous appareillâmes seuls, et je dirigeai ma route pour passer au nord de Boëro et aller chercher le détroit de Button [1], que les Hollandais nomment *Button's strat*.

Nous rangeâmes la côte de Boëro environ à une

lieue et demie de distance, et les courants ne nous firent éprouver aucune différence sensible jusqu'à midi. Nous avions aperçu le 8 au matin les îles de Kilang et de Manipa. Depuis la terre basse que l'on trouve à la sortie du golfe de Cajeli, la côte est fort élevée et court sur l'ouest-nord-ouest et ouest-quart-nord-ouest. Le 9 nous eûmes connaissance dans la matinée de l'île de *Xullabessie.* Elle est peu considérable, et les Hollandais y ont un comptoir dans une redoute nommée *Claverblad* ou *le Trèfle.* La garnison est d'un sergent et vingt-cinq hommes aux ordres du sieur Arnoldus Holtman, qui n'est que teneur de livres. Cette île dépendait autrefois du gouvernement d'Amboine, elle relève aujourd'hui de celui de Ternate. Tant que nous courûmes le long de Boëro, nous eûmes peu de vent, et les brises réglées à peu près comme dans la baie ; les courants dans ces deux jours nous portèrent dans l'ouest près de huit lieues. Nous évaluâmes avec assez de précision cette différence par les fréquents relèvements que nous faisions. La dernière journée ils nous portèrent aussi un peu dans le sud, ce que vérifia la hauteur méridienne observée le 10.

Nous avions vu les dernières terres de Boëro le 9 au coucher du soleil. Nous trouvâmes au large des vents assez frais du sud au sud-sud-est, et nous passâmes dans des raz de marée sensibles. Je fis gouverner au sud-ouest quand les vents le permirent, afin de terrir entre *Wawoni* et *Button,* voulant passer par le détroit de ce nom. On prétend que dans cette saison il est dangereux de passer dans l'est de Button, que l'on y court risque d'être affalé sur la côte par les courants et le vent, et qu'alors il faut, pour s'en relever, attendre

que la mousson du ouest soit bien établie. Voilà ce que
m'a dit un marin hollandais, et je n'en suis pas garant.
Ce que je puis attester avec connaissance de cause,
c'est que le passage du détroit est infiniment préférable
à l'autre route, soit au nord, soit au sud de l'écueil
nommé *Toukanbessie* : cette dernière route étant
semée de dangers tant visibles que cachés, redoutables
même aux pratiques.

Le 10 au matin, le nommé Julien Launai, tailleur,
mourut à bord du scorbut. Il commençait à entrer en
convalescence, deux débauches d'eau-de-vie l'ont tué.

Le 11, à huit heures du matin, on vit la terre depuis
l'ouest-quart-sud-ouest jusqu'au sud-ouest-quart-sud-
5°-ouest. A neuf heures, nous reconnûmes que c'était
l'île de Wawoni, île haute, surtout dans son milieu ; à
onze heures, on découvrit la partie septentrionale de
Button. A midi, nous observâmes 4° 6′ de latitude
australe. La pointe septentrionale de Wawoni nous
restait alors à ouest-5°-nord, sa pointe méridionale au
sud-ouest-quart-ouest-4°-ouest, huit à neuf lieues, et la
pointe du nord-est de Button au sud-ouest-quart-
ouest-4°-sud, environ à neuf lieues. L'après-midi, nous
courûmes jusqu'à deux lieues de Wawoni, ensuite
nous revirâmes au large et nous louvoyâmes toute la
nuit pour nous mettre au vent de l'entrée du détroit de
Button, et être à même d'y donner à la pointe du jour.
En effet, elle nous restait le 12 à six heures du matin,
entre le nord-ouest-quart-ouest et l'ouest-nord-ouest
et je fis porter sur la pointe septentrionale de Button
En même temps, je fis mettre les canots dehors, et je
les gardai à la remorque. A neuf heures, nous embou-
quâmes le détroit avec une jolie brise qui dura jusqu'à
dix heures et demie, et reprit un peu avant midi

Il convient, en entrant dans ce détroit, de ranger la terre de Button, dont la pointe septentrionale est d'une moyenne hauteur et hachée en plusieurs mondrains. Le cap, qui fait l'entrée de bas-bord, est taillé en falaise. Il a en avant de lui quelques pierres blanches assez élevées au-dessus de l'eau, et, dans l'est, une jolie baie dans laquelle nous vîmes une petite embarcation à la voile. La pointe correspondante de *Wawoni* est basse, assez unie, et elle se prolonge dans l'ouest. La terre de *Célèbes* se présente alors devant vous ; on voit un passage ouvert dans le nord entre cette grande île et Wawoni, passage faux ; celui du sud, qui est le vrai, paraît presque fermé ; on y aperçoit dans l'éloignement une terre basse hachée en espèces d'îlots. A mesure qu'on entre, on découvre sur la côte de Button de gros caps ronds et de jolies anses. Au large d'un de ces caps sont deux roches, qu'il est impossible de ne pas prendre de loin pour deux navires à la voile, l'un assez grand, l'autre plus petit. Environ à une lieue dans l'est d'elles, et à un quart de lieue de la côte, la sonde nous donna 45 brasses fond de sable et de vase. Le détroit depuis l'entrée gît successivement du sud-ouest au sud.

A midi, nous observâmes 4° 29′ de latitude australe, nous avions alors un peu dépassé les deux roches. Elles sont au large d'un îlot, derrière lequel il paraît un joli enfoncement. Nous y vîmes une embarcation faite en forme de coffre carré, avec une pirogue à la remorque. Elle cheminait à la voile et à la rame, en côtoyant la terre. Un matelot français, repris à Boëro, qui depuis quatre ans naviguait avec les Hollandais dans les Moluques, nous dit que c'était un bateau d'Indiens forbans qui cherchent à faire des prisonniers pour les vendre. Notre rencontre parut les gêner. Ils amenèrent leur voile et se halèrent à la perche tout à fait terre à terre, derrière l'îlot.

Nous continuâmes notre route dans le détroit, les vents rondissant comme le canal, et nous ayant permis de venir par degrés du sud-ouest au sud. Nous crûmes vers deux heures après midi que la marée commençait à nous être contraire ; la mer alors baignait le pied des arbres sur la côte, ce qui prouverait que le flot vient ici du nord, au moins dans cette saison. A deux heures et demie, nous passâmes devant un superbe port qui est à la côte de Célèbes. Cette terre offre un coup d'œil charmant par la variété des terrains bas, des coteaux et des montagnes. La verdure y embellit le paysage, et tout annonce une contrée riche. Bientôt après, l'île de *Pangasani* et les îlots qui en sont au nord se détachèrent, et nous distinguâmes les divers canaux qu'ils présentent. Les hautes montagnes de Célèbes paraissaient au-dessus et dans le nord de ces terres. C'est par cette longue île de Pangasani et par celle de Button qu'est ensuite formé le détroit. A cinq heures et demie nous étions enclavés de manière qu'on n'apercevait ni entrée ni sortie ; et la sonde nous donna 27 brasses d'eau et un excellent fond de vase.

La brise, qui vint alors de l'est-sud-est, nous força de tenir le plus près pour ne pas nous écarter de la côte de Button. A six heures et demie, les vents refusant de plus en plus et la marée contraire étant assez forte, nous mouillâmes une ancre à jet à peu près à mi-canal, par la même sonde que nous avions déjà eue, 27 brasses vase molle ; ce qui dénote un fond égal dans toute cette partie. La largeur du détroit, depuis l'entrée jusqu'à ce premier mouillage, varie de sept, huit, neuf, jusqu'à dix milles. La nuit fut très belle. Nous pensâmes qu'il y avait des habitations sur cette partie de Button, parce que nous y vîmes plusieurs feux. Pangasani nous parut beaucoup plus peuplée, à en juger par la grande quantité de feux qui brillaient de toutes parts. Cette île est ici basse, unie, couverte de beaux arbres, et je ne serais pas surpris qu'elle contînt des épiceries.

Le 13 au matin, il vint autour des navires un grand nombre de pirogues à balancier. Les Indiens nous apportèrent des poules, des œufs, des bananes, des perruches et des catakois. Ils demandaient de l'argent de Hollande, surtout des pièces argentées qui valent deux sols et demi. Ils prenaient aussi volontiers des couteaux à manches rouges. Ces insulaires venaient d'une peuplade considérable, située sur les hauteurs de Button vis-à-vis notre mouillage, laquelle occupe cinq ou six croupes de montagnes. Le terrain y est partout défriché, séparé par des fossés et bien planté. Les habitations y sont les unes ramassées en villages, les autres au milieu d'un champ entouré de haies. Ils cultivent le riz, le maïs, des patates, des ignames et d'autres racines. Nulle part nous n'avons mangé de bananes d'un goût aussi délicat. Ils ont aussi en grande abondance des cocos, des citrons, des pommes de mangles et des ananas. Tout ce peuple est fort basané, petit et laid. Leur langue, de même que celle des habitants des Moluques, est le malais, et leur religion, celle de Mahomet. Ils paraissent fins négociants, mais ils sont doux et de bonne foi. Ils nous proposèrent à acheter des pièces de coton coloriées et fort grossières. Je leur montrai de la muscade et du clou, et je leur en demandai. Ils me répondirent qu'ils en avaient de secs dans leurs maisons, et que, lorsqu'ils en voulaient, ils allaient en chercher à Ceram et aux environs de Banda, où ce n'est assurément pas les Hollandais qui les en fournissent. Ils me dirent qu'un grand navire de la Compagnie avait passé dans le détroit il y avait environ dix jours.

Depuis le lever du soleil, le vent était faible et contraire, variant du sud au sud-ouest ; j'appareillai à dix heures et demie sur un prime flot, et nous louvoyâmes bord sur bord sans faire beaucoup de chemin. A quatre heures après midi, nous donnâmes dans un passage qui n'a pas plus de quatre milles de large. Il est formé, du côté de Button, par une pointe basse qui est fort saillante, et laisse à son nord un grand enfoncement dans lequel il y a trois îles ; du côté de Pangasani, par sept ou huit petits îlots couverts de bois, qui en sont au plus à un demi-quart de lieue. Dans un de nos bords, nous rangeâmes presque à portée de pistolet ces îlots, tout près desquels nous filâmes 15 brasses, sans trouver de fond. La sonde nous avait donné dans le canal 35, 30, 27 brasses fond de vase. Nous avions passé en dehors, c'est-à-dire dans l'ouest des trois îles dépendantes de la côte de Button. Elles sont assez considérables et peuplées.

La côte de Pangasani est ici élevée en amphithéâtre, avec une terre basse au pied, que je crois être souvent noyée. Je le conclus de ce que les insulaires ont leurs habitations sur la croupe des montagnes. Peut-être aussi, comme ils sont presque toujours en guerre avec leurs voisins, veulent-ils laisser une lisière de bois entre leurs foyers et les ennemis qui tenteraient des descentes. Il paraît même qu'ils se font redouter des habitants de Button, qui traitent ceux-ci de forbans, auxquels on ne peut se fier. Aussi les uns et les autres portent-ils toujours le cric[2] à leur ceinture. A huit heures du soir, le vent ayant manqué tout à fait, nous laissâmes tomber notre ancre à jet par 36 brasses, fond de vase molle ; *L'Étoile* mouilla dans le nord et plus à terre. Nous venions ainsi de passer le premier goulet étroit.

Le 14, nous appareillâmes à huit heures du matin sous toutes voiles, la brise étant faible, et nous louvoyâmes jusqu'à midi, qu'ayant vu un banc dans le sud-sud-ouest, je fis mouiller par 20 brasses, sable et vase, et j'envoyai un canot sonder autour du banc. Il vint dans la matinée plusieurs pirogues le long du bord, une entre autres qui portait à poupe pavillon hollandais déferlé. A son approche, toutes les autres se retirèrent pour lui faire place. C'était la voiture d'un orencaie ou chef. La Compagnie leur accorde son pavillon et le droit de le porter. A une heure après midi, nous remîmes à la voile pour tâcher de gagner quelques lieues ; il n'y eut pas moyen, le vent était trop faible et trop court ; nous perdîmes environ une demi-lieue, et à trois heures et demie nous remouillâmes par 13 brasses, fond de sable, vase, coquillage et corail.

Cependant M. Le Corre, que j'avais envoyé dans le canot, pour sonder entre le banc et la terre, revint et me fit le rapport suivant. Près du banc, il y a 8 et 9 brasses d'eau ; à mesure qu'on se rapproche de la côte de Button, terre haute et escarpée par le travers d'une superbe baie, l'eau va toujours en augmentant, jusqu'à ce qu'on ne trouve plus de fond en filant 80 brasses de ligne, à peu près à mi-canal entre le banc et la terre. Par conséquent, si le calme prenait dans cette partie, il n'y a de mouillage que près le banc. Le fond, au reste, dans ses environs, est d'une bonne qualité. Plusieurs autres bancs s'étendent entre celui-ci et la côte de Pangasani. On ne saurait donc trop recommander de hanter dans tout ce détroit la terre de Button. C'est le long de cette côte que sont les bons mouillages ; elle ne cache aucun danger, et d'ailleurs les vents en viennent le plus fréquemment. D'ici, presque jusqu'au débouquement, elle paraîtrait n'être qu'une chaîne d'îles successives : mais c'est qu'elle est coupée de plusieurs baies, qui doivent former de superbes ports.

La nuit fut très belle et sans vent. Le 15, à cinq heures du matin, nous appareillâmes avec une faible brise de l'est-sud-est, et je fis gouverner pour rallier tout à fait la côte de Button. A sept heures et demie, nous avions doublé le banc et la brise nous manqua. Je mis chaloupe et canot dehors, et je signalai à *L'Étoile* d'en faire autant. La marée était favorable, et nos bateaux nous remorquèrent jusqu'à trois heures du soir. Nous passâmes devant deux magnifiques baies, où je pense bien que l'on trouverait à mouiller, mais le long et fort près des hautes terres, il n'y a pas de fond. A trois heures et demie, le vent souffla de l'est-sud-est bon frais, et nous fîmes route pour aller chercher un mouillage à portée de la passe étroite par laquelle on débouque de ce détroit. Nous n'en découvrions encore aucune apparence. Au contraire, plus nous avancions, moins nous apercevions d'issue. Les terres des deux bords qui se croisent ici paraissent une côte continue et ne laissent pas même soupçonner aucune ouverture.

A quatre heures et demie, nous étions par le travers et dans l'ouest d'une baie fort ouverte, et l'on vit un bateau du pays qui paraissait s'y enfoncer vers le sud.

J'envoyai mon canot à sa suite, avec ordre de me l'amener, dans l'intention de me procurer par ce moyen un pilote. Pendant ce temps nos autres bateaux furent employés à sonder. Un peu au large et presque par le travers de la pointe septentrionale de la baie, on trouva 25 brasses d'eau, fond de sable et corail, ensuite nous perdîmes le fond. Je fis mettre à l'autre bord, puis en travers sous les huniers, pour donner aux bateaux le temps de sonder. Après avoir dépassé l'ouverture de la baie, on retrouve fond le long de la terre qui tient à sa pointe méridionale. Nos canots signalèrent 45, 40, 35, 29 et 28 brasses fond de vase, et nous manœuvrâmes pour gagner ce mouillage, aidés par les chaloupes. A cinq heures et demie nous y laissâmes tomber une de nos ancres de bossoir par 35 brasses d'eau fond de vase molle. *L'Étoile* mouilla dans le sud de nous.

Comme nous venions de mouiller, mon canot revint avec le bateau malais. On n'avait pas eu de peine à le déterminer à suivre, et nous y prîmes un Indien qui demanda quatre ducatons (environ quinze francs) pour nous conduire ; ce fut un marché bientôt conclu. Le pilote coucha à bord et sa pirogue fut l'attendre de l'autre côté de la passe. Il nous dit qu'il allait s'y rendre par le fond d'une baie voisine de celle près de laquelle nous étions, où il n'y avait qu'un portage fort court pour la pirogue. Au reste, nous eussions alors pu facilement nous passer du secours de ce pilote ; quelques instants avant que nous mouillassions, le soleil, donnant sur l'entrée du goulet dans un jour plus favorable, nous fit découvrir dans le sud-sud-ouest-4°-ouest la pointe de bas-bord du débouquement ; mais il faut la deviner : elle chevauche un rocher à double

étage qui fait la pointe de stribord. Quelques-uns de
nos messieurs profitèrent du reste du jour pour aller se
promener. Ils ne trouvèrent point d'habitations à
portée de notre mouillage. Ils fouillèrent aussi le bois
dont cette partie est entièrement couverte, sans y
trouver aucune production intéressante. Ils rencontrèrent seulement près du rivage un petit sac qui
contenait quelques noix-muscades sèches.

Le lendemain, je fis virer à deux heures et demie du
matin ; il était quatre heures avant que nous fussions
sous voiles. A peine ventait-il ; toutefois, remorqués
par nos bateaux, nous gagnâmes l'embouchure du
passage. La mer alors était toute basse sur les deux
rives ; et, comme nous avions éprouvé jusqu'ici que le
flot venait du nord, nous attendions à chaque instant
le courant favorable ; mais nous étions loin de compte.
Le flot ici vient du sud, du moins dans cette saison, et
j'ignore où sont les limites des deux puissances. Le
vent avait considérablement renforcé et soufflait à
poupe. Ce fut en vain qu'avec son secours nous
luttâmes une heure et demie contre le courant ;
L'Étoile, qu'il fit rétrograder la première, mouilla
presque à l'embouchure de la passe à la côte de
Button, dans une espèce de coude où la marée fait un
retour et n'est pas aussi sensible. A l'aide du vent, je
bataillai encore près d'une heure sans désavantage ;
mais le vent ayant abandonné la partie, j'eus bientôt
perdu un grand mille, et je mouillai à une heure après
midi par 30 brasses fond de sable et de corail. Je restai
tout appareillé et gouvernant pour soulager mon ancre
qui n'était qu'une ancre à jet très faible.

Toute la journée, les pirogues environnèrent les
navires. Elles allaient et venaient comme à une foire,

chargées de rafraîchissements, de curiosités et de
pièces de coton. Le commerce se faisait sans nuire à la
manœuvre. A quatre heures après midi, le vent ayant
fraîchi et la mer étant presque étale, nous levâmes
l'ancre, et avec tous nos bateaux devant la frégate,
nous donnâmes dans la passe suivis de *L'Etoile*
remorquée de même par les siens. A cinq heures et
demie le plus étroit était heureusement passé, et à six
heures et demie nous mouillâmes en dehors dans la
baie nommée *baie de Button* sous le poste hollandais.

Reprenons la description de la passe. Quand on
vient du nord, elle ne commence à s'ouvrir que
lorsqu'on en est environ à un mille. Le premier objet
qui frappe du côté de Button est une roche détachée et
minée par-dessous, laquelle présente exactement
l'image d'une galère tentée, dont la moitié de l'éperon
serait emportée ; les arbustes qui la couvrent produisent l'effet de la tente ; de basse mer, la galère tient à la
baie ; lorsque la mer est haute, c'est un îlot. La terre
de Button, médiocrement élevée dans cette partie, y
est couverte de maisons et le rivage enclos de pêcheries. L'autre côté de la passe est coupé à pic. Sa pointe
est reconnaissable par deux entailles qui forment deux
étages dans le rocher. Lorsqu'on a dépassé la galère,
les terres des deux bords sont entièrement escarpées,
pendantes même en quelques endroits sur le canal. On
croirait que le dieu de la mer, d'un coup de son trident,
y ouvrit un passage à ses eaux amoncelées. Les côtes
cependant offrent un aspect riant. Celle de Button est
cultivée en amphithéâtre et garnie de cases dans tous
les endroits qui ne sont point assez rapides pour qu'un
homme ne puisse pas y arriver. Celle de Pangasani, qui
n'est qu'une roche presque vive, est toutefois couverte

d'arbres ; mais on n'y voit que deux ou trois habitations.

A un mille et demi ou deux milles au nord de la passe, plus près de Button que de Pangasani, on trouve 20, 18, 15, 12 et 10 brasses, fond de vase ; à mesure qu'on fait le sud, avançant en canal, le fond change, on trouve du sable et du corail par diverses profondeurs, depuis 35 jusqu'à 12 brasses, ensuite on perd le fond.

Le passage peut avoir une demi-lieue de longueur ; sa largeur varie depuis environ cent cinquante jusqu'à quatre cents toises, estime jugée au coup d'œil ; le canal va en serpentant et du côté de Pangasani, environ aux deux tiers de sa longueur, il y a une pêcherie qui avertit de *défendre* ce côté et de hanter celui de Button. En général il faut, autant qu'il est possible, tenir le milieu du goulet. Il convient aussi, à moins d'un vent favorable assez frais, d'avoir ses bateaux devant soi, pour se tenir bien gouvernant dans les sinuosités du canal. Au reste, le courant y est assez fort pour le faire passer d'un temps calme, même d'un faible vent contraire ; il ne l'est pas assez pour vaincre un vent ennemi qui serait frais, et permettre alors de passer en cajolant sous les huniers. En débouquant de la passe, les terres de Button, plusieurs îles qui en sont dans le sud-ouest, et les terres de Pangasani présentent l'aspect d'un grand golfe. Le meilleur mouillage y est vis-à-vis le comptoir hollandais à environ un mille de terre.

Notre pilote buttonien nous avait aidés de ses lumières, autant qu'un homme qui connaît le local et n'entend rien à la manœuvre de nos vaisseaux le pouvait faire. Il avait la plus grande attention à nous avertir des dangers, des bancs, des mouillages. Seulement il voulait que nous missions toujours le cap droit où nous avions affaire, il ne tenait compte de notre manière de serrer le vent, pour le ménager et s'en assurer. Il pensait aussi que nous tirions 8 ou 10 brasses d'eau. Dans la matinée, il nous était venu à bord un autre Indien, vieillard fort instruit, que nous crûmes le père du pilote. Ils restèrent avec nous jusqu'au soir, et je les renvoyai dans un de mes canots. Leur habitation est voisine du comptoir hollandais. Ils ne voulurent absolument goûter à aucun de nos mets, pas même au pain ; quelques bananes et du bétel, voilà quelle fut leur nourriture. Ils ne furent pas si religieux sur la boisson. Le pratique et son père burent largement de l'eau-de-vie, assurés sans doute que Mahomet n'avait défendu que le vin.

Le 17, à cinq heures du matin, nous fûmes sous voiles. Le vent était debout, faible d'abord, ensuite assez frais, et nous restâmes *sur les bords*. Dès les premiers rayons du jour, nous vîmes déboucher de toutes parts un essaim de pirogues ; les navires en furent bientôt environnés, et le commerce s'établit. Tout le monde s'en trouva bien. Les Indiens tirèrent assurément avec nous meilleur parti de leurs denrées qu'ils n'eussent fait avec les Hollandais ; mais ils s'en défaisaient toujours à vil prix, et les matelots purent tous se munir de poules, d'œufs et de fruits. On ne voyait que volaille sur les deux vaisseaux, tout en était garni jusqu'aux hunes. Je conseille toutefois, à ceux qui reviendraient ici, de faire emplette, s'ils le peuvent, de la monnaie dont les Hollandais se servent dans les Moluques, surtout de ces pièces argentées qui valent deux sols et demi. Comme les Indiens ne connaissaient pas les monnaies que nous avions, ils ne donnaient aucune valeur ni aux réaux d'Espagne, ni à nos pièces de douze et de vingt-quatre sols : fort souvent même ils ne voulaient pas les prendre. Ceux-ci débitèrent aussi quelques cotonnades plus fines et plus jolies que celles que nous avions encore vues, et une énorme quantité de catakois et de perruches du plus beau plumage.

Vers neuf heures du matin, nous eûmes la visite de cinq *orencaies* de Button. Ils vinrent dans un canot semblable à ceux des Européens, à cette différence près qu'on le voguait avec des pagaies au lieu d'avirons. Ils portaient à poupe un grand pavillon hollandais. Ces orencaies sont bien vêtus. Ils ont des culottes longues, des camisoles avec des boutons de métal et des turbans, tandis que les autres Indiens sont nus. Ils avaient aussi la marque distinctive que leur donne la Compagnie, qui est la canne à pomme d'argent, avec cette marque &#x26F. Le plus âgé avait au-dessus une м de la façon suivante &#x26F. Ils venaient, dirent-ils, se ranger à l'obéissance de la Compagnie, et quand ils surent que nous étions français, ils ne furent point déconcertés, et dirent que très volontiers ils offraient leurs hommages à la France. Ils accompagnèrent leur compliment de bienvenue du don d'un chevreuil. Je leur fis, au nom du roi, un présent d'étoffes de soie, qu'ils partagèrent en cinq lots, et je leur appris à connaître le pavillon de la nation. Je leur proposai de la liqueur ; c'était ce qu'ils attendaient, et Mahomet leur permit d'en boire à la prospérité du souverain de Button, de la France, de la Compagnie de Hollande, et à notre heureux voyage. Ils m'offrirent alors tous les secours qui pouvaient dépendre d'eux, et ajoutèrent que, depuis trois ans, il avait passé en divers temps trois vaisseaux anglais auxquels ils avaient fourni eau, bois, volailles et fruits, qu'ils étaient leurs amis, et qu'ils voyaient bien que nous le serions aussi. Dans ce moment leurs verres étaient pleins, et ils avaient déjà plusieurs fois vidé rasade. Au reste, ils me prévinrent que le roi de Button résidait dans ce canton, et je vis bien qu'ils avaient les mœurs de la capitale. Ils l'appellent *sultan,* nom qu'ils ont sans doute reçu des Arabes en même temps que leur religion. Ce sultan est despote et puissant, si le nombre des sujets fait la puissance ; car son île est grande et bien peuplée. Les orencaies, après avoir pris congé de nous, firent une visite à bord de *L'Étoile.* Ils y burent aussi à la santé de leurs nouveaux amis, et il fallut leur prêter une main secourable pour s'embarquer dans leurs pirogues.

Je leur avais demandé entre deux rasades si leur île produisait des épiceries, ils me répondirent que non, et je crois volontiers qu'ils ont dit la vérité, en considérant la faiblesse du poste que les Hollandais entretiennent ici. Ce poste est l'assemblage de sept ou huit huttes de bambous, avec une espèce de palissade décorée d'une gaule de pavillon. Là résident pour la Compagnie un sergent et trois hommes. Cette côte, au reste, présente le plus agréable coup d'œil. Elle est partout défrichée et garnie de cases. Les plantations de cocotiers y sont fréquentes. Le terrain s'élève en pente douce et offre partout des enclos cultivés. Le bord de la mer est tout en pêcheries. La côte qui est vis-à-vis Button n'est ni moins riante, ni moins peuplée.

Notre pilote revint aussi nous voir dans la matinée, et il m'apporta quelques cocos, les meilleurs que j'eusse encore rencontrés. Il m'avertit que, lorsque le soleil aurait monté, la brise du sud-est serait très forte, et je lui fis boire un grand coup d'eau-de-vie pour la bonne nouvelle. Effectivement nous vîmes toutes les pirogues se retirer vers onze heures. Elles ne voulaient pas se compromettre au large aux approches du vent frais, qui ne manqua pas de souffler, comme nous l'avait annoncé l'Indien. Une brise de sud-est, fraîche et vigoureuse, nous prit, comme nous courions un bord sur une île à l'ouest de Button ; elle nous permit de gouverner à ouest-sud-ouest, et nous fit faire bon chemin, malgré la marée. J'avertirai ici qu'il faut se méfier d'un banc, qui s'étend assez au large de cette île dont je viens de parler. Au reste, en louvoyant pendant la matinée, nous sondâmes plusieurs fois, sans trouver fond, à 50 brasses de ligne.

Nous observâmes à midi 5° 31′ 30″ de latitude australe, et cette observation, jointe à celle que nous avions faite à l'entrée du détroit, nous servit à en déterminer la longueur avec précision. A trois heures nous aperçûmes l'extrémité méridionale de Pangasani. Nous voyions, dès le matin, les hautes montagnes de *l'île Cambona,* sur laquelle est un pic, dont la tête s'élève au-dessus des nuages. Vers quatre heures et demie, nous découvrîmes une portion des terres de Célèbes. Nous embarquâmes nos bateaux au soleil couchant, et nous mîmes toutes voiles dehors, gouvernant à ouest-sud-ouest, jusqu'à dix heures du soir que nous mîmes le cap à ouest-quart-sud ouest ; et nous courûmes à cette route toute la nuit, bonnettes greiées haut et bas.

Mon intention était d'aller ainsi prendre connaissance de l'île *Saleyer,* à trois ou quatre lieues dans le sud de sa pointe septentrionale, c'est-à-dire par 5° 55′ à 6° de latitude, afin de chercher ensuite le détroit de ce nom, qui est entre cette île et celle de Célèbes, le long de laquelle on court sans la voir : attendu que sa côte, presque depuis Pangasani, forme un golfe d'une immense profondeur. Au reste il faut de même revenir chercher le *détroit de Saleyer* lorsqu'on passe par le *Toukan bessie ;* et on conclura sans doute, de ce qui a été détaillé ci-dessus, que la route[3] par la *rue de Button* est, à tous égards, préférable. C'est une des navigations les plus sûres et les plus agréables que l'on puisse faire. Elle réunit à la bonté des mouillages, et à l'agrément de faire le chemin à son aise, tous les avantages de la meilleure relâche. L'abondance était aussi grande maintenant sur nos vaisseaux que l'avait été la disette. Le scorbut disparaissait à vue d'œil. Il s'y déclarait à la vérité un grand nombre de cours de ventre, occasionnés par le changement de nourriture : cette incommodité, dangereuse dans les pays chauds, où il est ordinaire qu'elle se convertisse en flux de sang, devient encore plus communément une maladie grave dans le parage des Moluques. A terre, comme à la mer, il est mortel d'y dormir à l'air, surtout lorsque le temps est serein.

Le 18 au matin nous ne vîmes point la terre, et je crois que pendant la nuit les courants nous firent perdre environ trois lieues ; nous continuâmes la route du ouest-quart-sud-ouest. A neuf heures et demie nous eûmes bonne connaissance des hautes terres de *Saleyer* depuis le ouest-sud-ouest jusqu'au ouest-quart-nord-ouest, et à mesure que nous avançâmes, nous découvrîmes une pointe moins élevée qui semble terminer cette île au nord. Je fis alors gouverner depuis le ouest-quart-nord-ouest successivement jusqu'au nord-ouest-quart-nord, afin de bien reconnaître le détroit. Ce passage, formé par les terres de Célèbes et celles de Saleyer, est encore resserré par trois îles qui le barrent. Les Hollandais les nomment *Bougerones,* et ce passage *le Boutsaron.* Ils ont sur Saleyer un poste commandé aujourd'hui par Jan Hendrik Voll, teneur de livres.

Nous observâmes à midi 5° 55′ de latitude australe. Nous crûmes d'abord voir une première île au nord de la terre moyenne que nous avions prise pour la pointe de Saleyer ; mais c'est un terrain assez élevé et terminé lui-même par une pointe presque noyée qui tient à Saleyer par une langue de terre extrêmement basse. Ensuite nous découvrîmes à la fois deux îles assez longues et d'une moyenne élévation, distantes entre elles de quatre à cinq lieues, et enfin, entre ces deux-là, nous en aperçûmes une troisième très petite et très basse. Le bon passage est auprès de cette petite île, soit au nord, soit au sud. Je me suis déterminé pour ce dernier qui m'a paru le plus large. Afin de faciliter la narration, nous nommerons la petite île *l'île du Passage,* et les deux autres, l'une *l'île du Sud,* l'autre *l'île du Nord.*

Lorsque nous les eûmes suffisamment reconnues, je mis en travers à l'entrée de la nuit pour attendre *L'Étoile.* Elle ne se rallia qu'à huit heures du soir, et nous donnâmes dans le passage, en conservant le milieu du canal, dont la largeur peut être de six à sept milles. A neuf heures et demie nous étions nord et sud de *l'île du Passage,* et *l'île du Sud,* par son milieu, nous restait entre le sud et le sud-quart-sud-est. Je fis alors gouverner à ouest-quart-sud-ouest à une heure du matin, puis mettre en travers, bas-bord amure jusqu'à quatre heures du matin. Avant et dans le passage on sonda plusieurs fois à la main sans trouver de fond, avec 20 et 25 brasses de ligne. Nous ralliâmes le 19 au point du jour la côte de Célèbes, et nous la rangeâmes à la distance de trois ou quatre milles. Il est en vérité difficile de voir un plus beau pays dans le monde. La perspective offre dans le fond du tableau de hautes montagnes, au pied desquelles règne une plaine immense cultivée partout et partout garnie de maisons. Le bord de la mer forme une plantation suivie de cocotiers, et l'œil d'un marin, à peine échappé aux salaisons, voit avec ravissement des troupeaux de bœufs errer dans ces plaines riantes qu'embellissent des bosquets semés de distance en distance. La population dans cette partie paraît être considérable. A midi et demi, nous étions par le travers d'une grosse bourgade, dont les habitations, construites au milieu des cocotiers, suivaient pendant une grande étendue la direction de la côte, le long de laquelle on trouve 18 et 20 brasses fond de sable gris, fond qui diminue à mesure qu'on approche de terre.

Cette partie méridionale de Célèbes est terminée par trois pointes longues, unies et basses, entre lesquelles il y a deux baies assez profondes. Sur les deux heures nous avions donné chasse à un bateau malais, dans l'espérance d'y trouver quelqu'un qui nous pût procurer des connaissances pratiques de ces parages. Il avait aussitôt mis à courir à terre, et lorsque nous le joignîmes à portée de mousquet, il était entre la terre et nous, et nous n'étions plus que sur 7 brasses d'eau. Je lui fis tirer trois ou quatre coups de canon, dont il ne tint compte. Il nous prenait sans doute pour un navire de la Compagnie hollandaise et craignait l'esclavage. Presque tous les gens de cette côte sont pirates, et les Hollandais en font des esclaves, quand ils les prennent. Obligé d'abandonner ce bateau, je mandai le canot de *L'Étoile* que j'envoyai sonder devant moi.

Nous étions dans ce moment presque par le travers de la troisième pointe de Célèbes, nommée *Tanakeka,* après laquelle la côte court sur le nord-nord-ouest. Presque dans le nord-ouest de cette pointe il y a quatre îles, dont la plus considérable, appelée *Tanakeka,* comme la pointe du sud-ouest de Célèbes, est basse, unie, et longue d'environ trois lieues. Les trois autres, plus septentrionales que celle-ci, sont très petites. Il s'agissait alors de doubler le bas-fond dangereux de *brill* ou *la lunette,* que je crois être nord et sud de Tanakeka, à la distance de quatre ou cinq lieues au plus. Deux passages se présentaient, l'un entre la pointe Tanakeka et les îles, et on prétend que c'est celui-là que suivent les Hollandais, l'autre entre l'île Tanakeka et la lunette. Je préférai ce dernier dont les routes sont moins composées, et que je croyais le plus large.

J'ordonnai au bateau de *L'Étoile* de diriger sa route, de manière à passer environ à une lieue et demie de l'île Tanakeka, et je le suivis sous les huniers, *L'Étoile* se tenant dans mes eaux. Nous cheminâmes sur 8, 9, 10, 11 et 12 brasses d'eau, gouvernant du ouest-nord-ouest au ouest-quart-nord-ouest, puis à ouest quand nous vînmes à 13, 14, 15 et 16 brasses, et que l'île la plus septentrionale nous resta au nord-nord-est. Je rappelai pour lors le bateau de *L'Étoile,* et je fis route au sud-ouest-quart-sud, sondant d'horloge en horloge*[4], et trouvant toujours de 15 à 16 brasses fond de gros sable gris et gravier. A dix heures du soir, le fond augmenta, on eut à dix heures et demie 70 brasses, sable et corail, puis on n'en trouva plus en filant 120 brasses. A minuit, je fis signal à *L'Étoile* d'embarquer son bateau et de forcer de voiles, et je gouvernai au sud-ouest, pour passer à mi-canal entre la lunette et le banc nommé *Saras,* sondant toutes les heures sans trouver de fond. Au reste, lorsque le vent n'est pas favorable et frais pour entreprendre de doubler la lunette, il convient de mouiller à la côte de Célèbes, dans quelqu'une des baies, et d'y attendre un temps fait ; sans cela on court risque d'être entraîné par les courants sur ce dangereux bas-fond, sans pouvoir s'en défendre.

Au jour on ne vit point de terre ; à dix heures je fis courir à ouest-sud-ouest, et à midi nous observâmes 6° 10′ de latitude. Estimant alors avoir doublé le banc de Saras, certain au moins par l'observation d'en être au sud, je dirigeai notre course à ouest, et après avoir fait cinq à six lieues à cette route, je fis gouverner à ouest-quart-nord-ouest, sondant d'heure en heure sans trouver de fond. Nous nous entretînmes ainsi en canal, entre le *Sestenbanc* et *la Poule* au nord, le *Pater noster* et *le Tangayang* au sud, portant toutes voiles dehors jour et nuit, afin de gagner sur *L'Étoile* le temps de sonder. On m'avait dit qu'ici les courants portaient sur les îles et banc de Tangayang. Par l'observation de la hauteur méridienne qui fut de 5° 44′, nous eûmes au contraire au moins neuf minutes de différence nord. Le meilleur conseil à

---

* Chaque horloge à bord est d'une demi-heure.

donner, c'est de s'entretenir ici à n'avoir pas fond. On sera sûr alors d'être en canal ; si on approchait trop des îles du sud, on commencerait à ne plus trouver que 30 brasses d'eau.

Nous courûmes toute la journée du 21 pour reconnaître les îles *Alambaï*. Les cartes françaises en marquent trois ensemble, et une plus grande dans le sud-est d'elles, à sept lieues de distance. Cette dernière n'existe point où ils la placent, et les îles Alambaï sont toutes les quatre réunies. Je comptais être au soleil couchant par leur latitude, et je fis gouverner à ouest-quart-sud-ouest, jusqu'à ce qu'on eût couru le chemin de la vue. Pendant le jour on s'était dispensé de sonder. A huit heures du soir la sonde donna 40 brasses d'eau, fond de sable et vase. Nous gouvernâmes alors au sud-ouest-quart-ouest et ouest-sud-ouest, jusqu'à six heures du matin ; puis, comptant avoir dépassé les îles Alambaï, à ouest-quart-sud-ouest jusqu'à midi. La sonde, pendant la nuit, donna constamment 40 brasses, fond de vase molle, jusqu'à quatre heures qu'elle n'en donna que 38. A minuit nous vîmes un bateau qui courait à l'encontre de nous ; dès qu'il nous aperçut, il tint le vent, et deux coups de canon ne le firent pas *arriver*. Ces gens-là craignent plus les Hollandais que les coups de canon. Un autre, que nous vîmes le matin, ne fut pas plus curieux de nous accoster. Nous observâmes à midi 6° 8′ de latitude, et cette observation nous donna encore une différence nord de huit minutes avec notre estime.

Nous étions enfin hors de tous les pas périlleux qui font redouter la navigation des Moluques à Batavia. Les Hollandais prennent les plus grandes précautions pour tenir secrètes les cartes sur lesquelles ils navi-

guent dans ces parages. Il est vraisemblable qu'ils en
grossissent les dangers; du moins, j'en vois peu dans
les détroits de Button, de Saleyer et dans le dernier
passage dont nous sortions, trois objets dont à Boëro
ils nous avaient fait des monstres. Je conviens que
cette navigation serait beaucoup plus difficile de
l'ouest à l'est, les points d'atterrage dans l'est n'étant
pas beaux et pouvant aisément se manquer, au lieu
que ceux de l'ouest sont beaux et sûrs. Toutefois, dans
l'une et l'autre route, l'essentiel est d'avoir, tous les
jours, de bonnes observations de latitude. Le défaut
de ce secours pourrait jeter dans des erreurs funestes.
Nous n'avons pu, ces derniers jours, évaluer si l'effet
des courants était dans l'est ou dans l'ouest, n'ayant
point eu de points de relèvement.

Je dois avertir ici que toutes les cartes marines
françaises de cette partie sont pernicieuses. Elles sont
inexactes, non seulement dans les gissements des côtes
et îles, mais même dans des latitudes essentielles. Les
détroits de Button et de Saleyer sont extrêmement
fautifs; nos cartes suppriment même les trois îles qui
rétrécissent ce dernier passage, et celles qui sont dans
le nord-nord-ouest de l'île Tanakeka. M. d'Aprés, du
moins, avertit qu'il ne garantit point sa carte des
Moluques ni celle des Philippines, n'ayant pu trouver
de mémoires satisfaisants sur cette partie. Pour la
sûreté des navigateurs, je souhaiterais la même délicatesse à tous ceux qui compilent des cartes. Celle qui
m'a donné le plus de lumières est la carte d'Asie de
M. Danville [5], publiée en 1752. Elle est très bonne
depuis Ceram jusqu'aux îles Alambaï. Dans toute
cette route j'ai vérifié, par mes observations, l'exactitude de ses positions et des gissements qu'il donne aux

parties intéressantes de cette navigation difficile.
J'ajouterai que la nouvelle Guinée et les îles des
Papous approchent plus de la vraisemblance sur sa
carte que sur aucune autre que j'eusse entre les mains.
C'est avec plaisir que je rends cette justice au travail
de M. Danville. Je l'ai connu particulièrement, et il
m'a paru aussi bon citoyen que bon critique et savant
éclairé.

Depuis le 22 au matin nous suivîmes la route du
ouest-quart-sud-ouest jusqu'au lendemain 23 à huit
heures que nous gouvernâmes à ouest-sud-ouest. La
sonde donna 47, 45, 42 et 41 brasses ; et ce fond, je le
dirai une fois pour toutes, est ici et sur toute la côte de
Java un excellent fond de vase molle. Nous trouvâmes
encore sept minutes de différence nord par la hauteur
méridienne que nous observâmes de 6° 24'. *L'Étoile*
avait signalé la vue de terre dès six heures du matin ;
mais le temps s'étant mis à grains, nous ne l'aperçûmes
point alors. Je fis après midi prendre plus du sud à la
route, et à deux heures on découvrit du haut des mâts
la côte septentrionale de l'île *Maduré*. On la releva à
six heures depuis le sud-est-quart-sud jusqu'à ouest-
quart-sud-ouest-5°-ouest ; l'horizon était trop fort pour
qu'on pût estimer à quelle distance elle nous restait.
La sonde de l'après-midi fut constamment de 40 brasses. Nous vîmes un grand nombre de bateaux
pêcheurs, dont quelques-uns à l'ancre et qui avaient
leurs filets dehors.

Les vents pendant la nuit varièrent du sud-est au
sud-ouest, nous tînmes le plus près, bas-bord amure et
la sonde depuis dix heures du soir donna 28, 25 et
20 brasses ; elle fut de 17 brasses, lorsqu'à neuf heures
du matin nous eûmes rallié la terre, et à midi elle n'en

donna plus que dix. La grosse terre de *la pointe d'Alang* sur l'île *Java* nous restait alors au sud-est-quart-sud environ à deux lieues, *l'île Mandali* au sud-ouest-quart-ouest-2°-sud, deux milles, et les terres les plus ouest à ouest-sud-ouest quatre lieues. Dans cette position nous observâmes 6° 22′ 30″, ce qui était assez conforme à la latitude estimée.

En transportant ce point de midi sur la carte à grand point de M. d'Après, suivant les relèvements, je trouvai :

1° que la côte de Java y est placée de neuf à douze minutes plus sud qu'elle ne l'est effectivement par le terme moyen de notre observation méridienne ;

2° que le gissement de la pointe d'Alang[6] n'y est pas exact, attendu qu'il la fait courir sur le ouest-sud-ouest et sud-ouest-quart-ouest, tandis que dans la vérité elle court, depuis l'île Mandali, sur le ouest-quart-sud ouest, environ quinze milles ; après quoi elle reprend du sud et forme un grand golfe ;

3° qu'il donne trop peu d'étendue à cette partie de la côte, et qu'à suivre le relèvement sur sa carte, nous eussions d'un midi à l'autre fait treize milles de moins à ouest, soit que la côte ait cette quantité de plus en étendue, soit que le courant nous eût entraînés dans l'est.

Outre un grand nombre de bateaux pêcheurs, nous avions vu dans la matinée quatre navires, dont deux faisaient la même route que nous et portaient pavillon hollandais déferlé. Sur les trois heures nous en joignîmes un auquel nous parlâmes ; c'était un senau venant de *Malacca* et allant à *Japara*. Sa conserve, navire à trois mâts et qui sortait aussi de Malacca, allait à *Saramang*. Ils ne tardèrent pas à mouiller à la côte.

Nous la rangeâmes à la distance d'environ trois quarts de lieue jusqu'à quatre heures du soir. Je fis alors gouverner à ouest-quart-nord-ouest, afin de ne pas m'enfoncer dans le golfe et de passer au large d'un banc de corail qui est à cinq ou six lieues de terre. Jusqu'ici la côte de Java est peu élevée sur le bord de la mer ; mais on aperçoit de hautes montagnes dans l'intérieur. A cinq heures et demie nous avions le milieu des îles *Carimon Java* au nord-2°-ouest, environ à huit lieues.

Nous courûmes à ouest-quart-nord-ouest jusqu'à quatre heures du matin, puis à ouest jusqu'à midi. La sonde, qui la veille avait été près de terre de 9 à 10 brasses, augmenta dès sept heures du soir à 30 et elle donna dans la nuit 32, 34 et 35 brasses. Au soleil levant nous ne vîmes point de terre, seulement quelques navires et, suivant l'ordinaire, une infinité de bateaux pêcheurs. Malheureusement il fit calme presque toute la journée du 25 jusqu'à cinq heures du soir. Je dis malheureusement, d'autant plus qu'il nous était intéressant d'avoir connaissance de la côte avant la nuit, afin de diriger la route en conséquence pour passer entre *la pointe Indermaye* et *les îles Rachit,* et ensuite au large des roches sous l'eau qui en sont à l'ouest. Depuis midi qu'on avait observé 6° 26′ de latitude, nous gouvernions à ouest et ouest-quart-sud-ouest ; mais le soleil se coucha sans qu'on pût découvrir la terre. Quelques-uns crurent, mais sans certitude, apercevoir *les Montagnes bleues* qui sont à quarante lieues dans l'est de Batavia. De six heures du soir à minuit, je fis gouverner à ouest et ouest-quart-nord-ouest, sondant d'heure en heure par 25, 24, 21, 20 et 19 brasses. A une heure du matin nous courûmes à ouest-quart-nord-ouest, depuis deux heures jusqu'à quatre, au nord-ouest, puis au nord-ouest-quart-ouest jusqu'à six heures. Mon intention, estimant à une heure du matin être à mi-canal entre les îles Rachit et la terre de Java, était de m'élever dans le nord des roches. La sonde me donna trois fois 20 brasses, puis 22, puis 23, et pour lors je me supposai à trois ou quatre lieues dans le nord-nord-ouest des îles Rachit.

J'étais bien loin de compte ; le 26, les rayons du soleil levant nous montrèrent la côte de Java depuis le sud-quart-sud-ouest jusqu'à ouest quelques degrés nord, et à sept heures et demie on vit au haut des mâts les îles Rachit, environ à sept lieues de distance dans le nord-nord-ouest et le nord-ouest-quart-nord. Cette vue me donnait une énorme et dangereuse différence sur la carte de M. d'Après ; mais je suspendis mon jugement jusqu'à ce que la hauteur méridienne prononçât s'il fallait attribuer cette différence aux courants, ou bien en accuser la carte. Je fis gouverner à ouest-quart-nord-ouest et ouest-nord-ouest, afin de bien reconnaître la côte qui est ici extrêmement basse et n'offre aucune montagne dans l'intérieur. Le vent était du sud-sud-est au sud-est et à l'est, joli frais.

A midi, la pointe la plus méridionale d'*Indermaye* nous restait à l'est-quart-sud-est-2°-sud, environ à quatre lieues, le milieu des *îles Rachit* au nord-est, à cinq lieues de distance, et le terme moyen des hauteurs observées à bord nous plaça par 6° 12′ de latitude. D'après cette hauteur et le relèvement, il me parut que le golfe, entre l'île Mandali et la pointe Indermaye, a sur la carte vingt-deux minutes d'étendue de moins de l'est à l'ouest que dans la réalité, et que la côte y est jetée 16 minutes plus au sud que ne la placeraient nos observations. La même correction doit avoir lieu pour les îles Rachit, en y ajoutant que la distance entre ces îles et la terre de Java est au moins de deux lieues plus considérable que celle marquée sur la carte. A l'égard des gissements des diverses parties de la côte entre elles, ils m'ont paru y être assez exacts, autant qu'on en peut juger par des estimes faites successivement à la vue et en courant. Au reste, les différences, notées ci-dessus, sont très périlleuses pour qui navigue de nuit sur cette carte.

Depuis le matin la sonde avait donné 21, 23, 19 et 18 brasses. La brise de l'est-sud-est continua, et nous rangeâmes la terre à trois ou quatre milles, afin de passer dans le sud de ces roches cachées dont j'ai déjà parlé et qu'on marque à cinq ou six lieues dans l'ouest des îles Rachit. A une heure après midi un bateau qui était mouillé devant nous appareilla stribord amure, ce qui me fit penser qu'alors le courant changeait et nous devenait contraire. Nous lui parlâmes à deux heures ; un Hollandais, qui le commandait et qui nous a paru y être seul blanc avec des mulâtres, nous dit qu'il allait à Amboine et Ternate, et qu'il sortait de Batavia dont il se faisait à vingt-six lieues. Après être sorti du passage de Rachit et avoir passé en dedans des roches sous l'eau, je voulais porter au nord-ouest pour doubler des bancs de sable nommés *les bancs périlleux* qui s'avancent assez au large entre les pointes *Inder-maye* et *Sidari*. Les vents nous refusèrent, et ne pouvant présenter qu'à ouest-nord-ouest, je pris le parti, à sept heures du soir, de laisser tomber une ancre à jet par 13 brasses fond de vase environ à une lieue de terre. Le louvoyage était court et peu sûr entre les roches sous l'eau d'une part, et les bancs périlleux de l'autre. Nous avions sondé depuis midi par 19, 15, 14 et 10 brasses. Avant que de mouiller, nous courûmes un petit bord au large qui nous remit par 13 brasses.

Nous appareillâmes le 27 à deux heures du matin avec les vents de terre, qui, cette nuit, nous vinrent par l'ouest, au lieu que les nuits précédentes ils avaient fait le tour du nord au sud par l'est. Ayant gouverné au nord-ouest, nous ne revîmes la terre qu'à huit heures du matin, terre extrêmement basse et presque noyée ; nous tînmes la même route jusqu'à midi, et, depuis l'appareillage jusqu'à cette heure-là, nos sondes varièrent de 13 à 16, 20, 22, 23 et 24 brasses. A dix heures et demie, on avait eu fond de corail, je fis resonder un instant après, le fond était de vase comme à l'ordinaire.

A midi, nous observâmes 5° 48′ de latitude ; d'en bas on ne voyait pas la terre, tant elle est basse. On la releva d'en haut, depuis le sud jusqu'au sud-ouest-quart-ouest, à la distance estimée de cinq à six lieues : la hauteur de ce jour, comparée avec le relèvement, ne donnerait pas au-delà de deux ou trois minutes, dont cette partie de la côte de Java serait placée trop sud sur la carte de M. d'Aprés ; différence égale à zéro, puisqu'il faudrait supposer l'estime de la distance du relèvement parfaitement juste. Les courants nous avaient encore portés nord, et je crois ouest.

Toute la journée le temps fut très beau et le vent favorable ; je fis prendre, après midi, un peu du nord à la route, afin d'éviter les basses de la pointe de *Sidari*. A minuit, comptant les avoir dépassées, je mis le cap à ouest-quart-sud-ouest et ouest-sud-ouest ; puis au sud-ouest, voyant que le fond, de 19 brasses qu'il y avait à une heure du matin, était augmenté successivement jusqu'à 27. A trois heures du matin, on aperçut une île dans le nord-ouest-5°-nord environ à trois lieues. Convaincu pour lors que j'étais plus avancé que je ne le croyais, craignant même de dépasser Batavia, je mouillai pour attendre le jour. Au soleil levant, nous reconnûmes toutes les îles de la baie de Batavia ; celle *d'Edam,* sur laquelle est un pavillon, nous restait au sud-est-quart-sud, environ à quatre lieues, et *l'île d'Onrust* ou *du Carenage* au sud-sud-ouest-4°-sud, à près de cinq lieues ; nous nous trouvâmes ainsi dix lieues plus à l'ouest que nous ne l'estimions, différence qui a pu provenir et des courants et de ce que la côte n'est pas projetée exactement.

A dix heures et demie du matin, je tentai un premier appareillage ; mais le vent étant presque aussitôt tombé tout à fait et la marée contraire, je mouillai sous voiles une ancre à jet. Nous appareillâmes de nouveau à midi et demi ; nous gouvernâmes sur le milieu de l'île d'Edam, jusqu'à en être environ à trois quarts de lieue ; le dôme de la grande église de Batavia nous restant alors au sud, nous mîmes le cap dessus, passant entre les balises qui indiquent le chenal. A six heures, nous mouillâmes dans la rade par 6 brasses fond de vase, sans affourcher, attendu qu'on se contente ici d'avoir une seconde ancre prête à laisser tomber. Une heure après *L'Étoile* mouilla dans l'est-nord-est de nous, et à deux encablures. C'est ainsi qu'après avoir tenu la mer pendant dix mois et demi, nous arrivâmes, le 28 septembre 1768, dans une des plus belles colonies de l'univers, où nous nous regardâmes tous comme ayant terminé notre voyage.

Batavia, suivant mon estime, est par 6° 11′ de latitude australe, et 104° 52′ de longitude orientale du méridien de Paris.

CHAPITRE VIII

Séjour à Batavia, et détail sur les Moluques.

Le temps des maladies, qui commence ici ordinairement à la fin de la mousson de l'est, et les approches de la mousson pluvieuse de l'ouest, nous avertissaient de ne rester à Batavia que le moins qu'il nous serait possible. Toutefois, malgré l'impatience où nous étions d'en sortir au plus tôt, nos besoins devaient nous y retenir un certain nombre de jours, et la nécessité d'y faire cuire du biscuit, qu'on ne trouva pas tout fait, nous arrêta plus longtemps encore que nous n'avions compté. Il y avait dans la rade, à notre arrivée, treize ou quatorze vaisseaux de la Compagnie de Hollande, dont un portait le pavillon amiral. C'est un vieil vaisseau qu'on laisse pour cette destination ; il a la police de la rade et rend les saluts à tous les vaisseaux marchands. J'avais déjà envoyé un officier pour rendre au général compte de notre arrivée, lorsqu'il vint à bord un canot de ce vaisseau-amiral, avec je ne sais quel papier écrit en hollandais. Il n'y avait point d'officier dedans le canot, et le patron, qui sans doute en faisait les fonctions, me demanda qui nous étions et une déposition écrite et signée de moi. Je lui répondis que j'avais envoyé faire ma déclaration à terre, et je le congédiai. Il revint peu de temps après, insistant sur sa première demande ; je le renvoyai une seconde fois avec la même réponse, et il se le tint pour dit. L'officier qui était allé chez le général ne fut de retour qu'à neuf heures du soir. Il n'avait point vu Son Excellence qui était à la campagne, et on l'avait conduit chez le *sabandar* ou introducteur des étrangers, qui lui donna rendez-vous au lendemain, et lui dit que, si je voulais descendre à terre, il me conduirait chez le général.

Les visites, dans ce pays, se font de bonne heure ; l'excessive chaleur y contraint. Nous partîmes à six heures du matin, conduits par le sabandar, M. Vanderluys, et nous allâmes trouver M. Vander Para, général des Indes orientales, lequel était dans une de ses maisons de plaisance à trois lieues de Batavia. Nous vîmes un homme simple et poli, qui nous reçut à merveille et nous offrit tous les secours dont nous pouvions avoir besoin. Il ne parut ni surpris ni fâché que nous eussions relâché aux îles Moluques ; il approuva même beaucoup la conduite du résident de Boëro et ses bons procédés à notre égard. Il consentit à ce que je misse nos malades à l'hôpital de la Compagnie, et il envoya sur-le-champ l'ordre de les y recevoir. A l'égard des fournitures nécessaires aux vaisseaux du roi, il fut convenu qu'on remettrait les états de demandes au sabandar, qui serait chargé de nous pourvoir de tout. Un des droits de sa charge était de gagner et avec nous et avec les fournisseurs. Lorsque tout fut réglé, le général me demanda si je ne saluerais pas le pavillon ; je lui répondis que je le ferais, à condition que ce serait la place qui rendrait le salut et coup pour coup. Rien n'est plus juste, me dit-il, et la citadelle a les ordres en conséquence. Dès que je fus de retour à bord, nous saluâmes de quinze coups de canon, et la ville répondit par le même nombre.

Je fis aussitôt descendre à l'hôpital les malades des deux navires au nombre de vingt-huit, les uns encore affectés du scorbut, les autres, en plus grand nombre, attaqués du flux de sang. On travailla aussi à remettre au sabandar l'état de nos besoins, en biscuit, vin, farine, viande fraîche et légumes, et je le priai de nous faire fournir notre eau par les chalands de la Compagnie. Nous songeâmes en même temps à nous loger en ville pour le temps de notre séjour. C'est ce que nous fîmes dans une grande et belle maison, que l'on appelle *iner logment,* dans laquelle on est logé et nourri pour deux *risdales* par jour, non compris les domestiques ; ce qui fait près d'une pistole de notre monnaie. Cette maison appartient à la Compagnie, qui l'afferme à un particulier, lequel a, par ce moyen, le privilège exclusif de loger tous les étrangers. Cependant les vaisseaux de guerre ne sont pas soumis à cette loi ; et en conséquence l'état-major de *L'Étoile* s'établit en pension dans une maison bourgeoise. Nous louâmes aussi plusieurs voitures, dont on ne saurait absolument se passer dans cette grande ville, voulant surtout en parcourir les environs, plus beaux infiniment que la ville même. Ces voitures de louage sont à deux places, traînées par deux chevaux, et le prix, chaque jour, en est un peu plus de dix francs.

Nous rendîmes en corps, le troisième jour de notre arrivée, une visite de cérémonie au général, que le sabandar en avait prévenu. Il nous reçut dans une seconde maison de plaisance, nommée *Jacatra*, laquelle est à peu près au tiers de la distance de Batavia à la maison où j'avais été le premier jour. Je ne saurais mieux comparer le chemin qui y mène qu'aux plus beaux boulevards de Paris, en les supposant encore embellis à droite et à gauche par des canaux d'une eau courante. Nous eussions dû faire aussi d'autres visites d'étiquette, introduits de même par le sabandar, savoir chez le directeur-général, chez le président de justice, et chez le chef de la marine. M. Vanderluys ne nous en dit rien, et nous n'allâmes visiter que le dernier.

Son titre est *scopen hagen*. Quoique cet officier n'ait au service de la Compagnie que le grade de contre-amiral, celui-ci est néanmoins vice-amiral des États, par une faveur particulière du stathouder. Ce prince a voulu distinguer ainsi un homme de qualité que le dérangement de sa fortune a forcé de quitter la marine des États qu'il a bien servis, pour venir prendre ici le poste qu'il y occupe.

Le scopen hagen est membre de la haute régence, dans les assemblées de laquelle il a séance et voix délibérative pour les affaires de marine ; il jouit aussi de tous les honneurs des edel-heers. Celui-ci tient un grand état, fait bonne chère, et se dédommage des mauvais moments qu'il a souvent passés à la mer en occupant une maison délicieuse hors de la ville.

Pendant que nous restâmes ici, les principaux de Batavia s'empressèrent à nous en rendre le séjour agréable. De grands repas à la ville et à la campagne, des concerts, des promenades charmantes, la variété de cent objets réunis ici et presque tous nouveaux pour nous, le coup d'œil de l'entrepôt du plus riche commerce de l'univers ; mieux que cela, le spectacle de plusieurs peuples qui, bien qu'opposés entièrement pour les mœurs, les usages, la religion, forment cependant une même société ; tout concourait à amuser les yeux, à instruire le navigateur, à intéresser même le philosophe. Il y a de plus ici une Comédie qu'on dit assez bonne ; nous n'avons pu juger que de la salle qui nous a paru jolie : n'entendant pas la langue, ce fut bien assez pour nous d'y aller une fois. Nous fûmes infiniment plus curieux des comédies chinoises, quoique nous n'entendissions pas mieux ce qui s'y débitait ; il ne serait pas fort agréable de les voir tous les jours, mais il faut en avoir vu une de chaque genre. Indépendamment des grandes pièces qui se représentent sur un théâtre, chaque carrefour, dans le quartier chinois, a ses tréteaux, sur lesquels on joue tous les soirs des petites pièces et des pantomimes. *Du pain et des spectacles,* demandait le peuple romain ; il faut aux Chinois du commerce et des farces. Dieu me garde de la déclamation de leurs acteurs et actrices qu'accompagnent toujours quelques instruments. C'est la charge du récitatif obligé, et je ne connais que leurs gestes qui soient encore plus ridicules. Au reste, quand je parle de leurs acteurs, c'est improprement : ce sont des femmes qui font les rôles d'hommes. Au surplus, et on en tirera telles conclusions qu'on voudra, j'ai vu les coups de bâton prodigués sans mesure sur les planches chinoises y avoir un succès tout aussi brillant que celui dont ils jouissent à la Comédie-Italienne et chez Nicolet.

Nous ne nous lassions point de nous promener dans les environs de Batavia. Tout Européen, accoutumé même aux plus grandes capitales, serait étonné de la magnificence de ses dehors. Ils sont enrichis de maisons et de jardins superbes, entretenus avec ce goût et cette propreté qui frappe dans tous les pays hollandais. Je ne craindrai pas de dire qu'ils surpassent en beauté et en richesses ceux de nos plus grandes villes de France, et qu'ils approchent de la magnificence des environs de Paris. Je ne dois pas oublier un monument qu'un particulier y a élevé aux muses. Le sieur Mohr, premier curé de Batavia, homme riche à millions, mais plus estimable par ses connaissances et son goût pour les sciences, y a fait construire, dans un jardin d'une de ses maisons, un observatoire qui honorerait toute maison royale. Cet édifice, qui est à peine fini, lui a coûté des sommes immenses. Il fait mieux encore, il y observe lui-même. Il a tiré d'Europe les meilleurs instruments en tout genre, nécessaires aux observations les plus délicates, et il est en état de s'en servir. Cet astronome, le plus riche sans contredit des enfants d'Uranie, a été enchanté de voir M. Verron. Il a voulu qu'il passât les nuits dans son observatoire ; malheureusement il n'y en a pas eu une seule qui ait été favorable à leurs désirs. M. Mohr a observé le dernier passage de Vénus, et il a envoyé ses observations à l'Académie de Harlem ; elles serviront à déterminer avec précision la longitude de Batavia.

Il s'en faut bien que cette ville, quoique belle, réponde à ce qu'annoncent ses dehors. On y voit peu de grands édifices, mais elle est bien percée ; les maisons sont commodes et agréables ; les rues sont larges et ornées la plupart d'un canal bien revêtu et bordé d'arbres, qui sert à la propreté et à la commodité. Il est vrai que ces canaux entretiennent une humidité malsaine qui rend le séjour de Batavia

pernicieux aux Européens. On attribue aussi en partie
le danger de ce climat à la mauvaise qualité des eaux ;
ce qui fait que les gens riches ne boivent ici que des
eaux de *Selse*, qu'ils font venir de Hollande à grands
frais. Les rues ne sont point pavées, mais de chaque
côté il y a un large et beau parapet revêtu de pierres de
taille ou de briques, et la propreté hollandaise ne laisse
rien à désirer pour l'entretien de ces trottoirs. Je ne
prétends pas, au reste, donner une description détail-
lée de Batavia, sujet épuisé tant de fois. On aura l'idée
de cette ville fameuse en sachant qu'elle est bâtie dans
le goût des belles villes de la Hollande, avec cette
différence que les tremblements de terre imposent la
nécessité de ne pas élever beaucoup les maisons, qui
n'ont ici qu'un étage. Je ne décrirai point non plus le
camp des Chinois, lequel est hors de la ville, ni la
police à laquelle ils sont soumis, ni leurs usages, ni
tant d'autres choses déjà dites et redites.

On est frappé du luxe établi à Batavia ; la magnificence et le goût qui décorent l'intérieur de presque
toutes les maisons annoncent la richesse des habitants.
Ils nous ont cependant dit que Batavia n'était plus à
beaucoup près ce qu'elle avait été. Depuis quelques
années, la Compagnie y a défendu aux particuliers le
commerce d'Inde en Inde, qui était pour eux la source
d'une immense circulation de richesses. Je ne juge
point ce nouveau règlement de la Compagnie ; j'ignore
ce qu'elle gagne à cette prohibition. Je sais seulement
que les particuliers attachés à son service ont encore le
secret de tirer trente, quarante, cent, jusqu'à deux
cent mille livres de revenu d'emplois qui ont de gages
quinze cents, trois mille, six mille livres au plus. Or
presque tous les habitants de Batavia sont employés

de la Compagnie. Cependant il est sûr qu'aujourd'hui
le prix des maisons, à la ville et à la campagne, est plus
des deux tiers au-dessous de leur ancienne valeur.
Toutefois Batavia sera toujours riche du plus au
moins ; et par le secret dont nous venons de parler, et
parce qu'il est difficile à ceux qui ont fait fortune ici de
la faire repasser en Europe. Il n'y a de moyen d'y
envoyer ses fonds que par la Compagnie qui s'en
charge à huit pour cent d'escompte ; mais elle n'en
prend que fort peu à la fois à chaque particulier. Ces
fonds d'ailleurs ne se peuvent envoyer en fraude,
l'espèce d'argent qui circule ici perdant en Europe
vingt-huit pour cent. La Compagnie se sert de l'empereur de Java pour faire frapper une monnaie particulière qui est la monnaie des Indes.

Nulle part dans le monde les états ne sont moins
confondus qu'à Batavia ; les rangs y sont assignés à
chacun ; des marques extérieures les constatent d'une
façon immuable, et la sérieuse étiquette est plus sévère
ici qu'elle ne le fut jamais à aucun congrès. La haute
régence, le conseil de justice, le clergé, les employés de
la Compagnie, ses officiers de marine et enfin le
militaire, telle y est la gradation des états.

La haute régence est composée du général qui y
préside, des conseillers des Indes, dont le titre est *edel-
heer,* du président du conseil de justice et du scopen
hagen. Elle s'assemble au château deux fois par
semaine. Les conseillers des Indes sont aujourd'hui au
nombre de seize, mais ils ne sont pas tous à Batavia.
Quelques-uns ont les gouvernements importants du
cap de Bonne-Espérance, de Ceylan, de la côte de
Coromandel, de la partie orientale de Java, de Macassar et d'Amboine, et ils y résident. Ces edel-heers ont

la prérogative de faire dorer en plein leurs voitures, devant lesquelles ils ont deux coureurs, tandis que les particuliers n'en peuvent avoir qu'un. Il faut de plus que tous les carrosses s'arrêtent quand ceux des edel-heers passent ; et alors hommes et femmes sont obligés de se lever. Le général, outre cette distinction, est le seul qui puisse aller à six chevaux ; il est toujours suivi d'une garde à cheval, ou au moins des officiers de cette garde et de quelques ordonnances ; lorsqu'il passe, hommes et femmes sont obligés de descendre de leurs voitures, et il n'y a que celles des edel-heers qui chez lui puissent entrer jusqu'au perron. Ils ont seuls les honneurs du Louvre. J'en ai vu quelques-uns assez sensés pour rire en particulier avec nous de ces magnifiques prérogatives.

Le conseil de justice juge souverainement et sans appel au civil comme au criminel. Il y a vingt ans qu'il condamna à mort un gouverneur de Ceylan. Cet edel-heer fut convaincu d'avoir commis d'horribles concussions dans son gouvernement, et exécuté à Batavia dans la place qui est vis-à-vis de la citadelle. Au reste, la nomination du général des Indes, celle des edel-heers et des conseillers de justice vient d'Europe. Le général et la haute régence de Batavia proposent aux autres emplois, et leur choix est toujours ratifié en Hollande. Toutefois le général nomme en dernier ressort à toutes les places militaires. Un des plus considérables et des meilleurs emplois pour le revenu, après les gouvernements, est celui de commissaire de la campagne. Cet officier a l'inspection sur tout ce qui fait le domaine de la Compagnie dans l'île Java, même sur les possessions et la conduite des divers souverains de l'île ; il a de plus la police absolue sur les Javans sujets de la Compagnie. Cette police est fort sévère, et les fautes un peu graves sont punies de supplices rigoureux. La constance des Javans à souffrir des tourments barbares est incroyable ; mais quand on les exécute, il faut leur laisser des caleçons blancs et surtout ne pas leur trancher la tête. La Compagnie même compromettrait son autorité en refusant d'avoir pour eux cette complaisance ; les Javans se révolteraient. La raison en est simple : comme il est de foi dans leur religion qu'ils seraient mal reçus dans l'autre monde s'ils y arrivaient décapités et sans caleçons blancs, ils osent croire que le despotisme n'a de droits sur eux que dans celui-ci.

Un autre emploi fort recherché, dont les fonctions sont belles et le revenu considérable, c'est celui de sabandar ou ministre des étrangers. Ils sont deux, le sabandar des chrétiens et celui des païens. Le premier est chargé de tout ce qui regarde les étrangers européens. Le second a le détail de toutes les affaires relatives aux diverses nations de l'Inde, en y comprenant les Chinois. Ceux-ci sont les courtiers de tout le commerce intérieur de Batavia, où leur nombre passe aujourd'hui celui de cent mille. C'est aussi à leur travail et à leurs soins que les marchés de cette grande ville doivent l'abondance qui y règne depuis quelques années. Tel est au reste l'ordre des emplois au service de la Compagnie : assistant, teneur de livres, sousmarchand, marchand, grand marchand, gouverneur. Tous ces grades civils ont un uniforme, et les grades militaires ont une espèce de correspondance avec eux. Par exemple, le major a rang de grand marchand, le capitaine de sous-marchand, etc., mais les militaires ne peuvent jamais parvenir aux places de l'administration sans changer d'état. Il est tout simple que, dans une Compagnie de commerce, le corps militaire n'ait aucune influence. On ne l'y regarde que comme un corps soudoyé, et cette idée est ici d'autant plus juste qu'il n'est entièrement composé que d'étrangers.

La Compagnie possède en propre une portion considérable de l'île Java. Toute la côte du nord à l'est de Batavia lui appartient. Elle a réuni, depuis plusieurs années, à son domaine, l'île *Madaré,* dont le souverain s'était révolté, et le fils est aujourd'hui gouverneur de cette même île dont son père était roi. Elle a de même profité de la révolte du roi de *Balimbuam,* pour s'approprier cette belle province qui fait la pointe orientale de Java. Ce prince, frère de l'empereur, honteux d'être soumis à des marchands, et conseillé, dit-on, par les Anglais qui lui avaient fourni des armes, de la poudre, et même construit un fort, voulut secouer le joug. Il en a coûté deux ans et de grandes dépenses à la Compagnie pour le soumettre, et cette guerre venait d'être terminée deux mois avant que nous arrivassions à Batavia. Les Hollandais avaient eu le désavantage dans une première bataille ; mais dans une seconde le prince indien a été pris avec toute sa famille et conduit dans la citadelle de Batavia, où il est mort peu de jours après. Son fils et le reste de cette famille infortunée devaient être embarqués sur les premiers vaisseaux, et conduits au cap de Bonne-Espérance, où ils finiront leurs jours sur l'île *Roben.*

Le reste de l'île Java est divisé en plusieurs royaumes. L'empereur de Java, dont la résidence est dans la partie méridionale de l'île, a le premier rang, ensuite le sultan de *Mataran* et le roi de *Bantam. Tseribon* est gouverné par trois rois vassaux de la Compagnie, dont l'agrément est aussi nécessaire aux autres souverains pour monter sur leur trône précaire. Il y a chez tous ces rois une garde européenne qui répond de leur personne. La Compagnie a de plus quatre comptoirs fortifiés chez l'empereur, un chez le sultan, quatre à Bantam et deux à Tseribon. Ces souverains sont obligés de donner à la Compagnie leurs denrées aux taux d'un tarif qu'elle-même a fait. Elle en tire du riz, des sucres, du café, de l'étain, de l'arac[1], et leur fournit seule l'opium dont les Javans font une grande consommation, et dont la vente produit des profits considérables.

Batavia est l'entrepôt de toutes les productions des Moluques. La récolte des épiceries s'y apporte tout entière ; on charge chaque année sur les vaisseaux ce qui est nécessaire pour la consommation de l'Europe et on brûle le reste. C'est ce commerce seul qui assure la richesse, je dirai même l'existence de la Compagnie des Indes hollandaises ; il la met en état de supporter les frais immenses auxquels elle est obligée, et les déprédations de ses employés aussi fortes que ses dépenses mêmes. C'est aussi sur ce commerce exclusif et sur celui de Ceylan qu'elle dirige ses principaux soins. Je ne dirai rien sur Ceylan que je ne connais pas ; la Compagnie vient d'y terminer une guerre ruineuse, avec plus de succès qu'elle n'a pu faire celle du golfe Persique, où ses comptoirs ont été détruits. Mais comme nous sommes presque les seuls vaisseaux du roi qui aient pénétré dans les Moluques, on me permettra quelques détails sur l'état actuel de cette importante partie du monde, que son éloignement et le silence des Hollandais dérobent à la connaissance des autres nations.

On ne comprenait autrefois sous le nom de *Moluques* que les petites îles situées presque sous la ligne, entre 15′ de latitude sud et 50′ de latitude nord, le long de la côte occidentale de *Gilolo,* dont les principales sont *Ternate, Tidor, Mothier* ou *Mothir, Machian* et *Bachian.* Peu à peu ce nom est devenu commun à toutes les îles qui produisaient des épiceries. *Banda, Amboine, Ceram, Bouro* et toutes les îles adjacentes ont été rangées sous la même dénomination, dans laquelle même quelques-uns ont voulu, mais sans succès, faire entrer *Bouton* et *Célèbes.* Les Hollandais divisent aujourd'hui ces pays, qu'ils appellent *pays d'Orient,* en quatre gouvernements principaux, desquels dépendent les autres comptoirs, et qui ressortissent eux-mêmes de la haute régence de Batavia. Ces quatre gouvernements sont *Amboine, Banda, Ternate* et *Macassar.*

D'Amboine, dont un edel-heer est gouverneur, relèvent six comptoirs ; savoir, sur Amboine même, *Hila* et *Larique,* dont les résidents ont l'un le grade de marchand, l'autre celui de sous-marchand ; dans l'ouest d'Amboine, les îles *Manipa* et *Boëro,* sur la première desquelles est un simple teneur de livres, et sur la seconde notre bienfaiteur Hendrick Ouman, sous-marchand ; *Haroeko,* petite île à peu près dans l'est-sud-est d'Amboine, où réside un sous-marchand ; et enfin *Saparoea,* île aussi dans le sud-est, et environ à quinze lieues d'Amboine. Il y réside un marchand, lequel a sous sa dépendance la petite île *Neeslaw,* où il détache un sergent et quinze hommes ; il y a un petit fort construit sur une roche à Saparoea et un bon mouillage dans une jolie baie. Cette île et celle de Neeslaw fourniraient en clous la cargaison d'un navire. Toutes les forces du gouvernement d'Amboine consistent dans le fond de cent cinquante hommes, aux ordres d'un capitaine, un lieutenant et cinq enseignes. Il y a de plus deux officiers d'artillerie et un ingénieur.

Le gouvernement de *Banda* est plus considérable pour les fortifications, et la garnison y est plus nombreuse ; le fond en est de trois cents hommes, commandés par un capitaine en premier, un capitaine en second, deux lieutenants, quatre enseignes, et un officier d'artillerie. Cette garnison, ainsi que celle d'Amboine et des autres chefs-lieux, fournit tous les postes détachés. L'entrée à Banda est fort difficile pour qui ne la connaît pas. Il faut ranger de près la montagne de *Gunongapi* sur laquelle est un fort, en se méfiant d'un banc de roches qu'on laisse à bas-bord. La passe n'a pas plus d'un mille de large, et on n'y trouve point de fond. Il convient ensuite de ranger le banc pour aller chercher par 8 ou 10 brasses sous le fort *London* le mouillage dans lequel peuvent ancrer cinq ou six vaisseaux.

Trois postes dépendent du gouvernement de Banda : *Ouriën,* où est un teneur de livres ; *Wayer,* où réside un sous-marchand ; et l'île *Pulo Ry en Rhun,* voisine de Banda, couverte aussi de muscades. C'est un grand-marchand qui y commande. Il y a sur cette île un fort ; il n'y peut mouiller que des sloops, encore sont-ils sur un banc qui défend les approches du fort. Il faudrait même le canonner à la voile, car tout attenant le banc il n'y a plus de fond. Au reste, il n'y a point d'eau douce sur l'île ; la garnison est obligée de la faire venir de Banda. Je crois que l'île *Arrow* est aussi dans le district de ce gouvernement. Il y a dessus un comptoir avec un sergent et quinze hommes, et la Compagnie en retire des perles. Il n'en est pas ainsi de Timor et Solor, qui, bien qu'elles en soient voisines, ressortissent directement de Batavia. Ces îles fournissent du bois de sandal. Il est assez singulier que les Portugais aient conservé un poste à Timor, et plus singulier encore qu'ils n'en tirent pas un grand parti.

Ternate a quatre comptoirs principaux dans sa dépendance; savoir *Gorontalo, Manado, Limbotto* et *Xullabessie.* Les résidents des deux premiers ont le grade de sous-marchands; les seconds ne sont que teneurs de livres. Il en dépend en outre plusieurs petits postes commandés par des sergents. Deux cent cinquante hommes sont répartis dans le gouvernement de Ternate, aux ordres d'un capitaine, un lieutenant, neuf enseignes, et un officier d'artillerie.

Le gouvernement de *Macassar,* sur l'île Célèbes, lequel est occupé par un edel-heer, a dans son département quatre comptoirs : *Boelacomba en Bonthain* et *Bima,* où résident deux sous-marchands; *Saleyer* et *Maros,* dont les résidents ne sont que teneurs de livres. Macassar ou *Jonpandam* est la plus forte place des Moluques; toutefois les naturels du pays y resserrent soigneusement les Hollandais dans les limites de leur poste. La garnison y est composée de trois cents hommes, que commandent un capitaine en premier, un capitaine en second, deux lieutenants et sept enseignes. Il y a aussi un officier d'artillerie. On ne trouve pas d'épiceries dans le district de ce gouvernement, à moins qu'il ne soit vrai que Button en produit, ce que je n'ai pu vérifier. L'objet de son établissement a été de s'assurer d'un passage qui est une des clefs des Moluques, et d'ouvrir avec *Célèbes* et

Bornéo un commerce avantageux. Ces deux grandes îles fournissent aux Hollandais de l'or, de la soie, du coton, des bois précieux, et même des diamants, en échange pour du fer, des draps, et d'autres marchandises de l'Europe ou de l'Inde.

Ce détail des différents postes occupés par les Hollandais dans les Moluques est à peu de chose près exact. La police qu'ils y ont établie fait honneur aux lumières de ceux qui étaient alors à la tête de la Compagnie. Lorsqu'ils en eurent chassé les Espagnols et les Portugais, succès qui avaient été le fruit des combinaisons les plus éclairées, du courage et de la patience, ils sentirent bien que ce n'était pas assez, pour rendre le commerce des épiceries exclusif, d'avoir éloigné des Moluques tous les Européens. Le grand nombre de ces îles en rendait la garde presque impossible, il ne l'était pas moins d'empêcher un commerce de contrebande des insulaires avec la Chine, les Philippines, Macassar et tous les vaisseaux interlopes qui voudraient le tenter. La Compagnie avait encore plus à craindre qu'on n'enlevât des plants d'arbres et qu'on ne parvînt à les faire réussir ailleurs. Elle prit donc le parti de détruire, autant qu'il serait possible, les arbres d'épiceries dans toutes ces îles, en ne les laissant subsister que sur quelques-unes qui fussent petites et faciles à garder ; alors tout se trouvait réduit à bien fortifier ces dépôts précieux. Il fallut soudoyer les souverains, dont cette denrée faisait le revenu, pour les engager à consentir à ce qu'on en anéantît ainsi la source. Tel est le subside annuel de vingt mille risdales que la Compagnie hollandaise paie au roi de Ternate et à quelques autres princes des Moluques. Lorsqu'elle n'a pu déterminer quelqu'un de

ces souverains à permettre que l'on brûlât ses plants,
elle les brûlait malgré eux, si elle était la plus forte, ou
bien elle leur achetait annuellement les feuilles des
arbres encore vertes, sachant bien qu'après trois ans
de ce dépouillement les arbres périraient, ce qu'igno-
rent sans doute les Indiens.

Par ce moyen, tandis que la cannelle ne se récolte
que sur Ceylan, les îles Banda ont été seules consacrées à la culture de la muscade ; Amboine et Uleaster
qui y touche, à la culture du gérofle, sans qu'il soit
permis d'avoir du gérofle à Banda, ni de la muscade à
Amboine. Ces dépôts en fournissent au-delà de la
consommation du monde entier. Les autres postes des
Hollandais dans les Moluques ont pour objet d'empêcher les autres nations de s'y établir, de faire des
recherches continuelles pour découvrir et brûler les
arbres d'épiceries et de fournir à la subsistance des
seules îles où on les cultive. Au reste, tous les
ingénieurs et marins employés dans cette partie sont
obligés, en sortant d'emploi, de remettre leurs cartes et
plans, et de prêter serment qu'ils n'en conservent
aucun. Il n'y a pas longtemps qu'un habitant de
Batavia a été fouetté, marqué et relégué sur une île
presque déserte, pour avoir montré à un Anglais un
plan des Moluques.

La récolte des épiceries se commence en décembre,
et les vaisseaux destinés à s'en charger arrivent dans le
courant de janvier à Amboine et Banda, d'où ils
repartent pour Batavia en avril et mai. Il va aussi tous
les ans deux vaisseaux à Ternate, dont les voyages
suivent de même la loi des moussons. De plus, il y a
quelques sénauts de douze ou quatorze canons destinés à croiser dans ces parages.

Chaque année les gouverneurs d'Amboine et de Banda assemblent vers la mi-septembre tous les orencaies ou chefs de leurs départements. Ils leur donnent d'abord des festins et des fêtes qui durent plusieurs jours, et ensuite ils partent avec eux dans de grands bateaux nommés *coracores,* pour faire la tournée de leur gouvernement et brûler les plants d'épiceries inutiles. Les résidents des comptoirs particuliers sont obligés de se rendre auprès de leurs gouverneurs généraux et de les accompagner dans cette tournée qui finit ordinairement à la fin d'octobre ou au commencement de novembre et dont le retour est célébré par de nouvelles fêtes. Lorsque nous étions à Boëro, M. Ouman se disposait à partir pour Amboine avec les orencaies de son île.

Les Hollandais ont maintenant la guerre avec les habitants de Ceram, île riche en clous. Ces insulaires ne veulent point laisser détruire leurs plants, et ils ont chassé la Compagnie de tous les postes principaux qu'elle occupait sur leur terrain : elle n'a conservé que le petit comptoir de *Savaï,* situé dans la partie septentrionale de l'île, où elle tient un sergent et quinze hommes. Les Ceramois ont des armes à feu et de la poudre, et tous, indépendamment d'un patois national, parlent bien le malais. Les Papous sont aussi continuellement en guerre avec la Compagnie et ses vassaux. On leur a vu des bâtiments armés de pierriers et montés de deux cents hommes. Le roi de *Salviati,* l'une de leurs plus grandes îles, vient d'être arrêté par surprise, comme il allait rendre hommage au roi de Ternate, duquel il est vassal, et les Hollandais le retiennent prisonnier.

Quoi de plus sage que le plan que nous venons

d'exposer ? Quelles mesures pouvaient être mieux concertées pour établir et pour soutenir un commerce exclusif ? Aussi la Compagnie en jouit-elle depuis longtemps, et c'est à quoi elle doit cet état de splendeur qui la rend plus semblable à une puissante république qu'à une société de marchands. Mais, ou je me trompe fort, ou le temps n'est pas loin auquel ce commerce précieux doit recevoir de mortelles atteintes. J'oserai le dire, pour en détruire l'exclusion, il n'y a qu'à le vouloir. La meilleure sauvegarde des Hollandais est l'ignorance du reste de l'Europe sur l'état véritable de ces îles, et le nuage mystérieux qui enveloppe ce jardin des Hespérides. Mais il est des difficultés que la force de l'homme ne peut vaincre, et des inconvénients auxquels toute sa sagesse ne saurait remédier. Les Hollandais peuvent bien construire à Amboine et Banda des fortifications respectables, ils peuvent les munir de garnisons nombreuses ; mais après quelques années, des tremblements de terre, presque périodiques, viennent renverser de fond en comble tous ces ouvrages, et chaque année la malignité du climat emporte les deux tiers des soldats, matelots et ouvriers qu'on y envoie. Voilà des maux sans remède. Les forts de Banda, bouleversés ainsi il y a trois ans, sont à peine reconstruits aujourd'hui ; ceux d'Amboine ne le sont pas encore. D'ailleurs la Compagnie a pu parvenir à détruire, dans quelques îles, une partie des épiceries connues ; mais il en est qu'elle ne connaît pas, et d'autres même qu'elle connaît et qui se défendent contre ses efforts.

Aujourd'hui les Anglais fréquentent beaucoup les parages des Moluques, et ce n'est assurément pas sans dessein. Il y avait plusieurs années que de petits

bâtiments qui partaient de *Bancoul* étaient venus
examiner les passages et prendre les connaissances
relatives à cette navigation difficile. On a lu que les
habitants de Bouton nous ont dit que trois navires
anglais avaient depuis peu passé dans ce détroit ; nous
avons aussi parlé des secours qu'ils ont donnés à
l'infortuné souverain de Balimbuam, et il paraît
certain que c'est d'eux aussi que les Ceramois tirent de
la poudre et des armes ; ils leur avaient même construit
un fort que le capitaine Le Clerc nous a dit avoir
détruit, et dans lequel il a trouvé deux canons. En
1764, M. Watson, qui commandait le *Kinsberg,*
frégate de vingt-six canons, vint à l'entrée de Savaï,
s'y fit donner, à coups de fusils, un pilote pour le
conduire au mouillage, et commit beaucoup de vexa-
tions dans ce faible comptoir. Il fit aussi je ne sais
quelle tentative chez les Papous, mais elle ne lui
réussit pas. Sa chaloupe fut enlevée par ces Indiens, et
tous les Européens qui étaient dedans, entre autres un
fils de milord Sandwic, garde de la marine, qui la
commandait, furent attachés à des poteaux, circoncis
et massacrés ensuite dans les tourments.

Il semble au reste que les Anglais ne veulent point
cacher leurs projets à la Compagnie hollandaise. Il y a
quatre ans qu'ils établirent un poste dans une des îles
des Papous, nommée *Soloc* ou *Tafara*. M. Dalrimple
qui le fonda en fut le premier gouverneur ; mais les
Anglais ne l'ont gardé que trois ans. Ils viennent de
l'abandonner, et M. Dalrimple a passé à Batavia en
1768, sur le *Patty,* capitaine Dodwell, d'où il s'est
rendu à Bancoul, où le *Patty* a coulé bas dans la rade.
Ce poste fournissait des nids d'oiseaux, de la nacre,
des dents d'éléphant, des perles et des *tripans* ou

swalopps, espèce de glu ou d'écume dont les Chinois
font grand cas. Ce que je trouve merveilleux, c'est
qu'ils venaient vendre leurs cargaisons à Batavia, je le
sais du négociant qui les y achetait. Le même homme
m'a assuré que les Anglais avaient aussi des épiceries
par le moyen de ce poste ; peut-être les tiraient-ils des
Ceramois. Pourquoi l'ont-ils abandonné ? C'est ce que
j'ignore. Il se peut qu'ayant déjà levé un grand
nombre de plants d'épiceries, les ayant transplantés
dans quelqu'une de leurs possessions aux Indes, et se
croyant assurés de leur réussite, ils aient abandonné
un poste dispendieux, trop capable d'alarmer une
nation et d'en éclairer une autre.

Nous apprîmes à Batavia les premières nouvelles
des vaisseaux dont nous avions plusieurs fois dans
notre voyage retrouvé la trace. M. Wallas y était
arrivé en janvier 1768, et reparti presque aussitôt.
M. Carteret, séparé involontairement de son chef, peu
après être sorti du détroit de Magellan, a fait un
voyage plus long de beaucoup, et dont je crois les
aventures plus compliquées. Il est venu à Macassar à
la fin de mars de la même année, ayant perdu presque
tout son équipage, et son vaisseau étant délabré. Les
Hollandais n'ont pas voulu le souffrir à Jompandam,
et l'ont renvoyé à Bontain, consentant avec peine à ce
qu'il y prît des Maures pour remplacer les hommes
qu'il avait perdus ; après deux mois de séjour dans l'île
Célèbes, il s'est rendu le 3 juin à Batavia, où il a
caréné, et d'où il n'est reparti que le 15 de septembre,
c'est-à-dire douze jours seulement avant que nous y
arrivassions. M. Carteret a peu parlé ici de son
voyage ; il en a dit assez cependant pour qu'on ait su
que dans un passage qu'il nomme *le détroit de Saint-*

Georges, il a eu affaire avec des Indiens dont il montrait les flèches, qui ont blessé plusieurs de ses gens, entre autres son second, lequel est reparti de Batavia sans être guéri.

Il n'y avait pas plus de huit ou dix jours que nous étions à Batavia, lorsque les maladies commencèrent à s'y déclarer. De la santé, la meilleure en apparence, on passait en trois jours au tombeau. Plusieurs de nous furent attaqués de fièvres violentes, et nos malades n'éprouvaient aucun soulagement à l'hôpital. J'accélérai, autant qu'il m'était possible, l'expédition de nos besoins ; mais notre sabandar étant aussi tombé malade, et ne pouvant plus agir, nous essuyâmes des difficultés et des lenteurs. Ce ne fut que le 16 octobre que je pus être en état de sortir, et j'appareillai pour aller me mouiller en dehors de la rade ; *L'Étoile* ne devait avoir son biscuit que ce jour-là. Elle ne finit de l'embarquer qu'à la nuit, et dès que le vent le lui permit, elle vint mouiller auprès de nous. Presque tous les officiers de mon bord étaient ou déjà malades, ou ressentaient les dispositions à le devenir. Le nombre des dysenteries n'avait point diminué dans les équipages, et le séjour prolongé à Batavia eût certainement fait plus de ravages parmi nous que n'avait fait le voyage entier. Notre Taitien, que l'enthousiasme de tout ce qu'il voyait avait sans doute préservé quelque temps de l'influence de ce climat pernicieux, tomba malade dans les derniers jours, et sa maladie a été fort longue, quoiqu'il ait eu pour les remèdes toute la docilité à laquelle pourrait se dévouer un homme né à Paris ; aussi, quand il parle de Batavia, ne la nomme-t-il que la terre qui tue, *enoua maté.*

CHAPITRE IX

Départ de Batavia; relâche à l'île de France; retour en France.

Le 16 octobre, j'appareillai seul de la rade de Batavia pour mouiller par sept brasses et demie, fond de vase molle, environ une lieue en dehors. J'étais ainsi à un demi-mille dans l'ouest-quart-nord-ouest de la balise qu'on laisse à stribord, quand on entre à Batavia. L'île *d'Edam* me restait au nord-nord-est-4°-est, trois lieues ; *Onrust* au nord-ouest-quart-ouest, deux lieues un tiers ; *Rotterdam* au nord-2°-ouest, une lieue et demie. *L'Étoile*, qui ne put avoir son pain que fort tard, appareilla à trois heures du matin ; et gouvernant sur les feux que je tins allumés toute la nuit, elle vint mouiller auprès de moi.

Comme la route pour sortir de Batavia est intéressante, on me permettra le détail de celle que j'ai faite. Le 17, nous fûmes sous voiles à cinq heures du matin, et nous gouvernâmes au nord quart-nord-est pour passer dans l'est de *Rotterdam* environ à une demi-lieue, puis au nord-ouest-quart-nord pour passer au sud de *Horn* et de *Harlem ;* ensuite du ouest-quart-nord-ouest au ouest-quart-sud-ouest, pour ranger au

418 Voyage autour du monde

nord des îles d'*Amsterdam* et de *Middelbourg,* sur la
dernière desquelles est un pavillon ; puis à ouest,
laissant à stribord une balise placée dans le sud de *la
petite Cambuis.* A midi nous observâmes 5° 55′ de
latitude méridionale, et nous étions pour lors nord et
sud de la pointe sud-est de *la grande Cambuis,* environ
à un mille. J'ai de là fait route pour passer entre deux
balises placées, l'une au sud de la pointe nord-ouest de
la grande Cambuis, l'autre est et ouest de *l'île des
Anthropophages,* autrement dite *Pulo Laki.* Pour lors,
on range la côte à la distance qu'on veut ou qu'on
peut. A cinq heures et demie, le courant nous affalant
sur la côte, je mouillai une ancre à jet par onze brasses
fond de vase, la pointe nord-ouest de la *baie de
Bantam* me restant à ouest-quart-nord-ouest-2°-ouest
environ cinq lieues, et le milieu de *Pulo Baby* au nord-
ouest-5°-ouest trois lieues.

Il y a, pour sortir de Batavia, une autre route que
celle que j'ai prise. En partant de la rade, on range la
côte de Java, laissant à bas-bord une tonne qui sert de
balise, environ à deux lieues et demie de la ville ; puis
on range *l'île Kepert* au sud ; on suit la côte et on passe
entre deux balises situées, l'une au sud de l'île
Middelbourg, l'autre vis-à-vis de celle-là sur un banc
qui tient à la pointe de la grande terre ; on retrouve
ensuite la balise qui est au sud de la petite Cambuis, et
pour lors les deux routes se réunissent. La carte
particulière que je donne de la sortie de Batavia
indique ces deux routes avec exactitude.

Le 18, à deux heures du matin, nous étions à la
voile, mais il nous fallut mouiller le soir ; ce ne fut que
le 19 après midi que nous sortîmes du *détroit de la
Sonde,* passant au nord de *l'île du Prince.* Nous

observâmes à 6° 30′ de latitude australe, et à quatre heures après midi, étant environ à quatre lieues de la pointe nord-ouest de l'île du Prince, je pris mon point de départ sur la carte de M. d'Aprés par 6° 21′ de latitude australe et 102° de longitude orientale du méridien de Paris. Au reste, on peut mouiller partout le long de l'île de Java. Les Hollandais y entretiennent de petits postes de distance en distance, et chacun d'eux a ordre d'envoyer un soldat à bord des vaisseaux qui passent avec un registre sur lequel on prie d'inscrire le nom du vaisseau, d'où il vient et où il va. On met ce qu'on veut sur ce registre ; mais je suis fort éloigné d'en blâmer l'usage, puisque par ce moyen on peut avoir des nouvelles de bâtiments dont souvent on est inquiet, et que d'ailleurs le soldat, chargé de présenter ce registre, apporte aussi des poules, des tortues et d'autres rafraîchissements qu'il vend à fort bon compte. Il n'y avait plus de scorbut au moins apparent à bord de mes vaisseaux ; mais beaucoup de gens y étaient attaqués du flux de sang. Je pris donc le parti de faire route pour l'île de France, sans attendre *L'Étoile,* et je lui en fis le signal le 20.

Cette route n'eut rien de remarquable que le beau et bon temps qui l'a rendue fort courte. Nous eûmes constamment le vent de sud-est très frais. Nous en avions besoin ; car le nombre des malades augmentait chaque jour, les convalescences étaient fort longues, et il se joignit aux flux de sang des fièvres chaudes ; un de mes charpentiers en mourut la nuit du 30 au 31. Ma mâture me causait aussi beaucoup d'inquiétude. Il y avait lieu d'appréhender que le grand mât ne rompît cinq ou six pieds au-dessous du trelingage. Je le fis jumeler, et pour le soulager, je dégreyai le mât de perroquet et tins toujours deux ris dans le grand hunier. Ces précautions retardaient considérablement notre marche ; malgré cela, le dix-huitième jour de notre sortie de Batavia, nous eûmes la vue de *l'île Rodrigue,* et le surlendemain celle de *l'île de France.*

Le 5 novembre, à quatre heures du soir, nous étions nord et sud de la pointe nord-est de l'île Rodrigue, d'où j'ai conclu la différence suivante de notre estime depuis l'île du Prince jusqu'à Rodrigue. M. Pingré y a observé 60° 52′ de longitude à l'est de Paris, et à quatre heures je me trouvais, suivant mon estime, par 61° 26′. En supposant donc que l'observation faite sur l'île à l'habitation y ait été faite à deux minutes dans l'ouest de la pointe dont j'étais nord et sud à quatre heures, ma différence sur douze cents lieues de route était trente-quatre minutes sur l'arrière du vaisseau. La différence des observations faites le 3 par M. Verron a été pour le même moment de 1° 12′ sur l'avant du vaisseau.

Nous avions eu connaissance de l'île Ronde le 7 à midi ; à cinq heures du soir nous étions nord et sud de son milieu. Nous tirâmes du canon à l'entrée de la nuit, espérant qu'on allumerait le feu de la *pointe aux Canonniers ;* mais ce feu, mentionné par M. d'Après dans son instruction, ne s'allume plus, de manière qu'après avoir doublé le *coin de Mire* qu'on peut ranger d'aussi près qu'on veut, je me trouvai fort embarrassé pour éviter la bâture dangereuse qui avance plus d'une demi-lieue au large de la pointe aux Canonniers. Je louvoyai, afin de m'entretenir au vent du port, tirant de temps en temps un coup de canon ; enfin entre onze heures et minuit il vint à bord un des pilotes du port entretenus par le roi. Je me croyais hors de peine, et je lui avais remis la conduite du bâtiment, lorsque à trois heures et demie il nous échoua près de la *baie des Tombeaux.* Par bonheur il n'y avait pas de mer, et la manœuvre que nous fîmes rapidement pour tâcher *d'abattre* du côté du large nous réussit ; mais que l'on conçoive quelle douleur mortelle c'eût été pour nous, après tant de dangers nécessaires heureusement évités, de venir échouer au port par la faute d'un ignorant auquel l'ordonnance nous forçait de nous livrer. Nous en fûmes quittes pour quarante-cinq pieds de notre fausse quille qui furent emportés.

Cet accident, dont il s'en est peu fallu que nous ne fussions la victime, me met dans le cas de faire la réflexion suivante. Lorsqu'on en veut à l'île de France, et que l'on verra que de jour on ne peut atteindre l'entrée du port, la prudence exige que de bonne heure on prenne son parti de ne pas s'engager trop près de la terre. Il convient de s'entretenir pour la nuit en dehors et au vent de l'île Ronde, non en cape, mais en louvoyant avec un bon corps de voiles à cause des courants. Au reste, il y a mouillage entre les petites îles ; nous y avons trouvé de 30 à 25 brasses, fond de sable ; mais il n'y faudrait mouiller que dans le cas d'une extrême nécessité.

Le 8 dans la matinée nous entrâmes dans le port où nous fûmes amarrés dans la journée. *L'Étoile* parut à six heures du soir et ne put entrer que le lendemain. Nous nous trouvâmes être en arrière d'un jour, et nous y reprîmes la date de tout le monde.

Dès le premier jour, j'envoyai tous mes malades à l'hôpital, je donnai l'état de mes besoins en vivres et agrès, et nous travaillâmes sur-le-champ à disposer la frégate pour être carénée. Je pris tous les ouvriers du

port qu'on put me donner et tous ceux de *L'Étoile,*
étant déterminé à partir aussitôt que je serais prêt. Le
16 et le 18, on chauffa la frégate. Nous trouvâmes son
doublage vermoulu, mais son franc-bord était aussi
sain qu'en sortant du chantier.

Nous fûmes obligés de changer ici une partie de
notre mâture. Notre grand mât avait un enton au pied
et devait manquer par là aussitôt que par la tête, où la
mèche était cassée. On me donna un grand mât d'une
seule pièce, deux mâts de hune, des ancres, des câbles
et du filin dont nous étions absolument indigents. Je
remis dans les magasins du roi mes vieux vivres, et
j'en repris pour cinq mois. Je livrai pareillement à
M. Poivre, intendant de l'île de France, le fer et les
clous embarqués à bord de *L'Étoile,* ma cucurbite, ma
ventouse, beaucoup de médicaments, et quantité
d'effets devenus inutiles pour nous, et dont cette
colonie avait besoin. Je donnai aussi à la légion vingt-
trois soldats qui me demandèrent à y être incorporés.
Messieurs de Commerçon et Verron consentirent
pareillement à différer leur retour en France; le
premier pour examiner l'histoire naturelle de ces îles et
celle de Madagascar; le second pour être à portée
d'aller observer dans l'Inde le passage de Vénus; on
me demanda de plus M. de Romainville, ingénieur, et
quelques jeunes volontaires et pilotins pour la navigation d'Inde en Inde.

Il n'était pas malheureux, après un aussi long
voyage, d'être encore en état d'enrichir cette colonie
d'hommes et d'effets nécessaires. La joie que j'en
ressentis fut cruellement altérée par la perte que nous
y fîmes du chevalier du Bouchage, enseigne de
vaisseau, sujet d'un mérite distingué, qui joignait aux

connaissances qui font le grand officier de mer toutes les qualités du cœur et de l'esprit qui rendent un homme précieux à ses amis. Les soins affectueux et l'habileté de M. de La Porte, notre chirurgien-major, n'ont pu le sauver. Il mourut dans mes bras le 19 novembre, d'une dysenterie commencée à Batavia. Peu de jours après, un jeune fils de M. Le Moyne, commissaire-ordonnateur de la marine, embarqué avec moi volontaire, et nommé depuis peu garde de la marine, mourut de la poitrine.

J'admirai à l'île de France les forges qui y ont été établies par messieurs de Rosting et Hermans [1]. Il en est peu d'aussi belles en Europe, et le fer qu'elles fabriquent est de la première qualité. On ne conçoit pas ce qu'il a fallu de constance et d'habileté pour perfectionner cet établissement, et ce qu'il a coûté de frais. Il a maintenant neuf cents nègres, dont M. Hermans a tiré et fait exercer un bataillon de deux cents hommes, parmi lesquels s'est établi l'esprit de corps. Ils sont entre eux fort délicats sur le choix de leurs camarades, et refusent d'admettre tous ceux qui ont commis la moindre friponnerie. Voilà donc le point d'honneur avec l'esclavage.

Pendant notre séjour ici nous avions constamment joui du plus beau temps. Le 5 décembre, le ciel commença à se couvrir de gros nuages, les montagnes s'embrumèrent, tout annonça la saison des pluies et l'approche de l'ouragan qui se fait sentir dans ces îles presque toutes les années. Le 10, j'étais prêt à mettre à la voile ; la pluie et le vent debout ne me le permirent pas. Je ne pus appareiller que le 12 au matin, laissant *L'Étoile* au moment d'être carénée. Ce bâtiment ne pouvait être en état de sortir avant la fin du mois, et notre jonction était dorénavant inutile. Cette flûte, sortie de l'île de France à la fin du mois de décembre, est arrivée en France un mois après moi. A midi, je pris mon point de départ par la latitude australe observée de 20° 22′, et par 54° 40′ de longitude à l'est de Paris.

Le temps fut d'abord très couvert, avec des grains et de la pluie. Nous ne pûmes avoir connaissance de l'île de Bourbon. A mesure que nous nous éloignâmes, le temps devint plus beau. Le vent était favorable et frais, mais bientôt notre nouveau grand mât nous causa les mêmes inquiétudes que le premier. Il faisait à la tête un arc si considérable que je n'osai me servir du grand perroquet ni porter le hunier tout haut.

Depuis le 22 décembre jusqu'au 8 janvier, nous eûmes constamment vent debout, mauvais temps ou calme. Ces vents d'ouest étaient, me disait-on, sans exemple ici dans cette saison. Ils ne nous en molestèrent pas moins quinze jours de suite que nous passâmes à la cape ou à louvoyer avec une très grosse mer. Nous eûmes la connaissance de la côte d'Afrique avant que d'avoir eu la sonde. Lors de la vue de cette terre que nous prîmes pour le *cap des Basses,* nous n'avions pas de fond. Le 30 nous trouvâmes 78 brasses, et depuis ce jour nous nous entretînmes *sur le banc des Éguilles,* avec la vue presque continuelle de la côte. Bientôt nous rencontrâmes plusieurs navires hollandais de la flotte de Batavia. L'avant-coureur en était parti le 20 octobre et la flotte le 6 novembre ; les Hollandais étaient encore plus surpris que nous de ces vents d'ouest qui soufflaient ainsi contre saison.

Enfin, le 8 janvier au matin, nous eûmes connaissance du *cap False,* et bientôt après la vue des *terres du cap de Bonne-Espérance.* J'observai qu'à cinq lieues dans l'est-sud-est du cap False, il y a une roche sous l'eau fort dangereuse ; qu'à l'est du cap de Bonne-Espérance est un récif qui s'avance plus d'un tiers de lieue au large, et au pied du cap même un rocher qui met au large à la même distance. J'avais atteint un vaisseau hollandais aperçu le matin, et j'avais diminué de voiles pour ne le pas dépasser, afin de le suivre en cas qu'il voulût entrer de nuit. A sept heures du soir, il amena perroquets, bonnettes, et même les huniers ; pour lors je pris le bord du large, et je louvoyai toute la nuit avec un grand frais de vent de sud, variable du sud-sud-est au sud-sud-ouest.

Au point du jour, les courants nous avaient entraînés de près de neuf lieues dans le ouest-nord-ouest ; le vaisseau hollandais était à plus de quatre lieues sous le vent à nous. Il fallut forcer de voiles pour regagner ce que nous avions perdu ; aussi ceux qui doivent passer la nuit sur les bords, dans l'intention d'entrer au jour dans la baie du cap, feront-ils bien de mettre en travers dès la pointe orientale du cap de Bonne-Espérance, en se tenant environ à trois lieues de terre ; dans cette position les courants les auront mis en bonne posture d'entrer de grand matin. A neuf heures du matin, nous mouillâmes dans la baie du Cap, à la tête de la rade, et nous affourchâmes nord-nord-est et sud-sud-ouest. Il y avait ici quatorze grands navires de toutes nations, et il en arriva plusieurs autres pendant le séjour que nous y fîmes. M. Carteret en était sorti le jour des Rois. Nous saluâmes de quinze coups de canon la ville, qui nous en rendit un pareil nombre.

Nous eûmes tout lieu de nous louer du gouverneur et des habitants du cap de Bonne-Espérance ; ils s'empressèrent de nous procurer l'utile et l'agréable. Je ne m'arrêterai point à décrire cette place que tout le monde connaît. Le Cap relève immédiatement de l'Europe et n'est point dans la dépendance de Batavia, ni pour l'administration militaire et civile, ni pour la nomination des emplois. Il suffit même d'en avoir exercé un au Cap, pour n'en pouvoir posséder aucun à Batavia. Cependant le conseil du Cap correspond avec celui de Batavia pour les affaires de commerce. Il est composé de huit personnes, du nombre desquelles est le gouverneur qui en est le président. Le gouverneur n'entre point dans le conseil de justice auquel préside le commandant en second ; seulement il signe les arrêts de mort.

Il y a un poste militaire à *False-baye* et un à la *baie de Saldagna*. Cette dernière, qui forme un port superbe, à l'abri de tous les vents, n'a pu devenir le chef-lieu, parce qu'il n'y a pas d'eau. On travaille maintenant à augmenter l'établissement de False-baye ; c'est où les vaisseaux mouillent pendant l'hiver, quand la baie du Cap est interdite. On y trouve les mêmes secours et à tout aussi bon compte qu'au Cap. Il y a par terre huit lieues de mauvais chemin d'un de ces lieux à l'autre.

A peu près à moitié chemin des deux est le canton de Constance, qui produit le fameux vin de ce nom. Ce vignoble, où l'on cultive des plants de muscat d'Espagne, est fort petit, mais il est faux qu'il appartienne à la Compagnie, et qu'il soit, comme on le croit ici, entouré de murs et gardé. On le distingue en haut Constance et petit Constance, séparés par une haie, et appartenant à deux propriétaires différents. Le vin qui s'y recueille est à peu près égal en qualité, quoique chacun des deux Constances ait ses partisans. Il se fait, année commune, cent vingt à cent trente barriques de ce vin, dont la Compagnie prend un tiers à un prix tarifé, le reste se vend aux acheteurs qui se présentent. Le prix actuel est de trente piastres l'alvrame ou le baril de soixante et dix bouteilles de vin blanc, trente-cinq piastres l'alvrame de rouge. Mes camarades et moi nous allâmes dîner chez M. de Vanderspie, propriétaire du haut Constance. Il nous fit la meilleure chère du monde, et nous y bûmes beaucoup de son vin, soit en dînant, soit en goûtant des différentes pièces pour faire notre emplette.

Le terroir de Constance, terminé en pente douce, est d'un sable graveleux. La vigne s'y cultive sans échalas; le cep est taillé à petit bois. Le vin s'y fait en mettant dans la cuve la grappe égrenée. Les fûts pleins se conservent dans un cellier à rez-de-chaussée, dans lequel l'air a une libre circulation. Nous visitâmes en revenant de Constance deux maisons de plaisance qui appartiennent au gouverneur. La plus grande nommée *Newland* a un jardin beaucoup plus beau que celui de la Compagnie au Cap. Nous avons trouvé ce dernier fort inférieur à sa réputation. De longues allées de charmilles très hautes lui donnent l'air d'un jardin de moines; il est planté de chênes qui y viennent très mal.

Les plantations des Hollandais se sont fort étendues sur toute la côte, et l'abondance y est partout le fruit de la culture, parce que le cultivateur, soumis aux seules lois, y est libre et sûr de sa propriété. Il y a des habitants jusqu'à près de cent cinquante lieues de la capitale; ils n'ont d'ennemis à craindre que les bêtes féroces; car les Hottentots ne les molestent point. Une des plus belles parties de la colonie du Cap est celle à laquelle on a donné le nom de *petite Rochelle*. C'est une peuplade de Français chassés de leur patrie par la révocation de l'édit de Nantes. Elle surpasse toutes les autres par la fécondité du terrain et l'industrie des colons. Ils ont conservé à cette mère adoptive le nom de leur ancienne patrie, qu'ils aiment toujours, toute rigoureuse qu'elle leur a été.

Le gouvernement envoie de temps en temps des caravanes visiter l'intérieur du pays. Il s'en est fait une de huit mois en 1763. Le détachement perça dans le nord et fit, m'a-t-on assuré, des découvertes importantes ; ce voyage n'eut pas cependant le succès qu'on devait s'en promettre ; le mécontentement et la discorde se mirent dans le détachement et forcèrent le chef à revenir sur ses pas, laissant ses découvertes imparfaites. Les Hollandais avaient eu connaissance d'une nation jaune, dont les cheveux sont longs, et qui leur a paru très farouche.

C'est dans ce voyage que l'on a trouvé le quadrupède de dix-sept pieds de hauteur, dont j'ai remis le dessin à M. de Buffon ; c'était une femelle qui allaitait un faon dont la hauteur n'était encore que de sept pieds. On tua la mère, le faon fut pris vivant, mais il mourut après quelques jours de marche. M. de Buffon m'a assuré que cet animal est celui que les *naturalistes* nomment *la giroffe*. On n'en avait pas revu depuis celui qui fut apporté à Rome du temps de César, et montré à l'amphithéâtre. On a aussi trouvé il y a trois ans, et apporté au Cap, où il n'a vécu que deux mois, un quadrupède d'une grande beauté, lequel tient du taureau, du cheval et du cerf, et dont le genre est absolument nouveau. J'ai pareillement remis à M. de

Buffon le dessin exact de cet animal dont je crois que la force et la vitesse égalent la beauté. Ce n'est pas sans raison que l'Afrique a été nommée la mère des monstres.

Munis de bons vivres, de vins et de rafraîchissements de toute espèce, nous appareillâmes de la rade du Cap le 17 après midi. Nous passâmes entre l'île *Roben* et la côte ; à six heures du soir, le milieu de cette île nous restait au sud-sud-est-4°-sud environ à quatre lieues de distance ; c'est d'où je pris mon point de départ par 33° 40′ de latitude sud, et 15° 48′ de longitude orientale de Paris. Je désirais de rejoindre M. Carteret sur lequel j'avais certainement un grand avantage de marche, mais qui avait encore onze jours d'avance sur moi.

Je dirigeai ma route pour prendre connaissance de *l'île Sainte-Hélène,* afin de m'assurer la relâche à *l'Ascension,* relâche qui devait faire le salut de mon équipage. Effectivement, nous en eûmes la vue le 29 à deux heures après midi, et le relèvement que nous en fîmes ne nous donna de différence avec l'estime de notre route que huit à dix lieues. La nuit du 3 au 4 février étant par la latitude de l'Ascension et m'en faisant environ à dix-huit lieues de distance, je fis courir sous les deux huniers. Au point du jour nous vîmes l'île à peu près à neuf lieues de distance, et à onze heures nous mouillâmes dans l'anse du nord-ouest ou *de la montagne de la Croix* par douze brasses, fond de sable et corail. Suivant les observations de M. l'abbé de la Caille, nous étions à ce mouillage par 7° 54′ de latitude sud, et 16° 19′ de longitude occidentale de Paris.

A peine eûmes-nous jeté l'ancre que je fis mettre les

bateaux à la mer et partir trois détachements pour la pêche de la tortue ; le premier dans *l'anse du Nord-Est ;* le second dans *l'anse du Nord-Ouest,* vis-à-vis de laquelle nous étions ; le troisième dans *l'anse aux Anglais,* laquelle est dans le sud-ouest de l'île. Tout nous promettait une pêche favorable ; il n'y avait point d'autre navire que le nôtre, la saison était avantageuse et nous entrions en nouvelle lune. Aussitôt après le départ des détachements, je fis toutes mes dispositions pour jumeler, au-dessous du capelage, mes deux mâts majeurs : savoir, le grand mât avec un petit mât de hune, le gros bout en haut ; et le mât de misaine, lequel était fendu horizontalement entre les jottereaux, avec une jumelle de chêne.

On m'apporta dans l'après-midi la bouteille qui renferme le papier sur lequel s'inscrivent ordinairement les vaisseaux de toutes nations qui relâchent à l'Ascension. Cette bouteille se dépose dans la cavité d'un des rochers de cette baie, où elle est également à l'abri des vagues et de la pluie. J'y trouvai écrit le *Swallow,* ce vaisseau anglais commandé par M. Carteret, que je désirais de rejoindre. Il était arrivé ici le 31 janvier et reparti le premier février ; c'étaient déjà six jours que nous lui avions gagnés depuis le cap de Bonne-Espérance. J'inscrivis *La Boudeuse* et je renvoyai la bouteille.

La journée du 5 se passa à jumeler nos mâts sous le capelage, opération délicate dans une rade où la mer est clapoteuse, à tenir nos agrès et à embarquer les tortues. La pêche fut abondante ; on en avait retourné dans la nuit soixante et dix, mais nous ne pûmes en prendre à bord que cinquante-six, on remit les autres en liberté. Nous observâmes au mouillage 9° 45′ de variation nord-ouest. Le 6, à trois heures du matin, les tortues et bateaux étant embarqués, nous commençâmes à lever nos ancres ; à cinq heures, nous étions sous voiles, enchantés de notre pêche et de l'espoir que notre premier mouillage serait dorénavant dans notre patrie. Combien nous en avions fait depuis le départ de Brest !

En partant de l'Ascension, je tins le vent pour ranger les îles *du cap Verd* d'aussi près qu'il me serait possible. Le 11 au matin, nous passâmes la ligne pour la sixième fois dans ce voyage par 20° de longitude estimée. Quelques jours après, comme, malgré la jumelle dont nous l'avions fortifié, le mât de misaine faisait une très mauvaise figure, il fallut le soutenir par des pataras, dégréer le petit perroquet, et tenir presque toujours le petit hunier aux bas-ris et même serré.

Le 25 au soir, on aperçut un navire au vent et de l'avant à nous, nous le conservâmes pendant la nuit, et le lendemain nous le joignîmes ; c'était le *Swallow*. J'offris à M. Carteret tous les services qu'on peut se rendre à la mer. Il n'avait besoin de rien ; mais sur ce qu'il me dit qu'on lui avait remis au Cap des lettres pour France, j'envoyai les chercher à son bord. Il me fit présent d'une flèche qu'il avait eue dans une des îles rencontrées dans son voyage autour du monde, voyage qu'il fut bien loin de nous soupçonner d'avoir fait. Son navire était fort petit, marchait très mal, et quand nous eûmes pris congé de lui, nous le laissâmes comme à l'ancre. Combien il a dû souffrir dans une aussi mauvaise embarcation ! Il y avait huit lieues de différence entre sa longitude estimée et la nôtre ; il se faisait plus à l'ouest de cette quantité.

Nous comptions passer dans l'est *des îles Açores,* lorsque le 4 mars, dans la matinée, nous eûmes connaissance de *l'île Tercere,* que nous doublâmes dans la journée en la rangeant de fort près. La vue de cette île, en la supposant bien placée sur le grand plan de M. Bellin, nous donnerait environ soixante et sept lieues d'erreur du côté du ouest, dans l'estime de notre route ; erreur considérable dans un trajet aussi court que celui de l'Ascension aux Açores. Il est vrai que la position de ces îles en longitude est encore incertaine. Cependant je crois que dans les parages des îles du cap Verd il règne des courants très violents. Au reste, il était essentiel de déterminer la longitude des Açores par de bonnes observations astronomiques, et de bien constater la distance des unes aux autres, et leurs gissements entre elles. Rien de tout cela n'est juste sur les cartes d'aucune nation. Elles ne diffèrent que par le plus ou le moins d'erreur. Cet objet important vient d'être rempli par M. de Fleurieu, enseigne des vaisseaux du roi.

Je corrigeai ma longitude en quittant Tercere sur celle qu'assigne à cette île la carte à grand point de M. Bellin. Nous eûmes fond le 13 après midi, et le 14 au matin la vue d'Ouessant. Comme les vents étaient courts et la marée contraire pour doubler cette île, nous fûmes forcés de prendre la bordée du large, les vents étaient à ouest grand frais, et la mer fort grosse. Environ à dix heures du matin, dans un grain violent, la vergue de misaine se rompit entre les deux poulies de drisse et la grand-voile fut au même instant déralinguée depuis un point jusqu'à l'autre. Nous mîmes aussitôt à la cape sous la grand-voile d'étai le petit foc et le foc de derrière, et nous travaillâmes à nous raccommoder. Nous enverguâmes une grande voile neuve, nous refîmes une vergue de misaine avec la vergue d'artimon, une vergue de grand hunier, et un bout-dehors de bonnettes, et à quatre heures du soir nous nous retrouvâmes en état de faire de la voile. Nous avions perdu la vue d'Ouessant, et, pendant la cape, le vent et la mer nous avaient fait dériver dans sa manche [2].

Déterminé à entrer à Brest, j'avais pris le parti de louvoyer avec des vents variables du sud-ouest au nord-ouest, lorsque, le 15 au matin, on vint m'avertir que le mât de misaine menaçait de se rompre au-dessous du capelage. La secousse qu'il avait reçue dans la rupture de sa vergue avait augmenté son mal ; et quoique nous en eussions soulagé la tête en abaissant sa vergue, faisant le ris dans la misaine, et tenant le petit hunier sur le ton avec tous ses ris faits, cependant nous reconnûmes, après un examen attentif, que ce mât ne résisterait pas longtemps au tangage que la grosse mer nous faisait éprouver *au plus près ;* d'ailleurs toutes nos manœuvres et poulies étaient pourries, et nous n'avions plus de rechange ; quel moyen, dans un état pareil, de combattre entre deux côtes contre le gros temps de l'équinoxe ? Je pris donc le parti de faire vent arrière et de conduire la frégate à Saint-Malo. C'était alors le port le plus prochain qui pût nous servir d'asile. J'y entrai le 16 après midi, n'ayant perdu que sept hommes pendant deux ans et quatre mois écoulés depuis notre sortie de Nantes.

> Puppibus et læti Nautæ imposuere coronas [3].
> Virgil. *Æneid. liv. IV.*

Fin du Voyage autour du monde.

DOSSIER

VIE DE BOUGAINVILLE

1729 *12 novembre* : naissance à Paris.
1753 Aide-major au bataillon de milices de Picardie.
1754 *12 octobre* : nommé secrétaire d'ambassade à Londres.
1755 Publication du *Traité de calcul intégral.*
1756 *12 janvier* : élu membre de la Société royale de Londres.
27 février : capitaine à Apchon-Dragons. Nommé aide de camp de Montcalm.
29 mars : départ pour le Canada.
1758 *7 novembre* : départ de Québec pour la France.
1759 *10 mai* : retour à Québec.
13 septembre : bataille des Plaines d'Abraham, mort de Montcalm, prise de Québec.
1760 *7 septembre* : capitulation de l'île aux Noix. Bougainville rentre en France prisonnier sur parole.
1761 *16 février* : Bougainville reçoit du roi d'Angleterre l'autorisation de servir à nouveau, mais en Europe seulement.
juillet-août : aide de camp de Choiseul-Stainville en Allemagne. Bougainville est blessé.
1763 *15 juin* : nommé capitaine de vaisseau pour la campagne aux Malouines.
6 septembre : départ pour les Malouines.
1764 *3 février-8 avril* : première mission aux Malouines.
1765 *5 janvier-28 avril* : seconde mission aux Malouines.
1766 *15 novembre* : départ de *La Boudeuse* pour le tour du monde.

1769 *16 mars :* retour de *La Boudeuse* à Saint-Malo.
      22 janvier : Bougainville est promu brigadier d'infanterie.
1770 *Mars :* admis définitivement dans la Marine comme capitaine de vaisseau, à compter du 15 juin 1763.
1771 *15 mai :* publication du *Voyage autour du monde.*
      12 décembre : reçu membre adjoint de l'Académie de Marine.
1778 *13 avril :* nommé commandant du *Guerrier* dans l'escadre d'Estaing envoyée en Amérique.
1779 *8 décembre :* promu chef d'escadre.
1780 *1ᵉʳ mars :* promu maréchal de camp dans l'armée.
1781 *7 mars :* embarquement sur *L'Auguste ;* commande une division dans l'escadre de Grasse.
      5 septembre : combat de la baie de Chesapeake.
1782 *12 avril :* bataille des Saintes.
      13 mai : retour à Rochefort.
1784 *2 décembre :* membre ordinaire de l'Académie de Marine. Reçu dans l'Ordre de Cincinnatus.
1785 Collabore à la préparation du voyage de La Pérouse.
1789 *3 février :* nommé pensionnaire de l'Académie royale des sciences.
1790 *3 octobre :* nommé commandant de l'escadre de Brest.
1792 *1ᵉʳ janvier :* promu vice-amiral.
      22 février : démissionne pour protester contre le désordre et l'insubordination qui règnent dans la Marine.
1794 *4 juillet-4 septembre :* emprisonné comme suspect à Coutances.
1795 *16 décembre :* nommé membre de l'Institut.
1799 *25 décembre :* nommé sénateur.
1802 *2 février :* mis à la retraite comme contre-amiral.
1804 *21 mai :* promu grand-officier de la Légion d'honneur.
1808 *1ᵉʳ mai :* nommé comte de l'Empire.
1811 *20 août :* mort de Bougainville.
      3 septembre : funérailles au Panthéon.

CHRONOLOGIE DU VOYAGE

1766 *15 novembre :* départ de *La Boudeuse* de Nantes.
     6 décembre : départ de Brest.
1767 *9 janvier :* passage de la ligne.
     22 mars : arrivée de *La Boudeuse* aux Malouines.
     1ᵉʳ avril : remise des Malouines à l'Espagne.
     13 juin : arrivée de *L'Étoile* à Rio.
     21 juin : arrivée de *La Boudeuse* à Rio.
     15 juillet : départ des deux navires de Rio.
     31 juillet-15 novembre : Montevideo.
     5 décembre : entrée dans le détroit de Magellan.
     8 décembre : contacts avec les Patagons.
1768 *1ᵉʳ avril :* arrivée en vue de Tahiti.
     6 avril : mouillage à Tahiti.
     15 avril : départ de Tahiti.
     28 septembre : arrivée à Batavia.
     16 octobre : départ de Batavia.
     8 novembre : arrivée à l'île de France.
     11 décembre : départ de l'île de France.
1769 *8-17 janvier :* *La Boudeuse* au cap de Bonne-Espérance.
     16 mars : arrivée de *La Boudeuse* à Saint-Malo.
     24 avril : arrivée de *L'Étoile* à Rochefort.

NOTES

DISCOURS PRÉLIMINAIRE

Page 35.

1. *Drack :* Francis Drake. La traduction française de son *Voyage... à l'entour du monde* avait été publiée à Paris en 1627.

Page 36.

2. *Candihs :* Cavendish.
3. *De Nord :* Olivier van Noort. Le récit de son voyage autour du monde fut publié à Amsterdam en 1602, et traduit en français la même année.
4. *Lemaire et Shouten :* Jacques Lemaire, navigateur hollandais né en 1585, accompagné de Shouten, parvint en 1616 au détroit de Magellan. Ils explorèrent les parages du cap Horn et traversèrent ensuite le Pacifique. La relation de cette expédition rédigée par Classen fut imprimée en Hollande en 1617 et traduite en français l'année suivante.

Page 38.

5. *Cowley :* Ambrose Cowley. Dans son *Journal,* publié à Londres en 1699, il annonçait la découverte de l'île Pepys.
6. *Wood Roger :* Woodes Rogers, navigateur anglais. Parti de Bristol en 1708, il revint en Angleterre en 1711. Il avait recueilli en 1709 sur l'île Juan Fernandez, à l'ouest des côtes du Chili, un matelot naufragé, Alexandre Selkirk, dont les aventures inspirèrent,

pense-t-on, le *Robinson Crusoé* de Defoe. Son *Voyage autour du monde* fut publié en français à Amsterdam en 1716.

7. *Rogewin, ou Roggewin :* Jacob Roggeveen, navigateur hollandais né en 1669. Les relations de son voyage publiées au XVIIIe siècle ne sont pas de lui et sont pleines d'erreurs. Son journal fut publié pour la première fois en 1838.

Page 39.

8. *Wallas :* C'est ainsi que Bougainville orthographie constamment le nom du capitaine Wallis, commandant le *Dolphin,* qui avait quitté l'Angleterre le 22 août 1766 avec Carteret.

Page 40.

9. *La Barbinais-Le Gentil :* son *Nouveau voyage autour du monde* fut publié à Paris en 1727 et plusieurs fois réédité.

10. *Gonneville :* Binot Paulmier, seigneur de Gonneville, capitaine marin à Honfleur, avait formé une société pour le commerce des épices. On ne sait exactement où le conduisit le voyage entrepris en 1503 et achevé en 1505, ni d'où venait l' « Indien » qu'il avait ramené avec lui et qui se nommait Essoméric.

Page 42.

11. *Mendoce et Mindana :* lire respectivement Mendoza et Mendaña.

12. *Quiros :* Pedro Fernandez de Queiros, navigateur portugais né en 1560, passé au service d'Espagne, découvrit au début du XVIIe siècle plusieurs îles appartenant au groupe de Mallicolo dans les Nouvelles-Hébrides. Chemin faisant il visita sans doute Tahiti. Le mémoire qu'il adressa au roi d'Espagne sur ses découvertes fut publié à Séville en 1610. Il fut traduit en latin et réédité à Amsterdam en 1612. La forme du titre la plus connue est *De Terra australi incognita.*

Page 43.

13. *Tasman :* une relation de son voyage aux Terres australes inconnues, tirée de son journal, avait paru à Amsterdam en 1722 dans le tome III des *Voyages de François Coréal aux Indes occidentales,* traduits de l'espagnol.

Page 45.

14. *Dampierre* : William Dampier, flibustier anglais né en 1652. Il publia *A new voyage round the world* à Londres, en 1697 (traduction française à Amsterdam en 1698), un *Supplément du Voyage autour du monde* (Amsterdam, 1701), et un *Voyage aux Terres australes, à la Nouvelle-Guinée... fait en 1699* (Amsterdam, 1705).

15. *Exposé succinct* : tout le début de ce *Discours préliminaire* est repris et résumé de l'*Histoire des navigations aux Terres australes* du président de Brosses, que Bougainville n'a cessé de lire et de relire avant et pendant son expédition.

PREMIÈRE PARTIE

CHAPITRE PREMIER

Page 49

1. *Douze* : des pièces de huit, de douze, sont des pièces d'artillerie projetant des boulets de huit, de douze livres.

Page 52.

2. *Mondram* (ou mieux *mondrain*) : monticule aperçu de la mer.

Page 54.

3. *Vigie* : ces *vigies,* des rochers isolés signalés par les anciens navigateurs, n'existaient pas dans la réalité. Celle de Penedo San-Pedro était marquée sur une carte que Bougainville utilisait concurremment avec celle de Bellin.

Page 57

4. *La Caille* : Nicolas Louis de La Caille, né en 1713, collaborateur de Cassini et de Lalande, avait été envoyé en mission au cap de Bonne-Espérance de 1751 à 1754 pour fixer la position des étoiles du ciel austral. Il en avait repéré 9 766, à l'aide d'un quart de cercle et d'une lunette de trente-deux pouces.

5. *Sainte-Marie :* ce cap forme la limite nord de l'entrée du Rio de la Plata. Il est dominé par les Maldonades.

Page 59.

6. *Laqs ou lacs :* lasso. *Lacer,* c'est prendre au lasso.

CHAPITRE II

Page 65.

1. *Jerusalem :* « Je suis noire, mais je suis belle, filles de Jérusalem » (*Cantique des cantiques,* I, 5).

Page 70.

2. *Pièces cornues :* monnaie battue sous Philippe le Bel. On donnait aussi le nom de *cornuto* à des monnaies de cinq *grossi* frappées dans la Savoie et le Piémont au XVIe siècle.

Page 71.

3. *Maté :* arbre dont les feuilles servent à faire une infusion stimulante.

4. *Registre :* les vaisseaux de *registre* étaient ceux que le roi d'Espagne ou le Conseil des Indes autorisait à aller trafiquer dans les ports de l'Amérique. Ces permissions étaient enregistrées et se payaient.

CHAPITRE III

Page 75.

1. *Pratique :* être *pratique,* c'est avoir toutes les connaissances nécessaires pour aller et venir dans une région maritime déterminée. On disait un bon *pratique,* un bon *praticien,* d'un marin expérimenté qui connaissait bien la mer, les vents, les côtes, les ports.

Page 78.

2. *Beauchesne Goüin :* Jacques Gouin, sieur de Beauchesne, parti de La Rochelle, avait visité le détroit de Magellan en 1699 et au début de 1700. Le journal inédit de son voyage fut inséré par l'abbé Prévost dans son *Histoire des voyages* en 1735.

Page 80.

3. *Familles acadiennes :* les Acadiens du Canada ayant refusé le serment à l'Angleterre après le traité d'Utrecht furent déportés en

masse et dispersés en 1755 dans les treize colonies anglaises d'Amérique. C'est ce qu'on appela le Grand Dérangement.

Page 82.

4. *Thulé :* « Que la lointaine Thulé te soit soumise » (Virgile, *Géorgiques,* I, 30 ; le vœu s'adresse à Auguste).

5. *Grandia :* « Tout petits que nous sommes, nous entreprenons de grandes choses. »

Page 85.

6. *Commerçon :* Philibert Commerson, médecin, botaniste, naturaliste, né en 1727, était déjà un savant réputé lorsqu'il fut engagé dans l'expédition de Bougainville. Étudiant la médecine à Montpellier, il avait herborisé dans tout le Languedoc et jusqu'aux Pyrénées. Il avait aussi herborisé en Savoie, en Dauphiné, en Suisse et dans le Massif central et fait à la demande de Linné une description des poissons les plus rares de la Méditerranée pour la reine de Suède.

CHAPITRE IV

Page 94.

1. *Tithymale :* nom vulgaire de l'*euphorbia cyparissias*

Page 95.

2. *Sapinette :* espèce de bière en usage dans plusieurs régions d'Amérique du Nord. Elle était faite avec une espèce de sapin appelée épinette blanche, très commune au Canada.

3. *Cétérach :* plante médicinale du genre fougère, qui croît sur les murailles et dans les lieux pierreux, à l'ombre.

Page 97.

4. *Lépas :* nom générique des anatifes, crustacés qui vivent fixés par leur pédoncule sur des objets flottants. On les appelle aussi écailles des rochers ou patelles.

Page 98.

5. *Émouchets :* éperviers mâles.

Page 100.

6. *Grespe :* peut-être le *grèbe,* palmipède qui pêche dans les étangs et dont le duvet est particulièrement douillet.

Page 101.

7. *Quebrantahuesos :* espèce d'aigle (*haliaetus leucocephalus*).
8. *Moves :* le mot désigne toute espèce de mouettes et de goélands. *Caniats* et *équerrets* sont apparemment de la même famille, mais il n'a pas été possible de les identifier.

Page 102.

9. *Gradeau :* on trouve aussi *grados* ou *crados,* pour désigner des sortes de poissons dont on faisait alors la pêche avec la seine pierrée dans le ressort de l'amirauté de Brest. Ils ne servaient que d'appâts pour la pêche à la ligne.

Page 104.

10. *Corlieu :* oiseau de rivière à pattes longues et long bec recourbé. Il est gris, marqué de taches rouges et noires
11. *Chevrettes :* crevettes.

Page 106.

12. *Salicoque :* crevette grise.

Page 107.

13. *Histoire universelle :* l'*Introduction à l'histoire générale et politique de l'univers,* Amsterdam, 1732, en sept volumes in-12, de S. von Pufendorf et Bruzen de La Martinière.

CHAPITRE V

Page 109.

1. *Mornes :* petites montagnes isolées dans les Antilles.

Page 110.

2. *D'Acunha :* Antonio Alvares da Cunha, neuvième vice-roi du Brésil de 1763 à 1767.

Page 112.

3. *Rio-Grande :* les visées portugaises sur le Rio de la Plata remontaient au XVIe siècle. La rivalité hispano-portugaise dans cette région dura jusqu'au XIXe siècle.

Page 116.

4. *Quint :* terme en usage dans l'Amérique espagnole pour signifier ce qui était dû au roi en échange du droit d'extraire l'or, l'argent et les pierres précieuses.

5. *Arobe :* ancienne mesure de poids espagnole (douze kilos et demi en moyenne).

CHAPITRE VI

Page 121.

1. *Éclipse de soleil :* l'observation des éclipses était commode pour déterminer la longitude. Ce n'était qu'un cas particulier de la méthode des distances lunaires. Elle permettait aussi de vérifier l'exactitude des tables de connaissance des temps.

Page 122.

2. *Castilles :* hauteurs et groupes d'îles détachées de la côte est de l'Uruguay.

Page 123.

3. *Sept pouces :* cela fait près de vingt centimètres d'eau toutes les deux heures.

4. *Jésuites :* l'ordre de les expulser avait été promulgué à Madrid le 1er avril 1767, quatre mois avant la seconde visite de Bougainville à Montevideo.

5. *Bukarely :* Francisco de Paula Bucarelli y Ursua, fils du marquis de Villahermoso, entré en fonction comme gouverneur du Rio de la Plata le 15 août 1766. Il exécuta avec la dernière rigueur les ordres concernant les jésuites à Buenos Aires et au Paraguay.

Page 125.

6. *La Liebe :* entendre *La Liebre,* nom espagnol désignant le lièvre.

CHAPITRE VII

Page 129.

1. *Habeo :* « Sans crainte et sans passion, parce que j'en tiens les causes éloignées de moi » (Tacite, *Annales,* I, 1). Le *Journal* est souvent plus explicite et plus dur que le *Voyage,* à l'égard des jésuites.

Page 134.

2. *Local :* la disposition des lieux.

Page 139.

3. *Réductions :* c'était le mot utilisé dans les Indes occidentales pour désigner les peuplades indiennes gouvernées par les jésuites.

Page 143.

4. *Christianorum :* « les places fortes des chrétiens ».

CHAPITRE VIII

Page 147.

1. *Austris :* « Dans la patrie des orages, terre grosse des autans furieux » (Virgile, *Énéide,* I, 51).

Page 151.

2. *Vierges :* le cap marque la limite nord de l'entrée du détroit de Magellan, quand on vient de l'Atlantique.

Page 152.

3. *Damiers :* nom vulgaire des pétrels.

Page 154.

4. *Daprés :* J.-B.-Nicolas-Denis d'Aprés de Mannevillette. Il était l'auteur d'un *Neptune oriental* (Paris, 1745) comprenant un guide et un atlas, que Bougainville avait emporté avec lui.

5. *Bouguer :* compagnon de La Condamine dans l'expédition scientifique envoyée en Amérique du Sud pour mesurer le méridien terrestre.

Page 160.

6. *Aymond :* personnages de *Renaud de Montauban,* roman de chevalerie du XIIe siècle. Ils étaient nommés Renaud, Guiscard, Allard et Richard.

Page 163.

7. *Macaon :* Machaon, fils d'Esculape, médecin des Grecs pendant la guerre de Troie.

8. *Guanaques :* francisation de *guanacos,* lamas sauvages des Andes chiliennes.

Page 165.

9. *Bragué :* le mot *brague* désignait proprement la partie proéminente de la cuirasse, au-dessous du buste. Elle était destinée à protéger les parties naturelles.

10. *Sourillos :* transcription du mot espagnol *zorrillos,* qui désigne les mouffettes, ou skunks.

Page 166.

11. *Rassade :* espèce de verroterie ou petits grains de verre de diverses couleurs.

CHAPITRE IX

Page 175.

1. *Sarmiento :* Pedro Sarmiento y Gamboa, 1532-1592, participa à l'expédition de Mendaña (1567-1569). Il est l'auteur d'une *Historia de los Incas.* Il conçut en 1584 le projet de fonder une colonie de peuplement vers le détroit de Magellan. Le projet échoua à cause de la dureté du climat et de l'isolement géographique de la colonie. Son *Viage al estrecho de Magellánes* fut publié à Madrid en 1768.

Page 176.

2. *De Gennes :* Jean-Baptiste, comte de Gennes, navigateur et inventeur. Mis à la tête d'une escadre pour aller faire la course contre les Espagnols dans la mer du Sud, en 1695, il explora le détroit de Magellan et revint en France en 1697. Une relation de sa campagne fut publiée à Amsterdam en 1699.

Page 188.

3. *Narborough :* Sir John Narborough avait visité le détroit de Magellan en 1669. Sa relation avait été éditée comme celle de Tasman, déjà citée, dans le tome III des *Voyages de François Coréal* (1722).

Page 189.

4. *Procellarum :* « Neige, grêle, glace, vents qui excitez les tempêtes » (*Psaume* 148, v. 8).

Page 197.

5. *Nefandam :* « C'est assez d'avoir fui une engeance innommable » (Virgile, *Énéide,* III, 653 ; les Énéades viennent d'échapper aux Cyclopes).

Page 200.

6. *Frezier :* Amédée-François Frézier. Sa *Relation du voyage de la mer du Sud* parut à Paris en 1716.

Page 206.

7. *Piliers :* le cap Pilar, pointe sud de l'île de la Désolation, marque la fin du détroit de Magellan du côté du Pacifique.

Page 210.

8. *Cadres :* on appelait *cadre* un carré long formé de quatre pièces de bois, entrelacées de petites cordes, sur lequel on posait un matelas pour faire une couchette.

SECONDE PARTIE

CHAPITRE PREMIER

Page 211.

1. *Aestas :* « Et nous, errant par toutes les terres et les mers, nous atteignons les portes, à la troisième saison » (adaptation libre de Virgile, *Énéide,* I, 755-756 : *Nam te jam septima portat,* etc.).

Page 212.

2. *Ulloa :* Jorje Juan y Santacilla et Antonio de Ulloa avaient exploré pendant dix ans les provinces de Gayaquil, Quito et Lima.

Le premier est l'auteur d'un *Compendio de Navegación* publié en 1757. Ils publièrent ensemble une *Relación histórica del viage a la America meridional* (Madrid, 1748, traduction française, Paris, 1752, sous le titre *Voyage historique de l'Amérique méridionale*).

Page 213.

3. *David :* en réalité Davis. Cette terre n'existait pas. La prétendue découverte de Davis était signalée dans le récit d'un de ses compagnons, Raveneau de Lussan, publié en France en 1689.

4. *Buache :* Philippe Buache, né à Paris en 1700, dessinateur au Dépôt des Cartes et Plans de la Marine, puis premier géographe du roi, était l'auteur d'un système de géographie physique assez personnel et d'hypothèses aventureuses sur la configuration de l'hémisphère austral. Il publia entre autres un *Atlas géographique des quatre parties du monde,* avec Guillaume de L'Isle.

Page 215.

5. *Facardins :* c'est l'atoll fermé de Vahitahi. Le nom donné par Bougainville est le titre d'un conte d'Antoine Hamilton, écrit dans le style oriental.

Page 216.

6. *Lanciers :* aujourd'hui Akiaki

Page 218.

7. *Harpe .* aujourd'hui l'atoll de Hao.
8. *Dangereux* c'est l'archipel des Tuamotu.

Page 220.

9. *Faciot :* le scorbut était alors un fléau pour les navigateurs au long cours. La cause n'en était pas connue mais les remèdes empiriques ne manquaient pas. La poudre de limonade en était un.

10. *Cucurbite :* c'était une sorte d'alambic essayé pour la première fois en 1763 à Lorient, et destiné au dessalage de l'eau de mer. Poissonnier, son inventeur, était inspecteur général des hôpitaux de la marine.

Page 221.

11. *Le Boudoir :* l'île de Mehetia. Elle fait partie des îles de la Société.

Page 222.

12. *Olivier :* le *utu* était en effet une cérémonie d'accueil destinée à manifester au visiteur les sentiments de paix et d'amitié qu'on avait pour lui.

CHAPITRE II

Page 230.

1. *Idoles :* il s'agit en réalité de *tikis,* images anthropomorphes de bois (ou de pierre) figurant des ancêtres divinisés ou des génies protecteurs.

Page 231.

2. *Flûte :* c'est le *vivo,* instrument de musique habituel des Tahitiens.

3. *Éreti :* c'était le chef du district d'Hitia, sur le territoire duquel Bougainville avait débarqué. Il avait plein pouvoir sur ce territoire, mais il était placé sous la suzeraineté du roi de l'île, Temarii.

Page 235.

4. *Jouissance :* le *Journal* de Bougainville cite ici l'*Énéide* (I, 731-733) et évoque l'accueil fait par Didon aux compagnons d'Énée.

Page 236.

5. *Toutaa :* le même personnage est mentionné dans le récit du premier voyage de Cook.

Page 243.

6. *Lutée :* c'est-à-dire que le goulot en a été hermétiquement scellé avec un amalgame réfractaire.

CHAPITRE III

Page 247.

1. *Incolimus :* « Nous habitons des bois ombreux, nous nous couchons sur le gazon de ces rives, et nous vivons dans de fraîches prairies que des ruisseaux arrosent » (Virgile, *Énéide,* VI, 673-675 :

les Ombres heureuses parlent par la bouche de Musée à la Sybille et
à Énée qui visitent les champs Élysées).

Page 249.

2. *Curassol* : actuellement *corossol* ou *corossolier,* arbre tropical
aux fruits comestibles (*Annona muricata*). *Giraumon* : sorte de
courge des Antilles dont le fruit est comestible.

3. *Teinture rouge* : cette teinture végétale à base de *mati* (*Ficus
tinctoria*) surprenait les Européens, qui ne connaissaient alors que
la garance.

Page 254.

4. *Torture* : allusion aux corps de baleine ou corsets dans lesquels
les femmes du monde du XVIIIe siècle étaient lacées.

5. *Colorem* : « Tous les habitants de la Grande-Bretagne se font
des tatouages avec une plante qui produit une couleur bleue »
(César, *Guerre des Gaules,* V, 14, 2).

6. *Américains* : l'auteur est Cornelius de Pauw. Ses *Recherches
philosophiques sur les Américains* parurent à Berlin en 1768-1769,
en deux volumes in-8°, et furent plusieurs fois rééditées.

Page 256.

7. *Victoire* : les pratiques guerrières des Tahitiens étaient en effet
impitoyables. Ils pratiquaient aussi volontiers les sacrifices
humains, comme Bougainville en avait le soupçon et comme
d'autres voyageurs devaient le révéler.

Page 257.

8. *Recherchés* . l'embaumement et l'exposition du cadavre
étaient le privilège des nobles. Les gens du commun étaient
simplement enterrés.

Page 259.

9. *Pite* : *pitte* ou *pite* est le nom vulgaire de l'agave du Mexique.
Ses fibres servaient à faire des filets.

Page 267.

10. *Disproportion cruelle* : il y avait trois classes sociales à
Tahiti : la famille royale et ses alliés, la petite noblesse et les
propriétaires fonciers, enfin le peuple. Au plus bas de la hiérarchie,

les serviteurs et les anciens prisonniers de guerre dont on faisait des esclaves.

Page 270.

11. *Pereire* : Jacob Rodrigue Pereire, né en 1736 en Espagne, avait créé à Cadix une école pour apprendre à parler aux sourds-muets. Appelé en France, il réussit la rééducation du fils du directeur des Fermes de La Rochelle. En 1771 il était interprète du roi et l'ami de La Condamine et de Buffon.

CHAPITRE IV

Page 273.

1. *Grandes Cyclades* : ce sont les Nouvelles-Hébrides.
2. *Oumaitia* : l'atoll de Tetiaroa, au nord de Tahiti.

Page 278.

3. *Limas* : coquillages marins.

Page 280.

4. *Navigateurs* : les îles Samoa.

Page 286.

5. *Babiroussa* : porc sauvage de Célèbes.

Page 293.

6. *Baré* : c'était effectivement une femme, Jeanne Baret. Elle prétendit toujours qu'elle avait trompé Commerson en se faisant engager à Rochefort sous des habits d'homme. La présence de femmes était naturellement interdite sur les vaisseaux du roi. L'affaire n'eut cependant aucune suite fâcheuse : Jeanne Baret, restée à l'escale de l'île de France, y épousa un ancien militaire et eut même droit à une pension d'invalidité dans ses vieux jours.

CHAPITRE V

Page 297.

1. *Danger* : *La Boudeuse* vient de rencontrer en fait la Grande Barrière de corail qui s'étend à l'est de l'Australie sur plus de deux mille kilomètres.

Page 303.

2. *Ouessant :* l'île Tariwerwi.

Page 306.

3. *Distance :* ces terres inconnues de Bougainville sont les îles Salomon.

Page 311.

4. *Arec :* fruit d'un arbre indien qui est comme une sorte de noisette.

Page 317.

5. *Majesty's :* ce panneau avait été laissé dix mois plus tôt par Carteret, commandant le *Swallow.*

Page 318.

6. *Delfin :* le *Dolphin,* que commandait Wallis, nommé ici Walas.

Page 319.

7. *Marrons : marron,* de l'espagnol *cimarron,* se disait ordinairement d'un esclave en fuite.

Page 320.

8. *Gourganes :* espèces de fèves des marais, très dures sous la dent.

Page 321.

9. *Dollond ·* la première lunette à objectif achromatique de Dollond avait été présentée à la Société royale de Londres le 8 juin 1758. Les Dollond étaient des opticiens anglais, descendants de huguenots français réfugiés à Londres.

10. *Port Praslin :* la baie où Bougainville mouilla le 6 juillet 1768 s'appelle aujourd'hui Kambotorosch, à l'extrémité sud de la Nouvelle-Irlande. Le nom de Praslin est un hommage à César-Gabriel de Choiseul, duc de Praslin, secrétaire d'État à la marine de 1766 à 1770.

Page 322.

11. *Insecte :* c'est une phylhès, de la famille des *phasmidae.*

12. *Marteaux :* ces marteaux (*malleus*) sont propres aux eaux peu profondes de la région indo-pacifique.

Note:

Page 32ŏ.

13. *Thériaque* : mixture de nombreux médicaments, utilisée autrefois comme antipoison ou antivenin.

14. *Eau de lusse* : ou *eau de luce*. Mélange savonneux d'ammoniac liquide avec l'huile volatile rectifiée de succin. On l'utilisait depuis 1730 comme antispasmodique et antihystérique.

Page 324.

15. *Mombin* : il y a un *mombin* rouge qui est un arbre d'Amérique tropicale nommé aussi prunier d'Espagne. Il y a aussi un *mombin* jaune, originaire de Polynésie ; c'est l'ambarelle, ou pomme-cythère, dont il s'agit ici.

CHAPITRE VI

Page 329.

1. *États-majors* : les îles ainsi baptisées se trouvent au large de la Nouvelle-Irlande.

Page 333.

2. *Deux îles* · Mussau et Emirau. Elles appartiennent au groupe Saint-Matthieu.

Page 336.

3. *Nouvelle Guinée* : c'était bien en effet la Nouvelle-Guinée. *La Boudeuse* se trouvait alors à cent milles environ dans l'est de la baie de Geelvinck (Teluk Irian).

Page 337.

4. *Moulineau* : cime des monts Gauthier, aux environs de deux mille mètres d'altitude.

5. *Alie* : une des îles Koumamba.

Page 338.

6. *Rivière* : la rivière Mamberonmo, qui se jette sur la côte septentrionale de la Nouvelle-Guinée.

Page 342.

7. *Enclavés* : les terres aperçues au sud appartenaient à l'île Waigeo et celles du nord à l'atoll d'Ain.

Page 344.

8. *Gros Thomas* : l'îlot de Pisang.

Page 346.

9. *Ceram :* dans le groupe des Moluques.

Page 348.

10. *Boero :* Bougainville orthographie aussi Boëro. C'est l'île de Boeroe, à l'ouest de Ceram. Elle est séparée de Célèbes, à l'est, par la mer des Moluques.

Page 351.

11. *Amboine :* c'est une île au sud de Ceram

Page 352.

12. *Sagu :* ou *sagou*, mot papou qui désigne le pain. C'est la fécule produite par une variété de palmier surnommée l'arbre à pain (*metroxylon sagus*).

13. *Cassave :* pain de manioc dont on se nourrissait aux Antilles.

Page 357.

14. *Catakoi :* on trouve aussi *cacatoès, cacatois, cacatua*. C'est un mot malais désignant plusieurs perroquets de grande taille.

CHAPITRE VII

Page 363.

1. *Button :* Bougainville transcrit aussi *Bouton*. L'île Buton est au sud de Célèbes. Elle en est séparée par le détroit dont parle Bougainville.

Page 370.

2. *Cric :* ce que nous appelons *kriss* ou *criss :* c'est un poignard malais contourné en zigzag.

Page 380.

3. *Route :* après être passé au sud de l'île Cambona (Kabanea), *La Boudeuse* longe le golfe de Boni pour passer entre Célèbes et l'île Saleyer (Salajar).

Page 384.

4. *Horloge :* l'*horloge* était un sablier qui se vidait en une demi-heure et sur lequel on se fixait pour piquer l'heure à la cloche du bord.

Page 386.

5. *Danville :* Jean-Baptiste Bourguignon d'Anville était premier

géographe du roi et il collabora en cette qualité à l'*Encyclopédie*. Il s'était rendu célèbre par les quarante-deux cartes qu'il avait faites pour la *Description de l'Empire de Chine* du P. du Halde.

Page 388

6. *Alang :* le cap d'Alang, ou Tandjung Bugel, au-devant duquel est l'île Mandali (Paulo Mandalika).

CHAPITRE VIII

Page 406.

1. *Arac :* liqueur spiritueuse tirée du riz fermenté.

CHAPITRE IX

Page 423.

1. *Rosting et Hermans :* Philippe-Joseph, comte de Rostaing, né en 1719, officier d'artillerie, brigadier des armées en 1768, séjourna à deux reprises à l'île de France. Il avait créé les forges dont parle Bougainville à son premier séjour. Elles étaient destinées à fournir aux colonies de l'océan Indien les armes et les munitions dont elles avaient besoin. Jean-Auguste-Thomas-Gilles Hermans, né en 1721, était passé à l'île de France en 1743 comme officier au service de la Compagnie des Indes. Les forges qu'il avait créées avec Rostaing employèrent jusqu'à huit cents personnes. Elles commençaient à péricliter quand Bougainville passa dans l'île. Elles devaient être mises en faillite peu après.

Page 433.

2. *Manche :* bras de mer resserré entre deux terres et reliant deux mers l'une à l'autre.

3. *Coronas :* « Et les marins joyeux mirent des couronnes à la poupe de leurs vaisseaux » (Virgile, *Énéide*, IV, 418).

LEXIQUE NAUTIQUE

Abattre : dériver, s'écarter de sa vraie route.

Accore : escarpé, abrupt, descendant brusquement dans la mer.

Adonner : le vent *adonne* quand il change et devient plus favorable qu'il n'était.

Affaler : faire descendre rapidement (un cordage, un objet suspendu). *Affalé* se dit d'un vaisseau arrêté sur la côte, qui ne peut s'élever par trop ou trop peu de vent.

Afflouer : remettre à flot un navire échoué.

Affourcher : se mettre au mouillage sur deux ancres écartées l'une de l'autre, et dont les chaînes forment un V.

Agrès : voiles, cordages, et tout ce qui est nécessaire pour la manœuvre d'un vaisseau en mer.

Aiguade : renouvellement de provision d'eau douce.

Aire de vent : ou route estimée ; c'est l'un des trente-deux vents qui divisent la circonférence de l'horizon.

Amener : abaisser (les voiles, un pavillon). *Amener* une terre, un vaisseau, signifie s'en approcher.

Amure : le point d'*amure* d'une voile est celui de ses coins inférieurs par lequel elle est fixée de manière rigide au pont du navire. On dit qu'un voilier est *tribord amures* ou *bâbord amures* selon qu'il reçoit le vent par tribord ou par bâbord.

Archipompe : puits du navire, pompe placée près du grand mât au lieu le plus creux du vaisseau.

Arquer : se dit de la quille d'un vaisseau quand elle perd sa figure ordinaire par quelque violent effort et ne demeure pas ferme sur ses fondements.

Arriver : s'écarter volontairement de la direction d'où souffle le vent.

Artimon : voir *Mâts* et *Voiles*.

Atterrage : faire son *atterrage*, ou *atterrir*, c'est arriver au voisinage d'une terre pour la reconnaître.

Aussière : cordage de très fort diamètre utilisé pour les opérations de remorquage ou d'amarrage.

Bande, demi-bande : inclinaison du navire sur l'un de ses flancs pour procéder à des réparations à la coque.

Barbe : la *barbe* d'une planche de bordée est la coupe transversale qui la termine. On appelle aussi *barbes* les parties du bordage de l'avant du vaisseau à l'endroit où l'étrave s'assemble avec la quille.

Bature : haut-fond de roches ou de coraux sur lequel la mer ne brise pas, ce qui le rend dangereux pour la navigation.

Bau : poutre principale qui soutient les bordages et maintient l'écartement des membrures.

Bitord : très petit cordage, souvent de mauvais chanvre.

Bitte : billot de bois érigé verticalement sur le pont du navire et sur lequel s'enroulent et s'amarrent les aussières.

Bitture : longueur de câble préparée sur le pont pour permettre à l'ancre de filer librement en cas de mouillage subit.

Bonnettes : voiles qu'on attache au bas des autres voiles, quand il fait beau, pour aller plus vite.

Bordée : course d'un vaisseau depuis un revirement jusqu'à l'autre. On dit *faire un bord* ou une *bordée*.

Bossoir : pièces de bois saillant à l'extérieur de la coque à l'avant du navire et servant à la manœuvre des ancres.

Bout-dehors : espar prolongeant le pont en avant de l'étrave, ou bien les vergues (les bonnettes s'amurent sur des *bout-dehors*).

Brûlot : vieux vaisseau rempli de combustible qu'on attache aux vaisseaux ennemis pour les incendier.

Cabestan : treuil vertical manœuvré par quatre barres qui le traversent, et sur lequel s'enroule un câble de traction.

Câblot : amarre.

Cajoler : se dit d'un bateau qui se laisse dériver avec la marée ou qui remonte un courant par vent contraire.

Calfater, recalfater : assurer l'étanchéité de la coque en garnissant d'étoupe goudronnée les joints des bordages.

Calme : temps serein et tranquille, sans vent.

Capelage : ensemble des cordages constitué par la partie supérieure des haubans qui embrassent la tête du mât.

Capeyer : ou *être à la cape, passer en cape ;* c'est se mettre en panne debout au vent en réduisant la voilure au plus juste.

Carguer : serrer contre les vergues ou contre le mât au moyen de cordages appelés *cargues.*

Carlingue : lieu d'implantation du pied d'un mât.

Chambekin, chébec : arabe *chabbāk,* espagnol *chambequin,* italien *sciabeco,* bâtiment fin à voiles latines utilisé surtout par les corsaires barbaresques.

Chasser : chasser (sur son ancre) se dit d'un vaisseau qui dérive en traînant son ancre dans le fond.

Chouquet : forte pièce de bois cerclée de fer, fixée en tête du bas-mât et entaillée pour donner passage au mât supérieur.

Compas azimutal : compas de variation servant à observer l'amplitude orientale ou occidentale du soleil ou plutôt son amplitude magnétique, pour en déduire ensuite la variation du compas (la boussole).

Consentir : céder à un effort, se déformer, se rompre.

Croupière, croupiat : amarre que l'on fait sortir par la poupe pour la frapper sur un point fixe et qui permet de faire tourner le bâtiment sur son arrière.

Culer : disposer les voiles de manière que le vent les frappe par l'avant et fasse ainsi reculer le navire.

Débouquer : sortir de l'embouchure d'un chenal. L'action de *débouquer* est le *débouquement.*

Drisse : filin servant à hisser une voile ou un pavillon.

Èbe : reflux de la mer à marée basse. Synonyme de *jusant.*

Écharpes, ou *herpes :* pièces de bois recourbées faisant saillie à l'avant du navire.

Échelle : nom donné sur la Méditerranée aux villes de commerce. Synonyme d'*escale.*

Écubier : ouverture à l'avant du navire, pour le passage des câbles ou des chaînes d'ancres.

Entalingure : on dit aujourd'hui *étalingure.* C'est un nœud destiné à nouer un ou deux cordages à un anneau et qui se resserre lorsqu'on tire. *Étalinguer,* c'est amarrer un câble en faisant un tel nœud.

Espar : longue pièce de bois servant de mât, de vergue, d'aviron, etc.

Étale : ne se dit habituellement que de la mer ; elle est *étale* dans l'instant qui marque l'intervalle du flux et du reflux.

Étaler : mouiller pendant un vent ou une marée contraire, pour attendre sur place un temps plus favorable.

Étambrai : ouverture dans le pont du navire, par où passent les mâts, les pompes et les cabestans.

Étoupe : partie la plus grossière de la filasse de chanvre ou de lin. Enduite de goudron, elle sert au calfatage des planches de la coque.

Éventer : éventer (les huniers), c'est abattre, pour mettre du vent dans les huniers et prendre de la vitesse.

Ferler : relever pli à pli le long de la vergue une voile, un pavillon.

Foc : voir *Voiles.*

Fougue ou *Foule :* voir *Mâts.*

Frais : caractérise la force du vent, petit *frais,* joli *frais,* grand *frais* (nous dirions aujourd'hui force 7 ; c'est un vent qui souffle à treize ou quatorze mètres à la seconde).

Franc-funin : cordage de première qualité qu'on ne goudronne pas pour lui conserver force et souplesse.

Gissement : on dit aujourd'hui *gisement,* situation ou direction générale d'une côte ; direction respective de deux objets l'un par rapport à l'autre.

Gréer : Bougainville disait *gréyer* (et *dégréyer*). Équiper un bateau de son gréement (mâts, poulies, voiles, cordages).

Grelin : cordage constitué de trois ou quatre aussières commises ensemble.

Guinder : faire monter le long des bas-mâts.

Haubans : câbles maintenant les mâts verticaux.

Hune : voir *Mâts.*

Jottereaux : consoles longitudinales qui supportent les hunes.

Jussant : on dit aujourd'hui *jusant* (voir *Ebe*).

Largue : le vent est *largue* quand il souffle obliquement à l'axe longitudinal du navire.

Larguer : laisser aller un cordage. *Larguer les ris* consiste à détacher les garcettes, les petits cordages qui serrent la voile, pour augmenter la surface de celle-ci. C'est le contraire de *prendre un ris.*

Lège : se dit d'un vaisseau vide et sans charge.

Livarde : se dit encore *balestron.* C'est un espar disposé en diagonale et qui permet de maintenir déployée une voile en forme de trapèze (*voile à livarde*).

Loch : instrument de mesure de la vitesse du navire, formé d'une ligne portant un nœud tous les 15,43 mètres. On comptait le nombre de nœuds qui défilaient pendant que se vidait un sablier de trente secondes.

Manœuvres : ce sont les drisses, les écoutes, les garcettes, les boulines, toutes les cordes servant à manier les voiles en diverses façons.

Marner : se dit de la mer lorsque la marée la fait monter ou descendre au-delà du niveau moyen.

Masquer : prendre le vent à contre.

Mâts : à l'avant, mât de misaine comportant un bas-mât, le petit mât de hune et le petit mât de perroquet ; au milieu le grand mât comprenant un bas-mât, le grand mât de hune, le grand mât de perroquet ; à l'arrière le mât d'artimon avec un bas-mât, le mât de perroquet de fougue et une voile latine. A l'extrême-avant se trouvait le mât de beaupré, en position oblique.

Mèche : dans un mât d'assemblage constitué de trois pièces, la mèche occupe le centre en longueur et assure la totalité de l'ensemble.

Misaine : voir *Voiles*.

Nager : actionner les rames pour faire avancer le bateau.

Octant : instrument à réflexion dont l'arc est la huitième partie de la circonférence du cercle et dont on se sert pour observer la hauteur des astres.

Orin : gros cordage reliant à une bouée la croisée d'une ancre, et qui servait à relever celle-ci lors de l'appareillage.

Passavant : passage qui permet de circuler librement au-dessus du pont entre l'avant et l'arrière du navire.

Pataras : haubans supplémentaires destinés à renforcer les ordinaires lorsqu'ils sont vieux ou que le temps est mauvais.

Paumoyer : vérifier de la paume de la main le bon état du câble d'une ancre mouillée.

Perroquet : voir *Mâts*.

Pierrier : canon qui servait surtout pour tirer à l'abordage des pierres et des projectiles divers.

Point de dessous : angle inférieur de la voile, où l'on attache les écoutes.

Poulaine : construction à l'avant du navire, où sont les lieux d'aisances de l'équipage.

Radoub : remise en état, par les charpentiers et les calfats, d'un vaisseau endommagé.

Ralingue : cordage cousu autour des bords d'une voile pour la fortifier (lorsqu'il est décousu, la voile est *déralinguée*).

Ranger : ranger la côte, ou la prolonger, c'est la suivre de près.

Raz : très fort courant, dans un passage resserré.

Refouler : refouler la marée, c'est aller contre elle.

Rentrée : rétrécissement de la largeur du navire en haut de la coque.

Revirement : changement de route, ou de bordée, pour mieux prendre le vent.

Rider : raidir (des câbles) selon le vent et les mouvements de la mer.

Ris : prendre des *ris,* c'est réduire la surface de la voilure à l'aide de petits cordages ou garcettes. On dit aussi *riser.*

Senau : ou *snauw,* sorte de bâtiment en usage chez les Français, les Anglais et surtout les Suédois, le plus souvent pour le commerce. Ils étaient construits à peu près comme les navires marchands à poupe carrée.

Seine : espèce de filet qui se traîne sur les grèves. *Échouer la seine,* c'est la tirer au sec.

Servir : faire servir, c'est mettre à la voile.

Sloop : voilier à un seul mât.

Stribord : on trouve aussi *tienbord, extribord* et *dextribord.* On dit aujourd'hui *tribord ;* c'est le côté droit du vaisseau en regardant vers l'avant.

Surjauler : on dit aujourd'hui *surjaler ;* c'est s'empêtrer dans la barre transversale de l'ancre.

Tartane : barque dont la poupe et la proue ne sont pas élevées et qui marche à la rame ou à la voile latine.

Terrir : prendre terre après une longue traversée.

Ton : partie supérieure du bas-mât.

Tournevire : câble intermédiaire destiné à tirer au cabestan le câble principal d'une ancre.

Travers : rester *en travers,* c'est rester le côté au vent.

Trélingage : ensemble des cordages fixant les haubans du mât de hune à la partie supérieure des bas-haubans.

Vergue : espar, ou barre transversale servant à porter une voile.

Virer : virer à pic, c'est amener le navire au point où le câble de l'ancre tombe verticalement dans l'eau.

Voiles : à l'avant, sur le beaupré, les focs ; sur le mât de misaine, de haut en bas, misaine, petit hunier, petit perroquet ; sur le grand

Lexique nautique

mât, grand-voile, grand hunier, grand perroquet, sur le mât d'artimon, perroquet de fougue, perruche ; à l'extrême arrière, une voile latine ou une brigantine. Entre les principaux mâts, on établissait par beau temps des voiles d'étai.

BIBLIOGRAPHIE

1. Œuvres de Bougainville :

« Mémoires divers sur le Canada », dans P.-G. Roy, *Rapport de l'archiviste de la province de Québec pour 1923-1924,* Québec, 1924 (voir aussi le *Journal étranger,* mai 1762 ; les *Variétés littéraires,* 1768, I ; les *Mémoires de l'Académie des sciences morales et politiques,* III, 1799).

« Mémoires... sur l'état de la Nouvelle-France à l'époque de la guerre de Sept ans », dans P. Margny, *Relations et mémoires inédits pour servir à l'histoire de la France dans les pays d'outre-mer,* Paris, 1867, p. 37-84.

Voyage autour du monde par la frégate du roi La Boudeuse et la flûte L'Étoile, Paris, 1771 (2e éd. augmentée, 1772 ; trad. anglaise par Forster, 1772 ; rééd. en 1773, 1855, 1856, 1861, 1880, 1889, 1894, 1924, 1946, 1958).

2. Géographes, voyageurs et philosophes du XVIIIe siècle :

G ANSON, *A Voyage round the world in the years 1740, 1, 2, 3, 4,* 3e éd., Londres, 1748. Traduction française par Élie de Joncourt, Amsterdam et Leipzig, 1749, Éd. française revue par l'abbé de Gua de Malves, Paris, 1750.

J. BANKS et SOLANDER, *A Journal of a voyage round the world,* in His Majesty's ship Endeavour in the years 1768, 1769, 1770 and 1771, Londres, 1771. Traduction française sous le titre *Supplément au Voyage de M. de Bougainville ; ou Journal d'un voyage autour du monde...*, par M. de Fréville (Paris, 1772).

J.-N. BELLIN, *Le Petit Atlas maritime. Recueil de cartes et plans des quatre parties du monde*, Paris, 1764, 5 vol. in-fol.

[Bricaire de La Dixmérie], *Le Sauvage de Tahiti aux Français, avec un envoi au philosophe ami des sauvages*, Londres et Paris, 1770.

CH. de BROSSES, *Histoire des navigations aux terres australes*, Paris, 1756, 2 vol. in-4º.

J. BYRON, *The Narrative of the Honourable John Byron... containing an account of the great distresses suffered by himself and his companions on the coast of Patagonia, from the year 1740, till their arrival in England, 1746...*, Londres, 1768.

J. BYRON, *Voyage autour du monde, fait en 1764 et 1765, sur le vaisseau de guerre anglais Le Dauphin...*, trad. de l'anglais par M. R*** [Suard], Paris, 1767.

J. COOK, *The Journal of Captain James Cook in his voyages of discovery*. Ed. par J. C. Beaglehole Cambridge, 1955-1967, 4 vol. et un atlas.

Abbé G.-F. COYER, *Lettre au docteur Maty..., sur les géants patagons*, Bruxelles, 1767.

D. DIDEROT, *Supplément au voyage de Bougainville*, dans la *Correspondance littéraire* de Grimm et Meister, septembre 1773-avril 1774. Éd. critique par G. Chinard, Genève, Droz, 1935, et par H. Dieckmann, Genève, Droz, 1955.

F. FROGER, *Relation d'un voyage... aux côtes d'Afrique, détroit de Magellan, Brésil, Cayenne et îles Antilles*, Paris, 1698.

J. HAWKESWORTH, *An Account of the voyages undertaken by the order of His present Majesty for making discoveries in the Southern hemisphere and successively performed by commodore Byron, captain Wallis, captain Carteret and captain Cook...*, Londres, 1773, 3 vol. in-4º. Trad. française par J.-B. Suard (*Relation des voyages entrepris*, etc.), Paris, 1774, 8 vol. en 4 tomes in-8º ou 5 vol. in-4º.

J. HUEBNER, *La Géographie universelle, où l'on donne une idée exacte des quatre parties du monde*. Trad. de l'allemand par J.-J. Duverny, Bâle, 1746, 5 vol. in-8º.

P. KOLB, *Caput Bonae Spei hodiernum*, Nuremberg, 1719. Trad.

française par J. Bertrand, *Description du cap de Bonne-Espérance*, Amsterdam, 1741, 3 vol. in-12.

Abbé N. L. de LA CAILLE, *Journal historique du voyage fait au cap de Bonne-Espérance...*, Paris, 1763.

Ch.-Marie de LA CONDAMINE, *Observations... sur l'insulaire de la Polynésie, amené de l'île de Tahiti par M. de Bougainville.* Bibliothèque nationale, Réserve, G 1443, pièce 5.

J.-F. de GALAUP, comte de LA PÉROUSE, *Voyage... autour du monde*, Paris, Imprimerie de la République, 1797, 4 vol. in-4° et un atlas.

Dom A.-J. PERNETY ou PERNETTY, *Histoire d'un voyage aux îles Malouines, fait en 1763 et 1764...*, Berlin, 1769, 2 vol. in-8°; rééd. à Paris en 1770.

P. POIVRE, *Voyages d'un philosophe, ou Observations sur les mœurs et les arts des peuples de l'Afrique, de l'Asie et de l'Amérique*, Yverdon, 1768.

Abbé A. F. PRÉVOST, *Histoire générale des voyages, ou Nouvelle collection de toutes les relations de voyages par mer et par terre qui ont été publiées jusqu'à présent dans les différentes langues...*, Paris, 1746 — an X, 20 vol. in-4° (seize volumes parus de 1746 à 1761).

Abbé G. T. F. RAYNAL, *Histoire philosophique et politique des établissements et du commerce des Européens dans les deux Indes*, Genève, 1780, 10 vol. in-8° (première édition, Amsterdam, 1770).

Le Père J. TORRUBIA, *La Gigantologia spagnola vendicata...* Naples, 1760.

H. WALPOLE, *An Account of the giants lately discovered, in a Letter to a friend in the country*, Londres, 1766.

3. *Ouvrages de référence :*

N. BROC, *La Géographie des philosophes. Géographes et voyageurs français au XVIIIe siècle*, Paris, 1975.

La Découverte de la Polynésie. Catalogue de l'exposition du Musée de l'Homme, 1972.

J. K. DOWLING, « Bougainville et Cook », adapté par J.-P. Faivre, *Cahiers d'Histoire du Pacifique*, juillet 1976.

M. DUCHET, *Anthropologie et histoire au siècle des Lumières*, Paris, Maspero, 1971 (rééd. allégée chez Flammarion en 1977).

W. ELLIS, *A la recherche de la Polynésie d'autrefois*, éd. par P. O'Reilly et C. W. Newbary, Paris, 1972, 2 vol.

Y. GIRAUD, « De l'exploration à l'utopie. Notes sur la formation du mythe de Tahiti », *French Studies*, 1977, vol. XXXI.

Hommage à Bougainville, numéro spécial du *Journal de la Société des Océanistes*, t. XXIV, décembre 1968.

J.-É. MARTIN-ALLANIC, *Bougainville navigateur et les découvertes de son temps*, Paris, P.U.F. 1964, 2 vol. in-8° (essentiel).

M. MORNER, *Actividades políticas y económicas de los Jesuitas en el Rio de la Plata*, Buenos Aires, 1968.

P. O' REILLY, *Bibliographie de Tahiti et de la Polynésie française*, Paris, 1967.

P. SIZAIRE, *Les Termes de marine*, Paris, P.U.F., coll. « Que sais-je ? », 1972.

É. TAILLEMITE, *Bougainville et ses compagnons autour du monde, 1766-1769. Journaux de navigation...*, Paris, Imprimerie nationale, 1977, 2 vol. in-4° (essentiel).

J. VERNE, *Histoire générale des grands voyages et des grands voyageurs. Les grands navigateurs du XVIIIᵉ siècle*, Paris, 1879.

CARTE DU VOYAGE

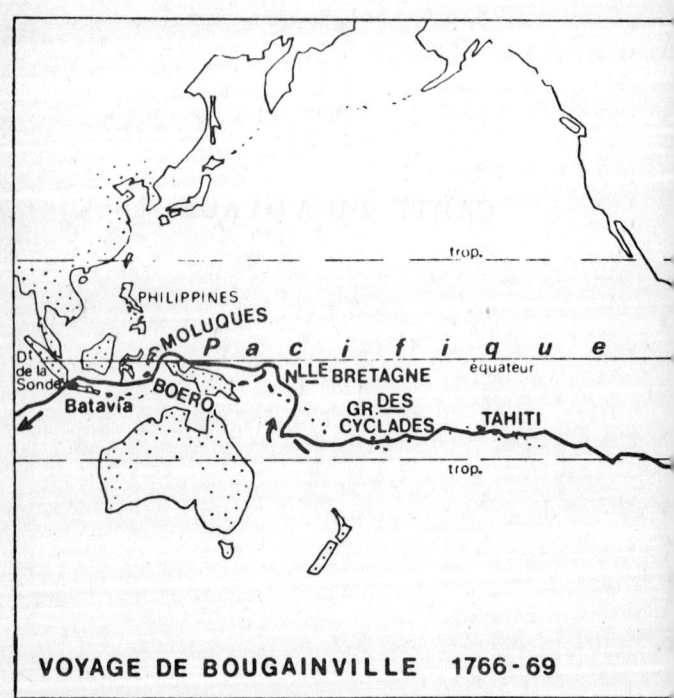

PHILIPPINES

MOLUQUES

P a c i f i q u e

Dt de la Sonde

Batavia

BOÉRO

N^{LLE} BRETAGNE

GR DES CYCLADES

TAHITI

équateur

trop.

trop.

VOYAGE DE BOUGAINVILLE   1766-69

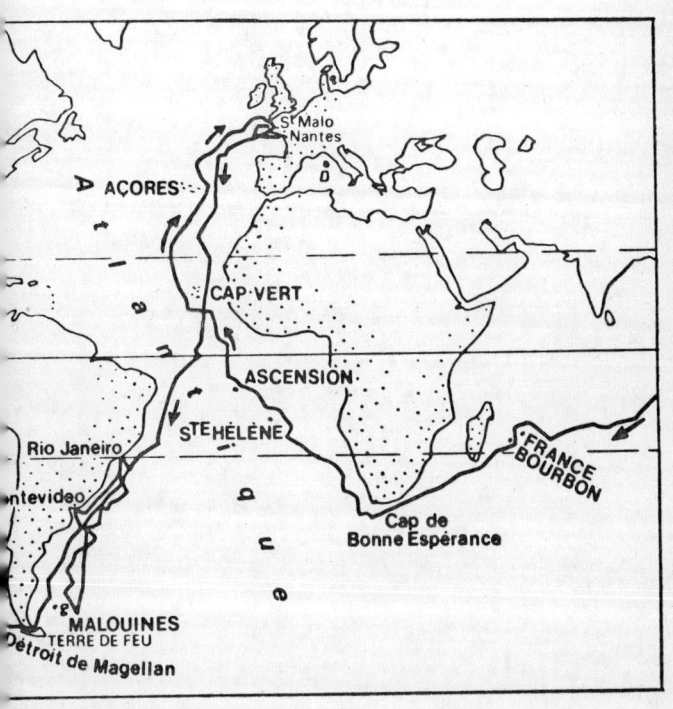

St Malo
Nantes

AÇORES

CAP VERT

ASCENSION

STE HÉLÈNE

Rio Janeiro

Montevideo

MALOUINES
TERRE DE FEU
Détroit de Magellan

Cap de
Bonne Espérance

FRANCE
BOURBON

SECONDE PARTIE
contenant depuis l'entrée dans la mer occidentale
jusqu'au retour en France

Table 477

DOSSIER

*Impression Bussière Camedan Imprimeries
à Saint-Amand (Cher),
le 16 septembre 2002.
Dépôt légal : septembre 2002.
1ᵉʳ dépôt légal dans la collection : mai 1982.
Numéro d'imprimeur : 024240/1.*
ISBN 2-07-037385-1./Imprimé en France.

120789